Ulrike Ladnar

Die Spur der Stachelbeeren

Ein historischer Roman

NIKROS

Besuchen Sie uns auf www.nikros.de

1. Auflage 2018

Lektorat: Petra-Marion Niethammer, Ludwigsburg
Buchgestaltung: Susanne Dornes, Stuttgart
Illustration: Margret Lehmann, Stuttgart
Druck: Bookpress, PL Olsztyn
ISBN 978-3-943688-08-5

Wir danken Heinz Decker für die Übersetzung des Gedichts *Dulce et decorum est* von Wilfred Owen, Petra Setili vom Ludwigsburg Museum für den wertvollen Hinweis auf die Karte *Die alten Wälder bei Monrepos* sowie Katrin Bettray und Margrit Röder für die Daten.

Die Deutsche Bibliothek verzeichnet diese Publikation in der Deutschen Nationalbibliografie; detaillierte bibliografische Daten sind im Internet über: http://dnb.ddb.de abrufbar.

Die alten Wälder bei Monrepos

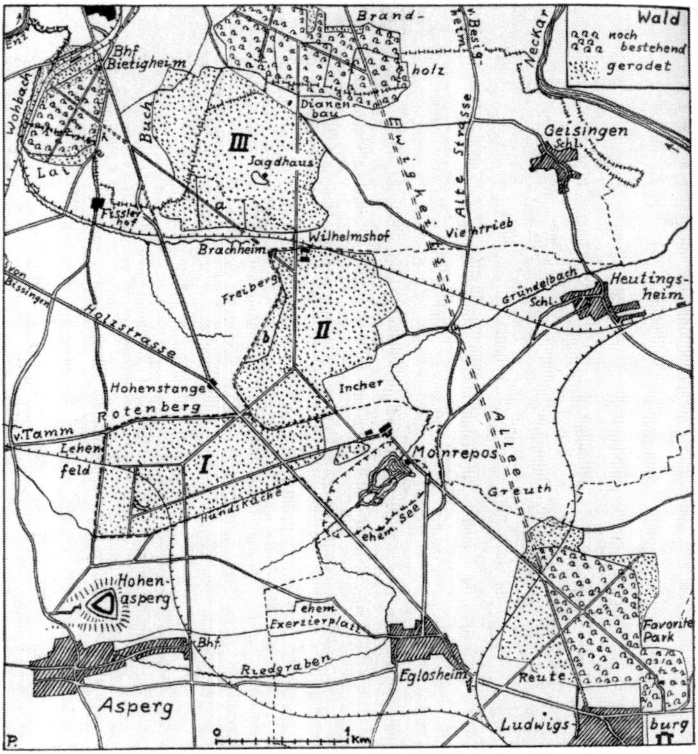

Bild 35. Die alten Wälder bei Monrepos.

aus: Ludwigsburg und das Land um den Asperg. Ein Heimatbuch für den Bezirk Ludwigsburg, unter Mitarbeit von Ernst Biehler hrsg. von Oscar Paret, Ludwigsburg: Aigner, 1934

Prolog

März 1913

Du wirst eine von ihnen, ob du es willst oder nicht.

Du öffnest das Fenster, vielleicht hast du Sehnsucht nach ein wenig frischer Luft, nach freier Luft, die nicht in deiner Stube schon hunderte Male durch deine Lungen und die deiner Eltern und Geschwister eingeatmet, kurz festgehalten und dann wieder ausgestoßen worden ist. Oder du willst riechen, ob es da draußen nach Blumen duftet oder nach frischem Brot, oder du willst schmecken, ob die Luft schon ein wenig feucht ist und Regen ankündigt. Vielleicht willst du auch nur dein Kopfkissen und dein Federbett über das Fensterbrett legen, bevor der Regen kommt, damit sie den Geruch von draußen aufnehmen und ihn dir nachts zurückgeben, wenn du deine Wange an dein Kissen schmiegst und an etwas anderes denken möchtest als an die Sorgen und Nöte, die der Tag gebracht hat. Möglicherweise willst du auch nur nach jemandem Ausschau halten, den du länger nicht gesehen hast und den du vermisst. Vielleicht möchtest du aber lediglich wissen, ob der hellblaue Himmel, der dir den Frühling verspricht, auch schon ein wenig Wärme verheißt, so dass du später bei deinen Gängen in die Stadt erstmals auf deinen schweren Wintermantel verzichten kannst.

Aber was auch immer du von draußen erwartest, wenn du ans Fenster gehst, wird dir nicht erfüllt. Oder von etwas anderem überlagert: Von draußen hörst du nämlich den Lärm marschierender Soldaten. Ihre Schuhe hämmern auf das Straßenpflaster, der Rhythmus wird dabei streng eingehalten. Irgendwann fängst du an, in diesem Rhythmus zu atmen. Du weißt, es ist März, und die Soldaten, die im letzten Spätherbst rekrutiert worden sind, sollten jetzt durch tägliches Üben im unermüdlichen Marschieren schon so weit sein, dass sie 25 Kilometer ohne größere Ermüdung schaffen.

Sie können jetzt alle im gleichen Rhythmus das rechte Bein kräftig hochheben und fest auf den Boden aufstampfen, dann das linke und so fort und fort, Minuten, Viertelstunden, halbe Stunden, ganze Stunden und immerzu so weiter. Vom frühen Morgen an marschieren sie durch die Straßen, wenn sie auf ihre Wachposten gehen oder von dort zurückkehren, und sie marschieren auch nach ihrem Dienst, wenn sie ins Wirtshaus gehen, wo sie die Gleichförmigkeit des Marschierens und des Dienstes über einem Bier oder zwei vergessen wollen. Manchmal ertappst du dich dabei, dass du die Wäsche im Rhythmus dieser Märsche schrubbst und dass auch dein Kochlöffel sich im selben Tempo im Topf bewegt.

Du blickst auf den großen Platz und erkennst sofort, ob sich etwas Besonderes ankündigt, ob eine Parade geplant ist oder eine sonstige Feierlichkeit ansteht. Dann verschiebst du den geplanten Marktbesuch. Wenn du dann das Fenster öffnest, vernimmst du einen seltsamen, laut gebrüllten Befehl.

„Augen“, so beginnt er, herausgepresst von einer entschlossenen Männerstimme, „gerade“, und das „a“ in der zweiten Silbe scheint kein Ende nehmen zu wollen und immer lauter zu werden, während das „e“ in der dritten Silbe wie ein Stakkato klingt, einem „ö“ eher als einem „e“ ähnelt, fast nur noch ausgepustet erscheint, und dann das dritte Wort des Befehls, „aus!“, laut, eindeutig, nicht anzweifelbar, nicht hinterfragbar, nicht diskutierbar, gewissermaßen gottgewollt: „Augen geraaa-dö aus!“

Und vor Schreck blickst du von deinem Fenster aus gerade auf die beiden Kirchtürme, du weißt, wenn du den Kopf nach oben höbst, sähest du ihre beiden Spitzen, und wenn du ihn dabei noch ein wenig nach links bewegtest, dann käme eine weitere Kirchturmspitze in dein Blickfeld, aber da müsstest du ja den Kopf drehen und auch den Nacken, der deinen Kopf wie eingegipst geradeaus zwingt. Dem Kommando folgend schaust du auch nicht nach unten, obwohl du dort vielleicht jemanden erblicktest, den du gerne treffen würdest, eine Freundin oder einen Freund, aber auch nach unten darfst du den Kopf nicht beugen: „Augen gerade aus!“

Du schließt das Fenster, verlässt das Zimmer, dessen Fenster auf eine schmale Straße blickt, die direkt zum Marktplatz führt. Wenn du dich nicht dagegen wehrst, gehst du im Rhythmus der Vorübermarschierenden durch den langen Flur und dann in die Küche. Wenn du von dort hinunter in den Garten blickst, in dem erst wenige grüne Hälmchen durch die Erde gestoßen sind, siehst du deinen kleinen Bruder und seinen Freund aus dem Nachbarhaus, die das Marschieren üben, viele Jahre, bevor sie es tun müssen. Du zweifelst, dass sie verstehen, was sie tun.

März 1914

Ich freue mich – das Wort ist in unserer traurigen Situation allerdings ein Missgriff, nur fällt mir kein anderes ein –, dass mein älterer Bruder sein Studium für ein Semester unterbrechen will, um den Sommer über zuhause zu bleiben. Ich weiß, dass er das vor allem für mich tut. Ich habe meine Mutter lange Zeit gepflegt und mich fast alleine um meinen kleinen Bruder gekümmert und auch um den Haushalt, mehr schlecht als recht, fürchte ich. Jetzt fühle ich mich erschöpft und Michael will mir beistehen.

Vater spricht wenig mit uns. Er hat den Schuldienst aufgekündigt, als Mutter vor drei Jahren krank wurde. Bis zu ihrem letzten Tag war er bei ihr und hat mit ihr gesprochen und sie gestreichelt. Als sie ihr Zimmer kaum mehr verlassen konnte, hat er in ihrem Zimmer einen kleinen Schreibtisch aufgestellt. Wenn sie schlief oder ruhte, saß er dort und hat gearbeitet, mit seinen Linealen und Dreiecken herumhantiert und irgendwelche Dinge entworfen. Als meine Mutter gestorben ist, ist er mit all seinen Geräten zurück in sein Arbeitszimmer gezogen und kommt nur noch selten heraus. Er arbeitet an seinen Gegenständen. Gebrauchsgegenstände, hat er einmal gesagt. Manchmal schaue ich mir seine Skizzen an und sehe erstaunliche Objekte. Schlichte geometrische Formen. Viereckige, selten runde. Lampen. Geschirr. Besteck. Kleinmöbel. Aber er möchte noch nicht, dass ich das genauer in Augenschein nehme. „Ich bin noch am Ausprobieren", sagt er, um noch eine Erklärung nachzuschieben: „Stellt man zum Beispiel runde Teller in einen Schrank, bleibt viel Platz ungenutzt. Hätte man quadratische Teller, so wäre jeder Zentimeter im Schrank ausfüllbar. Deine Mutter hat das verstanden."

Ja, denke ich. Das stimmt ja auch. Aber: Womit ist der Platz ausgefüllt? Doch nur mit Ecken. Das Volumen der Tellerfläche wird dadurch nicht größer, denn der eigentliche Teller wird bestimmt nicht quadratisch werden, weil sonst zu viele Reste verschwendet würden, die man nicht aus den Ecken herauslöffeln kann. Aber ich sage es ihm nicht. Vielleicht entwirft er ja auch eckige Löffel. Obwohl: Wie würde sich ein eckiger Löffel im Mund anfühlen? Denn unsere Mundhöhle kann er ja nicht geometrisieren. Seine Entwürfe lenken ihn ab, beschäftigen ihn. Aber entfernen ihn leider auch von uns.

Wenn mein jüngerer Bruder in der Schule irgendetwas anstellt oder nicht lernen will und ich darüber mit Vater sprechen will, winkt er ab. „Ich habe die Bedeutung der Schule und der Schulnoten zeitlebens überschätzt", sagt er, „und vor allem die meines Geometrieunterrichts. Es geht im Leben um anderes." Und dann frage ich ihn, worum es denn gehe im Leben, und er antwortet, dass er dabei sei, darüber nachzudenken, und wenn er mehr darüber wisse, werde er ein Buch darüber schreiben.

„Um Glück", sagte er einmal. Und verschwand wieder zwischen seinen Büchern. Doch dann wandte er sich schlechten Gewissens noch einmal um und schlug vor, dass ich doch Michael bitten sollte, mit Peter zu sprechen. „Er wird mit ihm besser zurechtkommen als ich", sagte er resigniert.

Juli 1914

Ich frage Vater, ob Peter und ich nicht den Sommer bei unserer Großmutter in England verbringen könnten. Sie schreibt uns immer heitere Briefe, um uns aufzumuntern, und in jedem Brief lädt sie uns ein, die Sommerferien bei ihr zu verbringen, wie wir das vor Mutters Krankheit unser Leben lang getan haben. Vater ist unschlüssig. Natürlich will er uns unseren englischen Sommer nicht nehmen, gönnt uns das Herumreiten auf den großen Wiesen und Auen an dem kleinen Fluss, an dem sie wohnt, und das Angeln und das freiere Leben, aber sich aus seiner Bibliothek herauszuwagen, danach ist ihm nicht. Alleine reisen lassen will er mich und Peter auch nicht. Vielleicht könne Michael uns ja begleiten, meint er.

Michael sagt wirklich zu. Nur jetzt gehe es nicht. Er habe angefangen, wieder intensiv zu studieren, damit er seine früheren Zeitpläne zum Abschluss seines Studiums trotz seiner Beurlaubung halbwegs einhalten könnte. Wir müssten nur die Geduld aufbringen, auf einen englischen Herbst statt auf einen englischen Sommer zu warten. Während Peters Herbstferien könnten wir alle drei nach England fahren. Er vermisse Mutters Heimat schließlich genauso wie ich.

September 1914

Und jetzt ist der Herbst gekommen, aber wir fahren nicht nach England. Denn wir befinden uns im Krieg. Und Michael ist einberufen worden und muss zur Front. Warum nur hat er nach seinem Abitur seinen freiwilligen Militärdienst absolviert! Er hat so gelitten dort, aber immerhin hatte er dadurch den Vorteil, nicht in der Kaserne leben zu müssen, zusammengepfercht mit anderen in einem engen Raum, sondern außerhalb des Dienstes fast eine Privatperson bleiben zu können. Und außerdem konnte er so das Ganze in einem einzigen Jahr erledigen. Peter mit seinen gerade einmal 14 Jahren beneidet seinen Bruder schrecklich um seinen Einsatz. Und nach England will er sowieso nicht mehr, nie mehr, wie er sagt, höchstens, wenn er siegreich in London einmarschieren kann.

„Was redest du da?", frage ich ihn. „Wer hat dir denn dort je etwas getan? Deine Großmutter, dein Großvater, deine

Onkels und Tanten, deine Cousins und Cousinen? Ihre Freunde? Wer?“

Und Peter zuckt hochmütig die Schultern: „Davon verstehst du nichts.“

Ich weiß, dass er damit sagen will, dass ich nur ein Mädchen bin. Seine Schwester, die für ihn sorgt, kocht und bügelt. Nur: Habe ich ihn während Mutters Krankheit auch richtig erzogen? Habe ich mich genügend um ihn gekümmert? „Denkst du oft an unsere Mutter?“, frage ich ihn vorsichtig.

Und er antwortet hart und sicher: „Noi, gar net.“

Ich bemerke, dass er Schwäbisch spricht. Das hat er bislang nicht getan.

Kapitel 1

K., ein angesehener Angehöriger des Militärs, der ein kleines Waldgrundstück nördlich von Schloss Monrepos besitzt, musste in seiner sich dort befindlichen Hütte eine schreckliche Entdeckung machen: Er fand nämlich einen jungen, ihm dienstlich bekannten Offizier mit aufgeschnittenen Pulsadern tot am Tisch in dieser Hütte sitzend …

(Ludwigsburger Zeitung, 23. September 1899)

März 1916

Lynn sieht die beiden Hühner in ihrem Garten nicht. Sie weiß aber, dass sie da sind, und sie weiß auch, wo sie sind, und ist froh darüber, dass sie immer noch unbehelligt und unentdeckt auf einem kleinen, mit Kieselsteinen bestreuten viereckigen Platz herumscharren können. Ihr *Hühnerhof* liegt zwischen dem Schuppen an der hinteren Begrenzung des Gartens, die von einer fast wild wuchernden Brombeerhecke, in der ein paar Schlehensträucher prächtig wachsen, markiert wird, und der ein paar Meter davor erbauten Gartenhütte.

Früher standen dort drei Fahrräder, ihres und die ihrer Brüder. Ihr älterer Bruder hat seines seinerzeit mit nach Tübingen genommen. Die anderen beiden stehen inzwischen vor der Gartenhütte, neben der ein niedriges Stahlgitter mit einer kleinen Tür bis zur rechten Grundstücksgrenze errichtet worden ist: Dort wächst ein dichtes Spalier von Blutberberitzen, die im Sommer mit gelben Beeren zwischen ihren lilafarbenen Blättern aufwarten und zwischen denen ein paar Stechpalmen ihre immergrünen Blätter zeigen, in denen im Winter rote Beeren prangen. In dem kaum einsehbaren Bereich zwischen den Hecken und dem niedrigen Zaun verrichten Lynns Hühner ihr Tagwerk und unter der rechten Hecke verstecken sie sich manchmal, wenn sie im Sommer

Schatten suchen, und im Winter schauen sie immer wieder zu den roten Beeren hoch, denn viele Vögel werden davon angelockt, besonders, wenn ein kräftiger Wind den Schnee von ihnen abgeschüttelt hat. Morgens bekommen sie ihre Körner gestreut oder irgendwelche Reste aus einem Eimer vor die Füße geschüttet. Dass ihr Futter kümmerlicher geworden ist, scheint sie nicht weiter zu stören, und dass sie jetzt nicht mehr den ganzen Garten durchstreifen dürfen, genauso wenig.

Insgeheim stimmt Lynn ihrem Vater zu, der sich vor langer Zeit, wie es im Märchen immer heißt, und wie eine Märchenschelte mutet sie das heute an, gelegentlich über die Wahl der Sträucher am rechten Gartenrand beklagt hatte: „Hättest du doch lieber dort auch Beerensträucher angepflanzt, von denen wir etwas haben, nicht nur die Vögel, Stachelbeeren, Johannisbeeren, Himbeeren ...“ Ihre Mutter lachte dann immer und wies auf die vielen Beerensträucher an der anderen Seite und das große Erdbeerbeet hin: „Ich brauche die Stechpalmenzweige zu Weihnachten“, entgegnete sie, „wie sonst soll ich unser Haus weihnachtlich schmücken?“

Lynns Mutter war schon seit zwei Jahren tot, aber Lynn holte im Dezember, wenn sonst allerorten Kränze aus Tannenzweigen die Tische schmückten, wie früher die stachligen Zweige in die Wohnung, wo die Besucher sie so irritiert ansahen wie eh und je. Ihr Vater, der sich eigentlich kaum für Gartenarbeit und Gartenzeiten interessierte, nur dafür, ob auch die Beete in exakter Form angelegt waren und ob die Ecken genau 90 Grad maßen, stand dann manchmal bei der rechten Gartenhecke und pflückte ein Blatt ab, das ihm zu gewellt erschien oder ein wenig welk. Davon, wie unnütz diese Hecke war, hatte Lynn ihn nie mehr sprechen hören. Und sehr selten nur gönnte er sich ein paar Tropfen des *sloe gin*, des Schlehenlikörs, den Lynns Mutter Jahr für Jahr gebraut hatte und dessen Vorrat jetzt zur Neige zu gehen drohte. Lynn ließ die blauen Kügelchen nach dem Tod ihrer Mutter erst einmal an ihren dornigen Ästen hängen und gönnte sie den Vögeln, denn sie erinnerte sich zu genau, wie ihre Mutter sich stets nur mit groben Lederhandschuhen und Stiefeln an die Ernte gemacht hatte, „nach dem ersten Frost“, erklärte sie ihrer Tochter dabei, und wie sie mit einer vor Kälte ganz blauen Nase wieder zurück ins Haus kam. Erst im dritten Kriegsjahr beschloss Lynn dann, die Schlehen auch abzuzupfen, nach dem ersten Frost natürlich, aber sie kochte Marmelade daraus. Wenn sie allerdings sah, wie ihr Vater die letzte Flasche des *sloe gin* gegens Licht hielt, um zu sehen, wie viele Gläschen, nein, wie viele halbe Gläschen noch auf ihn warteten, dann war ihr klar, dass sie sich im ersten Winter nach Kriegsende darum bemühen würde, aus den blauen runden Winzlingen etwas zu brauen, das ihrem Vater Freude machen würde. Dann könnte er mit ihrem älteren Bruder anstoßen, der dann unversehrt und zukunftsfroh aus dem Krieg heimgekehrt wäre, und sie würde auch ihrem kleinen Bruder einen kräftigen Schluck eingießen, der es bis dahin hoffentlich nicht geschafft hätte, seine Einberufung auch ohne Zustimmung seines Vaters, denn noch brauchte er die, bei der Militärbehörde durchzusetzen.

Sonst war ihr Haushalt in vielem schon vor dem Tod ihrer Mutter irgendwie *deutscher* geworden, als Bertha vor drei Jahren in den Haushalt kam. Sie war eine Witwe, die aus einem kleinen Dorf auf der Schwäbischen Alb stammte, wo sie nach dem Tod ihrer Eltern den winzigen Bauernhof nicht mehr alleine bewirtschaften konnte. Eigentlich wollte sie, wie Lynn inzwischen herausgefunden hatte, in der Garnisonsstadt etwas erleben und ein aufregendes Leben führen. Doch bald hatte sie sich in den bürgerlichen Haushalt der Schöntals so klaglos eingefügt wie früher in das bäuerliche Leben auf der Alb und fühlte sich fast wie ein Familienmitglied. Und als solches wurde sie auch behandelt. Bertha brachte Lynn auch einiges in der Küche bei, und ihre Rezepte fingen immer mit *„oi Oi“* an, mit einem Ei also, Mehl dann noch, Wasser, aber immer erst: *„oi Oi“*. Und das erhielten die Schöntals von ihren beiden Hühnern bis heute sehr zuverlässig, in den hellen Jahreszeiten oft sogar zwei.

Ein paar Monate nach dem Tod ihrer Mutter begann Lynn, sich mit den von ihrer Mutter viele Jahre lang in ein dickes, leinengebundenes Buch aufgeschriebenen Rezepten zu beschäftigen. Die wollte sie kochen können, bevor sie vergessen hatte, wie sie geschmeckt hatten. Sie kochte sozusagen gegen das Vergessen, auch gegen das ihres jüngeren Bruders, und sie studierte die vielen englischen Kochbücher, die ihre Mutter besessen hatte. Bertha half ihr dabei, und das praktische Wissen der einen und das eher theoretische Wissen der anderen machte es möglich, ungewöhnliche Speisen zuzubereiten und auch im Verlauf des Krieges trotz der Nahrungsmittelknappheit immer etwas auf den Tisch zu bringen, sei es nun etwas Schwäbisches oder etwas Englisches.

März 1917

Manchmal laufe ich durch die Straßen und sehe ganz bewusst und absichtlich nur geradeaus. Immer nach vorne, immer mit einem Gesichtsfeld, das viel enger ist als der Raum zwischen den beiden Hausfronten rechts und links, und nach oben und unten stelle ich mir ebenfalls Mauern vor. Die Straßen sind bei uns kerzengerade, es gibt keine Kurven, und wenn eine Straße die andere kreuzt, dann immer exakt rechtwinklig. Wenn ich geradeaus laufe, mit meinen Wänden rechts und links und unten und oben wie in einem Tunnel, dann verirre ich mich nicht. Ich sehe, wenn meine Straße in eine andere mündet, und kann mich nach links oder rechts drehen. „Reeechts schwenkt!“, schreit ein Vorgesetzter den marschierenden Soldaten zu, um ihnen die Entscheidung abzunehmen, wieder mit dem so überlang gedehnten ersten Vokal, dem ein extrem verkürzter Vokal in dem zweiten Wort folgt. Natürlich gibt es auch ein „Liiinks schwenkt!“

Manchmal, wenn ich eine Zeitlang so gegangen bin, natürlich nicht wirklich marschierend, sondern scheinbar mädchenhaft und schlendernd, damit niemand sieht, welche Studien ich eigentlich betreibe, gehe ich zurück zu meinem Ausgangspunkt und wiederhole den ganzen Weg, dieses Mal ohne die imagined walls. Dann sehe ich, was man versäumt, wenn man diesen einem entgegengeschleuderten Befehl befolgt. Ich habe nicht die Wolken am Himmel gesehen, die, das hat meine Mutter mit mir gespielt, Geschichten erzählen, wenn einmal kein Buch zur Hand ist. Geschichten vom Davonlaufen und Verfolgen, von Annäherungen, Verschmelzungen und Trennungen, von fröhlichen Versammlungen und langen schwarzen Trauerzügen ...

Welche Angebote es auf den Marktständen gibt und dass es in unserem Stoffgeschäft wie durch ein Wunder neuen geblümten Frühlingsmusselin gibt, habe ich auch nicht gesehen. Und meine Freundin nicht, mit der ich ein kleines Schwätzchen halten kann. Die Kinder habe ich nicht herumtollen und ihre Kreisel zum Tanzen bringen sehen. Wenn die Soldaten ihren Marsch absolvieren, leeren sich die Straßen vor ihnen in einem geübten Ritual. Man legt sich besser nicht mit ihnen an. Ich träume von einer Stadt mit runden Kurven und ungleichmäßig breiten Bürgersteigen und Zwischenräumen zwischen den Häusern, Nischen, wo Überraschungen warten. Und es Verstecke gibt. In so einer Stadt will ich studieren. Aber ich weiß, dass das unmöglich ist. Wenn Mutter noch lebte, würde sie mir helfen. Aber so muss ich da bleiben. Wer soll sich sonst um Vater und Peter kümmern?

Ich freue mich, wenn Soldaten auf ihren Pferden oder in ihren Pferdewägen kommen. Das sieht dann zwar auch ordentlich und exakt aus, aber die Pferdehufe klappern nicht synchron.

März bis Mai 1918

Lynn kam oft erst sehr spät nach Hause. Sie arbeitete seit gut zwei Jahren im Reservelazarett II; dem größten Lazarett der Stadt. In ihrer kurzen Ausbildung hatte sie viel gelernt und ihre Arbeit tat sie gern. Sie schätzte die Ärzte und ihre Kolleginnen und Kollegen. Inzwischen allerdings konnte sie das Ende des Krieges kaum mehr abwarten. Die letzten Monate kamen ihr vor wie Jahre, nicht enden wollende Jahre.

Aber sie wollte nicht darüber nachdenken und lebte einfach jeden Tag weiter, und dann den nächsten.

Die Sorgen um Peter nahmen kein Ende. Er hatte die Schule abgeschlossen und verkündete ihr mit seinem Reifezeugnis in der Hand, dass er jetzt in den Krieg ziehen wollte. Als er so vor ihr stand, erinnerte sich Lynn daran, wie er sich als Kind, wenn sie ihn liebevoll anzuleiten und zu erziehen versuchte, trotzig vor ihr aufbaute. Vor zwei oder drei Jahren konnte sie sich noch daran freuen, wenn ihr kleiner Bruder seine Meinung so selbstbewusst vorbrachte. Nur ging es damals um Radausflüge und Zeltlager mit den Freunden, später um abendliche *Spaziergänge*, wie er sagte, hinter denen sie Kneipengänge oder Liebeleien vermutete. Aber nie ging es um etwas so Ernstes wie jetzt: um Peters Wunsch, *für sein Vaterland zu kämpfen*, wie er es stolz und in ihren Augen viel zu pathetisch formulierte.

Lynns Sorge um ihren älteren Bruder, der irgendwo an der Westfront stand, war nicht geringer. Für den war, wie sie wusste, das Kämpfen-Müssen so furchtbar wie für Peter das Nicht-Kämpfen-Dürfen. Beim vorletzten Heimaturlaub hatten sie lange darüber gesprochen, und Michael hatte ihr gestanden, dass er von einem immer wiederkehrenden Alptraum gequält wurde. Darin stürmte er vor und traf auf jemanden, den er kannte, einen englischen Verwandten oder Freund. Glücklicherweise hatte er bisher in den langen Jahren des Stellungskriegs immer französische Regimenter jenseits der Gräben warten und lauern sehen, keine englischen. Doch seit dem denkwürdigen Weihnachtsfest am Ende des ersten Kriegsjahrs, als die Soldaten der befeindeten Armeen miteinander gefeiert hatten, zwar ohne die Offiziere, aber mit deren – also auch seiner – stillschweigenden Duldung, hatte er darin keinen Trost mehr gefunden. Denn das gemeinsame Weihnachtslied der vermeintlich feindlichen Soldaten klang seitdem in ihm nach.

Und Lynn sorgte sich um ihren Vater. Die Entwürfe, die er während der Krankheit seiner Frau hergestellt und dann sehr erfolgreich bei unterschiedlichen Ludwigsburger Produktionsstätten präsentiert hatte, sogar das eine oder andere konkrete Vorhaben zeichnete sich dabei ab, bevor der Krieg andere Prioritäten bei der Produktion setzte, waren seltsamen Zeichnungen gewichen. Man konnte auf ihnen auf den ersten Blick kein konkretes Objekt mehr erkennen, sondern nur noch Formen, eckige Formen, spitze Dreiecke zumeist, die einander zu bedrohen, zu stechen, totzustechen schienen. Im letzten Winter wurden die Gegenstände wieder etwas figürlicher. Lynn und Peter, aber auch Bertha, meinten, etwas aus den Zeichnungen herauslesen zu können; Bertha sah verzweifelte Figuren, Lynn kämpfende Gestalten, Peter sprach von den Wahnvorstellungen eines alten Mannes. Das verbot Lynn ihm, und zu ihrer eigenen Überraschung äußerte er sich nie wieder so verächtlich über das Tun des Vaters.

Um sich selbst machte sich Lynn die wenigsten Sorgen. Sie kam sich vor wie ein Kind in der Schulpause; nur dauerte die Pause schon sehr lange. Aber sie fühlte sich nicht unwohl dabei. Sie verrichtete ihre Arbeit mit großem Eifer und Zuwendung, sie liebte ihren Garten, sorgte recht gerne für ihren eigensinnigen Bruder und ihren eigenwilligen Vater, so schwierig es ihr der Krieg auch machte. Sie wartete einfach. Sie erinnerte sich daran, wie Michael, als er seinen Einjährigendienst ableistete, für jeden noch zu absolvierenden Tag einen Strich auf einen Bogen Papier machte, den er abends durchstrich. Dasselbe tat Peter vor dem Abitur, das dann aber früher stattfand als vorgesehen. Er hatte noch lange nicht alle Striche durchgestrichen. Damit die jungen Leute in den Krieg ziehen konnten, dachte Lynn damals.

Aber wenn der Krieg vorbei wäre, und lange konnte es ja nicht mehr dauern, dann würde sie ihre Pause beenden. Ihre Lebenspause. Sich vom Muster des *Augen geradeaus* verabschieden und sich ein eigenes suchen. Dann würde sie wieder nachzudenken beginnen, sich fragen, ob ihr Jungmädchentraum, zu studieren wie ihr Bruder, überhaupt noch der Wunsch der jungen Frau war, die sie inzwischen geworden war. Vielleicht sollte sie etwas anderes lernen. In der letzten

Zeit ging ihr manchmal durch den Kopf, als Journalistin zu arbeiten. Oder als Fotografin. Ereignisse, Vorkommnisse mit Wort oder Bild festzuhalten und diese Wahrheit zu verbreiten. Das erschien ihr in den letzten Monaten nicht mehr gesichert. Die Zeitungen strahlten nach wie vor eine Siegesgewissheit und eine Zuversicht aus, die sie nicht teilen konnte. Denn in den Militärlazaretten und den Lazaretten des Roten Kreuzes trafen immer mehr Kranke und Verwundete ein, seit ein paar Wochen schienen sie sich vervielfacht zu haben. Junge Männer wie ihr Bruder kamen und alte wie ihr Vater, und in fast allen Mienen las sie Erschöpfung. Resignation. Verzweiflung.

Manchmal wünschte sie sich, Peter wäre im Lazarett an ihrer Seite. Doch ihr Bruder saß mit seinen Kameraden zusammen und sie redeten sich den Mund wund und entwarfen eine neue Taktik, um die Angriffe, denen das deutsche Heer an der Westfront täglich ausgesetzt war, nicht nur tapfer abzuwehren, sondern sie auch in Siege umzuwandeln.

Aus dem Hasskästchen von Peter

Bleistift mit der Aufschrift:

Gott strafe die Engländer

An einem Abend kam Lynns Bruder recht angetrunken nach Hause. Sie nahm ihn halb verärgert, halb liebevoll in den Arm: „Ach, Pihter“, sagte sie, so nannte Lynns Mutter ihn immer, und Michael war für sie „Maikl“, und auch Lynn war daran gewöhnt, die beiden so anzusprechen. Er wand sich aus ihren Armen, verließ das Zimmer und schlug laut die Tür hinter sich zu.

Am Mittwochmorgen, es war der 15. Mai, traf ein langer Lazarettzug ein: Die schwer verwundeten Männer wurden ausgeladen und in die Lazarette der Stadt verteilt. Die Ärzte in Lynns Lazarett sahen, dass ihre Patienten schon so gut vorversorgt worden waren, dass sie den Pflegekräften anvertraut werden konnten. „Immerhin schon zusammengebastelt“, sagte einer der Ärzte, aber Lynn wusste, dass das nicht so zynisch gemeint war, wie es klang.

Die meisten Patienten bevorzugten Krankenwärter und waren sehr scheu, wenn eine der Schwestern oder Helferinnen ihre Wunden versorgten oder ihnen neue Verbände anlegen wollten. Wenn es ihnen besser ging, nahmen sie jedoch gerne ihre Mahlzeiten aus den Händen der Frauen entgegen. Manchmal sprachen sie auch mit ihnen, wenig über den Krieg, aber über ihre Familien, ihre Heimatorte, ihre Pläne für ihr Leben nach dem Krieg.

Doch untereinander redeten sie natürlich über ihre Fronterlebnisse. Lynn wusste deswegen, dass die Kampfpausen an der Westfront immer kürzer wurden und dass auf beiden Seiten viele Menschen fielen. Glücklicherweise war in dem überfüllten Lazarett wenigstens keine andere Krankheit aufgeflackert wie 1916, als im Reservelazarett I der Typhus wütete, oder im letzten Sommer, als dort eine Ruhrepidemie ausbrach.

Wie bei jedem Antransport versah Lynn ihre Pflichten umsichtig und gewissenhaft, musterte aber trotzdem jeden Mann, der aus dem Transportwagen ausstieg oder herausgetragen wurde. Sie suchte bekannte Gesichter, Michaels natürlich, aber fast genauso intensiv das Gesicht Friedrichs, seines besten Freundes, oder das anderer Freunde und Bekannten, von Ludwig, einem Klassenkameraden ihres Bruders, dem Sohn eines Stoffproduzenten, von Karl, dessen Vater eine große Bäckerei betrieb, von Erwin, Hermann, Egon und wie sie alle hießen. Vielleicht stieß sie zumindest auf jemanden, den sie vom Sehen kannte. Auf irgendeinen dieser jungen Männer, mit denen ihr älterer Bruder durch die Straßen der Stadt geschlendert war und die, bevor ihre Mutter erkrankte, oft bei ihnen zu Besuch waren. Vor allem die *partys*, so nannte Lynns Mutter die Geburtstagsfeiern der Kinder, waren im gesamten Freundeskreis der Schöntals sehr beliebt. Aber auch an diesem Tag waren es nur Fremde, die ankamen.

Lynn fühlte sich nie fremd in Ludwigsburg. Sie war hier geboren und, wie ihre Mutter gerne sagte, *trilingually* aufgewachsen: Englisch, Deutsch und Schwäbisch. Ihr dialektfreies Deutsch hatte sie bei ihrem Vater gelernt, der in Norddeutschland groß geworden war, ihr Englisch bei ihrer Mutter und ihr Schwäbisch bei den Kindern und Menschen der Umgebung. Sie war zuhause hier.

Sie bewohnten ein stattliches Haus in der Nähe des Marktplatzes, wo, wie sie schon als Kind spürte, die *right people* wohnten, die angesehenen Bürger. Sie gehörte in dieses breite Haus aus zwei, nein eigentlich drei Stockwerken, rechnete man den Dachstock mit dem großen Gaubenfenster in der Mitte und zwei kleineren symmetrisch zu ihm angeordneten Fenstern dazu. Sie kannte jeden Winkel dieses Hauses und jeden Gegenstand, der sich darin befand. Seit nunmehr sechs Jahren war sie die *mistress of the household*, die Herrin dieses Hauses. Eine Herrin allerdings, die nur Pflichten und keine Rechte hatte. Eine Herrin, die dem Hausherrn, ihrem Vater, folgen müsste, sofern es diesem in den Sinn käme, ihr eine Anweisung zu geben. Eine Herrin, die sich von der Köchin unterweisen lassen musste. Und die von ihrem jüngeren Bruder herausgefordert wurde. Obwohl sie ihn die letzten Jahre unaufhörlich umsorgt hatte, gepflegt, getröstet, ermutigt, geliebt, war er jetzt, zwei Köpfe größer als sie, der Ansicht, dass die Zeit, wo sie ihm etwas zu sagen hätte, endgültig vorbei sei.

Das Haus blickte mit seiner Front auf eine schmale Gasse, die quasi von der Haustür direkt zum Marktplatz führte. Von den mittleren Fenstern, am besten natürlich vom Dachfenster aus, konnte man das Geschehen auf dem Marktplatz beobachten. Im weitgehend identischen Haus rechts von ihnen wohnte ein Major mit seiner Familie, das folgende Haus beherbergte ein Gasthaus, das einen Nebeneingang zum Garten hin besaß, der nie abgeschlossen war und durch den der Gastwirt sein Fleisch, sein Gemüse und seine Getränke geliefert bekam, die er dann in einem rückseitigen unterkellerten Anbau einlagerte. Dieser Nebeneingang war ihr früher so vertraut wie allen anderen Jugendlichen, vor allem auch ihren Brüdern. Hatte einer von ihnen einmal seinen Schlüssel bei einem zu ausgedehnten nächtlichen Ausgang vergessen, so kam er dort hinein in die großen Gärten, die sich zwischen den Rückfronten der Häuserzeilen von Nachbarstraßen als grünes Viereck erstreckten. Jeder wusste seit Kinderzeiten genau, durch welche schmalen Lücken in den Hecken und hinter welchen dichten Büschen er sich ungesehen an die Hintertür seines eigenen Hauses schleichen konnte. Lynn hatte sich als junges Mädchen immer vorgestellt, dass auf diesem Weg ein heimlicher Verehrer, der eigentlich immer aussah wie Friedrich, den Weg in ihr Zimmer finden würde.

Links von ihnen wohnte ein ehemaliger Bürgermeister, dann kam ein Doppelhaus, in dem ein Rechtsanwalt seine Kanzlei und ein Arzt seine Praxis betrieb. Fast alle Häuser in der Straße teilten sich ihre Außenwände.

So wie in das Haus gehörte sie in die Stadt. Sie kannte fast alle Menschen in ihrer Straße und in der schmalen Straße zum Marktplatz hin, und auch von den Menschen, die am Marktplatz wohnten, waren ihr die meisten bekannt. Sie gehörte in diese Stadt, auf ihren Marktplatz, in ihre Kirche, die sie jeden Sonntagvormittag besuchte, früher in ihren Kindergarten und später in ihre Schulen.

Warum sie manchmal Zweifel daran hegte, trotz alledem wirklich dazuzugehören, wusste Lynn nicht. Vielleicht war das schon immer so, und sie hatte es nur nicht bemerkt.

An ihrem Vater konnte es nicht liegen. Er hatte einst eine beachtenswerte Karriere als Professor für Mathematik begonnen, sich aber nach seiner Heirat von der Universität zurückgezogen und war in das große Haus in Ludwigsburg gezogen, das er von seinen Großeltern geerbt hatte. Statt weiterhin an einer Universität Ruhm und Ehre zu erwerben, hatte er begonnen, an der Karlsschule Algebra und Geometrie zu unterrichten. Aber auch das war schließlich eine angesehene Arbeit, und Lynn erinnerte sich gerne an ihre Kinderjahre, wenn sie ihren Vater von der Schule abgeholt hatte und ihm stolz dabei half, sein riesiges Lineal nach Hause zu tragen, wo er dann an einer im Keller aufgestellten Tafel weiterhin Dreiecke und Vierecke und Parallelogramme und Trapeze und andere geometrische Figuren aufzeichnete, die sie und ihre Brüder mit bunter Kreide ausmalten. Aber trennte einen das von der Umwelt? Etwas ausgefallenere mathematische Spielereien? Mangelnder Ehrgeiz eines kreativen Vaters?

Mit ihrer Mutter konnte es auch nichts zu tun haben. Gut, sie kam aus England, war dort auf einem bescheidenen Landgut aufgewachsen, frei und ungezwungen, aber sie sprach ein hervorragendes Deutsch. Sie hatte Johannes Schöntal, den etwas unbeholfenen Mathematikprofessor, kennen gelernt, als sie ein Semester deutsche Literatur an seiner Universität studierte, und als ihre Rückkehr nach England kurz bevorstand, forcierte sie die ganze Angelegenheit auf etwas unkonventionelle Art und heiratete ihn kurzentschlossen. Als ihnen bald darauf die nicht unerhebliche Erbschaft des Großvaters zufiel, darunter das Ludwigsburger Haus, ermutigte sie ihren Mann, sich seinen wissenschaftlichen, künstlerischen und philosophischen Ideen zu widmen. Daneben ein wenig zu unterrichten, Kinder vielleicht eher als Studenten, um eine kleine Rolle in der Stadt zu spielen, schlug sie ebenfalls vor. Wenn sie ihr Geld sorgsam anlegten und nicht unvernünftig um sich warfen, sondern schwäbisch sparsam lebten, sollte es, so rechneten Lynns Eltern sorgfältig und gewissenhaft aus, für die Instandhaltung des Hauses, die Erziehung und das Studium ihrer Kinder sowie ein angenehmes gemeinsames Alter reichen.

Trennte dieses wenig ambitionierte Lebenskonzept sie von anderen? Nein, das war es auch nicht. Vielleicht waren sie zu glücklich. Kein *Schaffe, schaffe, Häusle baue*, denn das Haus war schon da, und an seinen kleinen Makeln nahm keiner Anstoß, sofern die Vorderfront sich intakt und sauber zeigte. Lynns Vater war als Lehrer beliebt, und dass zuhause die Kinder manchmal im Wohnzimmer durch seine Riesendreiecke kletterten oder über auf Bausteintürme gelegte

Lineale sprangen und Hochsprung übten, wusste ja keiner, und wenn es doch jemand gewusst hätte, wäre daraus auch kein Problem entstanden.

Lynn und ihre Brüder waren intelligente und gut erzogene Kinder, die schnell Freundschaften schlossen und sich überall zurechtfanden. Peter, *des Peterle*, wie die Nachbarn den Jüngsten nannten, war vielleicht ein wenig wild, doch welcher richtige Junge war das nicht? Michael war besonnen und zurückhaltend, aber er war höflich und hilfsbereit, und nirgends hörte man ein schlechtes Wort über eines der drei Kinder.

Also musste ihr seltsames Gefühl an ihr liegen, dachte Lynn. Deswegen wollte sie, wenn sie ihre Pflichten hier erfüllt hatte, woanders etwas aus ihrem Leben machen.

August 1918

Als Lynn an einem Montagmorgen in der Gartenhütte nach einem Seidenschal suchte, den sie meinte, dort vergessen zu haben, fühlte sie irritiert, dass irgendetwas sich verändert hatte. Sie konnte jedoch nicht fassen, was es war.

Sie betrat die Hütte zwar nicht täglich, aber doch recht oft. Hier hatte sie sich als junges Mädchen, es war kurz nach der Erkrankung ihrer Mutter, ein kleines Versteck eingerichtet, um ungestört sein zu können. Zum Beispiel dann, wenn sie in Ruhe ihre ausführlichen Einträge in ihr Tagebuch vornehmen wollte. Natürlich behelligte niemand Lynn absichtlich, aber sie nahm damals ihrer Mutter schon viel Arbeit ab und hatte deswegen weniger Zeit für sich als früher. Ihr kleiner Bruder kam gerne in ihr Zimmer gerannt, wenn er ein kleines Wehwehchen hatte und mit ihrem Vater war es nicht viel anders. Michael akzeptierte bei seinen Wochenendbesuchen zwar ihre Privatsphäre, aber auch er klopfte öfters an ihre Tür, um etwas mit ihr zu besprechen, und wenn er sie dann über ihrem Tagebuch fand, bemerkte sie, wie Neugier in seinen Augen aufblitzte, auch wenn er nichts sagte.

Im Garten jedoch suchte sie selten jemand. Vielleicht ahnten oder fürchteten ihr Vater und ihr Bruder ja auch, dass Lynn sie in die Arbeit einbinden würde, wenn sie sich zu oft im Garten blicken ließen. Sie lernten, mit ihren Anliegen zu warten, bis Lynn zurück ins Haus kam. Dann wusste sie oft nicht, wem sie zuerst bei irgendetwas helfen sollte.

Lynn arbeitete sehr viel im Garten, seit manches für die Mutter zu anstrengend geworden war. Im letzten Sommer, den die Mutter erleben konnte, holte Lynn ihr oft aus der Gartenhütte einen bequemen Korbsessel und stellte ihn auf den Rasen, einen kleinen Gartentisch daneben, und sie brachte ihr Bücher und ihren Handarbeitskorb und alles, was ihrer Mutter Ablenkung verschaffen mochte.

Doch die Lieblingsbeschäftigung der Mutter war es, das wusste Lynn, ihre Tochter zu beobachten, wie diese im Garten herumwerkelte und von Woche zu Woche besser zu verstehen schien, was der Garten, den sie in vielen Jahren nach ihren ganz besonderen Vorstellungen gestaltet hatte, brauchte. *You read my garden*, flüsterte ihre Mutter manchmal, und Lynn überlegte sich, ob und wie sie das übersetzen könnte. In diesem Sommer lernte sie fast alles, was sie über den Garten wissen wollte. Und: Sie richtete sich eben das kleine Gartenhaus richtig ein, nicht aufwändig, dazu war auch gar nicht genügend Platz, denn der Raum war angefüllt mit den Gartenmöbeln und Spielen fürs Freie, die noch aus ihren Kindertagen stammten, jetzt aber nicht mehr genutzt wurden. Denn auch Peter war ihnen entwachsen und bevorzugte wildere Spiele, die mehr Platz erforderten als den Hausgarten. Mit seinen Freunden war er oft irgendwo draußen vor der Stadt mit dem Ball, wo man nicht immer gewärtig sein musste, irgendetwas kaputtzumachen, was einem Ärger bereitete oder, noch schlimmer, zu laut zu werden und deswegen die Mutter zu stören.

Der Garten wurde in diesem letzten Sommer so etwas wie ein Frauenraum; und wahrscheinlich wusste niemand außer der Mutter, dass Lynn sich in der kleinen Ecke am Fenster, das einen Blick in den Garten eröffnete, einen Schreib- und Leseplatz eingerichtet hatte. Es gab nur ein Tischchen, einen

Stuhl mit einem Kissen, dessen Bezug sie aus einem alten Stoff, den sie im Keller gefunden hatte, nähte. Der Stoff reichte noch für eine Tischdecke und zwei schmale Vorhangstreifen, die sie rechts und links des Fensters anbrachte. Dann schleppte Lynn noch ein Nachtkästchen vom Dachboden herunter; hier bewahrte sie ein paar ihrer Lieblingsbücher auf, hinter denen sie ihr Tagebuch versteckte. Wenn ihre Mutter eingeschlafen war, legte Lynn ihr eine leichte Wolldecke über die Knie und machte ihrerseits eine Pause vom Unkrautherauszupfen oder Beerenernten oder Gießen oder Harken und allem, was es da sonst noch so zu tun gab, schwache Blumenstängel an einem Holzstöckchen befestigen, den Kiesweg vor den Hecken rechts mit einem Rechen zu glätten, etwas abschneiden, probeweise herausziehen, um den Reifegrad zu erkunden, Stroh zwischen die Erdbeerpflanzen legen, etwas einpflanzen oder auch wieder herausreißen, sie machte dann einfach eine Pause, setzte sich in die Hütte vor ihren Tisch und schrieb ein paar Zeilen. Dabei hob sie manchmal den Kopf und sah auf ihre Mutter und war zufrieden, wenn diese eine Zeit lang ruhig schlafen konnte.

Eigentlich hatte die Mutter vor, mit Lynn im Winter nach ihrem gemeinsamen *Gartensemester*, wie sie den Sommer des Jahres 1913 nannte, noch ein *Küchensemester* abzuhalten. Aber dazu konnte es dann nicht mehr kommen.

Die Gartenmöbel standen inzwischen meistens unbenutzt in der Hütte; allerdings hatte Lynn ihre Ecke dort nie aufgegeben und hielt sich nach wie vor dort auf, wenn sie eine Pause in ihrer Gartenarbeit machte. Sie brauchte ihren Rückzugsort, Schreibort, Leseort, ihren Ort zum Weinen und zum Träumen. Irgendwann, ganz langsam, wurde das Weinen seltener und das Träumen häufiger. Jetzt, wo der Krieg schon nahezu vier Jahre dauerte, schien sich das wieder umzukehren.

Auch wenn man in der Familie den Garten immer noch Mutters Garten nannte, war er längst Lynns Garten geworden, und vor allem half er ihr, ihre Familie durch die schweren Kriegszeiten zu bringen. Natürlich litten sie wie alle anderen unter der schlechten Versorgungslage und der strengen Rationierung vieler Lebensmittel, doch hungern mussten sie nie. Vor allem nicht im Sommer, wenn vieles im Überfluss wuchs. Sie musste manchmal darauf achten, dass Peter nicht die ersten Beeren abklaubte, wenn sie sich gerade einmal zartrosa zeigten. Ihr selbst fiel das Warten auf die volle Reife oft auch schwer, wenn ihr zum Beispiel die ersten Erdbeeren entgegenleuchteten, doch sie achtete peinlich auf eine gerechte Verteilung der süßen und reifen Früchte, alle wurden reichlich bedacht. Ein gut Teil verarbeitete sie zu Marmelade, zu *jam* oder *jelly*, wie ihre Mutter dazu sagte, denn eigentlich, darauf hatte ihre Mutter bestanden, war *marmalade* nur eine Konfitüre, die aus Orangen oder Zitronen bestand. Manchmal benutzte Lynn auch das Wort *Beeragsälz*. So nannte Bertha die vielen Fruchtaufstriche, die sie gemeinsam einkochten.

Inzwischen gab es leider nur selten Zucker zu kaufen. Doch Lynn hatte glücklicherweise in ihrer Unwissenheit vor dem Krieg und auch zu Kriegsbeginn von allem viel zu große Vorräte gehortet. Dabei hatte sie den Rat der Mutter im Ohr, dass größere Mengen preisgünstiger seien als kleine, und sie wollte alles richtig machen. Beim Händler hatte sie also Zucker, Mehl und Reis sackweise gekauft und Bertha hatte die Hände über dem Kopf zusammengeschlagen und Lynn gefragt, ob sie eine Armenküche einrichten wollte. Lynn ließ es sich gefallen, ausgelacht zu werden, denn sie hatte längst ausgerechnet, dass der Haushalt sie so aufs Jahr gerechnet weniger kosten würde. Und als dann erste Versorgungsengpässe eintraten und man weitere befürchten musste, kaufte sie immer alles, was es gerade an Unverderblichem gab, und verschwendete keine Zeit damit, etwas zu ergattern, was sie gerne wollte. Und Lynns Voraussicht ergänzte sich gut mit Berthas Sparsamkeit. Die beiden entwickelten eine gemeinsame Leidenschaft fürs Einkochen, alles, was im Garten wuchs, wurde konserviert.

Ab Mitte Mai stellten sie Erdbeerkonfitüre her, im Monat darauf Kirschenkompott, sie legten ununterbrochen Gemüse und Kräuter ein, machten saure Gurken, nein, richtige saure

Gurken wie bei ihren Nachbarn waren das natürlich nicht, sondern *mixed pickles*, überhaupt fertigten sie *chutneys* und *relishes* jeder Art, süße und saure, besonders gerne süßsaure, stückige und sämige, aus Gemüse und Obst in jeder Zusammenstellung, die die Phantasie, nein: besser die Natur ihnen vorgab. Im Herbst füllte Lynn ein Fass mit klein geschnittenem Kraut. Dass sie sich einmal bei einem Essigankauf völlig verschätzt hatte, kam ihr so wunderbar zugute wie die vielen Zuckersäcke aus der Vorkriegszeit. Als sie daran dachte, fiel ihr wieder Mutters Ausspruch von *penny wise and pound foolish* ein, und plötzlich wusste sie nicht mehr, ob das eigentlich bedeuten sollte, dass man den Pfennig ehren soll, wie man hier sagte, oder das Gegenteil. Kann man seine Muttersprache vergessen, wenn man sie nicht spricht?

Die Familie besaß am Stadtrand auch ein paar kleinere Äcker, die lange brach lagen. Lynn hatte sie verpachtet, bis auf einen, den bestellte Bertha. Auf einer Hälfte baute sie Kartoffeln an, auf der anderen Grünkern. *Unripe spelt grains*, das hatte Lynns Mutter einmal einer englischen Freundin, die sie besuchte, erklärt, als diese sie ganz begeistert gefragt hatte, woraus die spezielle Suppe, die Lynns Mutter ihr vorsetzte, bestehe. Lynn war vielleicht zehn Jahre alt, aber sie erinnerte sich noch an das entsetzte Gesicht des Gastes: *Unripe spelt grains?*, wiederholte sie ungläubig, und Lynns Mutter zeigte ihr, wie sie die grünen Körner in der Pfanne anröstete und ihnen so einen leicht süßen Röstgeschmack verlieh. Aber eigentlich gab sie mit ihren schwäbischen Rezepten nur an, wenn englischer Besuch kam. Meistens kochte Lynns Mutter so, wie sie es als junges Mädchen zuhause gelernt hatte. Seit letztem Herbst bewachten die alten Bauern, die nicht im Krieg waren, und Bertha ihre Felder, wenn die Ernte nahte, bis alles eingebracht war.

Lynn kochte inzwischen mit Bertha oft nach dem handgeschriebenen Rezeptbuch ihrer Mutter. Irgendwann im zweiten Kriegsjahr schenkte man ihr bei irgendeiner offiziellen Gelegenheit, vielleicht war es zu Beginn ihrer Schwesternausbildung, ein Büchlein, das von einem Frauenverein im

Badischen herausgegeben worden war und voller guter Ratschläge zur Kriegsküche war. Sie freute sich auf die Lektüre, hätte aber besser nicht mit dem Vorwort angefangen, denn dort las sie, dass das Büchlein sich als Teil der Kriegsführung verstehe, da die Engländer planten, das auf dem Schlachtfeld schwer besiegbare deutsche Volk systematisch durch Blockaden auszuhungern. Natürlich warf sie das Büchlein sofort in den Küchenofen; dachte jetzt aber, es sei besser gewesen, nur das Vorwort zu verheizen, denn die anderen Seiten mit den vielen Rezepten aus heimischen Produkten hätten ihr noch gute Dienste leisten können. Aber damals glaubte man ja noch fest an das rasche siegreiche Ende des Krieges; deswegen waren ja auch kaum Vorbereitungen für eine längere Versorgung der Bevölkerung getroffen worden. Immerhin hatte Lynn ihren Vater dazu gebracht, ihr eine Kochkiste zu bauen, durch die sie viel Brennmaterial und auch Mühe sparte.

Sie wusste nicht mehr genau, wann die Rationierungen eingesetzt hatten. Das musste schon 1916 gewesen sein und sie umfassten Kartoffeln, Zucker, Fett und Fleisch. Lynn erinnerte sich noch, wie befremdlich man zuerst auf andere Fettquellen reagiert hatte, Bucheckern zum Beispiel. Im Sommer und Herbst wurden lange Waldspaziergänge gemacht, und alle hatten immer eine kleine Tüte bei sich, um alles, was Wald und Wiesen hergaben, einzusammeln. Vieles, was man früher für Stallhasen gesammelt hatte, fand jetzt Verwendung in der Küche. Brennesseln, Sauerampfer, Melde. Anfangs fand Peter es noch lustig, wenn er auf Bucheckernsuche ging, wie alle Knaben machte er einen Wettbewerb daraus, seine ältere Schwester auszustechen. Aber irgendwann erkannten auch die Kinder, dass das kein Spiel war, mit dem die Erwachsenen sie belustigen wollten, sondern dass ihre Teller ohne das Gesammelte wohl leer geblieben wären.

Zum Weihnachtsfest im Jahr 1917 fanden viele Frauen unter dem Tannenbaum ein spezielles Kriegskochbuch für die fleischlose Küche. Lauter Hinweise, wie man Gerichte zubereiten könnte, die fast wie Fleisch schmeckten, obwohl sie kein Gramm davon enthielten. Viele Frauen verzweifelten an der Aufgabe, für sich und ihre Kinder etwas Schmackhaftes herzustellen, das trotzdem gesund war. Bald hieß es in vielen Küchen nicht mehr *oi Oi*, wie Bertha ihr das Spätzlezubereiten beigebracht hatte, sondern inzwischen galt eher die Devise *koi Oi*. Wie soll man Spätzle machen aus *koi Oi* und *koi Mehl?* Und dann gar Kuchen ohne Eier, ohne Mehl und ohne Fett? Lynn hätte das Kochbuch, das ihr ihre Oberschwester geschenkt hatte, manchmal am liebsten in die Ecke geworfen, oder, wie Bertha sagte, *glei in Ofa,* aber letztendlich fanden sie doch immer wieder einen Tipp darin, den sie ausprobierten. Und durch den großen Garten waren sie ja sowieso privilegiert.

Lynn fragte sich, warum ihre Gedanken immer von ihrer Irritation abschweiften und bei diesen Koch- und Einmachgeschichten landeten? Hier standen doch keine Töpfe oder Weckgläser herum. Sie legte höchstens gelegentlich etwas Geerntetes in ihren Gartenkorb, bevor sie es ins Haus brachte, wo es in dem Vorratsraum neben der großen Küche oder im Keller darunter dunkel und kühl aufbewahrt wurde. Der Tisch in der Hütte war aufgeräumt wie immer, das Nachtkästchen geschlossen, der Gemüsekorb leer. Warum nur konnte sie sich nicht erinnern? Vergesslich war sie eigentlich nicht, und eine dumme Gans auch nicht.

Halt! Gans, das war das Stichwort, auf das hin ihr einfiel, dass sie gestern, es war ein so schöner Sommerabend, noch einige recht harte *gooseberries* gepflückt hatte, die sie mit Zwiebeln zu einem süßsauren *relish* verarbeiten wollte, doch dann hatte sie sich hier ein Stündchen ausgeruht oder geschlafen und geträumt oder geweint, das wusste sie nicht mehr genau, und dann war es zu dunkel, um noch Zwiebeln herauszureißen, denn da schaute man besser genau hin, welche geeignet waren und welche besser noch ein wenig in der

Erde blieben. Und sie ging ins Haus und ließ die Stachelbeeren in ihrem Korb. Und heute waren sie weg. Aber wer hätte schon ein paar Handvoll saurer Stachelbeeren gestohlen, wo doch schöne und fast reife gelbe und rote Beeren am Strauch hingen? Nun, das war eine dumme Frage. Es war ja schon dunkel, als sie zurück ins Haus ging, und noch später konnte man dort bestimmt keine gelbe von einer roten oder grasgrünen Beere mehr unterscheiden. Gut, das war überzeugend. Weniger überzeugend war allerdings die Annahme, dass jemand diese unreifen und sauren und harten *gooseberries* an sich genommen haben sollte. Und warum war sie deswegen so beunruhigt?

Doch bald hatte Lynn einige Ideen, warum die Stachelbeeren aus dem Gartenkorb verschwunden sein könnten. Bertha konnte sie fürs Einmachen am nächsten Morgen hereingeholt haben. Und dann: *gooseberries*, Gänse hatten sie leider nicht, aber die Hühner könnten in die nicht abgeschlossene Gartenhütte getrippelt sein und sich an den ovalen Früchtchen ergötzt haben. Sie fressen ja alles. Aber würde man dann nicht Spuren ihrer Anwesenheit in der Hütte sehen? Eine Hühnerfeder oder zwei, dort, wo sie hochgehüpft sein müssen? Und sie hätten die Beeren bestimmt nicht restlos aufgefressen, denn sie wurden zwar etwas eintönig gefüttert, nicht mehr mit abwechslungsreichen Speiseresten wie vor dem Krieg, weil mittlerweile das Meiste in der Küche weiterverwertet wurde, aber was immer man ihnen gab, schien ihnen zu reichen, und im Sommer fanden sie auf dem kleinen Wiesenstück zwischen den Beeten sowieso alles, was sie brauchten, und sie waren sehr geschickt beim Auffinden kleiner Schnecken und Würmer. Und sicher würden auch sie eine reife süße Frucht bevorzugen, das wusste sie noch vom Juni her, wo sie immer früh in den Garten gerannt war, um die in der Nacht heruntergefallenen Kirschen davor zu retten, von den Hühnern angepickt zu werden. Für die gab es dann noch genügend angefaulte Früchtchen oder solche, in denen ein dunkles Loch bezeugte, dass auch eine Raupe sich schon bedient hatte.

Oh my God, seufzte Lynn, früher galt ich als die kluge Lynn, die neugierige, die interessierte Lynn. Ich konnte mich gar nicht entscheiden, welchem meiner vielen Interessen ich an der Universität nachgehen sollte. Ich las alles, was mir in die Finger kam. Ich diskutierte über alles, was mir in den Kopf kam. Und jetzt sitze ich hier und zähle Stachelbeeren? Erbsenzähler sind wirklich harmlose Mitmenschen im Vergleich zu Stachelbeerzählern! Wie hat Mutter zu solchen Menschen gesagt? Ach ja, *bean counters*.

Nein, dachte sie, Schluss damit, jetzt muss ich schnell zum Dienst gehen, sonst blickt mich die Oberschwester wieder mit ganz fest zusammengepressten Lippen an. Lynn rannte zurück ins Haus, besprach noch schnell einiges mit Bertha und stieg nach einem Blick auf die Uhr auf ihr Fahrrad. Sie würde es in gebührlicher Distanz zum Lazaretteingang aufstellen müssen, damit niemand sah, wie sie da zum Dienst geradelt kam. Natürlich war das Fahrradfahren inzwischen nichts Ungewöhnliches oder Aufsehenerregendes mehr, aber dennoch sah man es in konservativen Kreisen doch immer noch lieber in Zusammenhang mit einem sonntäglichen Familienausflug als mit dem Weg einer schwäbischen Krankenschwester zu ihrer Arbeit ins Lazarett. Als sie das Rad durch den Hausflur hinausschob, trat sie auf etwas Hartes und zerdrückte es dabei, und es wurde so glitschig, dass sie beinahe ausgerutscht wäre. Sie bückte sich und bemerkte, dass sie auf eine Stachelbeere getreten war. Die Geschichte wurde immer rätselhafter.

Auch auf ihrem Weg zum Lazarett kam es ihr vor, als kugle vor ihrem Vorderrad das eine oder andere grüne Ding auf der Straße herum. Was sollte das? Sie fühlte sich wie im Märchen. Hans hatte Brotkrumen gestreut, damit er mit Gretel den Rückweg fand, aber die Vögel pickten die Wegzeichen alle auf, so dass sie sich verirrten. Glücklicherweise konnte man sich in einer ordentlich nach einem exakt geometrischen Plan angelegten Stadt nicht verirren.

Kapitel 2

Frau Martha Kahl, die Gattin des hochangesehenen Ludwigsburger Offiziers Karl Kahl, wurde in den Morgenstunden des 1. Januars 1900 in einer kleinen Waldhütte tot aufgefunden.

(Württemberger Zeitung, 2. Januar 1900)

Als Lynn den Krankensaal betrat, bemerkte sie, dass ein unnatürliches Schweigen eintrat. Sie grüßte die Männer freundlich wie immer, die meisten nickten zurück, und dann begann sie mit den üblichen ersten Verrichtungen des Tages. Manche Patienten mussten zur Toilette oder zum Waschbecken geführt werden, andere benötigten eine Bettpfanne. Lynn sah sich um, wer außer ihr Dienst hatte. Sie freute sich, dass es Robert war, ein anstelliger, freundlicher Bursche, dem keine Arbeit zu schwer war. Zu zweit arbeiteten sie zügig und sachlich, denn das war nach Lynns Erfahrung die beste Möglichkeit, den Männern die Scham zu nehmen. Danach stellte sie die Medizin zurecht, die die Männer einnehmen mussten, während Robert Tee kochte und dünne Kommissbrotscheiben mit Margarine und Marmelade bestrich.

Aus dem Krankensaal tönten laute Stimmen. Stritten sich die Männer? Und war es da ihre Aufgabe, einzugreifen? Nein, bestimmt nicht. Schließlich arbeitete sie in der Krankenpflege und nicht bei der Militärpolizei. Und eine etwas lebhaftere Unterhaltung als sonst tat ihren Patienten sicherlich gut. Doch als jetzt auch Robert sie erwartungsvoll anblickte, ging Lynn zur Tür des Krankensaals. Sie musste schließlich darauf achten, dass ihre verwundeten Patienten keine Prügelei anfingen.

Sie drückte ganz leise die Türklinke zum Krankensaal hinunter, das hatte sie während der Krankheit ihrer Mutter gelernt, sich wie ein lautloser Schatten zu bewegen, um die Mutter, sollte sie Schlaf gefunden haben, nicht aufzuwecken.

Sie öffnete die Tür kaum einen Spalt, nur wenige Millimeter, so dass es von innen so aussehen musste, als sei die Tür weiterhin geschlossen.

Was sie dann hörte, verwunderte sie. Offensichtlich waren einige der Männer hier nicht ganz so apathisch, wie sie dachte, denn es ging buchstäblich heiß her da drinnen. Sie hörte die Männer über das Rätesystem diskutieren, Soldatenräte und Arbeiterräte, und über das der Räterepublik vorausgehende Ende der Monarchie. *„Unser Keenig isch scho rächd"*, sagte ein älterer Soldat besänftigend, *„isch net gnuag, wenn mer den Preuß nausscheicha?"* Und ein anderer wandte leidenschaftlich ein, dass er nicht verstehe, warum das Militär weiterhin Macht haben sollte, schließlich hätten sie schon den Krieg in den Sand gesetzt. „Ja", warf einer ein, *„und dann au no den Frieda!"* Lynn zog die Tür ganz leise wieder zu; denn das Politisieren, so fand sie, vertrieb den Männern die Zeit, lenkte sie von ihren Schmerzen ab, und weckte ihre Lebensgeister.

Als sie wenig später mit Robert den Saal betrat, verstummten alle sofort, sie wollten wohl ihre umstürzlerischen Pläne für sich behalten. Lynn sah, dass einer zum Protokollanten bestimmt war, denn er hatte noch einen Stift in der Hand und schob ein Heft unter seine Decke. Lynn freute sich über ihre Patienten; kaum dem Schlachtfeld entkommen, etliche sogar für das ganze Leben gezeichnet, planten sie schon wieder große Taten. Wäre doch ihr Bruder da! Oder ihr Freund Friedrich! Auch ihre Freundin Maria sollte endlich wieder nach Hause kommen! Sie könnten zu viert schon eine richtige Revolution anzetteln, ganz ohne Protokoll, und in ihrer Republik gäbe es dann nicht nur Arbeiter- und Soldatenräte, sondern auch Frauenräte. Liebesräte, dachte sie, träumte sie eigentlich, obwohl der Krankensaal kein Ort zum Träumen war. Aber Liebende, davon war sie überzeugt, würden die Welt besser machen, friedlich und zärtlich.

„Sie lächeln heute so, Schwester Karoline", neckte ein Soldat sie, als sie ihm seine Tabletten reichte. „Post bekommen von der Front?" „Das wäre schön", antwortete sie.

Als einer der Patienten mich gefragt hat, ob ich Post bekommen hätte, fiel mir auf, dass ich inzwischen froh bin, wenn kein Schreiben kommt, zumindest kein offizielles. Denn vor denen fürchten wir uns inzwischen. Ich höre von den Patienten so viel Schreckliches von der Front, so viele sterben dort. Und den Alliierten geht es bestimmt nicht besser als uns. Aber solche Gedanken äußert man besser nicht heutzutage.

Wie viele Männer heute kommen! Meine Kolleginnen und ich stehen am Fenster. Wir haben es für ein paar Minuten geöffnet, obwohl manche der Männer im Saal etwas dagegen haben und sich über die kalte Luft von draußen beklagen. Dabei ist die Luft warm und freundlich. Wir atmen tief ein. Kein Gestank nach eiternden Wunden, nach Schweiß, nach Erbrochenem und Ausscheidungen wie im Saal. Wir sind daran gewohnt, nur beim Betreten des Saals fahren auch wir noch kurz zusammen. Man sollte die Nasenlöcher schließen können wie die Augen.

Im März war eine Prinzessin bei uns zu Besuch. Die sah wunderschön aus, fast unwirklich in einem weißen Seidenkleid mit einem transparenten Organzajäckchen darüber, und sie hatte ein winziges weißes, mit hellblauen Veilchen besticktes Taschentuch aus zartem Stoff bei sich, das eigentlich zu keinem Gebrauch bestimmt sein konnte, sondern nur zur Zierde. Doch da irrten wir uns. Denn die Prinzessin hob ihr Taschentüchlein anmutig an die Nase, als sie den Saal betrat, als wolle sie ein leichtes Frühlingsdüftchen abwehren. Nach ein paar Augenblicken entfernte sie es ganz langsam von der Nase und steckte es schließlich in eine kleine Stofftasche, die ebenfalls mit blauen Veilchen geschmückt war und an ihrem Gürtel hing.

Ich bewunderte sie; sie wusste offenbar genau, wie lange es dauerte, bis man sich an einen unangenehmen Geruch gewöhnt hatte. Es war wohl nicht der erste Lazarettsaal, den sie betreten hatte, und sie musste das regelrecht einstudiert haben. Als sie uns wieder verließ, hing ein leichter Veilchenduft nach ihrem Parfum in der Luft, die Männer streckten ihre Nase etwas aufrecht, doch bald war auch dieser Duft verschwunden.

Wir haben gelernt, den Kranken und Verwundeten nicht zu widersprechen, und so erklären wir nicht, wie warm es draußen ist. Schließlich wissen wir inzwischen, dass ihre Wahrnehmungen oft verzerrt sind. Wer weiß schon, woran sie denken, wenn sie von der Kälte sprechen. „Eiskalt", sagt da wieder einer laut und zieht seine Decke fest über sich zusammen. Unter seiner Decke zittert er und schüttelt sich, als sei Frost eingebrochen. So gehe ich zu ihm und flüstere ihm zu, dass wir das Fenster rasch wieder schließen werden. Langsam beruhigt er sich.

Als ich zurück ans Fenster gehe, sehe ich, dass draußen im Hof ein weiterer Krankentransport eingetroffen ist. Die Männer scheinen nicht ganz so schwer verwundet zu sein wie die, die am Vormittag gekommen sind. Ein Offizier steht im Hof und gibt Anweisungen. Ich kann nicht verstehen, was er sagt. Als er fertig ist, zieht er eine silberne Zigarettendose aus seiner Hosentasche, holt sich eine Zigarette heraus und zündet sie an. Sonnenlicht trifft seine Dose und wirft blendende Strahlen zu dem Fenster, hinter dem ich stehe. Er blickt ihnen nach und sieht mich am Fenster stehen. Er mustert mich ganz genau, und er kommt mir vertraut vor. Ich kenne ihn. Von irgendwoher. Von irgendwann. Und ich kenne ihn gut. Auf seinem Gesicht deutet sich ein Lächeln an, das aber nicht ausgeprägter wird. Bilde ich es mir ein? Nein, da glimmt ein winziger Funke in seinen Augen. Ein Funke des Erkennens, des Wiedererkennens, der Freude. Freude? Nein, aber ein positives Gefühl, dem der Mann kaum nachgeben will. Aber ich weiß, wen ich da vor mir habe. Friedrich? Friedrich!

Lange habe ich ihn nicht gesehen. Wann war das? Ja, es muss Anfang 1916 gewesen sein. Da war er kurz auf Heimaturlaub, aber seine Familie wollte ihn kaum einmal eine Stunde weglassen. Und schließlich war ja auch Michael nicht da. Trotzdem besuchte er uns damals, eigentlich mich, die „Schwester seines besten Freundes". Schon damals sah er anders aus als der junge Mann, der im August 1914 in den Krieg gezogen war, fröhlich, keck, siegesgewiss, wie jemand, der vor einem großen Abenteuer steht. Wir tranken bei uns im Wohnzimmer eine Tasse Kaffee. Wir waren alleine, denn es war vormittags, Peter war in der Schule, Vater in seinem Arbeitszimmer und Bertha in der Küche, wo sie missbilligend mit dem Geschirr klapperte. Später erklärte sie mir lauthals, dass sich das „nicht gehöre". Aber so gerne ich mich sonst ihren altmodischen Ansichten zumindest dem Anschein nach füge, so wenig konnte ich ihr hier zustimmen. Ich musste mich einfach mit ihm zusammensetzen, und ich musste ihn auch noch zum Essen einladen, und ich musste mir die kleinen Fältchen genauer ansehen, die sich auf seiner Stirn und um die Augen ausgebreitet hatten. „Komisch", lachte ich, „du bist Mitte zwanzig und hast schon die ersten Falten." „Wenn das das Schlimmste ist, was mir passiert ist", lachte er, „dann kann ich ja von Glück sprechen. Oder meinst du, ich fände niemand mehr, der mich alten Mann einmal lieben will?"

Jetzt, wieder zwei Jahre später, sind aus den Fältchen Falten geworden. Friedrichs Gesichtsausdruck ist sehr ernst, er ist stark abgemagert. Als er ein paar Schritte auf das Fenster zugeht, als wolle er sich vergewissern, dass ihn seine Sinne nicht getrogen haben, als er meinte, mich wiederzuerkennen, schlurft er wie ein alter Mann, der beim Gehen kaum noch die Füße vom Boden abheben kann. Ich öffne das Fenster wieder, er ist schon ganz nahe, und ich ignoriere das leise Gemurre im Krankensaal und strecke ihm eine Hand entgegen, durch das offene Fenster hinaus in die sommerliche Luft. Er ergreift sie und zieht sie an seine Lippen. „Carolyn", sagt er dann und fügt hinzu: „Little sister." Das war sein Spitzname für mich. Früher nannte er mich so. Und manchmal, wenn wir heftig miteinander diskutierten, machte er ein liebevolles „Sisterle" daraus. Das hat er wohl nicht vergessen, denn auch jetzt, ganz leise, flüstert er mir, seinen Mund noch über meiner Hand, wie ein Verschwörer zu: „Sisterle."

Lynn winkte ihren Jugendfreund herein und schloss das Fenster. Die Blicke der in Fensternähe liegenden oder sitzenden Soldaten waren unfreundlicher als zuvor, fast abweisend. Sie fragte sich, was sie ihr so übel nahmen. Dass sie das Fenster noch ein weiteres Mal geöffnet hatte, ohne sie zu fragen? Doch bevor Lynn weiter nachdenken konnte, kam die Oberschwester zu ihr und warf ihr einen mehr als nur ermahnenden Blick zu. „Das geht gar nicht", sagte sie streng, „wir sprechen nachher darüber. Jetzt tun Sie erst einmal weiter Ihre Pflicht."

Als Friedrich eintrat, ging die Oberschwester auf ihn zu: „Sie werden verstehen, dass Sie hier nicht einfach in unsere Ordnung einbrechen und mit einer unserer Schwestern ein privates Plauderstündchen abhalten können. Schwester Karoline muss bald Essen austragen. Sie wollen doch nicht, dass unsere Männer hungern?"

Lynn musste sich von Friedrich abwenden und ihrer Arbeit nachgehen, wie man es von ihr erwartete. *Augen gerade aus*, dachte sie flüchtig und ging von Bett zu Bett und schüttelte jedem, der das wünschte, das Kissen ein wenig auf und fragte, was sie sonst für ihn tun konnte.

Wie üblich baten einige der Männer sie um kleine Gefälligkeiten, manche davon erfüllte Lynn sogar noch nach ihrer Dienstzeit. Ein Mann ersuchte sie, auf ihrem Heimweg bei der Post einen Brief an seine Frau abzugeben. Das war nicht gerne gesehen, weil man immer fürchtete, dass auf diese Weise die Zensur umgangen und Kriegsgeheimnisse öffentlich gemacht werden konnten. Doch der Mann versicherte ihr, dass er wirklich nur ganz besonders *heiße* Liebesgrüße nach Hause schicken wollte und dass es ihm peinlich wäre, wenn ein Fremder sie läse. Also stimmte Lynn wie schon das eine oder andere Mal zu.

Ein anderer Mann, der seine rechte Hand verloren hatte und mit seiner linken noch nicht gut zurechtkam, fragte, ob er Lynn eine Karte für einen Kameraden an der Front diktieren dürfe. Auch das tat sie gerne, obwohl sie dann beinahe geweint hätte, was ihr die zweite unzufriedene Reaktion der Oberschwester eingebracht hätte, wenn sie es denn bemerkt hätte. Der Patient nämlich erwähnte sein Überleben nur knapp, um dann zu fragen, ob sein Freund ein ähnliches Glück gehabt hätte. Ja, er verwendete das Wort *Glück*, obwohl er wahrscheinlich noch lange Zeit auf fremde Hilfe angewiesen sein würde und vielleicht nie wieder sein früheres Leben aufnehmen könnte. Er hatte Lynn erzählt, dass er von seinem Vater einen kleinen Hof geerbt hatte, den er mit Hilfe seiner Mutter bewirtschaftete. Ein sehr alter Knecht werde auch noch durchgefüttert. Ein schweres Leben, so erzählte er, aber er liebe es, auf seinen Äckern zu stehen und seinen Getreidehalmen zuzusehen, wie sie sich im Frühling wie eine Rasenfläche vor ihm auftäten, die nur zur Schönheit geschaffen sei, und ihm dann im Herbst doch sehr regelmäßig sein Überleben sichere und das seiner Mutter und seines Knechtes.

Lynn bemerkte, dass die Soldaten, die etwas von dem Gespräch zwischen Friedrich und ihr gehört und ihre Freude über die unerwartete Begegnung mit dem erschöpften jungen Offizier wahrgenommen haben konnten, immer noch mit leichter Distanz auf sie reagierten. Ob da Eifersucht mitschwang? Es passierte immer wieder, dass einer der Soldaten, die im Lazarett trotz der überfüllten Krankensäle und der kärglichen Ernährung so langsam wieder ihre Lebenskräfte zurückgewannen, sich in eine der jungen Pflegerinnen *verguckte*, wie das genannt wurde. Die Oberschwester hatte alle darauf vorbereitet und ihnen aufgetragen, darauf mit äußerster Höflichkeit, aber sicherem Abstand zu reagieren. „Nur keine Nähe, keine unnötige Berührung“, sagte sie immer, „vor allem kein Mitleid, das kann völlig falsch verstanden werden.“ Manchen jungen Frauen fiel dieser Abstand schwer, wenn sie Männer, die vor dem Krieg mit sich und der Welt im Reinen waren und die im Krieg so viel Schreckliches tun und ertragen mussten, stumm und teilnahmslos auf ihren Pritschen liegen sahen. „Er ist nicht dein Bruder und nicht dein Vater und nicht dein Mann“, hatte die Oberschwester einmal eine junge Frau an ihrem ersten

Arbeitstag angeschrien, die bei der Einlieferung neuer Patienten in Tränen ausbrach und dann dem ersten Patienten, dem sie etwas zu trinken reichen sollte, liebevoll über den Kopf strich. „Mach das nie wieder!“ Wenn die Oberschwester eine ihrer Schwestern duzte, dann war das fast eine emotionale Auszeichnung. Das wusste die weinende junge Frau damals noch nicht.

Die Zeit dehnte sich sehr an diesem Nachmittag. Lynn wartete gespannt auf das Ende ihres Dienstes. Was hatte Friedrich ihr zu erzählen? Er würde ihr eine wahrheitsgetreue Darstellung der Lage an der Front geben und sie nicht mit Durchhalteparolen und verschleiernden Halbwahrheiten abspeisen. Ob er etwas über ihren Bruder wusste? Schon lange war kein Brief von Michael eingetroffen, hatte keiner der eingelieferten Soldaten eine Auskunft über ihn geben können. Doch Friedrich stand bestimmt in Kontakt mit seinem Freund; wie das allerdings im Krieg möglich war, wusste sie nicht, aber Lynn hoffte, dass zwei so gescheite und mutige Menschen wie ihr Bruder und sein Freund irgendeinen kreativen Weg gefunden hatten.

Endlich! Lynn packte ihre Tasche, stopfte den Brief hinein, den der Soldat ihr zugesteckt hatte, und verließ das Lazarett. An der nächsten Straßenecke stand Friedrich, an einen Baum gelehnt, und sein Gesicht glühte von dem langen Warten in der Sommersonne.

„Wie lange stehst du schon da?“, fragte Lynn.

„Stunden“, beklagte sich Friedrich. „Es hat mir ja kein Mensch gesagt, wie lange dein Dienst dauert. Morgen werde ich einen Sonnenbrand haben und meine Nase wird sich schälen und du wirst nicht ins Lazarett gehen können, weil du einen Privatpatienten betreuen musst.“

Lynn war viel zu aufgeregt, um sich auf das Geplänkel Friedrichs einzulassen, umso mehr, als es ihr gekünstelt erschien. Es passte so gar nicht zu dem Ernst, der in seinen

Augen stand, und zu den vielen Falten um seinen Mund, die mit lockeren Lachfältchen nichts, gar nichts zu tun hatten.

„Lass das", sagte sie. „Ich überlege, wo wir hingehen können, um ungestört zu reden."

„Liegt das nicht auf der Hand?", fragte Friedrich. „Wo waren wir denn immer, als wir jung waren und uns alleine treffen wollten, ohne dass irgendein Erwachsener uns beaufsichtigte oder erfuhr, worüber wir nachdachten und diskutierten?"

Damals, als wir jung waren. Dann sind wir jetzt nicht mehr jung? Wann habe ich aufgehört, jung zu sein? Ich war 16, fast 17 Jahre alt, als meine Mutter krank wurde. Damals war ich jung. 19 Jahre, als sie starb. Immer noch 19 Jahre, als der Krieg ausbrach. Halt, wir hatten uns ja damals versprochen, nie zu sagen, dass der Krieg ausgebrochen sei. Wir wollten immer sagen: Der Krieg wurde erklärt. Oder: Der Krieg wurde begonnen. Es sollte immer deutlich bleiben, dass das nichts mit einem dieser Sommergewitter zu tun hat, wie sie damals im August 1914 so häufig an schwülen heißen Sonnentagen „ausgebrochen" sind und mit Blitzen und Donner und heftigem Regen daran erinnert haben, dass ein Sommertag nicht ewig dauert. Trotzdem, wir waren noch jung damals, sehr jung.

Manchmal war Weinen und Lachen dasselbe für uns. Ich erinnere mich an eine Szene am Bahnhof. Dutzende junger Soldaten waren dabei, in die Waggons einzusteigen, und am Rand der Gleise standen Mädchen und Frauen, und rückblickend kommt es mir so vor, als hätten sie alle graue Röcke angehabt und leichte weiße Sommerblusen und einen beigen Strohhut auf dem Kopf. Viele Hüte hatten zwischen der Krempe und der Krone, also ganz unten an der Krone, ein pastellfarbenes Band, und häufig baumelten die beiden Bandenden herunter. Ein junges Paar stand da, so jung wie wir. Der Abschiedsschmerz lastete bleiern über ihnen. Sie weinte und er bemühte sich, seine Tränen vor den Kameraden zu unterdrücken, als plötzlich eine Windbö ihr den Strohhut vom Kopf riss und ihn in die Luft hob, wo er herumtanzte und seine Bänder sich um ihn drehten. Der junge Mann schaute hoch, wusste nicht, ob er dem Hut nachjagen oder seine weinende Frau im Arm halten sollte, und ich musste laut über sein Dilemma lachen, andere auch, und auf einmal lachten wir alle und alles andere war für einen Augenblick vergessen. Der Tod meiner Mutter, meine Überforderung mit der Verantwortung für Peter.

Ich hatte so viele Freunde damals, als wir jung waren. Maria wohnte im Nachbarhaus, wir kannten uns seit unseren ersten Lebenstagen. Wir spielten zusammen in den Gärten hinter den Häusern, gingen in dieselbe Klasse und teilten unsere Geheimnisse. Mein Bruder und Friedrich gründeten einen philosophisch-literarischen Club, sie wollten sich mit Gleichgesinnten über alles austauschen, was „wirklich wichtig" ist, wie sie sagten. Ich wollte, fest überzeugt von meinen großen philosophischen Talenten, unbedingt mitmachen und drängte mich regelrecht in die Diskussionen zwischen Michael und Friedrich hinein, aber sie schienen nicht abgeneigt, meine Anwesenheit zuerst zu tolerieren, dann sogar zu schätzen.

Und natürlich lud ich Maria zu unseren Zusammenkünften ein, und auch sie behauptete sich gut. Bald redete sie sich ein, dass mein Bruder sich in sie verliebt habe, und ich fand das so romantisch, dass ich von einer ähnlichen Zuneigung zwischen Friedrich und mir träumte. Natürlich war ich nicht verliebt, kein bisschen. Aber das wusste ich damals noch nicht, und ich spielte die Rolle der erstmals Verliebten mit großem Genuss. Maria und ich spannen uns in Netze komplizierter Geschichten ein, um alles zu dramatisieren. Wir interpretierten jeden Blick des vermeintlichen Partners so lange, bis er einen Akt im Theater, ein Kapitel in einem Roman hätte füllen können. Und mit jedem seiner Wörter verfuhren wir genauso. Aber was Liebe war, wussten wir noch nicht. Wir kannten aus Liebesgedichten, die wir in der Schule lasen, poetische Bilder und romantische Wörter, und mit ihnen schmückten wir unsere Gefühle.

Ich wusste aber trotzdem, dass das, was wir uns zusammenreimten, mit der wirklichen Liebe, mit der einen das Leben überrascht, wenig gemein hat. Das habe ich durch meinen Vater und meine Mutter erfahren. Sie liebten sich, sie sprachen miteinander, sie lachten miteinander, sie achteten aufeinander. Und er war untröstlich nach ihrem Tod. In den aufregenden Gedichten, von denen wir nie genug bekommen konnten, war Liebe eher eine Leidenschaft, eine Krankheit, ein Wahn, ein Leiden. Und das alles wollte ich erleben. Aber irgendwann, da war ich mir sicher, wollte ich dann eher einen treuen und zuverlässigen Mann, einen Ehemann eben. Wenn ich älter bin, dachte ich.

Inzwischen bin ich 25 Jahre alt. Ja, so nennt man das: 25 Jahre alt. Das Spiel mit dem Verliebtsein war längst vergessen. Und Friedrich? Wie Michael ist er 28 Jahre alt. Auch er ist alt inzwischen. Eigentlich sollte ein Mann in seinem Alter noch ein junger Mann sein, vielleicht vor seiner Verlobung stehen, seine erste Stelle angetreten haben und zuversichtlich in die Zukunft blicken. Aber Friedrich, das sah ich ihm an, hatte keine Zuversicht mehr.

Friedrich behandelt mich, als hätte er mich gestern das letzte Mal gesehen, als seien wir vertraut wie früher. Aber das sind wir nicht mehr. Ob ich damals vielleicht sogar Recht hatte, als ich mir einbildete, dass er mich liebte? Und was empfand eigentlich mein Bruder für Maria? Wir sprachen nie mit den beiden jungen Männern; sie waren nur Statisten in dem Spiel, dessen Hauptregel es war, sich nicht mit der schnöden Wirklichkeit gemein zu machen. Inzwischen haben wir anderes zu tun als Blicke zu deuten und Bemerkungen zu interpretieren. Maria ist dort draußen in einem Lazarett an der Front tätig, ihre Arbeit ist um ein Vielfaches härter als meine. Wovon träumt sie wohl, wenn sie schläft? Kann sie überhaupt noch schlafen da draußen?

„Du willst, dass wir in die Gartenhütte gehen?“, fragte Lynn, und antwortete gleich selbst: „Natürlich willst du das. Ich auch. Aber vorher essen wir mit meinem kleinen Bruder und meinem Vater zu Abend wie früher. Komm!“ Lynn ergriff die Hand ihres Jugendfreundes und ging langsam mit ihm durch die Stadt, bis sie sich dem Marktplatz näherten. Sie umrundeten einen Teil des Platzes unter den Arkaden. Lynn hätte gerne gewusst, was Friedrich dachte. Aber fragen wollte sie nicht. Er hatte diesen leichten unverbindlichen Ton gewählt, und er würde schon wissen, warum.

Das Abendessen verlief erstaunlich entspannt. Lynns Vater freute sich über den Gast, dem er einst als Lehrer die ersten geometrischen Kenntnisse beigebracht hatte und der ein ständiger Gast ihres Hauses gewesen war. Er wollte Friedrich unbedingt seine neuesten Skizzen zeigen. „Keine funktionalen Objekte mehr“, sagte er. „Und ich zeichne nicht mehr so, dass man auf den ersten Blick erkennt, was ich gemeint haben könnte.“ „Aber auf den zweiten?“, fragte Friedrich höflich nach. „Nur wenn man zu einem zweiten Blick bereit ist“, antwortete Lynns Vater.

Peter kam etwas zu spät zum Essen, blieb jedoch wegen des Besuchs ungeschoren. Natürlich wollte er unbedingt Neues von der Front hören. Friedrich berichtete sachlich, welche ungeheuren Menschenopfer die letzten Wochen gekostet hatten, und er fügte leise hinzu, dass inzwischen kaum einer an der Front mehr daran glaube, dass der Krieg noch gewonnen werden könnte. Alle hofften nur, dass die militärischen Führungskräfte den politischen Machthabern endlich das ganze Ausmaß der Tragödie schonungslos vor Augen führten. Peter wollte das alles nicht glauben, aber Friedrich gab seine Erfahrungen so anschaulich und authentisch wieder, dass Peter allmählich verstummte und seinerseits in tiefes Nachdenken versank.

Erst als der Nachtisch aufgetragen wurde, Bertha und Lynn hatten nach dem Verzehr der Suppe schnell die Beerensträucher abgepflückt und Glasschalen damit gefüllt, fragte er misstrauisch: „Hat Lynn dich gebeten, mir das so drastisch zu erzählen? Denn du musst wissen, sie ist dagegen, dass ich mich jetzt melde.“ „Nein“, antwortete Friedrich, „aber ich würde mich an deiner Stelle zurückhalten. Du bist ja noch nicht volljährig, also warte. Der Krieg wird nicht mehr lange dauern. Aber jeder Kriegstag schadet uns." „Schadet? Inwiefern?"

„Peter, ich erzähle das ganz im Vertrauen. Aber unsere Verhandlungsposition für den Frieden wird von Tag zu Tag schlechter. Noch im Vorfrühling hätten wir auf Augenhöhe verhandeln können, da war der Kriegsausgang noch offen. Jetzt ist der Krieg im Osten vorüber, aber auch an unserer Westfront können wir nicht mehr siegen. Nur gibt das noch niemand zu. Jeder Kriegstag kostet das Leben von Menschen, die wir dringend für den Neuaufbau des Landes brauchen würden. Söhne kommen nicht mehr zurück, um das väterliche Gewerbe oder den väterlichen Hof weiterzuführen, Väter kommen nicht mehr zurück zu ihren Kindern, Männer nicht zu ihren Bräuten und Frauen."

„Aber wenn das so wäre, Friedrich, hätten doch unsere Feldherrn und Machthaber längst gehandelt! Du willst doch nicht behaupten, dass wir alle belogen werden?" „Gehst du manchmal mit deiner Schwester ins Lazarett?", fragte Friedrich, ohne eine direkte Antwort zu geben. „Begleite sie doch einmal, bringe den Männern ein paar eurer wirklich köstlichen Beeren mit, falls Lynn heute nicht alle abgeerntet hat, und sprich mit ihnen. Sie werden dir gerne vieles erzählen, was du noch nicht weißt, aber wissen solltest."

„Angenommen, du hättest Recht", sagte Peter, „wäre es dann nicht trotzdem eine Frage der Moral? Darf man sein Land im Stich lassen, nur weil es unterzugehen droht? Wäre das nicht ehrlos?" „Ehrlos?", fragte Friedrich zurück. „Ist es denn ehrenwert, wenn ein Land seine Menschen im Stich lässt und sich dem Untergang preisgibt, nur weil sich niemand findet, der die Wahrheit ausspricht?"

„Ist es wirklich so schlimm, wie du Peter erzählt hast?", fragte Lynn später, als sie mit ihrem Jugendfreund im Garten saß. Sie hatte zwei Stühle und den Tisch aus der Hütte geholt, Gläser und eine Flasche Wein herausgetragen und freute sich auf den Abend, der vor ihnen lag. Peter war an diesem lauen Sommerabend mit seinen Freunden unterwegs und Lynns Vater hatte sich mit seiner Arbeit entschuldigt. Friedrich ging den ganzen Garten ab und erzählte Lynn, welche Erinnerungen er mit diesem Garten verband. „Weißt du, dort hinten sind wir immer reingeschlichen, Michael und ich, wenn wir zu spät waren und uns nicht erwischen lassen wollten. Macht Peter das heute auch so?“ Und er erzählte Lynn, wie sehr er ihre Mutter gemocht hatte und wie gerne er in diesem wunderschönen Garten war, in dem immer etwas blühte oder reifte. „Nimm die Stachelbeeren“, sagte er, „in diesem Garten gibt es sie von Juni bis Ende August. Deine Mutter hat immer Sträucher mit frühreifenden und solche mit spätreifenden Sorten im Garten verteilt. Mit den Blumen war es genauso. Im Frühling waren bei euch zarte erste Blüten im ganzen Garten verstreut, und auch im Winter blühte immer etwas. Das hast du alles so belassen, nicht wahr? Wenn ich mich hier so umschaue, dann könnte Peter noch genug Früchte finden, um morgen ins Lazarett zu gehen. Meinst du, dass er das macht?“

Irgendwann sprachen sie kaum mehr. Sie genossen die Wärme und den Frieden des Abends und den Wein; mit jedem Schluck schien die frühere Vertrautheit zurückzukehren, und als es dunkel wurde, holte Lynn eine Kerze aus der Hütte und Friedrich zündete sie an. Kleine Fliegen und Motten umkreisten das Licht, die Büsche an den Gartengrenzen umgaben sie wie eine schützende Mauer. Friedrich ergriff ihre Hand und schien sie nicht mehr loslassen zu wollen. War es das, was Lynn sich als junges Mädchen erhofft hatte? Sah Friedrich in ihr jetzt nicht mehr Michaels *little sister*, sondern eine erwachsene Frau?

Endlich fasste Lynn den Mut nach ihrem Bruder zu fragen. Doch Friedrich wusste nichts von Michael. „Aber“, so murmelte er, „ich habe ein fürchterliches Gerücht gehört.“

„Ist er … tot?“, flüsterte Lynn.

„Nein! Tot ist er nicht. Aber er scheint gesucht zu werden und man will ihn vor das Kriegsgericht stellen. So ein Gerücht geht um.“

„Was wird ihm vorgeworfen?“, fragte Lynn erschrocken.

„Er soll zum Feind übergelaufen sein", flüsterte Friedrich so leise, als könnten die noch leise von den Bäumen in den Nachthimmel hineinzwitschernden Vögel das Geheimnis weitertragen.

Maikl? Übergelaufen? Zum Feind? Mein Bruder?

„Wie bist du an diese Nachricht gekommen? Meinst du nicht, dass das nur ein schlimmes Gerücht ist? Du kennst doch Michael."

„Ja."

Ja. Sonst nichts? Friedrich muss doch wissen, dass mein Bruder zwar im Unterschied zu ihm nie in den Krieg ziehen wollte und dass er damals diese Ausbildung zum Einjährig-Freiwilligen nur gemacht hat, um die Rekrutierung zu vermeiden, die ihn dann mindestens zwei Jahre in die Kaserne gezwungen hätte. Und das war für ihn einfach nicht vorstellbar. So musste er nur für einzelne Übungsphasen in die Kaserne und war sonst fast ein freier Mann.

Andererseits aber würde sich mein Bruder nie seinen Pflichten entziehen. Damals, als Mutter krank wurde, genügte ein Telegramm nach Tübingen und er kam hierher, wenn ich ihn brauchte; und als sie gestorben war, blieb er bei uns, um uns die ersten Monate beizustehen. So hat er seine Pflicht der Familie gegenüber verstanden. Und als Soldat? Er würde nie zum Feind überlaufen. Zum Feind!

„Ja, nur ja? Sonst nichts?" „Nein, sonst nichts. Ich kenne Michael. Ich kenne ihn so gut wie du."

Wieder dieses Schweigen. Was will er mir sagen? Es ist etwas, das er nicht aussprechen mag, sondern das ich erahnen soll, so, wie er es erahnt? Kann es sein, dass er im tiefsten Innern besorgt ist, dass an dem Gerücht irgendetwas Wahres sein könnte? Kein Rauch ohne Feuer? Aber das ist unmöglich.

„Kann er nicht einfach wie so viele andere gefangen genommen worden sein? Im Lazarett habe ich gehört, dass gerade in den letzten Wochen viele Soldaten in Gefangenschaft geraten sind."

„Ja, das stimmt schon. Aber hat dir auch jemand erzählt, dass manche von ihnen sich einfach, wie formuliere ich das für jemanden, der nicht weiß, wie es an der Front zugeht … sich also einfach haben gefangen nehmen lassen? Verzweifelt, erschöpft davon, permanent abwechselnd einen Stoßangriff machen zu müssen, den man nur mit Glück überlebt, und dann die neue Grenzlinie, sei sie nun einen Meter vor oder hinter der Kampflinie der letzten Attacke, zu verteidigen, wie das bei uns heißt. Die pausenlosen Artillerieschläge, die jeden Meter Boden umpflügen, die dich zerreißen. Die Angst vor dem Giftgas, das deine Lunge zerfrisst, sie zum Kochen bringt. Kein Unterstand mehr, der wirklich sicher ist. Es gibt Männer, die das irgendwann nicht mehr aushalten." Lynn nickte; sie hatte genug Männer mit schweren seelischen Störungen gesehen.

Friedrich zog Lynn näher zu sich. „Lass uns diesen Sommerabend genießen, Lynn. Was immer mit Michael passiert ist, ich werde es herauskriegen. Aber jetzt, hier und jetzt, können wir nichts für ihn tun. Nur an ihn denken. Über ihn sprechen. Ihn weiterhin so lieben wie bisher."

Lynn rückte noch dichter an Friedrich. Er war der Einzige, der sie jetzt verstehen konnte. Er kannte ihren Bruder von Kindesbeinen an, sie gingen von der Einschulung bis zu ihrem Abitur in dieselbe Klasse. Friedrich war besser in den naturwissenschaftlichen Gegenständen und in Mathematik, Michael in allen sprachlichen und literarischen Fächern. Irgendwann, so etwa von ihrem 16. Lebensjahr an, wurden sie dann unzertrennlich, weil Friedrich ein starkes Interesse an Philosophie entfaltete und deswegen plötzlich viele gemeinsame Themen mit Michael fand, die er mit keinem anderen in ihrem Kreis der Gleichaltrigen teilen konnte. Oft setzte sich Lynns Vater zu den beiden Jungen, denn in seinen Augen war der Weg von der Mathematik, insbesondere auch der Geometrie, zur Philosophie quasi ein natürlicher und unausweichlicher. Er erzählte seinem Sohn und dessen Freund, dass am Eingang zu Platons Akademie gestanden habe, dass niemand eintreten solle, der der Geometrie nicht mächtig sei. Er erklärte ihnen, wie ähnlich sich die Mathematik und die Philosophie in ihrer leidenschaftslosen Abstraktheit und Logik seien, welche Rolle in beiden Disziplinen Definitionen, Axiome und Beweise spielten und so weiter. Lynn saß damals oft mit ihren Hausaufgaben oder einer Handarbeit bei ihnen, doch irgendwann stellte auch sie erstmals eine Frage und die drei überboten sich darin, ihr zu antworten.

„Definiere Feind", sagte Lynn deswegen zu Friedrich, und sie dachte zurück an die Diskussionen ihres späteren *debating club*, die oft mit einer Definitionsfrage eingesetzt hatten.

Friedrich dachte nach: „Im Leben ist ein Feind jemand, der mein Widersacher ist, der mir schaden will."

„Und im Krieg?"

„Militärisch steht das Wort für die Gesamtheit der fremden Truppen."

„Also ist im Krieg nur die Gesamtheit der fremden Truppen dein Feind, nicht der einzelne Mensch, der dir gegenübersteht?"

„Ja, so ist es wohl."

„Wenn also Michael wirklich zum Feind übergelaufen sein sollte, könnte es da nicht sein, dass er nicht zur fremden Armee, sondern zu einem einzelnen Menschen aus dieser Armee gelaufen ist?"

„Ja, das könnte sein."

„Würde man das dann Überlaufen nennen?"

Friedrich schwieg. In Lynns Beweisführung schien ihm ein richtiger Kern liegen zu können. Was, wenn Michael auf jemanden, den er kannte, gestoßen war? Denkbar wäre es. Michael hatte mütterlicherseits eine weit verzweigte englische Familie, er hatte ein Jahr in einem englischen Internat verbracht, ein langes Jahr seinerzeit für seinen Freund Friedrich und für Lynn, und in Tübingen hatte er sich sehr eng mit einem englischen Studenten angefreundet, den er auch einmal zuhause besucht hatte. Was könnte passiert sein, wenn sich Michael an der Front wirklich jemandem gegenübergesehen hätte, den er persönlich kannte? Vielleicht sogar mochte?

„Passiert das nicht nur in der Literatur?“, fragte Lynn, als hätte sie seine Gedanken gelesen.

Er streichelte ihr übers Haar, und sie bewegte sich nicht. Diese Form ihrer Nähe, vertraut und freundschaftlich, war ihr fremd, aber sehr angenehm. Sie ertappte sich dabei, dass sie aufhörte, an Michael zu denken, sondern einfach die Nähe zu einem Vertrauten genießen wollte, einem Freund, einem Mann, in den sie vielleicht einmal verliebt war und der sich vielleicht an diesem Augustabend in sie verliebt hatte. Denn warum sonst umarmte er sie, drückte ihren Kopf eng an seine Brust, so dass sie sein Herz schlagen hörte, und warum sonst hob er ihren Kopf mit einer Hand etwas weg von seiner Brust, legte seine Finger um ihr Kinn und lenkte ihren Kopf in die Nähe seines Kopfes und beugte sich über sie, es war zu dunkel, als dass sie seine Augen noch hätte sehen können, und streifte ihren Mund mit seinen Lippen?

Was für ein köstliches Gefühl, dachte Lynn, und hoffte, dass er den Kuss wiederholte, was er dann auch tat, einmal, zweimal, immer wieder, und Lynn hatte die Augen inzwischen geschlossen, zu sehen war sowieso nichts mehr da draußen, vielleicht irrte ein Glühwürmchen um sie herum, die Kerze war erloschen, und da spürte sie, wie Friedrichs Zunge zwischen ihre Lippen glitt, und sie öffnete ihren Mund für ihn, und im Unterschied zu damals wusste sie alles, was sie zu tun hatte, und sie meinte fast, dass Liebe doch irgendetwas mit dem zu tun haben könnte, was sie manchmal in Gedichten, aber noch nie im Leben gefunden hatte.

Lynn wusste nicht, wie eng die Beziehung zwischen Maria und ihrem Bruder damals geworden war, in jenem langen Sommer nach dem Tod ihrer Mutter und vor dem Anfang des Krieges. Zwar war auch Friedrich ein paar Wochen nach Michael aus Tübingen zurückgekommen, um die Semesterferien zuhause zu verbringen, aber Lynn trauerte zu stark, um ein Weiterspinnen ihrer früheren romantischen Gefühle auch nur zu erwägen. Um sie und auch Michael etwas abzulenken, schlugen Friedrich und Maria vor, die Tradition der philosophisch-literarischen Abende wieder zu beleben.

Aber die Abende, wie früher bevorzugt in der Gartenhütte der Geschwister, verliefen in diesem Sommer anders. Waren früher die beiden Männer die Wortführer der Runde, denen Maria und Lynn oft bewundernd lauschten, so waren sie, älter geworden, viel selbständiger, trauten ihrem eigenen Kopf und erstaunten die Männer durch unorthodoxe Ableitungen und radikale Fragen. Hatten die jungen Männer an der Universität inzwischen gelernt, jede These zunächst leidenschaftslos zu betrachten und sich erst nach zahlreichen Beweisen und Bezugnahmen auf Ähnliches für sie zu erwärmen, so hingen die beiden jungen Frauen immer noch den früheren Diskursverläufen an, stürzten sich offen und waghalsig auf alle Ideen, auch auf solche, die mit allem Hergebrachten zu brechen schienen. Und die beiden jungen Männer hörten ihnen oft verblüfft und herausgefordert zu.

So konnten Maria oder Lynn völlig unmotiviert fragen: „Warum spielt eigentlich für viele Machthaber die Ehre, die des Landes, aber eigentlich die eigene, eine größere Rolle als das Wohlergehen, das Glück der Bürger?“ Friedrich und Michael sahen sich daraufhin an und konnten keinen Einspruch und schon überhaupt keinen Widerspruch formulieren. Es war so, dachten sie schweigend, und weil es so war, galt es.

Genauso war es, wenn Maria oder Lynn die Gleichberechtigung der Frau ansprachen. Natürlich gab es kein überzeugendes Argument dagegen, so wenig wie gegen das Wahlrecht für Frauen. Michael und Friedrich mussten einräumen, dass auch sie bislang zwar die herrschende Ordnung im Kern zufriedenstellend fanden, dass sie sie aber nicht länger als plausibel gelten lassen konnten.

„Wenn ihr das an eurer Universität lernt“, scherzte Lynn einmal, „einfach das Bestehende anzuerkennen, ohne seine Gültigkeit zu überprüfen, dann sollten wir nicht studieren, Maria, oder?“ Und die beiden jungen Männer sahen sich an und dachten insgeheim, dass Lynn wahrscheinlich Recht hatte, aber das kümmerte sie nicht, weil sie sich immer freuten, wenn sie in diesem Sommer lächelte. Und so argumentierten sie recht unmotiviert und unsensibel daher, sprachen von der Heiligkeit der Ehe, von der Heiligkeit des Mutterdaseins, von der Heiligkeit der Familie. Und ernteten lautes Gelächter.

„Ich will aber nicht heilig sein und bis zur Wesenlosigkeit vergeistigt", widersprach Lynn, „sondern auf ganz irdische Weise glücklich werden." Nur Maria lachte, als Lynn ihre Vorstellung von Glück offenlegte, und nickte ihrer Freundin kurz zu, um dann ihre Blicke Michael zuzuwenden, Michael, der seiner Schwester so ähnlich war. Ihre Gesichtszüge glichen sich, ihre Haare wiesen eine ähnliche Struktur und Farbe auf, sie hatten die gleichen schmalen Hände mit langen Fingern. Und beide waren von einer grenzenlosen Liebesbereitschaft und Liebesfähigkeit, da war sich Maria sicher, aber beide hatten noch nicht den Mut, sie zu offenbaren. Sicherlich war die Zeit noch nicht reif dafür. Maria beschloss, weiter zu warten und Michael das Trauerjahr über beizustehen wie eine gute Freundin, eine zweite Schwester fast, ihn zu nichts zu drängen, nicht einmal zu einem heimlichen Blick und schon gar nicht zu einem heimlichen Kuss.

Vieles blieb unausgesprochen zwischen den jungen Menschen, obwohl sie fast täglich miteinander sprachen und diskutierten. Einmal kam Peter zu ihnen in die Hütte, er war damals fast vierzehn Jahre alt, schlaksig, einsam, aber mit dem festen Vorsatz, niemandem auch nur den geringsten Einblick in seinen Kummer und seine Orientierungslosigkeit zu erlauben. Er war groß für sein Alter, schon größer als sein Bruder, seine Stimme gehorchte ihm allerdings noch nicht immer, und er stellte sich, nachdem er ihnen eine halbe Stunde lang schweigend zugehört hatte, vor sie und sah sie alle der Reihe nach an und fragte: „Worüber sprecht ihr da eigentlich? Und, vor allem, warum sprecht ihr nicht von dem, worüber ihr eigentlich sprechen wollt?"

Peters Bemerkung hat damals nicht nur unsere brav diskutierende Runde aufgebrochen, sondern es war auch die letzte Frage, die je in unserem Kreis erörtert worden ist.

Natürlich redeten wir alle wild auf Peter ein, Michael nannte ihn in brüderlicher Erhabenheit einen „ahnungslosen Knaben" und boxte ihn freundschaftlich auf die Brust. Dann schob er seine Finger voller Zuneigung in Peters Haarschopf, seine lockigen und dunklen Haare, die kaum zu bändigen waren, und tätschelte ihn. Doch Peter schien das so wenig zu schätzen wie meine schwesterlichen Zärtlichkeiten. Maria reagierte am sinnvollsten: „Sag uns doch mal, worüber du eigentlich sprechen möchtest!"

Da setzte sich Peter zu uns. Aber dann sprach er so wenig wie wir. Wir waren, glaube ich, alle fünf völlig damit beschäftigt, nachzudenken, worüber wir „eigentlich" sprechen wollten.

Ich wollte, das weiß ich noch, eigentlich darüber sprechen, was ich mit meinem Leben anfangen sollte, jetzt, da mein Leben durch den Tod unserer Mutter so festgelegt war und keine Umwege, keine eigenen Entscheidungen mehr erlaubt waren. Ich saß in der Lebensfalle vieler junger Frauen, eine häufige Folge von tragischen Ereignissen in der Familie. Manche mussten sich um einen verwitweten Vater kümmern. Andere eine kranke Mutter pflegen, eine Großmutter oder einen Großvater. Für jüngere Geschwister sorgen. Die Kinder eines verwitweten Bruders aufziehen. Eine eigene Verlobung genauso aufschieben wie eine Ausbildung, vielleicht ein Studium. In ein paar Jahren könne sie ja immer noch heiraten oder studieren, damit tröstete man sie. Und ich kenne keine junge Frau, die sich verweigert hat.

Familiengefängnisse. Keine Eisengitter, aber Liebesgitter. Und die lassen sich weder von Feilen öffnen noch von Argumenten. Ich hätte Peter einfach nicht alleine lassen können. Gut, Bertha hätte für ihn gekocht und für seine Wäsche gesorgt, Vater hätte hie und da ein „ernstes Wort" mit ihm gesprochen. Aber wer hätte abends, wenn er im Bett lag, noch einmal kurz bei ihm ins Zimmer hineingeschaut und ein paar liebevolle Worte gemurmelt? Wer hätte bemerkt, wenn etwas ihn besorgte oder ärgerte? Wer hätte hinter sein trotziges und manchmal aggressives Auftreten geblickt? Kurz: Wer hätte ihm je offen gezeigt, wie wichtig, wie geliebt er war? Wer hätte ihn davon abgehalten, an die Front zu gehen?

Worüber Michael nachdachte, wusste ich nicht. Vielleicht waren seine Überlegungen gar nicht so weit entfernt von den meinen. Bestimmt wäre er lieber in Tübingen geblieben, hätte sich an den Neckar gesetzt und auf den runden Turm geschaut, in dem der wahnsinnige Dichter jahrelang gelebt hatte, statt in sein Familiengefängnis zurückzugehen.

Und Friedrich, der einfach ein paar Wochen Semesterferien in seiner Heimatstadt verbrachte? Worüber er eigentlich sprechen wollte? Ich weiß es bis heute nicht, aber Maria hat es mir am nächsten Nachmittag auseinandergesetzt. Für sie schien immer noch alles einfach zu sein: Er wollte, so führte sie aus, eigentlich darüber sprechen, dass er mich liebte und am liebsten sofort heiraten wollte, was aber nicht ginge, weil ich sowieso warten würde, bis Peter erwachsen wäre. Reifer zumindest. Und dass ich vielleicht sogar dann meinen Vater nicht alleine lassen wollte.

Wie sie Michaels Schweigen erklärte, war genauso simpel, aber noch ein bisschen romantischer. Michael nämlich wollte ihrer Meinung nach auch mit ihr über seine Liebe sprechen. Er wisse aber, dass ihr strenger Vater keinerlei Verlobung, geschweige denn Eheschließung zustimmen würde, bevor mein Bruder in der Lage sei, für das finanzielle Auskommen seiner Familie zu sorgen. Also nach dem Studium und ersten Erfolgen im Beruf. „Ich werde darüber eine alte Jungfer werden", klagte sie. „Und durch Michaels Freisemester wird alles noch weiter hinausgezögert. Und jetzt spiele ich auch noch seine zweite Schwester!"

„Warum eigentlich?", habe ich sie gefragt. Und Maria runzelte die Stirn, dachte nach, umarmte mich und fragte zurück: „Ja, warum eigentlich?" Und dann ging sie und ließ mich mit dem Korb Bohnen zurück, den ich für das Mittagessen vorbereitete. Eine Bohne ergreifen, oberes Eckchen abschneiden, Faden von oben nach unten abziehen, unteres Ende ergreifen, Eckchen abschneiden und den Faden

der anderen Seite ebenfalls abziehen. Nächste Bohne. Bean counter? Was aus Marias Initiative geworden ist, weiß ich nicht.

Denn plötzlich wurde von einem Tag zum anderen alles anders. Zwei Tage nach unserem Abend, den Peter gestört hatte, erklärte Deutschland Russland den Krieg, zwei Tage später Frankreich. Und am nächsten Tag verkündete England seine Kriegserklärung. Und ausgerechnet Peters Frage, von der ich bis heute nicht weiß, ob sie einfach eine Provokation sein sollte oder von einer gewissen Hellsicht geprägt war, war der Abschluss unserer Treffen damals, als wir noch jung waren.

Friedrich meldete sich unverzüglich und wurde von seinen Eltern und von uns, seinen Freunden, an den Bahnsteig begleitet. Vorher sahen wir ihn mit den anderen Freiwilligen durch die Stadt ziehen. Eine riesige Parade fand statt. Die lauten Kommandos dröhnten aus allen Ecken: „Rechts – um!", „Ohne Tritt – Marsch!" oder „Im Gleichschritt – Marsch!" Und natürlich: „Augen geradeaus!"

Am Bahnsteig brachten die begleitenden Personen, vor allem die Frauen, Mütter, Schwestern, Bräute und Ehefrauen, alles durcheinander. Sie weinten, schluchzten, streichelten, küssten, übergaben Geschenke, richteten flehentliche Appelle an die Männer. Michael überreichte Friedrich ein Buch, bis heute weiß ich nicht, was er ausgesucht hatte. Ich kam mir mit meinem Geschenk, ich hatte ganz sorgfältig spät reifende Stachelbeeren in ein kleines Körbchen gelegt, ganz dumm vor. Doch Friedrich schien sich zu freuen. Zuerst hob er das von mir mit Spitzen umhäkelte Taschentuch, das ich über die Beeren gelegt hatte, ein wenig an, um zu sehen, was sich darunter befand. Als er dann die Beeren entdeckte, nahm er eine der besonders süßen, eine der seltenen, die ganz rot leuchteten und deren Haut mit keinem dieser manchen Sorten eigenen Härchen bedeckt war, sondern glänzte wie gewachst, mit dem Daumen und dem Mittelfinger auf und zupfte dann mit dem Daumen und Zeigefinger der anderen Hand das verdorrte Restblättchen am Beerenende ab.

Ich fragte mich, ob er wusste, dass die Sorte „Rote Triumphbeere" hieß und einst in Schottland gezüchtet wurde. Unsere beiden Büsche hat meine Mutter aus England mitgebracht. Aber nicht wegen ihres Namens, der plötzlich metaphorische Bedeutung für einen Mann, der in den Krieg zog, erhalten könnte, habe ich die Beeren als Wegzehrung gepflückt, sondern wegen des süßen lustvollen Zungengenusses, den er bereitet. Denn wenn man in die kugelige Beere hineinbeißt, muss man durchaus seine Schneidezähne einsetzen, und aus dem kleinen Spalt, den die Zähne hineinschlitzen, quillt eine breiige süße Masse mit vielen weichen Kernchen heraus. Jedes Jahr wieder eine Überraschung, wenn man sich schon an die Konsistenz der anderen Gartenbeeren gewöhnt hatte und Ähnliches erwartete. Oder aber wenn man voller Vorfreude ein wenig zu früh eine abgebrockt hatte und dann auf einen harten grünen Kern gestoßen war, den man hinter einer bitteren behaarten Haut fand.

Jedenfalls biss Friedrich in einen der Sommergrüße aus dem Garten, der uns allen so viel bedeutete, und genoss den Geschmack, der ihm förmlich entgegenfloss. Er nahm eine zweite Beere, säuberte sie wie die erste und streckte sie mir, wie ich fürchten musste, entgegen. Er würde mir die Beere doch nicht in den Mund stecken, so eine vertraute Geste der Nähe und Zuneigung wagen, hier, vor unseren Familien und Freunden und auch den vielen Bekannten, die ihrerseits junge Männer an den Zug begleiteten. Ich blickte ihn wahrscheinlich sehr erschrocken an, und glücklicherweise reagierte er schnell und schob sie Michael, der neben mir stand, zwischen die Lippen.

„Unser letztes gemeinsames Mahl", sagte er, und drückte dann jedem aus der Gruppe, die sich da um ihn geschart hatte, eine Beere in die Hand. „Aus denen, die du noch erntest, Lynn, machst du eine Marmelade und servierst sie mir zu Weihnachten. Denn da werden wir alle siegreich zurück sein."

„Konfitüre", berichtigte ich ihn gewohnheitsmäßig, und Michael bemerkte: „So einen schnellen Triumph erwartest du

also". Er kannte selbstverständlich den Namen dieser Beerensorte. Friedrich umarmte seine Eltern und seine Freunde, dann küsste er mir die Hand. Das war schon komisch, denn einen Handkuss hatte ich bislang noch nie bekommen. „Wo ist eigentlich Maria?", rief er, schon im Einsteigen. Ich wusste es nicht und wunderte mich selbst, wo sie abgeblieben war. Michael zog die Schultern in die Höhe.

Lynn dachte später oft darüber nach, wie dieser Tag, der die Welt verändern sollte, auch ihr eigenes Leben auf den Kopf stellte. Ihre Freundin war verschwunden, ihr Freund in den Krieg gezogen, unter dem Jubel der Bevölkerung, die zu diesem Zeitpunkt noch nicht ahnte, dass kein siegreiches und glückliches Weihnachtsfest mit stolzen Heimkehrern auf sie wartete, sondern ein langer Krieg an zwei Fronten.

Und Lynn stand von diesem Tag an zwischen zwei Brüdern, die unterschiedlicher nicht sein konnten. Da war auf der einen Seite Peter, den sie seit seiner Teilnahme im *debating club* nicht mehr *mein kleiner Bruder* nennen durfte, wie sie das seit seiner Geburt tat. Er bestand jetzt darauf, dass sie ihn allenfalls als *ihren jüngeren Bruder* bezeichnen durfte und dass sie ihn vor allem nie und in keiner Situation in den Arm nehmen und streicheln und dabei Kosenamen flüstern durfte. Das tat sie natürlich weiterhin, vor allem abends, wenn sie ihm „Gute Nacht" wünschte. Sie versuchte jedoch ernsthaft, Kosenamen für ihren kleinen Bruder zu vermeiden. Denn Lynn wusste, dass ihre Mutter ein so großes Repertoire an Kosenamen für ihren jüngsten Sohn hatte und dass Peter es nicht ertrüge, einen dieser Namen zu hören.

Auf der anderen Seite stand Michael, *ihr großer Bruder*, der am liebsten mit seinen Büchern, seiner Literatur leben wollte und zurück zu seinem Studium nach Tübingen wollte. Im Umgang mit Peter war Michael unsicher, da fehlten einfach die Jahre, die er nicht zuhause lebte: sein englisches Internatsjahr, damals war Peter gerade in die Schule gekommen, und die Tübinger Jahre. Peter, bislang ein grenzenloser Bewunderer seines Bruders, verübelte ihm, dass er nicht zusammen mit seinem Freund in den Krieg gezogen war.

In Peters Phantasie führte er in Tübingen ein lustiges Studentenleben und konnte frei von Einschränkungen durch die Familie oder das Gymnasium leben, wie er wollte. Jetzt tat er nicht das, was er hätte tun sollen, was Friedrich tat, was auch Peter gerne getan hätte: sich mutig und freudig in den Krieg stürzen und dort die Abenteuer erleben, die hier in der übersichtlichen Garnisonsstadt, wo jeder jeden kannte, weder erlaubt noch aufzufinden waren. Peter nannte seinen Bruder ehrlos, er nannte ihn Verräter, er nannte ihn feige. Michael erklärte seinem Bruder ganz offen, warum er zuerst einmal zurück an die Universität gehen wollte: „Ich brauche noch ein halbes Jahr, dann kann ich das Studium abschließen und auf eigenen Beinen stehen, auch finanziell.“ Das Gespräch fand ein paar Tage nach Friedrichs Aufbruch statt.

Lynns Vater war ratlos, wie er den sich zwischen seinen Söhnen abzeichnenden Konflikt lösen sollte. Hilfesuchend blickte er seine Tochter an und erwartete, dass sie jetzt die beiden Brüder versöhnte. Aber ihr war klar, dass das so leicht nicht sein würde. Schließlich war Peter fast vierzehn. In seinem Konfirmationsanzug sah er beinahe erwachsen aus. Einige seiner Klassenkameraden aus der Volksschule waren schon in der Lehre und ließen sich zum Handwerker ausbilden, und als Lehrlinge durften sie auch manchmal am Sonntag ein Glas Bier trinken und andere *männliche* Vergnügungen kennen lernen. Ihrem Bruder war die Schulbank im Gymnasium manchmal zu eng, er vernachlässigte die Schule, aber wenn es absolut erforderlich war, schaltete er seinen scharfen Verstand ein und schaffte immer wieder ein *gut* oder ein *sehr gut*.

Lynn wusste, dass Michaels Argumente für den schnellen Abschluss seiner Studien vorgeschoben waren. Ihr großer

Bruder war in seinem Innern einfach so friedfertig, dass er es sich nicht vorstellen konnte, wollte, mit einem Gewehr auf etwas anderes zu schießen als auf eine Schießscheibe, wo die aufgezeichneten konzentrischen Kreise in ihrer Abstraktheit wirklich nur mathematische Rätsel aufgaben, die nach ihrem jeweiligen Radius bestimmt werden könnten, aber nie in Zusammenhang mit realen Kriegs- und Kampfhandlungen gerieten.

De facto sah Michael aber, und das wusste selbst Lynn nicht, in diesen Kreisen nicht einmal symbolische Zielvorgaben, sondern eigentlich nur das Wasserbild, das ein Stein erzeugen würde, wenn man ihn in einen ruhigen Weiher würfe: Die Kreise würden sich nach dem Aufprall des Steins – was für ein lustiges, klatschendes Geräusch! – zunächst ausdehnen und dann von der ruhigen Wasseroberfläche wieder geschluckt werden, und nach einer Minute wäre alles so, wie es vor dem Steinwurf gewesen war, und die tief in den Teich herunterhängenden Zweige der Trauerweiden, deren Spiegelbild vielleicht durch die wachsenden Wasserkreise ein wenig verschoben gewesen wären, würden sich wieder wie zuvor genau über ihrer Abbildung befinden und nur ein kleiner Windhauch könnte sie und ihr Wasserbild erneut in ihrer identischen Gegenbildlichkeit stören. So sah Michael die Welt.

Am nächsten Morgen fürchtete Lynn beim Frühstück mit ihrem Vater, erneut zu spät zu kommen. Sie war zwar gerade noch pünktlich aufgestanden, um wie immer den Frühstückstisch für ihren Vater, Peter und sich selbst zu decken. Stoffservietten, das alte Porzellan von Lynns Urgroßeltern, eine kleine Vase mit einer roten Rose, die der auf dem Porzellan aufgemalten entsprach. Lynn stupste an die kleine Rose, die sie aus dem Garten geholt hatte, um sie achsensymmetrisch zu der gemalten zu positionieren. Naja, mehr Schein als Sein, dachte sie, denn der Kaffee aus Ersatzbohnen war dünn und, nein, sie würde ihrem Bruder nicht sagen, was sie da alles in ihrem Ofen angeröstet hatte, um den Geschmack ein wenig zu heben, und Vater trank sowieso lieber Tee. Das Maisbrot zerbröckelte bei jedem Versuch, etwas darauf zu streichen. Konfitüre, davon hatten sie immer reichlich, und für diesen Morgen hatte sie ein Glas Himbeerkonfitüre geöffnet.

Für den Vater und für Peter ein Spiegelei, beste englische Familientradition. Leider gab es keinen *bacon* dazu und auch keine *baked beans*; vielleicht sollte sie aber lieber glücklicherweise sagen statt leider, denn vielleicht würde sich Peter wieder nur aufregen, wenn er diese undeutschen Frühstücksangebote auf seinem Teller sähe, obwohl er sie früher leidenschaftlich gern verschlungen hatte. Doch er ließ sich gar nicht sehen, dafür kam ein wie immer sehr milder, aber erstaunlich kommunikativer Vater zu ihr, bedankte sich mit einem Kuss auf ihren Scheitel für das schöne Frühstück und erkundigte sich angeregt nach Friedrichs Plänen für die Zeit nach dem Krieg. Dass sie in Eile war, schien er gar nicht zu bemerken.

Dann widmete er sich seinem Spiegelei, eigentlich aber lediglich dessen Betrachtung, so dass Lynn ihn schon ermahnte, dass er essen solle, bevor alles kalt würde. „Ich finde das genial“, sagte er, „diesen gelben Kreis, fast eine Halbkugel, auf einem weißen Oval mit braunen Rändern, einfach phantastisch.“ „Ästhetisch oder geometrisch phantastisch?“, fragte Lynn scherzhaft. „Beides. Wo sonst findest du in der Natur so eine Farbzusammenstellung?“ „Häufig eigentlich“, widersprach Lynn. „Gänseblümchen, Margeriten.“ „Ist das häufig? Und wo ist da das Oval?“ Lynn lächelte: „Iss, bitte. Ein Spiegelei ist weder eine Einführung in die Kunstgeschichte noch in die Geometrie. Aber es schmeckt lecker, das verspreche ich dir.“

Aber Lynns Vater aß nicht: „Ich möchte jetzt nicht weiter scherzen, aber essen auch nicht. Denn ich habe etwas Wichtiges mit dir zu besprechen.“ Lynn war sehr gespannt, was ihr Vater ihr mitteilen wollte, und wurde dann durch eine längere Ausführung überrascht: „Ich konnte heute nicht schlafen.

Mir ist in der Nacht klar geworden, wie sehr ich mich euch allen entzogen habe. Verweigert. Ob ich mich so in meine Trauer versenkt habe oder ob auch Bequemlichkeit oder Versagensängste mitspielten, weiß ich nicht. Aber dir habe ich damit etwas aufgebürdet, das ich nicht hätte tun dürfen. Gestern, als Friedrich bei uns war, der schon seit längerer Zeit dein Mann sein könnte, ist mir klar geworden, dass du jetzt 25 Jahre alt bist, ledig, allein, nicht verlobt, vielleicht sogar ungeliebt, du hast keine richtige Ausbildung, hast die Welt nicht kennen gelernt. Ich möchte dich heute aus deinen Familienpflichten entlassen, Lynn. Das soll das letzte Spiegelei sein, das du für mich gemacht hast. Obwohl ich weiß, dass meine Zukunft nur aus Rühreiern bestehen wird, Bertha und ich werden es dabei belassen. Geht schneller, ohne diese Vollkommenheit, die man ungern zerstört."

Lynn verstand, dass ihr Vater versuchte, das Gewicht seiner angesichts der frühen Morgenstunden und der alltäglichen Umgebung beinahe schon unangebracht ernsthaften Aussagen durch ein paar scherzhafte Bemerkungen zu mildern, doch dann fügte er, wie abschließend, hinzu: „Und du nimmst dir jetzt erst einmal alle Zeit, die du willst oder brauchst, um herauszufinden, was du von heute an mit deinem Leben anfangen möchtest. Nur sollst du nicht so weiterleben wie in den letzten Jahren, so über Gebühr angepasst und pflichtbewusst und freudlos."

Lynn lachte auf: „So tragisch ist es nicht, Vater. Und so angepasst und freudlos bin ich auch nicht. Ich habe mich ja für dieses Leben entschieden, erst einmal zumindest. Und wegschicken lasse ich mich schon gar nicht von dir!"

„Aber du musst. Weggehen und irgendwo studieren oder arbeiten …"

„Jetzt? Mitten im Krieg?"

„Gut, vielleicht wartest du noch mit dem Weggehen. Aber nicht mit dem Überlegen darüber. Heute fängst du dein eigenes Leben an. Heute. Von mir aus erst einmal im Kopf. Aber ich bin endlich zur Vernunft gekommen und entlasse dich aus deiner Rolle als Familienoberhaupt. Die spiele ich nun wieder selbst. Du kannst ruhig schon einen Koffer packen, Pläne machen, deine Fühler ausstrecken. Und *mitten im Krieg* sind wir nicht mehr, du hast doch auch Friedrich gestern gehört. Also bald gehst du und fängst dein neues Leben an. Und bis dahin wartest du mit deinem gepackten Koffer hier bei deinem Vater."

Lynn wusste nicht, was sie ihm antworten sollte, aber er sah auch so aus, als erwarte er gar keine Antwort. Stattdessen wandte er sich seinem Spiegelei zu. Der Arme, dachte Lynn, da sieht etwas so schön aus und dann schmeckt es ihm wahrscheinlich gar nicht mehr, kalt, wie es inzwischen geworden ist. Doch ihr Vater machte nicht den Eindruck, als sei etwas an diesem Sommermorgen nicht so, wie man es sich wünschte, denn er stach mit seiner Gabel mitten hinein in den gelben Kreis und sah dann voller Befriedigung zu, wie das Gelb herausfloss und dem weißen Oval ein interessant schraffiertes sommerliches Muster verlieh.

Bevor er dann mit dem Essen anfing, schaute er Lynn noch einmal entschlossen an und verkündigte: „Und morgen werde ich mir Peter vornehmen."

Der Tag, der mit einem wunderbar veränderten Vater so hoffnungsvolle Vorzeichen für die Zukunft setzte, schien leider sein Pulver nach dieser Spiegelei-Episode schon wieder verschossen zu haben, dachte Lynn wenig später, als sie bei einem Blick in Peters Zimmer sah, dass dieser die Nacht wieder einmal nicht zuhause verbracht hatte. Darüber, dass sie unbewusst zu einer dieser militärischen Redensarten gegriffen hatte, ärgerte sie sich ein wenig, aber mehr noch über ihren rücksichtslosen Bruder und das für ihn verschwendete Ei.

„Das ist jetzt keinen Schuss Pulver mehr wert", schimpfte sie, als sie das Ei zurück in die Küche brachte. Bertha dachte kurz nach und wollte ihr gerade widersprechen, als sie erstaunt hörte, dass Lynn laut auflachte.

Kapitel 3

Unser allseits geachteter Mitbürger, Major Karl K., musste gestern eine furchtbare Entdeckung machen, als er nach längerer kriegsbedingter Abwesenheit in seiner Waldhütte nördlich von Schloss Monrepos nach dem Rechten sehen wollte. Beim Eintreten dachte er zunächst, ungeladenen Besuch vorzufinden, denn in dem Armlehnenstuhl an einem kleinen Tisch saß wie schlafend Fräulein Karoline S., die Tochter des Mathematiklehrers a.D. Johannes S, die er als Nachbar und Freundin seiner einzigen Tochter gut kannte. Beim Nähertreten erst wurde ihm das Schreckliche bewusst: Karoline S. war tot.

Lynn ging in einem seltsamen Gefühlsdurcheinander und später als sonst aus dem Haus und wollte mit ihrem Fahrrad losfahren, um sich nicht zu verspäten. Doch es war verschwunden. Peter, schimpfte sie leise, überzeugt davon, dass ihr Bruder am gestrigen Abend ihr Rad geschnappt hatte, um sich noch ein wenig damit auszutoben. Der griff nämlich aus Bequemlichkeit meistens zu dem Rad, das als Letztes benutzt worden war, statt sich die Mühe zu machen, sein eigenes startklar zu machen.

Also ging Lynn schnell, rannte fast los, obwohl Rennen immer noch als ungehörig für eine junge Dame galt. Aber viele Mädchen und Frauen setzten sich inzwischen trotziger oder auch mutiger als früher über die Etikette hinweg. Wenn man von ihnen in diesen Kriegszeiten erwartete, dass sie wie Männer arbeiteten, konnte man nicht auch noch erwarten, dass sie sich dabei wie Frauen in Vorkriegszeiten verhielten.

Da hörte sie es neben sich hupen und sah, wie ein Auto bremste und stehen blieb. Sie schaute, wer da so laut auf sich aufmerksam machte und erkannte mit leichtem Unbehagen Marias Vater, den Major. Er war ihr immer fremd geblieben, obwohl Maria ihre beste Freundin war. Nie konnte sie sich ihm gegenüber so frei und offen verhalten, wie es sonst ihre Art war. Öffnete beispielsweise der Major die Tür, wenn sie bei ihrer Freundin an der Haustür klopfte, stand sie schon als Kind mit gesenktem Kopf und fast stumm da und wartete, bis Maria kam. Und sehr verändert hatte sich das auch nicht, als sie älter wurde. Dabei war er nicht unfreundlich zu ihr, nur unpersönlich und fast übertrieben korrekt.

Als Kind verbrachte Maria die meiste Zeit bei Lynn und ihrer Familie, was ihrem Vater wahrscheinlich gar nicht so bewusst war. Der beschäftigte für Maria nach dem Tod ihrer Mutter nämlich zuerst ein Kindermädchen, später eine Erzieherin, und vermutete im Übrigen seine Tochter in besten Händen bei seiner Schwester, die ihm den Haushalt führte. Diese nahm zwar ihre Pflichten sehr ernst, war aber von ähnlich kühlem und nüchternen Wesen wie ihr Bruder, so dass Maria zwar in ihrer eigenen Familie gut versorgt und behütet wurde, aber gefühlsmäßig im Nachbarhaus zuhause war, wo sie eine Zweitfamilie mit einer Schwester, zwei Brüdern und liebevollen Eltern gefunden hatte.

Seit Maria damals, kurz vor Kriegsausbruch, verschwunden war, buchstäblich verschwunden, ohne irgendjemandem Bescheid zu geben oder die Beweggründe ihres Verschwindens zu erklären, hatte Lynn den Vater der Freundin kaum mehr gesehen. Nur zwei oder drei Abende danach stand er nach kurzem energischen Klopfen an der Haustür bei ihnen im Flur und teilte ihnen seltsam berührt mit, dass Maria ihn in einem Brief gebeten habe, den Freunden Bescheid über ihren Entschluss, ihr Elternhaus zu verlassen, zu geben. Marias Vater war in Uniform gekommen und hatte seine Mütze abgenommen und drehte sie schnell wie einen großen Ring mit den Fingern im Kreis. Lynn betrachtete seine Hände, weil sie nicht verstand, wie er das zuwege brachte, ohne dass der Schirm bremste und kleine Verzögerungen eintraten. Er schien sich nach seinem einleitenden Satz ausschließlich auf seine Zirkusnummer zu konzentrieren, denn er brachte nur noch abgehackt heraus, dass Maria nach Stuttgart zu einer entfernten Cousine ihrer Mutter gefahren sei und dass sie sich dort als Krankenschwester für den Dienst in einem Lazarett an der Front ausbilden lassen wolle. Er sei stolz, dass sie sich dazu entschlossen habe, den Weg aller guten jungen Deutschen zu gehen und mitzuhelfen, alles für den guten Ausgang des Krieges zu tun, ohne an ihr eigenes Leben und Glück zu denken. Lynn spürte, wie Michael den Kopf zu Boden senkte, wahrscheinlich dachte er wie sie, dass der Major sein Verhalten eben auffallend direkt, eigentlich schon unhöflich, kritisierte. Vielleicht misslang deswegen in diesem Moment auch seine akrobatische Vorführung, denn seine Uniformmütze glitt ihm aus den Händen und segelte wie eine riesige Ahornfrucht langsam zu Boden. Dort nahm Michael sie als Erster wahr, da er ja mit seinem Blick dem des strengen Nachbarn ausgewichen war, während Lynn weiterhin auf die jetzt leeren Hände des Majors starrte. Michael hob die Mütze auf und reichte sie Marias Vater. Dabei berührten sich ihre Finger, und Lynn sah, wie der Major seine Hand rasch wie angeekelt von der Berührung befreite, sich die Mütze wieder auf den Kopf drückte und das Haus verließ. Es wäre ihm sicherlich peinlich gewesen, wenn jemand ihn darauf hingewiesen hätte, dass er sich in der Eile die Mütze schief, fast ein wenig verwegen, auf den Kopf gesetzt hatte. Also unterließen sie es.

Lynn bewunderte damals ihre Freundin, ihre Entschlusskraft fast noch mehr als ihren Mut. Gerne hätte sie allerdings gewusst, ob sich ihre Freundin vorher noch persönlich von ihrem Bruder verabschiedet hatte. Denn dieser schien weniger überrascht zu sein als sie.

Marias Vater war, so hatte Lynn es gehört, in irgendeinem Stab an der Westfront stationiert; seine Schwester besorgte wie eh und je das inzwischen fast leer stehende Haus. Dort war keine Köchin mehr beschäftigt, nur einmal pro Woche kam eine Frau, die Marias Tante beim Reinigen der zwei Zimmer half, die immer blitzblank geputzt für den Major bereitstanden, falls dieser überraschend und unangekündigt für ein paar Tage heimkehren sollte. Sie selbst nutzte während der Abwesenheit ihres Bruders und ihrer Nichte nur ein Zimmer, wo sie handarbeitete und in ihrer freien Zeit vielleicht über ihr Leben sinnierte, möglicherweise sich auch nur einem Nachmittagsschläfchen vor dem Abendschläfchen hingab.

Die anderen Zimmer waren, das hatte Maria ihr bei ihrem letzten Urlaub nicht nur erzählt, sondern auch vorgeführt, quasi stillgelegt. Über alle Möbel waren schwere Leintücher geworfen, die den Staub abhalten sollten. Der Plan der Tante war, dass nach dem Krieg alle diese Leintücher von den dann wieder zurückkehrenden Hausangestellten entfernt werden würden, woraufhin das Haus wie Phönix aus der Asche auferstehen würde. Also unversehrt, schön und jugendfrisch wie eh und je, wobei natürlich der orientalische Sagenvogel zuerst einmal gelebt hatte, und zwar überlang, bevor er sich seiner mutigen Verjüngungskur unterzog, sich nämlich von den Sonnenstrahlen entzünden zu lassen und sich nach seinem Flammentod aus der eigenen Asche wieder zu erfinden, zu beleben.

Und wenn dann die Leintücher gewaschen und gemangelt worden wären, würden ihr Vater, die Tante und sie durch das Haus gehen und sehen, dass vielleicht fast ganze Land sich durch den Krieg verändert hatte, dass vieles untergegangen war, vielleicht aber auch manches neu entstanden, dass aber dieses Haus nicht neu geboren wurde, sondern so war wie eh und je. Nur, so lachte Maria bei dem von ihr ironisch gewählten Bild, hatte ihr Haus nie prächtig gelebt, eigentlich seit Jahren überhaupt nicht gelebt. Deswegen wäre es sauber wie immer, aber auch genauso lieblos. Steril, besser gesagt, verbesserte Lynn mit Hilfe ihrer im Lazarett neu erworbenen Fähigkeiten in Gedanken Marias Formulierung. Man musste also nicht einmal etwas anzünden, um es zum Untergehen, zum Sterben zu bringen. Manches war schon immer tot.

„Ist mit Ihnen alles in Ordnung, gnädiges Fräulein?“, vernahm Lynn die tiefe, etwas stakkatoartig artikulierende

Stimme des Nachbarn, so dass sie vermeinte, einen Befehl statt einer höflichen Frage zu hören. Und wirklich folgte so etwas wie ein Befehl, wenngleich die Worte eher ein Angebot beinhalteten. Aber der Ton zeigte eindeutig, dass das Angebot nicht offen war: „Sie sind doch bestimmt auf dem Weg zu Ihrer Arbeit. Ich fahre Sie gerne ins Lazarett. Steigen Sie doch ein!“

Der Major war in seinen kurzen Urlauben während des Krieges gelegentlich an ihr vorbeigefahren, ohne dass er angehalten hätte. Also, so folgerte Lynn, musste er heute einen Grund haben. Hing das mit Michael zusammen? Mit dem, was Friedrich ihr erzählt hatte? Dann musste sie einsteigen, denn so, aus dem Autofenster heraus zum Bürgersteig hin, würde der strenge Mann, der alle Formen und Vorschriften strikt beachtete, bestimmt kein weiteres Wort mehr an sie richten. Also wandte sie sich zu ihm um und sah, dass er seinem Fahrer eine kurze Anweisung gab, woraufhin dieser ausstieg und ihr die Tür zum Fond öffnete, wo sie sich dann neben dem Major niederließ.

Der Major blickte sie nicht an. Sie wusste nicht so recht, wie sie sich verhalten sollte. Der Einzige, der die Situation ungerührt meisterte, war der Fahrer des Majors, sein Bursche wahrscheinlich, der den Motor anließ und losfuhr. Lynn hatte nicht gehört, dass der Major ihm irgendein Ziel genannt hatte, so dass ihr der Verdacht kam, dass der Major ihr mehr oder weniger aufgelauert und sein Ziel bereits vor dem Start angegeben hatte.

Wie lange mochte er dort in seinem Auto gesessen und auf sie gewartet haben? Und was hätte er getan, wenn das Fahrrad dagewesen und sie einfach losgeradelt wäre? Hätte der Fahrer auch dafür bereits Anweisungen gehabt? Hätte er aus seinem Wagen herausspringen, Lynn am Arm packen und ins Auto schleifen müssen? Der laut *Hilfe!* schreienden Lynn dann mit einem für diesen Fall schon im Fond zurechtgelegten Schal den Mund verschließen und mit einem weiteren die Hände zusammenfesseln müssen? Und dann? Vielleicht hatte der Major ja sogar in den frühen Morgenstunden das Rad verstecken lassen.

Lynn sah, wie die vertrauten Häuserfassadenreihen an ihr vorbeizufliegen schienen, alle diese ähnlichen aneinandergeschmiegten Häuser mit ihren symmetrischen Strukturen und ihrem gepflegten Erscheinungsbild. Ob sich ihre Bewohner, zumindest der uniformierte Teil dieser Bewohner, deswegen so glichen?

Da bemerkte Lynn, dass das Auto den Hügel hinauffuhr. „Halt!“, rief sie, „wo fahren Sie denn hin mit mir?“ War ihr winziger Angsttraumfetzen beim Einsteigen eine Vorahnung gewesen? Sie ließ ihren Blick schnell über die Sitzflächen gleiten. Nein, da lag wenigstens kein Schal. Den Mann neben ihr schien ihr Schrei nicht zu irritieren. „Man hört Sie draußen nicht, gnädiges Fräulein“, sagte er, „bleiben Sie also ruhig. Es wird Ihnen nichts geschehen und ich werde Sie pünktlich bei Ihrer Arbeit abliefern. Ein kleiner Umweg nur. Den Sie aber nicht machen müssen, wenn Sie …“

„Wenn ich?“

„Wenn Sie kooperieren.“

„Kooperieren? Mit wem?“

„Erst einmal mit mir.“

„Was für ein Wort verwenden Sie da? Wenn ich Ihnen helfen kann, dann helfe ich Ihnen natürlich. Sie sind mein Nachbar, Sie sind der Vater meiner besten Freundin. Ich kenne Sie, seit ich auf der Welt bin. Da … unterstützt man sich doch. Hilft sich. Ich habe ja vorhin auch spontan gedacht, dass Sie mir helfen wollten, pünktlich bei der Arbeit zu sein, indem Sie mich hinfahren.“

„Wirklich?“

„Ja, wirklich. Obwohl ich … ein wenig überrascht war.“

„Dann sagen wir eben, dass ich Sie um Hilfe bitte.“

„Aber Sie meinen nicht … Hilfe? Sondern Kooperation? Das klingt für mich ganz anders. Wenn jemand mich um *Hilfe* bittet, dann stehe ich vor einer moralischen Pflicht. Mit dem Wort *Kooperation* verbinde ich eher ein moralisches Problem.“

„Ich war ja vorgewarnt, dass Sie eine kleine Philosophin sind. Wie meine Tochter. Das ist in Kriegszeiten aber keine Tugend. Philosophie ist ein Vergnügen in Friedenszeiten, in

Kriegszeiten führt sie zum Verderben."

Lynn erschrak darüber, wie verächtlich er von ihr als *kleiner Philosophin* gesprochen hatte. Und indirekt natürlich auch von seiner Tochter. Und was wollte er eigentlich sagen? „Wie meinen Sie das?"

„Lassen wir doch das Geplänkel. Wir sind jetzt alleine hier oben im Wald, bald mitten drin, niemand wird uns sehen oder hören."

„Und er?" Lynn deutete ironisch auf den Fahrer, der vor ihnen saß.

„Er ist mein Fahrer. Mein Bursche. Wie Sie wollen. Er ist mein Soldat. Er hört nichts. Er sieht nichts. Er …"

„Audi, vide, tace, si tu vis vivere in pace. Er sagt also auch nichts. Wie einer der drei Affen."

„Wissbegierige Philosophin", murmelte er abfällig.

„Vorsicht!", brüllte Lynn, „da kommt ein Traktor!"

Der Fahrer drückte so kräftig auf die Bremse, wie er nur konnte, und der Major wurde nach vorne geschleudert und stieß mit seiner Stirn an die Vorderlehne an. Wütend schrie er: „Wollen Sie uns umbringen?"

Lynn, die den Ruck erwartet und sich deswegen mit den Armen und Füßen gegen einen Zusammenprall mit dem Vordersitz gewappnet hatte, schüttelte den Kopf.

„Wo ist denn Ihr Traktor?", brüllte der Major, immer noch aufgebracht.

„Keiner da", kam ein mürrisches Brummen von vorne.

„Mein *Traktor* war rein philosophischer, nein, naturwissenschaftlich-experimenteller Natur", gab Lynn zur Antwort. „Weil ich Ihnen beweisen wollte, dass Ihr Fahrer oder Ihr Bursche oder Ihr Soldat eben sehr wohl hört, sogar den Warnschrei einer jungen Frau, und dass er sehr wohl auch sieht, sowohl, was da ist, als auch, was nicht da ist, nämlich kein Traktor. Und sprechen kann er auch. Vielleicht ist er ja kein Affe, dann schweigt er vielleicht auch nicht."

Sie waren inzwischen wirklich mitten im Wald angekommen, einem dichten Märchenwald, wie es Lynn durch den Kopf ging, und der Major stieg aus, ging um den Wagen herum und öffnete die Tür für Lynn. Der Fahrer blieb anscheinend ungerührt sitzen.

Der Major wies auf einen schmalen Pfad, der vom Weg aus in den Wald hineinführte. Offenbar will er wirklich etwas so Geheimes sagen, dass er sogar *seinen Fahrer, seinen Burschen, seinen Soldaten, seinen Affen* fürchtet, dachte Lynn. Sie war tief beunruhigt. Zum einen hatte der Major sie noch nie in dieser unhöflichen Weise behandelt, ihre Interessen als Spinnereien abgetan, sie fast entführt. Nein, entführt nicht, sie war ja mehr oder weniger freiwillig mitgegangen, weniger traf es besser, denn er hatte sie völlig überrumpelt und ihre Überraschung ausgenutzt. Auch war sie es gewohnt, als junge Frau einem wesentlich älteren Mann zu gehorchen, vielleicht nicht zu gehorchen, aber seinen Bitten Folge zu leisten, noch dazu, wenn es sich bei diesem älteren Mann um einen Nachbarn, den Vater ihrer Freundin, einen allseits geachteten Mitbürger und Offizier handelte. Sogar wenn sie keine junge Frau, sondern ein junger Mann wäre, hätte sie sein *Angebot* wohl angenommen. Wahrscheinlich hätte selbst Peter sich so verhalten wie sie. Vielleicht sogar mit noch geringerem Widerstand, denn er hätte bestimmt auf die Orden geschaut, die inzwischen die Brust des Majors zierten, und dann wäre es ihm sogar eine Ehre gewesen, ins Auto zu steigen, da er nicht nur militärverrückt, sondern auch autovernarrt war. Ihre ungeordneten Assoziationen hatten Lynn etwas von ihrer latenten Angst befreit und sie folgte dem Major hinein in den Wald. Aber als er vom Pfad abwich und sie mitten in ein Dickicht hineinführen wollte, blieb sie stehen. Sie dachte an die morgendliche Ansprache ihres Vaters. Sollte so der Weg in ihr neues Leben aussehen? In ihr eigenes Leben?

„Nein! Ich gehe da nicht hinein, ohne zu wissen, warum ich das tun sollte und was mich dort erwartet“, wehrte sie sich.

„Ich dachte, Sie seien bereit, mir zu … helfen“, entgegnete der Major. „Da Sie ja lieber helfen als … kooperieren!“

„Deswegen bin ich aber noch lange nicht bereit, nicht zu erfahren, worauf ich mich einlasse, bevor ich mich darauf einlasse.“

„Fürchten Sie etwa, da drinnen steht ein Hexenhäuschen und eine böse Hexe schiebt Sie in das Backrohr?"

„Nein, aber ich fürchte, dass jemand, der mich nicht ernst nimmt, vorhat, mich in etwas zu verwickeln, ohne mich mitentscheiden zu lassen, ob ich das auch will."

Aus den Gedichtbüchlein von Ludwigsburger Schülerinnen

Hier lieg' ich auf dem Frühlingshügel,
Die Wolke wird mein Flügel,
Ein Vogel fliegt mir voraus.

Im Lazarett wartete die Oberschwester auf ihre junge Schwester. Schon am Vortag war sie erst in der letzten Minute aufgetaucht, und jetzt waren bereits ein paar Minuten seit ihrem Dienstantritt verstrichen und sie war immer noch nicht erschienen. So oft die Oberschwester Karoline, wie sie Lynn hartnäckig nannte, auch wegen kleiner Eigenmächtigkeiten tadelte, tadeln musste, so war sie doch im Innersten davon überzeugt, dass diese ihre Pflicht immer zuverlässig erfüllen würde.

Knapp zu kommen, ja, das passte zu ihr, und sie hatte auch, wie es der Oberschwester natürlich nicht entgangen war, nicht wenig außerhalb ihres Dienstes zu tun, mit ihrem Bruder und einem Vater, der dem praktischen Leben wohl ein wenig unbeholfen gegenüberstand. Und hier im Lazarett tat sie mehr als nur ihre Pflicht. Sie war offen, zugewandt, hatte stets ein Lächeln im Gesicht und verstand es, den Männern Mut zuzusprechen und sie ein wenig aufzuheitern. Sie erkannte manchmal schneller als ein Arzt, was einem Patienten gut tat und was ihn niederdrückte. Sie plauderte mit den Patienten über Dinge, die sie nicht aufregen, aber ein wenig ablenken konnten, über das Wetter, über die Blumen, die gerade wuchsen, über amüsante Neuigkeiten, die sie von irgendjemandem erzählt bekommen oder in irgendeiner Zeitung gelesen hatte. Die Geschichte von einem Hund, der davongelaufen war, vermutlich wollte er seinem Herrn nachlaufen, der an der Ostfront kämpfte, und der dann in Stuttgart wiedergefunden worden war, darüber waren die Patienten den ganzen Tag gerührt.

Einmal hatte sie von einem Wettbewerb um den größten Kürbis gesprochen und alle raten lassen, wie schwer der war. Die Oberschwester erinnerte sich auch noch gut daran, wie Karoline im Krankensaal von einer Klasse von Abiturientinnen erzählt hatte, die den Soldaten an der Front kleine Weihnachtsgeschenke schicken wollten. Da sie aus dem Maismehl keine Kekse backen konnten, die den Weg zur Front unversehrt schafften, und zum Handschuh- oder Sockenstricken keine Lust hatten, hatten sie beschlossen, Miniaturbüchlein anzufertigen, zwei oder drei kleine Papierbögen zusammengeheftet mit einem roten Band und auf dem Einband geziert mit einem Miniaturaquarell. In jedes wollten sie kalligraphisch gestaltet ein Gedicht eines der großen Ludwigsburger Dichter schreiben.

Das hatte einige der jüngeren Soldaten damals sehr bewegt, ein paar junge Bauern und Handwerker aus verschiedenen Teilen Württembergs, die sich noch nie so richtig mit Lyrik beschäftigt hatten und das wahrscheinlich auch für ihre Zukunft nicht vorhatten. Eigentlich kannten sie an Gereimtem nur Kirchenlieder und Weihnachtslieder und den einen oder anderen Spruch aus ihrem Bauernkalender. Als Karoline am nächsten Morgen wieder kam, sagte einer, er würde gerne einmal so ein Büchlein sehen. „Es ist so langweilig hier", jammerte er, „und wir würden auch gerne einmal Reime lesen." Karoline versprach, in die Schule zu gehen und die jungen Mädchen zu bitten, ihr das eine oder andere Büchlein zu überlassen.

Und wirklich kam sie zwei oder drei Tage später mit einem Tütchen, aus dem sie freudig kleine Büchlein zog, die sie den jungen Männern überreichte. Die Oberschwester erinnerte sich daran, wie diese mit ihren großen Händen die kleinen

Kostbarkeiten vorsichtig ergriffen und darin lasen und die zierlichen Titelbilder bestaunten.

Als Karoline sich abends von ihnen verabschiedete, streckte einer ihr das Tütchen entgegen und bedankte sich. „Wir hatten viel Freude daran. Verstanden haben wir allerdings nicht sehr viel, aber das ist egal. Denn wir haben jeder einen Reim auswendig gelernt." Karoline lachte, drückte ihm aber das Tütchen zurück in die Hand: „Das war ein Geschenk! Das können Sie behalten. Und morgen höre ich mir an, wie Sie Ihre Gedichte rezitieren!"

Und in den nächsten Tagen wurde in dem großen Krankensaal immer rezitiert, wenn Schwester Karoline eintrat. Sie schien selbst den größten Spaß daran zu haben, wenn Zitate durch den Saal flogen, und auch einige der anderen Männer, die anfangs die lyrische Begeisterung der jungen Männer eher mürrisch als Kinderkram abgetan hatten, fingen an, aus ihrem Gedächtnis irgendwelche Verse herauszukramen. Manchmal wussten sie weder, woher sie diese Verse kannten, noch, wer sie verfasst hatte oder gar, was sie bedeuteten.

Die Oberschwester war ehrlich genug, um sich einzugestehen, dass der schwere Dienst, dessen Anforderungen sie sich tagein, tagaus klaglos stellte, ihr in diesen Tagen oft richtig Freude machte, und zwar nicht die moralische Freude darüber, dass man seiner Pflicht gehorcht hat und die auch ein wenig selbstgefällig sein kann, sondern eine Freude, die mit Spaß verwandt war. Spaßhaben war im Verständnis der Oberschwester Babette eine Wahrnehmung, die ausschließlich der Freizeit vorbehalten war. Zumindest hatte sie es so in ihrem Elternhaus, in der Schule und in der Kirche gelernt.

Inzwischen war sie sich nicht mehr sicher, ob etwas, über das alle sich einig waren, allein deshalb schon richtig sein musste. Und, wenn sie noch ehrlicher sich selbst gegenüber war, und das war immer häufiger in den frühen Morgenstunden der Fall, wenn sie aufwachte und nicht mehr einschlafen konnte und sich dann fragte, was ihr den guten Schlaf, den sie ihr Leben lang genießen konnte, geraubt hatte, dann sah sie es wie in einem Alptraum: Es war die ununterbrochene

Reihe von Männern, viele von ihnen noch jung, sehr jung, die da vor ihr im Halbschlaf auf- und abparadierten wie klägliche Abbilder dessen, was sie einst waren. Viele hatten einen Arm oder ein Bein verloren, andere humpelten wegen anderer Verwundungen, manche stützten sich gegenseitig, manche, von Kugeln getroffen, hatten blutende Verbände an unterschiedlichsten Körperteilen, viele waren wie steif, erstarrt, andere schwankten, wackelten, zitterten und waren nicht mehr Herr über ihre Muskeln. Im morgendlichen Todestanztraum der Oberschwester folgten den versehrten Männern viele unversehrte, es waren die Schatten der Toten dieses Kriegs, und dann, fast nicht erkennbar, sah sie nebelhafte Schemen, gespenstische Bilder, fast nicht mehr von ihren geschlossenen Augen festzuhalten: Szenen glücklichen Lebens von Männern mit ihren Frauen und Kindern, Arbeit, Spiel, gemeinsame Mahlzeiten mit viel Lachen und Erzählen.

Da wurde die Oberschwester dann richtig wach und stand auf. Sie wusste, dass sogar die Männer, die heil nach Hause kommen würden, noch sehr lange Zeit nicht mehr lachen und erzählen würden. Schon seit einiger Zeit war sich die Oberschwester auch nicht mehr sicher, ob nicht noch anderes, was sie ihr Leben lang nicht hinterfragt hatte, nicht stimmte. Aber sie wollte dem nicht nachgehen, sondern strickte stattdessen in diesen schrecklichen grauen Stunden zwischen Nacht und Tag Socken und Handschuhe für die Soldaten an der Front, und weil man auch beim Stricken denken konnte, weil es eigentlich nur die Finger beschäftigte, dachte sie sich komplizierte Zopfmuster oder Farbkombinationen für den Handrücken oder den Fußschaft aus, die man auch als geübte Strickerin nur bewältigen konnte, wenn man ununterbrochen Maschen zählte.

Da die Oberschwester inzwischen auch entdeckt hatte, dass sie zwar sehr streng sein konnte, aber eigentlich nicht ganz ohne Humor zur Welt gekommen war, gestattete sie sich auch den Gedanken, dass das Leben leichter wurde, wenn man nachts Schafe zählte statt Maschen.

Und der Dienst zumindest wurde leichter, wenn Schwester Karoline morgens eintraf. Denn eigentlich gab es immer irgendetwas, das die Stimmung ein wenig hob, wenn sie Dienst hatte, dachte die Oberschwester, aber trotzdem wollte sie sie streng ermahnen, wenn sie sich verspätete. Selbst wenn es das erste Mal wäre!

Doch Karoline kam an diesem Tag gar nicht mehr.

Der Major stieß Lynn hinein in die Hütte und drückte sie auf einen Stuhl.

„Wo ist Ihr Bruder?"

„Maikl?", fragte sie, so durcheinander, dass sie den Namen nannte, mit dem ihre Mutter ihren Bruder immer anredete.

„Maikl!", höhnte er, „ich dachte, Ihr Bruder sei ein deutscher Soldat und hieße Michael. Wo also ist er?"

„Mein Bruder? Das wissen Sie doch besser als ich. Irgendwo an der Westfront."

„Da war er. Aber wo ist er jetzt?"

„Das weiß ich nicht. Wieso vermuten Sie, dass ich das weiß?"

„Weil Sie immer zusammengehalten haben wie Pech und Schwefel. Wohin sonst sollte er geflohen sein als zu Ihnen, der Feigling, der Verräter, der Überläufer, der Kooperator, der Kollaborateur, der Mann, der nicht weiß, wer er ist, weil er nicht weiß, wohin er gehört?"

Der Major schrie, immer lauter und unbeherrschter stieß er seine Beschimpfungen aus. Sein Gesicht war hochrot, so dass trotz seiner Anfeindungen die Krankenschwester in Lynn wach wurde: „Zügeln Sie sich, Herr Major. Sie müssen sich beruhigen."

Er riss die Augen auf und flüsterte: „Wissen Sie, wie ähnlich Sie beide sich sehen?"

Er stand die ganze Zeit zwischen der halboffenen Tür und dem Stuhl, auf den er sie gedrückt hatte. Er fixierte die junge Frau wie eine Zielscheibe, kalt, unpersönlich, und stieß mit dem Stiefel an die Hüttentür, so dass sie fast ins Schloss fiel.

Warum tat er das? Wollte er ihr drohen? Sie hier festhalten? Jetzt erst ahnte Lynn, wie dunkel es werden würde, sollte er sie wirklich in dieser Hütte einsperren. Der Major schien auch darüber nachzudenken, denn er fügte hinzu: „In diesem dunklen Raum hier könnte man Sie kaum von Ihrem Bruder unterscheiden." Und dann schwieg er. Das war fast noch beängstigender als sein Geschrei kurz zuvor.

Was kann er mit mir vorhaben? Wieso war er nicht zu uns nach Hause gekommen, wenn er eine dienstliche Frage an mich hatte? Oder ganz offiziell ins Lazarett? Er hätte mich auch in seinem Auto befragen können, wenn er größeres Aufsehen vermeiden wollte. Könnte es sein, dass er mich hier gefangen nehmen wollte, um mich zu einer Aussage zu zwingen? Dass er mich deswegen hierher gebracht hat, verschleppt eigentlich, denn wenn ich gewusst hätte, was mich hier erwartete, hätte ich mich gewehrt.

Aber ist er nicht trotz aller meiner Vorbehalte gegen ihn eine vertrauenswürdige Person, eine Autoritätsperson? Vielleicht will er mir, Michael, uns helfen? Und das ganz im Geheimen, so dass niemand davon erfahren würde? Nein, daran kann ich nicht mehr glauben, so wie er da steht vor dem schmalen Lichtspalt und mich kalt, böse, anschaut, und erraten hat, dass ich Angst habe, nicht verstehe, was er da mit mir macht und warum er es tut.

Aber der Major hatte nicht vor, weiter darüber zu diskutieren. Vielmehr sagte er, und er sprach wieder in demselben Stakkato wie zu Beginn der Begegnung: „Sie werden hier bleiben. Sie entscheiden selbst wie lange. Ich lasse Sie heraus, wenn Sie mir sagen, wo Ihr feiner Herr Bruder sich versteckt. Ich komme regelmäßig hier vorbei und frage nach, ob Sie zur Vernunft gekommen sind. Und Sie werden zur Vernunft kommen, das garantiere ich Ihnen! Vielleicht ersetzt mich manchmal auch mein Bursche."

Und er warf Lynn noch einen seiner verletzenden Blicke zu und verließ die Hütte. Lynn hörte, wie er die Tür von außen verschloss und dann den Schlüssel herauszog. Durch das

Schlüsselloch fiel ein länglicher Lichtfaden. Auch das schien der Major vorausgesehen zu haben und darauf vorbereitet zu sein, denn der Faden wurde jäh abgeschnitten und ein kurzes Hämmern verriet Lynn, dass irgendein Stückchen Holz oder Pappe davor angebracht wurde.

Sie presste ihr Ohr an die Holztür und vermeinte seine Schritte zu hören. Seine Stiefel schienen auf kleine Ästchen und trockene Zweige zu treffen, wobei sie ein wenig Laub beiseiteschoben. Ein leises Knirschen, dann war es still. War er schon zu weit weg? Oder war er stehen geblieben, um auch seinerseits zu lauschen?

Vielleicht will er mich schluchzen und weinen hören? Ich bleibe hinter meiner Seite der Tür so leise wie er auf der anderen. Ich höre einen harten und lauten Aufprall auf dem Hüttendach. Hat er in kaum unterdrückbarer Wut einen schweren Stein vom Waldboden aufgehoben und auf das Dach geworfen, unter dem er mich gefangen hält?

Lynn wartete längere Zeit, dann versuchte sie, das Schlüsselloch wieder freizubekommen. Obwohl sie sehr schmale Hände und zarte Finger hatte, konnte sie nicht einmal ihren kleinen Finger in das Schlüsselloch hineinzwängen, so sehr sie es auch zu zwingen versuchte. Als der kleine Finger fast unerträglich zu schmerzen begann, zog sie ihn heraus und spürte, wie sie sich dabei die Haut verletzte. Sie hielt ihn an den Mund und nahm einen süßlichen Geruch wahr. Mit ihren Lippen spürte sie, dass er blutete. Was nun? Die kleine Tasche mit ihren üblichen Utensilien, zu denen auch ihre Schlüssel, ein Bleistift und eine kleine Schere gehörten, alles Gegenstände, mit denen sie hätte versuchen können, das angenagelte Holz- oder Pappteilchen nach außen durchzudrücken, hatte sie leider im Auto liegen lassen, sonst hatte sie nichts bei sich. Und in der Hütte konnte sie noch nichts erkennen.

Lynn löste ihren Haarknoten, den sie wie stets mit einigen Haarklammern und Haarkämmchen befestigt hatte, und sofort fielen ihre Haare herunter und unwillkürlich fiel ihr Rapunzel ein.

Rapunzel, lass dein Haar herunter! Einmal ging meine Mutter mit Maria und mir im Schlosspark spazieren. Der höhere Turm einer alten Burg hatte es mir angetan. „Schau“, sagte ich, „ein Rapunzelturm. Schade, dass die Burg schon so zerfallen ist!“ „Die Emichburg ist schon als Ruine erbaut worden“, sagte Mutter und erklärte uns warum. Sie wusste alles über Garten- und Parkanlagen. Doch ich hörte gar nicht zu, sondern träumte mich stattdessen in das Märchen hinein.

Wie romantisch er doch war, dieser hohe Turm auf dem steilen Felsvorsprung. Ich sah Rapunzel oben stehen und ihre langen Haare lösen und herunterlassen, und ein leichter Wind bewegte ihre Locken, immer hatten meine Märchenprinzessinnen Locken. Was helfen mir meine hellbraunen glatten Haare hier an diesem verschlossenen geheimen Ort, wo man keine Farben erkennen kann und auch kaum irgendwelche Umrisse? Und draußen steht kein Märchenprinz, um mir beizustehen. Ich stecke meine Haarnadeln in das Schlüsselloch und stopfe sie mit aller Kraft hinein. Doch sie verlieren sich in dem schweren eisernen Schloss, rutschen hinein, hinunter, ich weiß nicht. Und jetzt weiß ich nicht mehr weiter.

Nach einiger Zeit entfernte Lynn sich von der Tür und tastete sich vorsichtig an der Wand entlang. Irgendwo musste sich doch ein Fenster befinden, dachte sie, und vielleicht war das ja weniger umsichtig vernagelt als die Eingangstür. Wirklich fand sie ein Fenster und öffnen konnte sie es auch, doch dahinter waren Fensterläden, die von außen fest vernagelt waren. Auch hier scheiterten alle Bemühungen Lynns, mit bloßen Händen irgendeinen Spalt zu finden oder durch festes Drücken, Klopfen oder Schieben einen Schlitz herzustellen, durch den ein bisschen Licht hereinfiel. Sie nutzte ihren feinen Haarkamm als eine Art Hebel, doch der Kamm zerbrach.

Lynn wusste, dass sich ihre Augen irgendwann an die Dunkelheit gewöhnen würden, aber wie lange das dauerte und ob das auch im völligen Dunkel oder nur im relativen

Dunkel geschah, daran erinnerte sie sich nicht. Einer ihrer Patienten erzählte ihr einmal, wie er in irgendeiner Stellung, einem Graben, der dann über ihm eingestürzt war, verschüttet gewesen war, und er bat um die Erlaubnis, eine winzige Nachtlampe neben sein Bett stellen zu dürfen, weil er es im Dunkeln einfach nicht aushielte und fürchterlich zu zittern begänne.

Lynn tastete sich zurück zu dem Stuhl, auf den der Major sie gedrückt hatte. Sie sah keinen Sinn mehr darin, weiter ihre Kräfte mit zufälligen ineffektiven Aktivitäten zu verschwenden, die sie nur über die Ausweglosigkeit ihrer Lage hinwegtäuschten. Lieber mechanisch zählen als spontan agieren?

Ich muss mich auf die Situation einlassen. Ich weiß gar nicht, wie lange ich jetzt schon im Dunkeln bin. Zehn Minuten? Eine Viertelstunde? Eine Stunde? Oder doch erst fünf Minuten? Oder zwei? Ich weiß es nicht. Ich schaue ins Dunkel, beruhige mich, und dann werde ich gewahr, dass ich mich entweder inzwischen wirklich an die Finsternis zu gewöhnen beginne oder dass von irgendwo kaum wahrnehmbar Licht durchschimmert. Ja, dort. Irgendjemand hat sich zwar die Mühe gemacht, die Hütte vollständig abzudichten, doch so perfekt wie geplant ist das nicht gelungen. Wahrscheinlich ist die Hütte ganz früh am Morgen für meine Gefangennahme vorbereitet worden. Und da war es noch sehr dunkel draußen, so dass man irgendwelche Schlitze zwischen dem Fenster und den Holzwänden nicht wahrnehmen konnte und aus der Erinnerung heraus abdichtete. Und im Gedächtnis mag auch blitzartig die Reminiszenz aufgetaucht sein, dass sich durch die Tür ein Lichtstrahl hindurchstehlen könnte, weil sie beim Schließen nicht ganz auf dem Holzboden aufsetzte. Deswegen wurde auch hier ein Holzbrett davorgenagelt.

Warum hatte ich nur keine Uhr angezogen an diesem Morgen? Eine rhetorische Frage, denn die Antwort liegt auf der Hand. Die Rätsel um meinen Bruder, mein Zusammentreffen mit Friedrich, seine Hand auf meiner, sein Mund, nein, an unsere Liebesnacht darf ich jetzt nicht denken, die erstaunlichen Eröffnungen meines Vaters, alle diese bewegenden Erlebnisse gipfelten darin, dass ich meine Uhr auf meinem Nachttischchen liegen ließ. Vielleicht war es aber auch gut so, denn was brächte es mir, wenn ich jetzt hier säße und immerzu auf meine Uhr starrte? Den Zeiger beobachtete, der sich kaum bewegte? Die Stunden, die ich hier war, vor lauter Verzweiflung in Minuten und Sekunden umrechnete?

Auch wenn ich die Minuten und Stunden nicht zähle, könnte ich mithilfe der schwachen, aber doch immer eindeutiger sichtbaren Lichtstrahlen, so fein wie ein Haar, feststellen, dass es Nacht wird und auch, dass es am nächsten Morgen wieder hell wird. Und dann wüsste ich auch wieder, wie spät es sein würde. Heute Morgen ist die Sonne nur ein paar Minuten nach sechs Uhr aufgegangen. So kann ich meine zeitliche Orientierung zurückgewinnen. Ich brauche keine Uhr. Ich brauche kein stumpfes Zählen gegen die Verzweiflung. Ich brauche vor allem einen ruhigen Kopf.

Ich muss sogfältig und ohne Hektik die gesamte Hütte erkunden, jedes Möbelstück, jeden Gegenstand in der Hütte abtasten, jede Öffnung in einem Schrank erfühlen, jede Schublade in einem Tisch oder Schreibtisch, wenn es denn etwas Derartiges geben sollte, herausziehen. Vielleicht kann ich ein Messer finden oder eine Schere, irgendetwas.

Achtsam gehe ich ans Werk. Da! Was ist das? Holzsprossen? Eine Art Leiter. Ich klettere vorsichtig hinauf. Wo führt sie hin? Ich taste. Eine Art Zwischenboden? Er musste irgendwann eingebaut worden sein und hat die kleine Hütte sozusagen teilweise zweigeschossig gemacht. Ich schiebe mich langsam mit gebücktem Rücken und eingezogenem Kopf auf dieses Zwischengeschoss. Hier oben ist es heller. Ich fühle, nein, ich sehe Matratzen und Decken. Hier könnten sich gelegentlich Waldarbeiter oder vielleicht auch ein Wanderer zu einem ausgiebigen Mittagsschlaf zurückgezogen oder auch ein Liebespaar sich zu einem heimlichen Stelldichein getroffen haben. Nein, eher nicht, denn die Hütte war ja fest verschlossen, niemand konnte sie betreten. Gehört sie vielleicht einem Förster? Aber woher hat dann der Major einen Schlüssel?

Da fällt es mir wie Schuppen von den Augen. Der Major war doch immer ein leidenschaftlicher Jäger. Vor dem Krieg verbrachte er viel Zeit im Wald. Einmal hatte ich meine Mutter zu meinem Vater sagen hören, dass er wohl die Einsamkeit seiner Hütte dem Menschengewimmel und Menschengetrampel in der Kaserne vorzöge und leider auch dem Lachen und Toben seiner kleinen Tochter und ihrer Freundin. Es ist also seine Hütte.

Und ich weiß plötzlich, dass ich schon einmal hier oben war. Ich habe dieses Matratzenlager, diese Zwischendecke, diese Hütte schon gesehen. Als Kind. Mit Maria. Und ihrer Mutter. Die hatte uns eine abenteuerliche Nacht im Zauberwald versprochen. Der Major brachte uns hin. Ich war aufgeregt, Maria vielleicht auch, aber wir gaben uns beide tapfer, um einander die Vorfreude nicht zu verderben. Der Major wählte einen anderen Weg als heute, wir sind damals höher, sozusagen bis auf den Hügel hinauf gefahren und dann einen schmalen Weg herunter, deswegen habe ich vorhin auch nichts wiedererkannt. Vor der Hütte stiegen wir aus und der Major verabschiedete sich von uns und versprach, uns am nächsten Morgen abzuholen.

Und von da an war es kein furchtbares Abenteuer mehr, sondern ein sehr lustiges. Marias Mutter hatte einen riesigen Picknickkorb in der einen und ihre Geige in der anderen Hand. Maria und ich waren jede mit einem kleinen Koffer mit unseren Nachtsachen und ein paar Spielsachen ausgerüstet. Wir tobten zuerst um die Hütte herum, dann suchten wir draußen allerlei Beeren und pflückten viele Blumen, um die zwar praktisch, aber etwas unpersönlich eingerichtete Hütte gemütlicher zu machen. Im Garten hinter der Hütte genossen wir ein abendliches Picknick mit Marias Mutter, die uns auf ihrer Geige allerlei fröhliche Lieder vorspielte, und lockten mit unseren Brotkrümeln viele Vögel zu uns, die sich dann über uns auf den Bäumen niederließen und immer wieder herunterflatterten, um noch etwas von unserer Decke aufzupicken.

Ich erinnere mich noch gut an die Nacht, die Maria und ich alleine auf dem Deckenlager auf dem Zwischenboden verbringen durften. Da war ein kleines Fensterchen, das wir öffneten. Es war so winzig, dass man nicht einmal den Kopf durchstrecken konnte. Aber wir drückten die Läden nach außen hin auf und kuschelten uns eng aneinander und sahen einen hell leuchtenden Stern. „Der scheint nur für uns", versicherten wir uns gegenseitig und schliefen dann Hand in Hand ein. Ich weiß noch, dass ich dachte, dass nicht nur der Stern, sondern auch jeder, der auf einer an der Hütte lehnenden Leiter hinaufklettern würde, hineinsehen könnte, wer da oben lag und schlief oder nachdachte oder philosophierte. Ich nehme an, dass ich damals ein anderes Wort verwendet habe. Einmal bin ich in dieser klaren Sternennacht wach geworden und habe den hellen Stern gebeten, uns immer zu begleiten. Marias ruhige Atemzüge machten mich schnell wieder schläfrig.

Ich rutsche auf den Knien, den Kopf ganz fest auf die Brust gedrückt, an das Fensterchen und bin ganz starr vor Spannung. Lassen sich die Läden nach außen aufstoßen wie damals? Der Major hätte das Fensterchen da oben bestimmt nicht vergessen, aber vielleicht hatte er seinen Burschen zur Vorbereitung geschickt und ihm nur die militärische Anweisung, alles blickdicht zu verschließen, mit auf den Weg gegeben. Dann könnte es möglich sein, dass im Morgengrauen die Zwischendecke die potentielle Lichtquelle dort oben verdeckt hatte und sie übersehen worden war.

Ich kann es nicht länger hinausschieben. In der Situation, in die ich da geraten bin, hilft nur nüchterne Überlegung und vor allem eine genaue Kenntnis der Lage und des Ausmaßes der Bedrohung. Ich muss also versuchen, das Fensterchen zu öffnen, so, jetzt die beiden Glasscheiben aufklappen. Das geht. Aber jetzt? Ich muss dahintergreifen und den Riegel, den ich jetzt direkt in der Mitte sehen kann und der die beiden Fensterläden aneinander befestigt, öffnen. So. Ich stoße mit mehr Kraft, als nötig gewesen wäre, mit beiden Händen die beiden Fensterladen, Fensterlädelchen eigentlich, auf. Meine Augen sind wie geblendet, so hell strömt das Licht herein.

Anscheinend gewöhnen sich Augen an das Licht schneller als an das Dunkel, zwei- oder dreimal blinzeln, dann sehe ich den blauen Himmel, so hell und klar und wolkenlos wie damals, und ich blicke hinaus und sehe Baumwipfel, und höre Vögel zwitschern, die Blätter auf den Bäumen rauschen, und ich bin auf einmal wieder mutig. Und auch die Nacht fürchte ich nicht länger, ich weiß, dass der Nachtstern wie damals da sein wird, ob er zu mir hereinleuchtet oder nicht. Ich atme die Waldluft ein, und dann schließe ich die Läden wieder bis auf einen minimalen Spalt, der mir bei meinen genaueren Erkundungen helfen soll. Ich muss nur sorgfältig darauf aufpassen, ob sich jemand nähert, denn dann muss ich schnell nach oben klettern und ihn verschließen, damit niemand erfährt, dass meine Lage übersichtlicher geworden ist und ich mir einen kleinen Vorteil verschafft habe.

Bei meinem nun viel einfacheren Rundgang durch die Hütte stellte ich fest, dass man alles für einen längeren Aufenthalt vorbereitet hatte. So hatte man in einer Ecke hinter einem schmalen Wandschirm einen Toilettenstuhl, wie ich vom Lazarett her nur zur Genüge kenne, aufgestellt. Dass man mir so eventuelle Peinlichkeiten ersparen wollte, nehme ich trotz meines Zorns über meine Lage dankbar wahr.

Auch ist wohl weder geplant, mich verhungern zu lassen, noch soll ich verdursten. Denn in einem Picknickkorb, vielleicht sogar dem, den wir damals in unserer Kinderzeit mithatten, befinden sich Lebensmittel und Getränke, weit bessere und mehr, als angesichts der kriegsbedingt üblichen kärglichen Lebensmittelversorgung zu erwarten wäre. Da hat der Major nicht nur sein Kommissbrot und ein großes Stück haltbare Wurst beigesteuert, sondern auch in seinem

Weinkeller eine Flasche vom Steinheimer Burgberg für mich gefunden. Ein wenig Obst sehe ich auch im Korb, Teller, Gläser, weiße Stoffservietten. Hat er sich auch Gedanken gemacht, wie ich das alles finden sollte in der Dunkelheit, die er mir zugedacht hatte? Oder beabsichtigt er, heute noch einmal wiederzukommen und gemeinsam mit mir eine Mahlzeit einzunehmen, bei geöffneter Tür oder gar bei Kerzenschein? Ein romantisches candlelight dinner vielleicht? Darüber muss ich beim Zurückdenken an die Kälte und Wut in seinen Augen fast schmunzeln. Also doch eher eine Henkersmahlzeit?

Inzwischen wurde Lynn im Lazarett nicht nur von der Oberschwester vermisst.

Ein Soldat hatte einen Brief von seiner Frau erhalten. Er selbst trug den rechten Arm geschient, wollte aber Robert nicht darum bitten, ihm eine Antwort diktieren zu dürfen. Der neue Kosenamen für seine Frau, der ihm erst an diesem Tag bei einem langen Vormittagsschläfchen, in den er das ganze Glück über den kurzen, liebevollen Brief seiner Frau mitgenommen hatte, eingefallen war, wäre dem Pfleger vielleicht ein wenig anrüchig erschienen, aber schließlich hatte der Priester bei der eiligen Trauung in seinem letzten Heimaturlaub ja immer etwas von *einem Leib* gemurmelt, an die genauen Worte konnte er sich nicht erinnern, weil sich bei diesem Wort an ihm trotz der Feierlichkeit der Zeremonie und der Anwesenheit seiner Familie, auch seiner Mutter, allerlei peinliche Vorgänge vollzogen, die die sofortige Verschmelzung zu *einem Leib* einzuleiten schienen. Vor lauter Anstrengung, dies zu verbergen, stellte er immer ein Bein vor das andere und traute sich nicht einmal, seine Braut anzuschauen, als er sie küssen musste. Zwar sagte der Pfarrer *dürfen*, aber er wusste, er musste es tun, und er wollte es ja auch, aber wie sollte er das nur bewerkstelligen, ohne in eine explosionsartige Ohnmacht zu fallen?

Und die Oberschwester in ihrer effektiven Pflegearbeit zu stören und ihr den neuen Namen, der an all das erinnerte, zu verraten, konnte er sich auch nicht vorstellen. „Wo ist Schwester Karoline?“, hatte er sie also nur kurz gefragt, und schon diese Frage führte dazu, dass ihr Gesicht plötzlich so aussah, als hätte sie es zusammengefaltet, und mit einem lauten Rauschen ihrer weißen Schürze rannte sie an ihm vorüber.

Aus dem Hasskästchen von Peter

Ernst Lissauer: Hassgesang gegen England
Wir lieben vereint, wir hassen vereint
Wir haben alle nur einen Feind:
England.

Die Gruppe junger Soldaten, die gestern die herzliche Begrüßung zwischen Lynn und Friedrich gehört hatten, wunderte sich ebenfalls, wo sie abgeblieben war. Aber sie hatten einige Erklärungen parat, die sie untereinander austauschten, wobei die zunächst noch unterdrückten oder erst halbbewussten Vermutungen oder Zweifel allein dadurch, dass sie vorsichtig-andeutend angesprochen oder sogar ausgesprochen wurden, sich zu einem Argwohn verdichteten. Die englischen Worte, herzliche Worte übrigens, wie immer lauter betont wurde, die zwischen der Schwester und dem Offizier gewechselt worden waren, wurden, je länger die Männer sich darüber unterhielten, zu ganzen Sätzen, und der junge deutsche Soldat erschien rückblickend etwas verschlagen, krämerhaft. Wer weiß, woher er seine deutsche Uniform hatte.

„Aber er hat doch die Gruppe Neuer hergebracht“, wandte ein etwas weiter weg liegender älterer Soldat ein, dem diese ganzen Gerüchte auf die Nerven gingen. „Komisch, früher, vor dem Krieg, kamen wir mit dem Engländer sehr gut aus und haben nie von seinem Krämergeist gesprochen. Das hat uns die Propaganda erst beigebracht, nachdem die Engländer uns den Krieg erklärt haben. Und was den Offizier in der deutschen Uniform betrifft, der da ein englisches Wort zu unserer Schwester Karoline gesprochen haben soll? Wisst ihr, wer das ist? Definitiv ein deutscher Offizier in einer deutschen Uniform. Über jeden Zweifel erhaben. Ich kenne ihn nämlich. Und ihr? Vor lauter Langeweile erfindet ihr dumme Lügengespinste. Wollt ihr zurück an die Front, wenn ihr wieder gesund seid, oder wollt ihr unter die Literaten?"

Die jungen Soldaten sahen betreten zu Boden. Nicht nur, weil sie einsahen, dass sie vorschnelle Urteile gefällt hatten, sondern auch, weil sie zwar bestimmt nicht zu Literaten taugten, aber noch weniger als Gedichte zu schreiben wollten sie zurück an die Front. Nur konnten sie das voreinander nicht eingestehen, auch nicht nach der langen Zeit, die sie nebeneinander gekämpft und gelebt und überlebt hatten.

Das Gerede war auch der Oberschwester zu Ohren gekommen, die ebenfalls klare Worte fand: „Was meint ihr denn, warum Schwester Karoline euch hier wäscht und füttert und verbindet? Und euch bei noch intimeren Verrichtungen hilft? Wenn sie eine englische Spionin wäre, würde sie bestimmt andere Quellen für ihre Schnüffeleien finden als eure Nachttöpfe."

Aus dem Friedenstagebuch von Oberschwester Babette

31. Dezember 1917

Seit über drei Jahren arbeite ich im Lazarett. Lieber wäre ich direkt an der Front eingesetzt gewesen, aber das war nicht möglich, da mein Vater nicht mehr alleine zurechtkam. Solange meine Mutter noch gelebt hat, war mir das Ausmaß seiner Pflegebedürftigkeit nicht in seiner ganzen Tragweite bewusst. Ich pflegte also seit August 1914 in meiner Dienstzeit jüngere, oft sehr junge Männer, und außerhalb meiner Dienstzeit meinen Vater, der im Februar dieses Jahres verstorben ist. Weitere persönliche Angaben möchte ich nicht machen, sondern meine Aufzeichnungen im Folgenden auf Fakten beschränken, die ich im Laufe meiner Arbeit über den Krieg erhalten habe.

Aber eine persönliche Erklärung muss ich doch noch anführen, nämlich warum ich diesem Büchlein, das ich heute, im vierten Jahr des Krieges, beginne, den Namen *Friedenstagebuch* gegeben habe. Das hat zwei Gründe.

Der erste Grund ist, dass ich aufgehört habe, den siegessicheren Verlautbarungen von Politik und Militär zu glauben. Meine Zweifel an offiziellen Nachrichten wuchsen schrittweise, je deutlicher mir wurde, dass die offiziellen Erfolgsmeldungen in immer stärkerem Widerspruch zu den Berichten meiner Patienten gerieten. Diese trafen bei uns verletzt, verstümmelt, versehrt an Leib und Seele ein; manche sind wie verstummt. Die meisten aber fangen irgendwann an zu erzählen, und die Ärzte haben uns gebeten, ihnen, wenn unser Arbeitspensum es erlaubt, zuzuhören. Vor allem Doktor Ostertag. Er ist nicht müde geworden, uns zu erklären, dass wir ihnen damit genauso helfen wie mit einem neuen Verband. Er hat uns deutlich vor Augen geführt, dass es vor allem die Abiturienten und Studenten gewesen seien, die unser Bild vom Krieg geprägt haben. Sie seien voller Enthusiasmus und Mut und Abenteuerlust in den Krieg gezogen und sie seien es auch gewesen, die den Krieg besungen hätten und ihn in ihren Briefen nach Hause gepriesen hätten. Viele der jungen Bauern und Handwerker hatten ihre Felder und Tiere oder ihre kleinen Werkstätten nur ungern zurückgelassen, und manche jungen Arbeiter hatten auch andere Pläne für ihr Leben. Die alle aber hätten wenig über ihre Sorgen gesprochen und geschrieben, so dass ihre Einstellung kaum in unser Bild eingegangen sei. Inzwischen aber verloren auch die, die so siegessicher aufgebrochen waren, ihre Begeisterung. Sie zweifeln, dass es süß und ehrenvoll sei, für das Vaterland zu sterben, wie es ihre Lehrer ihnen 1914 eingebläut hatten, Ich höre allen genau zu. Soweit ich es verstanden habe, beklagen sie, dass der Krieg technisch geworden sei, zu technisch. Sie

bedienten Geschütze und Panzer und seien nur noch Teile einer riesigen Maschinerie, wo das eine Rad ins andere Rad greife. Heldentaten seien selten gefordert. Sie fühlen sich nicht mehr, werden stumpf und irgendwann trauern sie nicht mehr um ihre eigenen Toten, sondern zählen sie nur noch. In den Schützengräben vergessen sie ihre Namen und verlieren die Herrschaft über ihren Geist und ihren Körper. *Schüttelneurotiker*, bekommen wir erklärt, wenn Soldaten herbeitransportiert werden, die nicht mehr auf ihren Beinen stehen können oder deren bebenden Händen alles entgleitet; wir Schwestern nennen sie *Kriegszitterer.*
Ich frage jeden, wo er an der Front war und wo er sich seine Verletzung geholt hat und an welchem Tag das gewesen ist und ob dieser Tag vielen Menschen das Leben oder die Unversehrtheit gekostet hat. Und das schreibe ich auf. Dann schaue ich auf der Landkarte nach und sehe, dass wir manchmal in vielen Tagen und Wochen nur wenige Meter vorwärts gekommen sind. Ich kann mir vorstellen, dass die jungen Männer auf der anderen Seite der Front genauso denken und leiden und fallen wie auf unserer Seite und dass dort Schwestern wie ich sie pflegen und Ärzte zusammenflicken, was von ihnen noch übrig ist. Deshalb nenne ich meine Aufzeichnungen nicht Kriegstagebuch, sondern Friedenstagebuch, Denn jede Erzählung im Krankensaal lässt mich mehr wünschen, dass diese Apokalypse aufhört. Ich kann aber nichts dafür tun, ich kann nur die Wahrheit aufschreiben, die ich so langsam erkenne. Eigentlich denke ich seit den Schlachten an der Somme und in Verdun so; und in dem Winter, der wahrscheinlich als *Steckrübenwinter* in die Geschichtsbücher eingehen wird, habe ich erkannt, dass auch Frauen und Kinder betroffen sind, anders als ihre Männer und Väter, aber ihr Leid unter dem Krieg ist ebenfalls unermesslich.

Der zweite Grund, warum ich meine Aufzeichnungen *Friedenstagebuch* nenne, ist, dass es in der Tat inzwischen Hoffnung auf Frieden gibt. Politisch ist die deutlich ausgesprochene Verhandlungsbereitschaft aller großen Parteien, also nicht mehr nur der Sozialdemokraten wie bisher, sondern auch des Zentrums, nicht mehr zu übersehen. Welche Rolle dabei insgeheim die Tatsache spielt, dass das Zerbrechen der Ostfront und damit auch die Möglichkeit, viele Soldaten von dort jetzt an der Westfront für den Kampf einsetzen zu können, der Politik eine bessere Verhandlungsbasis für einen Ausweg aus dem sinnlosen Weiterkämpfen geben könnte, weiß ich nicht. Gesagt jedenfalls wurde es nicht klar. Dann hat im Reichstag der Zentrumsabgeordnete Matthias Erzberger den Nachweis geführt, dass hohe Militärs über den Stand des U-Boot-Krieges gelogen haben, und hat sich für Friedensverhandlungen ausgesprochen. Als ich davon gehört habe, hätte ich beinahe geweint vor Glück. Dabei war ich eigentlich schon ganz sicher, dass ich in den letzten Jahren gefühllos geworden bin. Unsere Ärzte sagen uns immer wieder, dass man keinem helfen könne, wenn man bei seiner Arbeit das eigene Mitleid nicht unterdrückt, und ich gebe das so an alle Pfleger und Schwestern weiter und manchmal sogar an die Besucherinnen der Patienten. Diese verdrängten Gefühle führen aber offenbar nicht dazu, dass man nichts mehr fühlt. Irgendwann brechen sie sich Bahn. Natürlich habe ich die Tränen zurückgedrängt, aber ich habe im Keller nachgesehen, ob da noch eine Flasche Wein lagert. Denn kann es bessere Anlässe dafür geben als die Hoffnung auf Frieden und die Wiederentdeckung der eigenen Gefühle? Schade nur, dass ich keinen Menschen habe, mit dem ich die Flasche teilen könnte. So trinke ich allein auf das nächste Jahr.

9. Januar 1918

Gestern hat der amerikanische Präsident 14 Punkte vorgeschlagen, sie zu akzeptieren, könnte zum Frieden führen. Ich finde diese Bedingungen eigentlich annehmbar, aber ich verstehe ja von Kriegsführung und von Politik gar nichts. Kann Wein verderben? Ich habe vor über einer Woche meine Friedenshoffnung mit einem Gläschen Trollinger verstärken können und die Flasche gut verkorkt zurück in den Keller gestellt. Ich sollte sie hochholen. Wenn der Wein nicht mehr schmeckt, macht das nichts, denn heute bin ich auch ohne ein Gläschen sehr zuversichtlich.

4. März 1918

Gestern haben Deutschland und Russland in Brest-Litowsk einen Friedensvertrag unterzeichnet. Ich hoffe, dass die Heeresleitung dabei nicht im Sinn hat, die durch diesen Vertrag im Osten freigesetzten Soldaten für eine neue Offensive an die Westfront zu schicken!

6. August 1918

Heute Morgen kam ein riesiger Krankentransport hier an. Wir konnten nur das Nötigste tun: Betten richten, Essen und Getränke austeilen, die schon anderswo grob versorgten Wunden säubern und neu verbinden. Offenbar eine neue Großoffensive im Westen, um eine Entscheidung zu erzwingen. Eine junge Schwester, die erst seit kurzem bei uns eingesetzt ist, ist über dem Bett eines vor Schmerz oder unbewältigter Erlebnisse weinenden Soldaten zusammengebrochen. Er legte ihr seine zitternden Hände auf den Scheitel, als könne er sie trösten. Beide kamen mir vor wie Kinder, denen man etwas angetan hat, das sie nicht verstehen. Trotzdem musste ich die junge Schwester streng ermahnen. Morgen werde ich von den Neuankömmlingen Näheres erfahren. Denn auf das, was in den Krankensälen von der Front erzählt wird, kann man sich verlassen. Auch die Ärzte geben uns normalerweise weiter, was sie von den begleitenden Offizieren erfahren haben. Vor allem Doktor Ostertag, der seine Gefühle nicht immer so verbergen kann, wie er es von uns erwartet.

8. August 1918

Das Wort von einer *zweiten Schlacht an der Marne* ist öfter im Krankensaal gefallen. Und ich habe gehört, dass eine Gegenoffensive von bislang noch nicht erlebter Dauer stattgefunden habe und dass unsere Truppen wieder auf die Linie des Frühjahrs zurückgeworfen worden seien. Auch die amerikanische Infanterie sei beteiligt gewesen. „Was für ein Wahnsinn", hat einer meiner Patienten gemurmelt, „dass man damals im Juli dachte, wir könnten einen fast 40 Kilometer breiten Angriff durchführen." „Und gewinnen", setzte ein anderer hinzu, schwieg aber, als ich näher kam. Die Gegenoffensive begann offensichtlich bereits irgendwann Mitte Juli, und außer französischen kämpften auch britische, amerikanische und italienische Divisionen. Und zwar erfolgreich. Die Angriffslinie muss ähnlich breit gewesen sein wie zuvor die deutsche, ich habe in meinem Schulatlas alle Namen nachgeschlagen, die ich gehört habe: Von nördlich der Aisne bis Belleau soll scheinbar ohne Vorankündigung ein alles niederstreckender Artillerieschlag erfolgt sein.

10. August 1918

Ich höre immer mehr Details, ein geschlossenes Puzzlebild kann ich aber noch nicht zusammensetzen. Die Gegenoffensive scheint vor zwei Wochen begonnen zu haben. Erschreckende Opfer auf beiden Seiten. Wenn ich es recht verstanden habe, handelt es sich kriegstechnisch – was für ein Wort! – um eine völlig neue Art von Offensive: Sie besteht aus ununterbrochenen Angriffen ohne Zwischenpausen, in denen beide Seiten ihre Stellungen absichern, also Schützengräben ausheben, Verletzte und Gefallene bergen usw. Pausenloser Kampf. Letztlich kaum Überlebenschancen. An einem Tag sollen mehr Menschen gestorben sein, als Ludwigsburg Einwohner hat, das hat heute ein Begleitoffizier Doktor Ostertag gegenüber behauptet. Tausende und Abertausende Gefangennahmen soll es gegeben haben. Manche hätten sich absichtlich gefangen nehmen lassen und sich den Engländern direkt in die Arme geworfen. – Meine Meinung interessiert ja keinen. Aber ich würde keinen dieser Männer feige nennen.

18. August 1918

Inzwischen soll nach einer Schlacht bei Amiens ein taktischer deutscher Rückzug eingeleitet worden sein. An einen Sieg scheint niemand mehr so recht zu glauben. Auf einer Konferenz in Spa wurde ein Friedensschluss ausgelotet. Das stand sogar in den Zeitungen. Ein Verhandlungsfrieden sollte es sein. Das sei, erklärte mir ein Patient, eine Umschreibung dafür, dass keine Partei sich zum Sieger erklären könne, sondern dass der Krieg sozusagen unentschieden ausginge.

Der Vormittag im Lazarett ging vorüber wie jeder andere Vormittag in dieser Woche. Anstrengend wie immer, viel Mühe wie immer. Waschen oder wenigstens beim Waschen helfen, Wunden neu verbinden, Tabletten austeilen, Bettpfannen unterschieben, wegtragen und säubern, Essen bringen, manche Patienten füttern, anderen ein wenig beim Essen helfen, gebrauchtes Geschirr abräumen, Betten ausschütteln, lüften, Verrichtungen über Verrichtungen. Das tägliche Einerlei. Wie immer also.

Aber doch auch ein wenig anders. Ernster, bedrückter, soweit das überhaupt noch ging. Die Oberschwester lächelte noch weniger als sonst, sprach nach dem morgendlichen Schelten mit den jungen Soldaten kaum mehr. Sie schimpfte nicht einmal mit Robert, als der ein Tablett fallen ließ und sich aus dem tiefen Teller eine bräunliche Suppe, großspurig von der Küche als Gemüsesuppe angekündigt, über die leichte Decke eines Patienten ergoss, durch die Decke auf den Patienten selbst drang und sich dann rechts und links von ihm auf das Leintuch und die Matratze ausbreitete. Wie ein riesiger Fäkalienfleck, dachte die Oberschwester. Der Blechteller war inzwischen klappernd auf dem Boden aufgeprallt und hatte dort letzte Spritzer verbreitet. Immer noch schweigend orderte die Oberschwester, indem sie die Augenbrauen hochzog, einen Pfleger mit einem Putzeimer herbei. Leider war der begossene Patient kaum bewegungsfähig, so dass die Beseitigung der Folgen des kleinen Missgeschicks längere Zeit dauern würde.

Als Doktor Ostertag zur Visite kam, wie immer um die Mittagszeit, aber früher als sonst, sah er entsetzt einen Patienten mit einem riesigen braunen Fleck auf dem Hemd auf einer Pritsche liegen, während die meisten Soldaten noch ihre Brühe löffelten. Manchmal ging ihm trotz seines durch langjährige Erfahrung gewonnenen Realitätssinns durch den Kopf, dass der Staat eigentlich besser für die Männer, die ihm ihre Gesundheit und Lebensfreude geopfert hatten, sorgen müsste. Aber der Staat schien sich inzwischen aus den meisten nicht militärischen Belangen zurückgezogen zu haben. Schon lange hörte man nichts mehr von zu erwartenden Wunderdingen. Man brüstete sich auch nicht mehr wie in den ersten Kriegsjahren mit dem Versprechen, Prothesen und Hilfsapparate zu entwickeln, die die Betroffenen fast vergessen ließen, dass da ein technisches Produkt und kein eigenes Körperteil am Werk sei, wenn sie arbeiteten und sich vergnügten, musizierten zum Beispiel oder gar tanzten.

Gerade kam ein Pfleger mit einem sauberen Leintuch herbei und eine Schwester brachte ein sauberes Hemd. *„Faeces“*, sagte der Arzt, der das unpassende deutsche Wort nicht aussprechen wollte, und fügte, als Robert ihn fragend ansah, hilflos eine englische Übersetzung hinzu: *„Shit“*.

„Scheiße“, übersetzte der Patient, zufälligerweise ein Englischlehrer.

„Nein“, sagte Robert, „Gemüsesuppe.“

Der Arzt sagte nichts mehr. Dafür reagierte die Oberschwester unerwartet wortreich: „Sie haben Recht. Das alles sollte nicht sein. Aber wir müssen wenigstens keine neue Infektion im Krankensaal befürchten, es war wirklich nur eine Suppe."

„Sieht irgendwie unappetitlich aus."

„Schmeckt auch so", sagte ein Patient aus einem Nachbarbett.

„Wo ist eigentlich Schwester Karoline?", fragte der Arzt die Oberschwester und sprach damit aus, was ihr seit dem Morgen durch den Kopf gegangen war.

„Ich weiß es nicht", antwortete sie.

„Aber sie würde doch nie unentschuldigt fehlen?", fragte der Doktor, und drückte wieder genau aus, was sich die Schwester schon den ganzen Vormittag lang gedacht hatte.

„Nein."

„Es muss irgendeine einfache Erklärung geben", beschwichtigte der Doktor, sich gelassener gebend, als er war. Er überlegte, ob er nach der Visite nicht ein paar Schritte in die Stadt gehen sollte. Er wusste, wo Carolyn Schöntal wohnte, und er wusste, dass ein paar Häuser weiter ein kleiner Kolonialwarenladen war, in dem es natürlich schon längst keine Kolonialwaren mehr gab. Aber er könnte vorgeben, nebenan nach einer bestimmten Ware gesucht zu haben und dann spontan geklopft zu haben. Oder wäre das zu aufdringlich? In sein Schweigen hinein sagte die Oberschwester: „Ich überlege gerade, ob ich nicht in der Mittagspause einmal nach Schwester Karoline schauen soll? Vielleicht braucht sie Hilfe?"

„Das halte ich für etwas übertrieben", versuchte der Doktor, der lieber selbst hingehen wollte, ihr das Vorhaben auszureden. „Schließlich sind ihr Vater und ihr fast erwachsener Bruder zuhause, und eine ältere Frau, die in ihrem Haushalt arbeitet und sehr an ihr hängt, soviel ich weiß."

„Sie haben völlig Recht! Man befürchtet heutzutage immer etwas Schlimmes, statt einfach einmal von einer kleinen Regellosigkeit auszugehen. Sie ist schließlich eine junge Frau. Und wer weiß, wie sie den gestrigen Abend verbracht hat!"

Der Doktor verließ den Saal etwas unschlüssig; im Weggehen hörte er noch, wie es von einem Krankenbett her anspielungsreich ertönte: „Mit wem vor allem!“

Wie aufs Stichwort betrat Friedrich den Krankensaal. Er schien die leichte Anspannung im Raum nicht zu bemerken und wandte sich freundlich an die Oberschwester: „Bitte entschuldigen Sie, wenn ich heute schon wieder störe. Aber ich wüsste zu gerne, wann Ihre Schwestern heute Mittagspause haben.“

„Das ist bei allen zeitversetzt, damit immer genug Betreuungskräfte hier sind. Ich denke, Sie sprechen ganz konkret von unserer Schwester Karoline?“

Friedrich nickte.

Die Oberschwester setzte freundlicher als am Vortag fort: „Da dürften Sie heute ein kleines Problem haben. Denn Schwester Karoline ist nicht zum Dienst erschienen. Und entschuldigt hat sie sich auch nicht. Sie haben sie doch gestern nach ihrem Dienst getroffen. Hat sie Ihnen da irgendetwas erzählt, das ihre heutige Abwesenheit erklären könnte?“

Im Saal war es mucksmäuschenstill geworden.

Keiner wollte ein Wort verpassen. Denn irgendetwas, das war inzwischen allen klar, war passiert. Und das hatte mit Schwester Karoline zu tun. Und sowohl die Oberschwester als auch der Doktor schienen irritiert zu sein und der blasse, erschöpfte Offizier, der sich gestern so über ihren Anblick gefreut hatte, nicht minder. Der mit Suppe Begossene lag immer noch auf der Pritsche neben seinem Bett, Robert hatte immer noch nicht das Laken ausgetauscht, und alles schien erstarrt zu verharren wie die schlafende Welt um Dornröschen herum und nur gespannt auf das nächste Wort zu warten.

Das aber kam weder von der Oberschwester noch von Friedrich, sondern von dem Soldaten, der schon gestern so heftig gegen Lynn gestichelt hatte: „So schnell ist es also um Ihre *little sister* geschehen, nicht wahr, Herr Leutnant?“

Friedrich zischte: „Ruhe!“ Aus irgendeiner Ecke ertönte schadenfroh und zynisch: „Gottseidank lässt er uns nicht stillstehen! Da wären wir alle übereinander zusammengefallen wie ein Häufchen Mikadostäbchen. Einbeinige, einarmige Mikadostäbchen."

Friedrich tat so, als habe er die Bemerkungen der Soldaten nicht gehört, und verabschiedete sich höflich von der Oberschwester: „Da werde ich doch einmal bei Lynn, Entschuldigung, also bei Schwester Karoline, vorbeigehen. Irgendetwas stimmt da nicht. Ich kenne sie, seit sie ein junges Mädchen, ein Kind eigentlich, war, und sie war immer über ihr Alter hinaus zuverlässig. Da muss etwas passiert sein, vielleicht mit ihrem Vater oder Bruder. Sonst hätte sie ihre Patienten hier nicht im Stich gelassen. Ich empfehle mich. Bis morgen, Männer!"

Oberschwester Babette rief ihm noch nach: „Bitte informieren Sie uns, wenn Schwester Karoline in einer misslichen Lage sein sollte oder wenn wir irgendetwas für sie tun können."

Dann gingen alle wieder ihrer Arbeit nach; die Erstarrung schien aus dem Saal gewichen zu sein. Doch immer wieder blickte der eine oder andere zum Fenster, als stünde dort Karoline und sähe lächelnd herein.

Friedrich eilte so rasch, wie es die Etikette für einen Offizier in Uniform erlaubte, zum Marktplatz und bog in die schmale Gasse ein, von deren Mitte aus er die Front des Hauses der Schöntals sehen konnte. Er eilte hin und klopfte fest gegen die Haustür. Auf dem Boden lagen zwei oder drei unreife grüne Stachelbeeren. Er stampfte ungeduldig auf eine der Beeren, und ein dicker zäher Brei trat heraus, der an seiner Sohle kleben blieb. Er trat einen Schritt zurück, um seine Stiefelsohle an der Kante des Bürgersteigs abzustreifen, danach betätigte er den Türklopfer ein zweites Mal, noch lauter und energischer. Vor der Tür nahm er noch eine Beere wahr und kickte sie unwillkürlich mit der Schuhspitze weg. Er wunderte sich, wie hoch sie in die Luft stieg und in welch schön geschwungenem Bogen sie dort weiterflog, ruhig und langsam, bis sie auf der Uniformmütze eines älteren Majors landete, in dem er zu seiner Verwunderung den

Vater seiner Jugendfreundin Maria erkannte. Heimaturlaub in dieser angespannten Frontlage?, dachte Friedrich flüchtig, um sich aber sofort wieder abzuwenden, bevor der Major seinerseits ihn wahrnehmen könnte und ein kurzes Begrüßungsgespräch unvermeidlich wäre.

Doch leider war es zu spät.

Der Major marschierte vom Nachbarhaus aus auf Friedrich zu. Die beiden Männer tauschten einen korrekten militärischen Gruß und beide erschraken, als sie in das veränderte Gesicht des anderen blickten, bemühten sich aber, dieses Erschrecken hinter einer korrekt unbewegten Miene zu verbergen. Sie waren sich seit über zwei Jahren nicht begegnet. Aber wenn der Major an sein Haus dachte, dann kam ihm natürlich immer seine Tochter in den Sinn, die aber seltsamerweise in seinen Erinnerungen nie alleine war. Da war Karoline Schöntal, eigentlich auf den Namen Carolyn getauft, bei ihr, in ihrer Familie und auch von allen Freunden Lynn genannt, und da waren Lynns Bruder Michael und sein Freund Friedrich. Vier junge Menschen, die im Garten des Nachbarhauses saßen und lebhaft diskutierten. Worüber sie da immer sprachen, stundenlang, hatte sich ihm nie erschlossen, aber wenn er im Sommer abends das Fenster seines Zimmers öffnete, drang manchmal von dort ein Gelächter zu ihm oder aber Fetzen einer angeregten Unterhaltung. Auch sehen hätte er sie können, wenn er sich ein wenig aus dem Fenster hinausgelehnt hätte, um über die üppig blühenden hohen Büsche und Stauden von Lynns Mutter zu spähen.

Er wusste noch, dass er das nie tat, weil er sich unbehaglich fühlte. Er hätte sich freuen müssen an der Lebensfreude und Zukunftszuversicht, die die jungen Stimmen ausstrahlten, aber er konnte nie sein schlechtes Gewissen darüber ganz verdrängen, dass Maria und ihre Freunde sich in seinem Haus und seinem Garten nie so ungezwungen begegneten. Sie trafen sich überhaupt sehr selten bei Maria, und wenn, dann nur in dem kleinen Gästezimmer im Parterre seines Hauses. Dort saßen die vier dann um einen Tisch herum, seine Tochter immer zwischen ihrer Freundin auf der einen und deren Bruder Michael auf der anderen Seite, auch jetzt traf ihn das Bild tief, seine zu ihm immer so zurückhaltende, fast feindselige Tochter mit ihren lockigen dunklen Haaren zwischen den beiden Schöntals, die sich trotz des vierjährigen Altersunterschieds und vor allem trotz der Tatsache, dass Michael Schöntal ein junger Mann und seine Schwester fast noch ein Kind war, sehr ähnlich waren, beide hatten glatte, hellbraune Haare, seine fast ein wenig zu lang für einen Mann, ihre damals fast ein wenig zu kurz für ein Mädchen. Beide hatten ein ebenmäßiges, aber unauffälliges Gesicht, blaugraue Augen, von langen dichten Wimpern umrahmt, und beide wurden immer anziehender, je länger man sie betrachtete. Friedrich saß seiner Tochter gegenüber, auch er also eingerahmt von den beiden Geschwistern. Zeigte sich Michaels Schönheit erst auf den zweiten und dritten Blick, war dann aber unwiderstehlich, so sah Friedrich bereits beim flüchtigen Hinsehen auffallend gut aus; und seine erwartungsvolle Einstellung dem Leben gegenüber verstärkte diese Ausstrahlung.

Heute war davon nichts mehr zu sehen. Im Gegenteil. Der Major sah einen gequälten Mann, der nicht mehr jung wirkte, sehr abgemagert war, einen Fremden. Seltsam, dass er heute schon zwei Mitglieder der ehemaligen Freundesgruppe getroffen hatte. Voll Unbehagen dachte er an Lynn in seiner Hütte. Sie hatte inzwischen ihr Haar wachsen lassen, aber der Knoten, zu dem sie es zusammengesteckt hatte, war eher praktisch als schön. Seine Gedanken schweiften zu seiner Tochter. Auch sie hatte sich bestimmt sehr verändert. Ob sie sich wie ihre Freundin zu einer, ja, das musste er so sagen, aparten, selbstbewussten und mutigen Frau entwickelt hatte oder wie Friedrich allen Glanz verloren hatte? Gehört hatte er seit langer Zeit nichts mehr von ihr.

Friedrich war wie Michael und Lynn trotz aller Zuneigung zu Maria nicht gerne in ihrem Haus. Er hatte immer gefürchtet, dass der Major irgendwo auftauchte und sie mit der für ihn typischen korrekten Höflichkeit begrüßte.

Friedrich fühlte sich dann immer unwohl und hatte sogar ein wenig Angst. Inzwischen fürchtete er sich nicht mehr vor dem älteren Mann. Rangmäßig hatte er ihn inzwischen eingeholt, denn der Major hatte trotz waghalsiger Heldentaten an der Front immer noch denselben Dienstrang wie damals, als er ihn kennen lernte. Vor zwei Jahren waren sie ein paar Wochen lang am selben Frontabschnitt und begegneten sich damals häufiger. Wärend dieser Zeit bemühte sich der Major fast abstoßend freundlich um seine Gesellschaft, aber das war Friedrich fast noch unangenehmer als dessen frühere Kälte.

Einmal besuchte Friedrich ein Offizierskasino in Berlin, und einer seiner Kollegen machte, als er erfuhr, woher Friedrich stammte, seltsame Andeutungen über einen Ludwigsburger Major und seine zwei Gesichter. Friedrich wollte lieber nichts Genaueres wissen, schon um Maria auch in Zukunft unbefangen begegnen zu können. Im Frieden. Nach dem Krieg, so verbesserte er sich in Gedanken, denn den Frieden konnte er sich inzwischen, vier Jahre nach Kriegsausbruch, kaum mehr vorstellen. Als ihm das Wort Kriegsausbruch durch den Kopf ging, dachte er an seine Freunde. So oft hatte er es inzwischen gehört und verwendete es deswegen fast automatisch. Jetzt, den Major vor Augen, fielen ihm ihre damaligen Definitionsversuche wieder ein, die er manchmal etwas zu spitzfindig fand.

Ja, der Krieg war wirklich nicht ausgebrochen, er wurde herbeigeredet, propagandistisch vorbereitet, angekündigt, argumentativ aufgewertet, propagandistisch überhöht, und schließlich wurde er erklärt. Jemand unterschrieb die Kriegserklärung, verkündigte sie. Dann gab das politische Lager die Sache an das militärische Lager ab, wo die weiteren Entscheidungen fielen. Jemand befahl einen ersten Angriff. Und wieder andere mussten ihre Stadt, ihr Dorf, ihr Haus, ihre Familie, ihren Beruf, ihre Freunde, ihre Bequemlichkeit verlassen und ausziehen, losziehen, sich mit schwerem Gepäck in einen Eisenbahnwaggon setzen und an eine fremde Grenze karren lassen, wo es dann galt, diese Grenze zu überschreiten und jeden Tag Meter für Meter weiter vorzustoßen, und jeden gewonnenen Meter zu verteidigen, notfalls mit dem eigenen Leben, dem eigenen Leib. Friedrich zwang sich, die Gedanken daran zu unterdrücken, denn es waren oftmals buchstäblich tote Leiber, die der eigenen Leute und die der Gegner, die die Schützengräben füllten und über die man steigen musste, den einen Meter vorwärts oder den einen Meter zurück. Beim Aufbruch dachte er noch ganz anders, immer noch erinnerte er sich an die Fahrt mit der Eisenbahn in den Krieg, niemand schlief, alle sangen, tranken, malten sich das Große aus, das auf sie wartete.

Ob der Major damals auch so froh- und hochgemut gewesen war? Er wirkte alt, sehr alt, und als er die grüßende Hand wieder nach unten fallen ließ, sah Friedrich dicke Gichtknoten an den Fingergelenken des Majors. Und abgebissene Fingernägel. Der Major, seinem Blick folgend, legte seine Hände hinter dem Rücken zusammen und herrschte ihn fast unfreundlich an: „Was wollen Sie von den Schöntals?“ Dann schien er sich wieder zu fangen und setzte, in der Formulierung zwar nicht freundlicher, aber doch immerhin höflich, hinzu: „Ihr Freund, der junge Schöntal, ist wohl nicht hier, soweit ich weiß.“ Doch gleich fügte er schneidend hinzu: „Wissen Sie, wo er ist?“

„Leider nein“, antwortete Friedrich und verabschiedete sich mit ein paar ungelenken Floskeln von dem Major, um noch einmal an die Haustür der Schöntals zu klopfen. Endlich öffnete Lynns Vater und bat den Freund seiner Tochter herein. Als Friedrich sich beim Eintreten noch einmal umdrehte, stand der Major immer noch unbeweglich auf dem Bürgersteig und starrte ihm nach.

Die Begegnung mit Lynns Vater kam Friedrich im Rückblick sehr seltsam vor. Herr Schöntal galt ja in seinen Augen und eigentlich in den Augen der ganzen Garnisonsstadt immer als ein Sonderling, den jedoch jeder mochte und schätzte. Aber heute kam er Friedrich doch eher durcheinander vor als liebenswert, denn als Friedrich ihm erzählte, dass Lynn im Lazarett vermisst würde, lächelte er und sagte: „Da bin ich aber froh, dass sie sich entschieden hat, ihr neues Leben heute schon zu beginnen und nicht bis nach dem Krieg zu warten."

„Welches neue Leben?", fragte Friedrich irritiert.

„Das weiß ich auch nicht", antwortete Lynns Vater, immer noch lächelnd.

„Wo ist Peter?"

„Auch außer Haus."

„Also sind die beiden gemeinsam unterwegs", sagte Friedrich erleichtert. Irgendeine Familiensache, dachte er. Ein erkranktes Familienmitglied, da gibt es doch eine Großtante irgendwo im Hohenlohischen. Vielleicht ein Arzttermin oder aber, ja, ein Termin beim Notar? Eine kleine Erbschaft vielleicht? Das könnte hinter Herrn Schöntals Andeutung eines neuen Lebens stecken. Aber nein, denn Lynn hätte sich doch in jedem dieser Fälle vom Dienst abgemeldet. Und es ihm beim Abschied erzählt. Es musste etwas Unerwartetes passiert sein!

„Nein", schnitt die feste Stimme von Lynns Vater Friedrichs Versuche, harmlose Erklärungen für das Verschwinden Lynns zu finden, endgültig ab. Was konnte geschehen sein? War sie auf dem Weg zum Lazarett gestolpert, gestürzt, hatte sie sich etwas gebrochen? Vielleicht hatte sie einen Unfall mit ihrem Fahrrad? Wenn sie mit dem Fahrrad unterwegs war. Aber das ließ sich schnell feststellen. Friedrich rannte hinaus und schaute nach. Lynns Rad fehlte. Er eilte zurück zu Lynns Vater: „Sie ist mit dem Rad unterwegs."

„Wie schön bei dem herrlichen Wetter. Und man kommt so schnell vom Fleck auf diesen sich schnell drehenden Rädern. Ich sollte das auch einmal versuchen, meine drei Kinder können alle Rad fahren, und ich habe es bis heute nicht gelernt. Es wird Zeit dafür", räsonierte er. Friedrich schien er vergessen zu haben.

Friedrich überlegte, was er als Nächstes unternehmen sollte, denn von Herrn Schöntal erwartete er sich keine weiteren Auskünfte mehr. Komisch, dachte er, gestern Abend war er so freundlich und offen, ein wenig unbeholfen im Gespräch vielleicht, als wir seine Zeichnungen betrachteten, aber ganz und gar nicht verwirrt. Vielleicht hatte er sich einfach die ganze Nacht mit Geometrie beschäftigt, und das könnte einen schon einmal verwirren, wenn am Morgen das Leben wieder so real und kompliziert wie am Tag zuvor ist, während man doch die ganze Nacht nur darauf hoffte, dass die abstrakte und unideologische Schönheit der Geometrie die Welt nach vorne befördern würde.

Das war aber ein anderes Problem. Jetzt musste er erst einmal Lynn suchen. Friedrich wandte sich um und verließ das Zimmer. Im Flur stieß er auf Bertha, die verärgert vor sich hin brummte. „Ich suche Fräulein Schöntal", sagte er. „Wissen Sie, wo sie sein könnte? Ihr Vater hat keine Idee." *„Wo soll se sei?"*, gab Bertha zurück. *„Zum Dinscht gange."* Bertha erzählte noch, dass Lynn ihr einige Einkaufsaufträge erteilt habe, dass sie aber vergeblich in der Stadt gewesen sei. *„Wollet Se sehe?"* Bertha hielt Friedrich, anklagend, wie es ihm schien, ihr fast leeres Einkaufsnetz vor die Augen und ließ es einmal in der Luft kreisen. *„I hädd's gern dho, abbr 's gibt jo nix."*

Und dann stand Friedrich auch schon wieder alleine im Flur und ging zur Haustür. Die hätte er beinahe an den Kopf geworfen bekommen, denn im selben Moment stürmte Peter herein. Er freute sich, Friedrich wiederzusehen, machte jedoch einen etwas verkaterten Eindruck. Friedrich fragte ihn, ob er seine Schwester schon gesehen habe, doch Peter schüttelte den Kopf und lachte: „Glücklicherweise nicht. Das hätte ein Drama gegeben, wenn sie mich so erwischt hätte! Sie wird sowieso verärgert sein, weil ich mir gestern Abend einfach ihr Rad genommen habe. Das mag sie gar nicht!"

Friedrich verabschiedete sich und riet Peter, schon im Weggehen, sich das Gesicht eiskalt zu waschen und noch eine Runde zu schlafen. Immerhin kein Fahrradunfall, dachte er und wollte gehen, doch Peter stürmte ihm hinterher: „Warum fragst du eigentlich nach ihr?"

„Weil sie nicht im Lazarett angekommen ist, obwohl sie das Haus hier pünktlich verlassen hat."

Peter erschrak: „Das gibt's doch nicht! Wir müssen sie suchen! Da ist bestimmt etwas passiert … Komm mit mir nach oben, ich schütte mir schnell Wasser ins Gesicht und ziehe mich um. Währenddessen können wir überlegen, wie wir vorgehen."

Peter versprach trotz seines leicht derangierten Zustands eine große Hilfe bei der Suche zu werden. Hinter seinem gleichgültigen Habitus, mit dem er sein Erwachsensein unter Beweis stellen wollte, konnte er seine ernsthaften Sorgen kaum verbergen. Er betonte immer wieder, wie pflichtbewusst seine Schwester sei. Während er sich umkleidete, zählte er Friedrich sämtliche Freunde und Freundinnen Lynns auf. Er wusste, zu welcher Schneiderin sie ging, zu welchem Schuster, zu welchem Gärtner, kurz: Er kannte wirklich alle erdenklichen Ziele, die Lynn in der Stadt anstreben könnte. „Verwandte?", fragte Friedrich drängend, „habt ihr Tanten, Onkels, Cousinen und Cousins? Und überlege, ob du dich noch an die Namen aller Ärzte erinnerst, die je in eurer Familie jemanden behandelt haben." „Das ist vielleicht ein wenig übertrieben; von uns ist keiner krank." Friedrich ging flüchtig durch den Kopf, dass Lynn sich Sorgen um ihren verwirrten Vater gemacht und deswegen einen Arzt aufgesucht haben könnte. Auch andere Gründe, die sie ihrem Bruder und auch ihrem Vater verschwiegen hätte, könnten einen Arztbesuch erforderlich gemacht haben. Aber sie war ihm wirklich gesund vorgekommen war, recht bekümmert zwar, aber gesund. Frauensachen? „Was fällt dir noch ein, Peter? Und beeil dich bitte." „Nur noch andere Schuhe, dann machen wir uns auf den Weg."

Peter hatte gerade einen Schuh angezogen und die Schnürsenkel zugeschnürt und nach dem anderen Schuh gegriffen, als es unten an der Tür klopfte. Friedrich rannte die Treppen hinunter, immer zwei oder drei Stufen auf einmal nehmend, und Peter hüpfte auf seinem einen beschuhten Fuß fast genauso schnell hinterher.

Vor der Haustür stand ein Wachsoldat mit einem Telegramm in der Hand. Er reichte es Friedrich, der es rasch überflog.

„Ich muss weg, Peter. Befehl zum Aufbruch. In einer Stunde. Leider muss ich dir jetzt die Suche nach deiner Schwester alleine überlassen.“ Er wunderte sich, woher man wusste, dass er sich im Haus der Schöntals aufhielt. Vielleicht hatte man es im Lazarett erfahren. Dort könnte man durchaus nach ihm gesucht haben, wenn man nicht wusste, wo er die Nacht verbracht hatte. Sei es, wie es wolle, dachte Friedrich, sie wissen sowieso alles über einen. Hoffentlich findet Peter seine Schwester. Er umarmte den Bruder seines Freundes knapp, und der salutierte zum Abschied. Er tat dabei ein wenig so, als mache er Spaß, wie Jungens eben Soldaten spielen, aber seine Augen sagten etwas anderes.

Friedrich, der so unerwartet wie unvorbereitet zurück zur Front gerufen worden war, erfuhr nicht mehr, dass Peter seine Schwester nicht fand. Aber auch nicht, dass er sie gar nicht suchte. Nicht einmal zu suchen begann.

Zuerst wurde er von seinem Vater aufgehalten, gerade als er das Haus verlassen wollte. Dieser setzte ihm auseinander, dass Lynn bestimmt weggegangen sei, um eigene Wege zu gehen, doch Peter ließ sich nicht nur nicht davon überzeugen, sondern machte umgekehrt seinem Vater klar, dass Lynn damit aber definitiv erst nach dem Krieg beginnen würde, wenn es ihr gelungen wäre, ihn bis zu diesem Zeitpunkt von der Front fernzuhalten. Schöntal erfuhr erstmals, wie fest Peters schon vor ein oder zwei Jahren gefasster Beschluss, so bald wie möglich in den Krieg zu ziehen, war. Nur aus Dankbarkeit und Zuneigung habe er den Wunsch seiner Schwester, zuvor die Schule zu beenden, erfüllt, aber das sei ja nun geschehen, er sei fast 18 Jahre alt, erwachsen, groß, kräftig und stark.

„Und trinkfest“, stichelte sein Vater, der beim Frühstück das eine und andere Mal bemerkt hatte, dass ihm da ein verkaterter Junge gegenübersaß und keiner, der eine ruhige Nacht im häuslichen Bett verbracht hatte. Doch es war bequem, das zu übersehen. Genauso bequem wie es war, das alles seiner Tochter zu überlassen.

„Die Frage meiner Trinkfestigkeit müssen wir in dieser Stunde so wenig besprechen wie die nach deiner Rolle in meiner Erziehung“, gab Peter so fest wie selbstsicher zurück, und es war nicht mehr zu übersehen, dass da kein Junge mehr sprach, sondern ein reifer junger Mann mit großer Umsicht und differenziertem Urteilsvermögen. Seinem Vater war es peinlich, dass ihm das bislang entgangen war, aber als kluger Mann war er auch bereit, seinem Sohn das zu sagen. Doch dieser erstaunte ihn ein weiteres Mal, indem er seinen um Verzeihung bittenden Vater unterbrach und sagte: „Lass uns auch das für heute zurückstellen und stattdessen nach meiner Schwester suchen. Ich freue mich wirklich sehr über deine Vorsätze, aber jetzt müssen wir erst einmal nach Lynn suchen.“

„Hast du schon einen Plan, wie wir dabei vorgehen sollen?“

Doch wieder gab es, gerade als Peter seinem Vater einige Vorschläge gemacht hatte und sie sich auf den Weg machen wollten, eine Störung. Erneut ein energisches Klopfgeräusch an der Haustür. Lynns Vater öffnete und erblickte eine fremde Frau mit einem recht strengen Gesicht. Sie mochte auf den ersten Blick ungefähr 40 Jahre alt sein und trug die Uniform einer Krankenschwester. „Bitte“, sagte er und bat die Frau herein. Sie lächelte leicht, und dieses Lächeln verriet zum einen, dass sie jünger war, als er dachte, und zum anderen beruhigte es die beiden Männer und schien ihnen eine riesige Last von der Seele zu nehmen. „Sie sind Lynns Oberschwester, nicht wahr? Und Sie wissen, wo sie ist? Was mit ihr ist? Und Sie sind gekommen, um es uns zu sagen?“, drängte Peter.

Sie nickte, und man sah, dass sie darüber so erleichtert war wie die Familie Schöntal.

„Ein wenig mysteriös ist das Ganze schon“, sagte sie, „aber es ist wohl so, dass Schwester Karoline zur Pflege eines verwundeten Generals oder gar Prinzen abgezogen worden ist. Ich weiß weder, um wen es sich dabei handelt, aber es muss eine sehr hochgestellte Persönlichkeit sein, wenn so ein Geheimnis daraus gemacht wird, noch kann ich sagen, warum gerade Karoline dafür ausgewählt wurde. Obwohl ich Ihnen versichern kann, dass man keine bessere Wahl hätte treffen können." „Und wie haben Sie davon erfahren?", fragte Johannes Schöntal. „Ein Anruf ist eingegangen, und man hat es mir so mitgeteilt. Offensichtlich ist Karoline bereits auf dem Weg zum Lazarett angehalten und gebeten worden, unverzüglich eine andere Arbeit aufzunehmen. Man hat sich noch bei mir entschuldigt, dass ich erst jetzt benachrichtigt worden bin, und mich gebeten, die Information auch an ihre Familie weiterzugeben. Sonst aber solle niemand davon erfahren. Sie wissen ja, wie man beim Militär funktioniert. Alles wichtig. Alles geheim. Alles vorgeschrieben."

„Nein, weiß ich nicht", sagte Johannes Schöntal. „Sie Glücklicher!", erwiderte Oberschwester Babette.

Schöntal bot ihr ein Getränk an: „Wo Sie doch extra hierhergekommen sind, will ich mal in der Küche schauen, was ich für Sie finde. Vielleicht ist ja Bertha da."

Peter wollte Näheres wissen. Ob so etwas schon oft vorgekommen sei? Was wohl dahinterstecken könnte? Könne Lynn irgendetwas, das andere nicht könnten? Ob ihr mitgeteilt worden sei, wie lange Lynn anderenorts gebraucht werde? Wie genau der Anrufer geheißen habe? Welchen Dienstgrad er genannt habe? Warum sie seine Schwester eigentlich immer Karoline nenne?

Babette beantwortete alle seine Fragen mit einem „Nein" oder einem bedauernden „Das weiß ich nicht." Auf die letzte Frage allerdings entgegnete sie, dass ihr der Name Karoline seriöser vorgekommen sei als der Name *Linn,* von dem sie automatisch angenommen habe, dass es sich dabei um eine Abkürzung von Karoline handle.

Schöntal, der mit einem Tablett eintrat, lachte: „Es ist auch eine Abkürzung, aber von dem englischen Namen Carolyn." Denn so heiße seine Tochter in Wirklichkeit. Sein älterer Sohn habe als kleines Kind den Namen seiner neugeborenen

Schwester nicht aussprechen können und ihn deswegen etwas variiert, verkürzt, genauer gesagt. Und dann seien sie alle dabei geblieben, und seine Frau war glücklich darüber, denn *lynn* bedeute, wie sie als Engländerin wusste, auf Walisisch See. Und die Kleine habe so schöne Augen gehabt, große Augen, blaugrau, wie ein blauer See, über dem sich graue Wolkenberge auftürmen, die sich in ihm spiegeln. Und schließlich habe, er lächelte Babette zu, Schwester Karoline immer noch diese Augen ... Also habe es keinen Grund gegeben, sie anders als Lynn anzusprechen.

Danach stellte er das Tablett auf den Tisch. Die Oberschwester half ihm, die Unterteller auf den Tisch zu stellen und darauf die Tassen, aus denen ein Duft nach Kaffee entströmte. Sie näherte ihre Nase ganz undamenhaft oder, wie Schöntal es wohlwollend und angenehm berührt bei sich nannte, unkonventionell fast bis auf die bräunliche Oberfläche des Getränks, das in der Tasse war.

„Kaffee“, sagte sie, „wirklich Kaffee.“

„Ja“, entgegnete Schöntal, dem ihre Freude sichtlich Spaß machte. „Hat gestern Abend erst den Weg zu uns gefunden, ein Mitbringsel von Lynns Jugendfreund Friedrich Fürst. Aber wir hatten uns so viel zu erzählen, dass ich ihn nicht gefragt habe, woher er das Päckchen hatte.“

„Vielleicht ist es auch besser, wenn wir das nicht wissen“, meinte Oberschwester Babette und hob ihre Tasse an den Mund. „Aber vielleicht hätten wir den Kaffee im Päckchen lassen sollen und ihn dann mit Karoline nach ihrer Rückkehr genießen?“

„Dafür reicht das Päckchen noch! Und auch für den einen oder anderen Sonntag.“

„Und ich habe gehofft, in dem Päckchen sei etwas wirklich Interessantes, irgendein Erinnerungsstück an den Krieg. Vielleicht ein ... Beutestück...“, warf Peter ein, aber weder sein Vater noch die Oberschwester wussten, ob er das ernsthaft meinte oder ob er sich aus der etwas anstrengenden erwachsenen Rolle mit einem Scherz herausstehlen wollte.

Aus dem Kriegskochbuch von Bertha

Spätzle: Das Fräulein Linn wollte immer, dass wir ein Rezeptbuch anlegen. Aber ich muss ja wohl nicht aufschreiben, wie man Spätzle macht, weil ich das im Schlaf kann, ohne Waage, ohne auch nur hinzuschauen. Also habe ich das nicht gemacht. Aber jetzt ist sie fort. Und vielleicht sollte ich jetzt doch anfangen, die komischen Sachen, die sie mir beigebracht hat, aufzuschreiben. Vielleicht freut sich dann der Herr Schöntal, wenn es das auch ohne seine Tochter gibt.

Tschipps: Dicke längliche Kartoffelstücke in Öl wälzen (wenn Öl da ist) und im Backrohr backen, mit Essig würzen (wenn kein Essig da ist, wenigstens salzen).

Tschattnej: Was das genau ist, habe ich bis heute nicht verstanden, denn es kann süß sein, es kann scharf sein, es kann süß-sauer sein (wer kennt denn so etwas?), es kann aus Obst gemacht werden, es kann aus Gemüse hergestellt werden, aus Zwiebeln, aus Tomaten, aus einer Mischung von Obst und Gemüse und überhaupt aus allem, was man gerade hat. Es kann eine Art Saft dabei herauskommen oder eine Art Brei oder eine Art Sauce mit Stückchen. Wichtig ist, erklärte mir das Fräulein Linn, dass es außergewöhnlich gewürzt ist. Dazu gehört unbedingt Koriander, hat sie gesagt. Was unser Fräulein daran findet, weiß ich nicht; ich finde, dass dieses Kraut nach Seife riecht. Und wer beißt schon gerne in seine Seife? Von ihrer Mutter hat sie noch reichlich Saatgut dafür, kleine braune Kügelchen, die, so versicherte sie mir – oder hofft es für sich – jahrelang halten. Einmal habe ich gemeckert, warum wir immer dieses englische Zeug kochen. Aber da hat sie gelacht und erklärt, dass das meiste davon indische Spezialitäten sind, und einfach auch in Kriegszeiten toll. Man kann jeden Rest verwenden und jedes Tschattnej in Gläsern aufbewahren, es hält lange, und man konnte es, das gebe ich zu, im letzten Winter, als unsere Kartoffeln nichts wurden, über den Steckrübenauflauf schütten.

Es verging etwa eine Woche. Im Hause Schöntal und im Lazarett wartete man auf Lynns Rückkehr. Eine weitere Nachricht war bislang nicht eingetroffen.

Vor allem morgens vermissten Johannes Schöntal und Peter Lynn und stocherten freudlos in ihrem Rührei. Erst jetzt erkannten sie, wie umsichtig und gleichzeitig unauffällig Lynn für ihre kleine und fast auseinandergebrochene Familie gesorgt hatte. Lynns Vater musste sich immer mehr eingestehen, dass er seiner Tochter die Erziehung seines Sohnes fast vollständig überlassen hatte und sich insbesondere wenig um Peters Gefühle gekümmert und auch an der Ausbildung seiner moralischen Urteilsfähigkeit kaum Anteil genommen hatte. Nur seine mathematischen Fähigkeiten hatte er gelegentlich gefördert, und die waren beachtlich, wenngleich Lynn vielleicht noch schneller als Peter logische Zusammenhänge herstellen konnte.

Und genau das tat Lynn in der Hütte. Nachdem sie alle vom Major getroffenen Vorbereitungen inspiziert und ihnen entnommen hatte, dass wohl nicht geplant war, ihr irgendein Leid anzutun, sie beispielsweise hungern zu lassen oder zu foltern oder sie zu erniedrigen oder gar zu ermorden, dass man ihr aber durchaus ein gewisses Durchhaltevermögen zutraute. Sie fand sich zwar nicht mit ihrer Lage ab, versuchte aber, sie richtig einzuschätzen und dadurch zumindest keinen unvorhergesehenen Situationen ausgesetzt zu werden. Sie wollte über ihr Befinden wenigstens mitbestimmen, so ganz allein im Wald, eingesperrt in einer Hütte und ohne irgendeine Tätigkeit. Da blieb nur übrig, sich selbst zu genügen, und da man nicht ewig seine Finger zählen konnte, außerdem wusste man das sowieso alles, wie viele Finger man hatte, wie viele Zähne, wie viele Haare vielleicht nicht, aber um das zuverlässig zu ermitteln, müsste man sie einzeln ausreißen und das Ergebnis dieser schmerzhaften Prozedur, die mathematisch außerdem nicht interessant war, wäre äußerst unvorteilhaft, wenn sie den Wald wieder verließe.

Also richtete sie sich ein, unten in dieser Hütte, oben auf dem Deckenlager. Die Fensterläden hielt sie dort tagsüber sorgsam angelehnt, beim geringsten Rascheln oder Rufen, das die Annäherung eines Menschen ankündigte, bereit, sie lichtdicht zu schließen, um das nicht zu gefährden, was ihr die Tage erträglich machen konnte: ein wenig Kontakt mit der Natur, Licht, Luft, Freiheit. Eine kleine Freiheit, gewonnen durch das Wissen, der Situation als Gefangene nicht so ausgeliefert zu sein, wie der dachte, der einen gefangen genommen hatte, aber immerhin eine Freiheit.

Anderes fand sie auch, unbeschriebenes Papier in einer Schublade, Tinte in einem gusseisernen Tintengeschirr, das einem Kirchturm nachempfunden war, dessen Spitze den Deckel bildete, der leider nicht völlig verschlossen war. Lynn wusste, sie würde ein paar Wassertropfen brauchen, um die eingetrocknete Tinte wieder auflösen und benutzen zu können. Für ein paar Wörter würde es reichen. Ein alter Federkiel fand sich auch, alles sehr altmodisch, aber etwas, womit sie sich beschäftigen konnte. Sie stieg auf die Zwischendecke und sah, dass der Himmel sich etwas bewölkt hatte. Gibt es Schöneres als weiße Sommerwolken auf einem blauen Himmel?, dachte sie.

Im Frühling hatte ich keine Zeit, um auf dem Rücken zu liegen und den Wolken zuzusehen, jetzt beobachte ich, wie sie vorbeiziehen und immer neue Formationen bilden, und ich habe viel freie Zeit, um sie zu enträtseln. Zieht da ein Rad vorbei, da, diese fast kreisrunde Wolke mit dem dunklen Mittelpunkt und den einzelnen dunklen Streifen, die man fast für Speichen halten könnte? Oder zeigt sich mir ein süßer Kuchen, der mich ins Schlaraffenland entführen will? Nein, schon ist das Rund ein unscharfes Oval geworden, Ja, Papa, ich weiß, eine Ellipse. Und wie schnell sie vorbeizieht, und die dunklen Streifen wirken wie ein Vogelschwanz. Wer wohl meine Hühner füttern wird, während ich hier Dornröschen spielen muss? Vielleicht auch Rapunzel? Verwunschen im Wald? Wolkenvögel sind es, die gerade in Windeseile vorüberfliegen. Ob der Major Kanonenkugeln gesehen hätte, hätte er mit mir auf den Himmel geschaut? Nein, der Major hätte wahrscheinlich einfach nur eine Wolke gesehen. Er würde auch hier nicht liegen. Wie war das neulich in diesem Gedichtbüchlein? Die Soldaten haben das Gedicht vorgelesen, das ich seit meiner Schulzeit auswendig weiß: „Hier lieg ich auf dem Frühlingshügel.“ *Warum denke ich gerade daran, an einem heißen Augusttag auf alten, wahrscheinlich sehr schmutzigen Decken liegend und auf ein winziges Rechteck starrend, das einen Ausblick auf den Himmel ermöglicht? Kein Frühlingshügel, nein. An welchen Frühlingshügel mag Mörike gedacht haben? Vielleicht ist sein Wort ungewöhnlicher als der Hügel, den er im Blick gehabt haben mag. Das war vielleicht ein ganz normaler Hügel, wie sie halt bei uns in der Gegend zu finden sind, nicht aufsehenerregend, einfach nur ein Hügel.*

Ein Frühlingshügel? Wahrscheinlich wachsen Frühlingsblumen auf ihm, gelbe, blaue, rosafarbene, alle sehr hell, und die Bäume haben schon ausgeschlagen und zeigen erste Blätter, ganz hellgrüne Blättchen, zart, fast wie Blumenblütenblätter, und die Äste der Nadelbäume haben kleine lichtgrüne Spitzen, man kann sie sogar essen oder in die Konfitüre mischen, und Bienen und Mücken fliegen über den Blüten herum und brummen und summen und kleine Insekten krabbeln auf dem Boden. Ja, so sieht sein Frühlingshügel aus. Zu meinem Deckenlager in meinem Hüttengefängnis passt er nicht. Warum geht er mir nur nicht aus dem Kopf? Jetzt fällt es mir ein, da war etwas mit Wolken wie den meinen da draußen.

Ja, so geht es weiter: „Die Wolke wird mein Flügel.“ *Das wäre schön, könnte ich mich mit der Wolke aufschwingen, vorher müsste auch ich mich eigentlich verwandelt haben, so dass ich durch das kleine Fensterchen hinausschweben könnte. Ich, eine Wolke. Wohin flöge ich?* „Wenn ich ein Vöglein wär‘, flög‘ ich zu dir.“ *Zu wem würde ich fliegen? Zurück nach Hause? Schauen, wie es Vater und Peter geht? Zurück ins Lazarett, der Oberschwester, Robert und dem Doktor helfen?*

Wohin flöge ich nur? Ach ... Mit einem „ach" geht ja auch die Strophe weiter. Und der, der da im Gedicht auf seinem Frühlingshügel liegt, bleibt dort liegen wie ich auf meinem Holzbrettbett. Er macht dasselbe wie ich, denkt nach. Wartet. Worauf? Dass die Liebe zu ihm kommt? Wo er doch weiß, dass sie auch wieder gehen wird ...

Ach, sag mir, all-einzige Liebe,
Wo du bleibst, daß ich bei dir bliebe!
Doch du und die Lüfte, ihr habt kein Haus.

Die jungen Soldaten neulich haben auch sinniert, was das bedeutet: kein Haus. Sie haben mir so viel von Häusern an diesem Nachmittag erzählt, von Traumhäusern, in denen sie mit ihren Frauen einmal leben wollen, und diese Frauen sind schön und bleiben für immer bei ihnen, von ihren luftigen großen Elternhäusern oder ihren kleinen stickigen Wohnungen in den Städten, wo sie nicht einmal ein eigenes Bett hatten und mit ihren Eltern und Geschwistern auf engstem Raum zusammengepfercht waren. Auch die engste Absteige verwandelt sich in ein Traum-Haus, wenn man im Krieg ist, und der, der neben einem im Schützengraben liegt, vielleicht tot ist. Todesgräben. Und sie haben von zerbombten Häusern gesprochen, den Ruinen entlang der Zerstörungsspur, die sie beim Vorwärtsmarschieren hinterlassen haben.

Meine Hütte hier ist jetzt mein Haus, meine wohl ausgestattete kleine Hütte mitten im Wald. Ich habe zu essen und zu trinken, ich kann den Vögeln zuhören und den Wolken zusehen. „Doch du und die Lüfte, ihr habt kein Haus."

Seltsam eigentlich, dass ich vorhin an meine Familie gedacht habe und an den Krankensaal. Wäre ich eine Dichterin, hätte ich mich in meinen Träumen in die Arme Friedrichs geschwungen, seine Arme wären mein Schutz, mein Haus geworden. Doch nur in meinem Gedicht.

Ich bin froh, dass mir das Auswendiglernen immer so leicht fiel und dass ich so viele Gedichte gelernt habe. Das wird mir sehr nützen in der nächsten Zeit.

Draußen dämmerte es bereits, als Lynn meinte, ganz in der Ferne Fahrgeräusche zu vernehmen, die Geräusche konnten nicht von den Waldtieren dort draußen, die sie ja nicht sehen konnte, stammen, auch nicht von den Vögeln, die gerade zu einem lauten Gezwitscher und Gekrächze angesetzt hatten. Ein Förster vielleicht? Ein Jäger? Lynn schloss die Läden und das Fensterchen und dichtete alles gut ab, dann kletterte sie die Leiter hinunter und ging zur Hüttentür. Sie legte ein Ohr daran und hörte es knistern. Schritte auf trockenem Laub? Sollte sie sich an die Hüttenwand lehnen, dort neben der Tür? Und dann, während der Major, denn nur er konnte es eigentlich sein, die Tür ein wenig offen stehen ließe, um sich an die Dunkelheit in der Hütte zu gewöhnen, versuchen, sich unter seinen Armen hindurch, noch bevor er sie ausmachen konnte, hinauszuschleichen und wegzurennen, ganz schnell, so schnell sie konnte, in irgendein Dickicht hinein und sich darin zu verbergen? Und bevor der Major seine Verblüffung überwunden hätte, wäre sie inmitten großer Büsche, die voller Dornen wären, und ganz schnell senkte sich die Nacht über sie, und der Major gäbe nach langem ergebnislosen Herumirren seine Suche endlich auf, das ganze Gesicht zerstochen von Röschendornen, und sie käme heraus und ginge, begleitet von Mond und Sternen, nach Hause, wo alle schon auf sie warteten.

Wenn er aber nicht so dumm wie in ihrer Ausbruchsphantasie wäre, wenn er beim Öffnen der Tür breitbeinig und militärisch in der Tür stehen bliebe und dort abwartete, bis seine Augen sich an das Licht gewöhnten, wenn er ihre Fluchtpläne antizipiert hätte, sie bei ihrem Versuch, unter seinem Arm durchzuschlüpfen, packte, zurückschöbe und auf das Sofa würfe und zur Strafe alle Annehmlichkeiten, die er ihr anscheinend bieten wollte, entzöge, das Essen mitnähme, die Getränke ausschüttete, wenn er dann seine Macht ihr gegenüber ausspielte, welche Konsequenzen hätte das?

Also zog sich Lynn von der Tür zurück, setzte sich auf einen Stuhl, legte die Arme auf den Tisch und ihren Kopf darauf, als schliefe sie.

Wirklich kam er, aber er blieb nicht in der Tür stehen, sondern betrat den Raum und leuchtete mit irgendetwas direkt auf Lynn. „Was für ein reizendes Bild", sagte er etwas zynisch, „gut inszeniert." Sie öffnete die Augen und blickte direkt in den Schein einer Taschenlampe, eine feldgraue, wie sie sich ihr Bruder gewünscht hatte, sie aber nicht auftreiben konnte. „Ich bin eigens gekommen, um Ihnen diese Taschenlampe zu bringen", sagte er, „ich wusste nicht, ob junge Damen sich in der Dunkelheit fürchten oder nicht."

Lynn bedankte sich. Der Major, das sah sie, war nicht glücklich über die Situation, in die er sie gebracht hatte. Er wandte sich rasch zum Gehen um. Die Taschenlampe legte er auf den Fußboden vor der Tür, dann öffnete er sie. „Wir könnten uns das alles sparen", sagte er, „wenn Sie mir nur sagen würden, wo sich Ihr Bruder versteckt."

„Ich weiß nach dem, was Sie hier mit mir tun, nicht, ob ich es Ihnen sagen würde, wenn ich es wüsste. Aber ich weiß es nicht. Deswegen muss ich darüber nicht nachdenken. Aber sagen Sie mir doch, warum Sie ihn suchen."

„Weil Ihr Herr Bruder, *der englische Leutnant*, wie wir ihn auch draußen an der Front immer genannt haben, mit dem Feind gemeinsame Sache gemacht hat. Sich gemein gemacht hat."

„Was für Wörter verwenden Sie da? Ich glaube das einfach nicht."

„Sie wollen andere Wörter? Gefallen Ihnen Fremdwörter besser, solche wie kooperieren, kollaborieren, konspirieren? Oder gar englische? Verzeihen Sie meine Aussprache, auch meine vielleicht nicht idiomatisch korrekten Wortvorschläge, ich bin des Englischen ja nicht so mächtig wie Sie und Ihr Bruder. Vielleicht *to make common cause with* oder *to go along with?* Klingt wirklich harmlos. *I go along with you.* Wie ein Spaziergang. Gehen Sie gerne spazieren, Fräulein Schöntal? *Will you go along with me?* Oder wie wäre es mit *to conspire, to collude*, Miss Schöntal? Carolyn?"

„Hören Sie auf, Herr Major!“

„Noch eines: Ihr Bruder steckt unter einer Decke mit dem Engländer. Ist das nicht zum Totlachen? Unter einer Decke stecken?“

Und wirklich begann der Major zu lachen, ein leises Glucksen erst, dann immer lauter, schallender, und je lauter sein Gelächter wurde, desto verzweifelter fühlte sich Lynn.

„Genug gescherzt für heute. Ich verlasse Sie jetzt. Wenn ich die Tür hinter mir geschlossen habe, können Sie die Taschenlampe aufheben. Aber bedenken Sie, dass eine Batterie nicht ewig hält, und wie voll die noch ist, weiß ich nicht.“

Er warf die Tür von draußen zu, Lynn hörte, wie er abschloss, den einen oder anderen Riegel vorschob und zudem noch einige Nägel einschlug. Sie hob die Taschenlampe auf und war froh, sie beim Hinaufklettern zu ihrem Lager nutzen zu können. Dort schaltete sie die Lampe gleich aus, stieß das Fensterchen auf und fand wider Erwarten ein Wohlbehagen an der nun etwas abgekühlten frischen Waldluft. Wider Erwarten schlief sie auch schnell ein.

Irgendwann erwachte sie, und fast traute sie sich nicht, zum Fenster zu sehen. Was, wenn sie keinen Stern sähe, keinen Mond? Lynn fürchtete die Enttäuschung. Die allerdings wartete auf sie, denn nichts war draußen zu sehen, alles war schwarz, nur schwarz. Es war reichlich Platz hier oben, und so rutschte sie, in eine Decke gewickelt, auf dem Holzboden der Zwischendecke herum, weil sie hoffte, von irgendwoher einen kleinen tröstlichen Schimmer zu entdecken. Leider misslangen alle ihre Versuche.

Ich konnte nicht mehr einschlafen. Wer kann schon einschlafen, wenn er einen Stern sucht, der ihm Gesellschaft leistet in einer Nacht, in der man es ohne Gesellschaft nicht aushalten zu können meint? Eingesperrt? In einen Kampf verwickelt, dessen Regeln man nicht kennt? Glaubte ich noch vor dem erneuten Auftauchen des Majors, ich hätte einen strategischen Vorteil erzielt, weil er nicht wusste, dass ich nicht ununterbrochen im Dunkel sitzen muss, so hat er ihn wieder zurückerobert durch die Überlassung einer Taschenlampe mit einer ungewissen Haltbarkeitszeit der Batterie. Denkt er jetzt zuhause darüber nach, ob ich die Lampe nach kurzer Inbetriebnahme wieder ausschalte, um Licht für eventuelle Notfälle zu haben? Lacht er sich vielleicht ins Fäustchen, weil ich mich freiwillig in die Finsternis begebe, weil er sehr wohl eine neue Batterie eingelegt hat? Obwohl, nein, ins Fäustchen lacht er sich bestimmt nicht. Er lacht überhaupt nicht. Hat er früher gelacht? Vielleicht damals, als wir Kinder waren?

Nein. Aber Maria und ich, wir fanden das normal. Kinder wundern sich nie über etwas. Nicht darüber, dass ihr Vater so streng war und meiner so lustig. Dass ihr Vater sehr angesehen war und meiner als liebenswürdiger Außenseiter toleriert wurde. Dass ihre Mutter gerne und ernsthaft Geige spielte und dabei nicht gestört werden durfte, während meine Mutter auch gerne, aber schrecklich falsch musizierte, nämlich sang. Allerdings immer dabei gestört werden durfte. Wenn Marias Mutter spielte, verbargen wir uns oft hinter der angelehnten Tür und hörten ihr zu, und das taten auch andere Menschen, die zufällig im Haus waren, Soldaten, der Bursche des Majors, Ärzte, Gäste, die sich manchmal zu uns gesellten und ebenfalls heimlich zuhörten. „Sie spielt wie ein Engel", sagte einmal einer dieser heimlichen Zuhörer.

Maria hat sich auch nicht gewundert, als ihre Mutter eines Tages weg war, im Himmel, wie ihr Vater ihr erklärt hatte. „Sie macht dort Musik mit den Engeln", erzählte sie mir. Und ich wunderte mich auch nicht darüber, dass sie die pausbäckigen musizierenden Engel, die wir aus vielen Bilderbüchern und aus barocken Kirchenaltären kannten, uns vorzog.

Natürlich weiß ich nicht, welche meiner Erinnerungen an Marias Mutter tatsächlich auf Bildern beruhen, die ich noch real vor Augen habe, und welche auf fiktiven Bildern, zusammengesetzt aus Erzählungen der Erwachsenen und aus einer Photographie, die Maria immer mit sich trug und deren

Silbergelatineoberfläche bei jedem Berühren und Betrachten die junge Frau mit der Geige milchiger, verschwommener, vergangener erscheinen ließ. Auch frühe Lektüren könnten meine Erinnerungen geprägt haben. Als ich erstmals „Die Buddenbrooks" las, schienen Gerda Buddenbrook und Marias Mutter für mich zu verschmelzen; beide schmiegten ihre Wange auf dieselbe Weise an ihre Violine. Auch die Klavierspielerin „Frau Berta Garlan" hat mein Bild von der Mutter meiner Freundin bestimmt überlagert, denn schließlich waren Maria und ich wirklich noch sehr jung, sechs Jahre erst, als sie starb.

Starb? Wie eigentlich? Woran? Ich erinnere mich, aber vielleicht ist auch das keine richtige Erinnerung, wie Maria mit eiskalten Händen und halb erfroren nach der Beerdigung ihrer Mutter zu mir kam; meine Eltern waren wohl auch dort und nahmen sie für ein oder zwei Stunden mit zu uns. Sie trug ein schwarzes Mäntelchen, das viel zu groß war, und ein schwarzes Kleid. Sie kam mir fremd vor und sprach kaum ein Wort mit mir. Ich weiß nicht mehr, was wir gemacht haben, vielleicht hat meine Mutter oder mein Vater uns etwas vorgelesen, vielleicht aber auch Michael. Das Todesdatum ihrer Mutter weiß ich ganz genau, es war ein Tag, an dem kein Mensch sterben sollte, weil an diesem Tag, in dieser Nacht nur Feiern angesagt war, erregtes, ausgelassenes Feiern. Jahrhundertfeiern. Marias Mutter starb nämlich in der letzten Nacht des letzten Jahres des alten Jahrhunderts oder am ersten Tag des ersten Jahres im neuen Jahrhundert. Denn so genau, das habe ich einmal aufgeschnappt, wusste das niemand. Sie starb irgendwann in der Nacht, in der das neue Jahrhundert begann, von dem viele glaubten, es werde glänzend und großartig und modern. Und friedlich! Ein Jahrhundert des Aufbruchs. Sie ist weggegangen, haben wir einmal jemanden sagen hören, wie das alte Jahr.

Wieso denke ich eigentlich ununterbrochen an Marias Mutter? Warum nicht an meine Mutter, meinen Vater, meine Brüder, meine Familie in England, an Friedrich und unsere gemeinsame letzte Nacht oder an Doktor Ostertag?

Irgendwann bin ich dann doch wieder eingeschlafen, und seltsamerweise wusste ich am nächsten Morgen alles wieder, was ich vergessen, vielleicht auch nur ins Unterbewusste verdrängt hatte. Denn die Erwachsenen sprachen natürlich nicht über den Tod von Marias Mutter, wenn sie uns in der Nähe wussten, aber manchmal bemerkten sie uns auch nicht oder dachten, wir seien so ins Spiel vertieft, dass wir auf ihre Andeutungen nicht achteten. Und wir fragten wenig, und seine entscheidenden Fragen spricht ein Kind oft nicht aus oder nur so, dass keiner sie versteht. Vielleicht gefiel uns auch die Vorstellung, dass sie mit den Engeln musizierte, besser als das, was wir beim genauen Nachfragen hätten hören können.

An diesem Morgen wusste ich also: Marias Mutter hatte sich in dieser Silvesternacht das Leben genommen. Und zwar hier, in dieser Waldhütte, in der ich gefangen gehalten wurde. Wie sie sich getötet hatte, weiß ich nicht, habe ich wahrscheinlich nie gewusst. Falls es Marias Vater ihr erzählt hatte, so sprach sie nicht darüber. Sie weinte erst, als meine Mutter starb. Denn da behauptete keiner, dass sie mit den Engeln musiziere, sänge vielleicht.

Auch die Trauerkarte konnte ich wieder genau vor mir sehen und die Todesanzeige, die meine Eltern damals aus der Zeitung ausgeschnitten und in eine Dokumentenmappe gelegt hatten; ein Zeitungsbericht lag dabei. Auch ein anderer Artikel aus dieser Zeit lag dort. Irgendwann musste mein Vater die Mappe aus seiner Schreibtischschublade geholt haben, um etwas nachzulesen, ein Datum vielleicht oder den Namen eines der auf der Anzeige vermerkten Verwandten Marias. Oder er wollte einfach die Artikel noch einmal lesen. Es kann sein, dass er aus seinem Zimmer gerufen worden ist und ich zufällig hineingegangen bin, die geöffnete Mappe erblickt und auf der zuoberst liegenden Trauerkarte den Namen von Marias Mutter gelesen habe. Jeder wird nachvollziehen können, dass ich dann auch alles andere in der Mappe gelesen habe. Und zwar so aufgewühlt, so alles andere ausschaltend, dass ich mir alles ganz genau eingeprägt hatte, es dann aber, weil ich mit niemandem darüber sprechen wollte oder konnte, tief in mir bewahrte. Verschlossen bis zu dieser Nacht.

„Meine geliebte und treue Gattin, unsere hingebungsvolle Mutter, Schwägerin und Tante, Frau Martha Kahl, ist in der Nacht zum 1. Januar 1900 unerwartet und auf tragische Art und Weise für immer von uns gegangen und hat sich in die Obhut unseres gütigen Vaters begeben. Sie hat ihre ewige Ruhe in der Waldhütte gefunden, die bis dahin ein friedlicher und fröhlicher Ort für sie und ihre Familie gewesen ist. Wir werden ihr stets ein liebendes Gedenken bewahren."

Ja, so lautete der Text. Oder so ähnlich. Natürlich kann ich mich nicht mehr an jedes Wort erinnern, bestimmt aber an den Ausdruck „für immer von uns gegangen", denn das hat man Maria und mir ja erzählt, und wegen dieser Worte stellten wir uns ihren Tod als eine Art endlose Reise vor. Eine Reise weg von ihrem Mann, ihrem Kind. Maria hat mir, als meine Mutter erkrankte, einmal gestanden, dass sie sich als Kind heftige Vorwürfe gemacht habe, dass sie so ungern am Flügel gesessen und geübt habe, um zu lernen, ihre Mutter zu begleiten, denn das, so ihre Deutung, sei schließlich der Grund gewesen, dass ihre Mutter sich anderswo musikalische Gefährtinnen suchen musste. Im Himmel eben.

Und der Artikel? Auch den kenne ich natürlich nicht mehr auswendig, aber an den Inhalt erinnere ich mich recht genau und manche Passagen sehe ich noch wortwörtlich vor mir, anderes meine ich aus meiner Phantasie ergänzen zu können. Zumindest versuche ich das jetzt, diese Rekonstruktion aus Erinnerung und Einfühlung; ich habe ja unbegrenzt Zeit hier, um die geeignetste Formulierung zu finden. Wie ist sie eigentlich hierher in die Hütte gekommen? Doch bestimmt nicht zu Fuß. Zu Hause muss der Major sie doch vermisst haben. Oder Maria.

Frau Martha Kahl, die Gattin des hochangesehenen Ludwigsburger Offiziers Karl Kahl, wurde in den Morgenstunden des 1. Januars 1900 in einer kleinen Waldhütte tot aufgefunden.

Am frühen Nachmittag des 31. Dezembers war Frau Martha Kahl mit einer Pferdedroschke zu einem kleinen Waldstück gefahren, das nördlich des Schlosses Monrepos liegt und sich seit langer Zeit im Besitz ihrer Familie befindet. Sie hatte einen Korb sowie einen unförmigen schwarzen Kasten bei sich, wie der Droschkenkutscher berichtete. Er sprach von einem Picknickkorb, obwohl es ihm seltsam vorkam, dass eine feine Dame sich mitten im Winter zu einem Picknick im Wald aufmachen sollte. Den Kasten bezeichnete er als eine Art Geigenkasten, auch das erschien ihm unverständlich.

Doch, so sagte er, nach langer Berufspraxis hätten er und seine Gäule schon so manches gesehen, was andere nicht für möglich hielten. Außerdem fand die Fahrt ja am letzten Tag nicht nur des Jahres, sondern auch des ganzen Jahrhunderts statt, und viele Leute planten ungewöhnliche Feste und Geselligkeiten, so dass er sich schließlich einen Reim darauf machte, der in etwa davon ausging, dass die Dame von Norden her, also für die Öffentlichkeit unbemerkt, zum Schloss vordringen wollte, wo sie einem hohen Gast ein überraschendes Konzert geben und anschließend mit ihm den Inhalt des Picknickkorbs, Champagner vermutlich, genießen wollte.

Sicherheitshalber fragte er die Dame, als sie ihn noch mitten im Wald anzuhalten bat, danach, ob er auf sie warten oder sie zu einer bestimmten Zeit wieder abholen solle, aber sie entgegnete fest, dass das nicht nötig sei, sie sei am Ziel ihres Weges angekommen und begebe sich nun in gute Hände. Rückblickend schaudere es ihn, so der Droschkenkutscher, wenn er an diese Worte denke. Manchmal mache er sich Vorwürfe, dass er deren tieferen Sinn nicht verstanden habe. Aber er sei schließlich ein einfacher Mann und nicht gewohnt, nach tieferen Bedeutungen zu suchen, fände sie wohl auch, wie man jetzt erkennen könnte, erst, wenn es zu spät sei.

Zuhause wurde die Mutter einer sechsjährigen Tochter zunächst nicht vermisst, da sie die Nachmittagsstunden gewöhnlich in ihrem Musikzimmer mit Üben oder Notenstudium verbringe. Ihre Tochter habe den Nachmittag über wie so häufig mit ihrer Freundin im Nachbarhaus gespielt. Erst gegen Abend wollte der Major seine Frau daran erinnern, dass er mit ihr den großen Neujahrsball im Offizierscasino besuchen wollte. Wenn sie sich ihrer Musik hingab, so erklärte der trauernde Gatte, vergaß sie die Welt um sich.

Er hat seine Gattin aber weder in ihrem Zimmer noch sonstwo im Haus gefunden und sei davon ausgegangen, dass sie ihr Kind im Nachbarhaus abholen oder einer Freundin einen Neujahrsgruß überbringen wollte. Doch weder bei den Nachbarn noch bei anderen Bekannten ist Frau Kahl gesehen worden, so dass ihr Mann allmählich besorgt wurde. Zwar, so betonte der Offizier, genösse seine Gattin alle Freiheiten, derer sie wegen der Ernsthaftigkeit ihrer künstlerischen Neigungen bedürfe, doch sei es noch nie vorgekommen, dass sie darüber irgendwelche Pflichten versäumt oder sich gar mit unbekanntem Ziel wegbegeben habe.

Schließlich sei die Gendarmerie eingeschaltet worden und habe den Droschkenkutscher ausfindig gemacht, der Frau Martha Kahl am frühen Nachmittag in den Wald gefahren habe. Da niemand, vor allem der verzweifelte Gatte nicht, sich das Verhalten der jungen Ehefrau und Mutter erklären konnte, wurde am frühen Morgen des nächsten Tages ein Suchtrupp in den Wald entsendet. Inzwischen hatte heftiger Schneefall eingesetzt, so dass man nicht mehr darauf hoffen konnte, irgendwelche Fußspuren oder andere Hinweise auf die einsame Frau finden zu können. Der Wald wurde von Norden her durchsucht. Die junge Frau, so der Offizier, hat den Wald sehr geliebt und dort häufig lange einsame Spaziergänge unternommen. Er fürchtete einen Unfall. Schließlich stieß man auf die Waldhütte der Familie. Die Polizei und der sie unterstützende Gatte hatten kaum den Mut, die Tür zum Innern der Hütte aufzustoßen.

Was sie sahen, erfüllte ihre Herzen auf den ersten Blick mit großer Erleichterung und Freude. Sie fanden die junge Frau auf einem Armlehnenstuhl sitzend, in entspannter Haltung, sogar der schwere Haarknoten war gelöst, so dass ihre hellbraunen Haare wie Wellen über ihre Schultern flossen. Ihre Geige hielt sie auf dem Schoß, so, als lausche sie noch deren letzten Tönen nach und

habe sich von ihrer Musik in ein fernes Land entführen lassen, ein Land voller Liebe und Glück, ein Traumland, das sie nur mit geschlossenen Augen erblicken und genießen konnte.
Vor ihr stand ein runder Tisch, auf dem, in diesem Punkt hatte der Droschkenfahrer Recht, eine halb gefüllte Champagnerflasche stand, daneben ein leeres Glas, das deutliche Spuren ihrer leicht rot gestrichenen Lippen trug. Trinkspuren, sagte der diensthabende Polizist, Kussspuren, flüsterte der liebende Gatte.
Er berührte die Träumende leicht mit seinem behandschuhten Zeigefinger, aber sie schien kaum zu reagieren, so dass er sie erneut, dieses Mal etwas stärker, antippte. Dann zog er seine Handschuhe aus und beugte sich über sie. Er habe sehr zart ihren Namen geflüstert, gab der Beamte ergriffen preis, und sie ein weiteres Mal angestupst, noch heftiger, und daraufhin habe sich ihr Körper auf die andere Seite geneigt, als wolle sie sich umdrehen, sei dann aber immer tiefer auf diese Seite gefallen und mit einem dumpfen Hall auf den Holzboden gefallen. Es sei schrecklich gewesen, so der mitfühlende Polizist. Denn jetzt erst habe man gemerkt, dass die schöne Musikerin tot sei. Tot für immer und ewig.
Der Ehemann brach, wie uns von weiteren Helfern bei der Suchaktion mit großer Anteilnahme berichtet wurde, verzweifelt neben ihr zusammen. Unser ganzes Mitgefühl gilt ihm und seinem Kind. Beide müssen in großer Einsamkeit und Liebesleere erleben, wie das neue Jahrhundert anbricht.
Laut Auskunft der obersten Polizeibehörde gibt es aufgrund des ganzen Hergangs des tragischen Ereignisses und der Auffindung von Frau Martha Kahl keinen Anlass daran zu zweifeln, dass die verstorbene Gattin und Mutter ihr Leben in einem Anfall geistiger Verwirrung selbst beendet hat. Schon immer, so wurde uns aus dem Umfeld der unglückseligen Toten berichtet, hatte die junge Frau große Mühe, das Leben mit all seinen Anforderungen zu meistern. Die Musik sei ihr dann nicht nur Trost gewesen, sondern habe ihr auch Fluchtmöglichkeiten in andere Welten eröffnet.

Wie am Vorabend hörte Lynn am Morgen Schritte vor der Hütte. Sie wollte auf das erneute Erscheinen des Majors vorbereitet sein und hatte die Fensterläden in ihrem niedrigen Schlafgeschoss früh abgedichtet. Er hatte die Hütte kaum betreten und ein Körbchen auf den Tisch gestellt, da forderte sie schon in festem Ton: „Ich möchte sofort hier heraus aus dieser Hütte, heraus aus diesem Wald."

„Das liegt nicht in Ihrer Befehlsgewalt, mein Fräulein", erwiderte er kurz, aber nicht unfreundlich. „Habe ich nicht alles so herrichten lassen, dass es für einen gewissen Zeitraum halbwegs erträglich ist? Und heute wollte ich Ihnen sogar anbieten, einen kurzen Spaziergang zu machen. Nicht alleine natürlich, mir ist klar, dass Sie nichts lieber täten als zu fliehen, aber wir können ein paar Schritte zusammen gehen und dabei darüber sprechen, wo sich Ihr Herr Bruder aufhält."

Lynn aber wiederholte, als habe sie ihm gar nicht zugehört: „Ich möchte sofort hier heraus aus dieser Hütte, heraus aus diesem Wald."

Der Major reagierte so ruhig wie zuvor: „Fräulein Schöntal, ich habe nichts gegen Sie. Ich mag Sie sogar recht gerne. Sie waren meiner Tochter eine gute Freundin, Sie sind unseren Soldaten eine gute Krankenschwester. Aber Sie wissen etwas, das ich wissen muss. Etwas, das wichtiger ist als Ihre unbedeutenden privaten Unbehaglichkeiten und Wünsche."

„Ich möchte sofort hier heraus! Wenn ich an einem anderen Ort bin, sage ich Ihnen alles, was ich weiß. Obwohl ich nichts, wirklich gar nichts, über meinen Bruder weiß. Ich weiß nicht, ob er lebt oder tot ist, gesund oder verwundet, frei oder gefangen ist. Sein letzter Brief kam vor zwei Monaten. Aber sagen Sie mir doch, was am Aufenthaltsort meines Bruders so wichtig sein kann, dass offenbar das Gesamtwohl, das Kriegsgeschehen davon beeinflusst werden kann. Nur … zuerst möchte ich diese Hütte verlassen."

„Was haben Sie gegen ein paar friedliche und idyllische Tage in unserem Wald? Sie erhalten trotz der Kriegssituation ein abwechslungsreiches Essen, ausreichend zu trinken, regelmäßige Besuche, inzwischen auch Licht durch die Taschenlampe. Ich kann Ihnen Lektüre bringen, Bücher oder Tageszeitungen, was immer Sie wünschen."

„Ich habe nur einen Wunsch. Und den habe ich bereits dreimal ausgesprochen. Ich kann meinen Wunsch begründen, wenn Sie möchten. Diese Hütte ist nämlich eine *Todeshütte.* Und Sie halten mich hier gefangen und irgendwann werden Sie mich hier sterben lassen."

„Ich verstehe nicht ... Unterstellen Sie mir, Sie umbringen zu wollen?"

„Das weiß ich nicht. Aber es wird damit enden, dass ich ... diese Welt verlasse ..."

„Sie sprechen in Rätseln."

„Sie verstehen mich sehr gut. Vielleicht soll ich erkennen, dass ich nicht in der Lage bin, das Leben zu meistern, allen Erwartungen und Anforderungen zu genügen."

„Sie spielen auf meine Frau an? Das untersage ich Ihnen!"

„Oder ich nehme wahr, dass ich den Erfordernissen meines Dienstes nicht zu entsprechen vermag. Wie der junge Offizier, der hier gestorben ist. Ich glaube, das war kurz nach dem Tod Ihrer Frau."

„Woher wissen Sie das alles? Sie waren doch ein Kind damals. Wer hat Ihnen davon erzählt?"

„Erstaunlicherweise niemand. Aber ich habe einmal einen Zeitungsartikel gelesen. Und gestern habe ich die Hütte wiedererkannt und wusste plötzlich, dass ich schon einmal hier war, mit Ihrer Frau und Ihrer Tochter. Und dann ist mir in der Nacht alles andere wieder eingefallen. Der Tod Ihrer Frau. Der junge Offizier, der sich die Pulsadern aufgeschnitten hat, hier in dieser Hütte, an diesem Tisch. Sie erinnern sich doch?"

„Was wissen Sie darüber?"

„Kaum etwas. Nur, was ich Ihnen gesagt habe. Ich habe vor ein paar Jahren eine kurze Notiz aus der Zeitung gelesen, vielleicht gab es längere Berichte, aber mir ist nur diese eine Meldung in die Hände gefallen, die meine Eltern ausgeschnitten haben. Es wurde darin das sehr blutige Ende eines sehr schönen jungen Offiziers beschrieben. Sie müssen sich doch bessern erinnern als ich! Ich kann Ihnen nur erzählen, was ich mir zusammengereimt habe:

K., ein angesehener Angehöriger des Militärs, der ein kleines Waldgrundstück nördlich von Schloss Monrepos besitzt, musste in seiner sich dort befindlichen Hütte eine schreckliche Entdeckung machen: Er fand nämlich einen jungen, ihm dienstlich bekannten Offizier, der in Ludwigsburg eine Weiterqualifizierung absolvierte, mit aufgeschnittenen Pulsadern tot am Tisch in dieser Hütte sitzend, als er diese betrat, um sich nach längerer, dienstbedingter Abwesenheit davon zu überzeugen, dass alles in Ordnung war.

Der Anblick des jungen hoffnungsvollen Mannes, der am Beginn seiner militärischen Karriere stand, so K., war auch für einen Offizier, der schon viel gesehen hat, nicht leicht zu ertragen: Der junge Mann saß, fast schon sah es aus, als läge er, mit geschlossenen Augen wie ein Schlafender auf einem Armlehnenstuhl, der an einem kleinen Tischchen stand. Er wirkte ganz entspannt, als träume er etwas Schönes. Die Uniformjacke hatte er ausgezogen und über die Lehne gelegt, als diene sie ihm als Kissen. Auf dem Tischchen befanden sich drei Gegenstände: In der Mitte eine fast leer getrunkene Flasche eines lokalen Rotweins und ein Glas, in dem nur ein dunkelroter Bodensatz daran erinnerte, was daraus getrunken wurde, daneben ein Messer, und auch daran war eine dunkelrote Spur zu sehen, die von der Klingenspitze bis auf den Beginn der Klingenscheide reichte.

Auf den zweiten Blick sah man, was da passiert sein musste. Der junge Mann hatte sich die Pulsadern mit einem langen senkrechten Schnitt aufgeritzt, dann hatte er das Messer auf den Tisch gelegt und vielleicht zugesehen, wie das Blut aus ihm schoss und sich hinunter auf den Boden ergoss, wo es sehr schnell einen runden Fleck bildete, der sich dann langsamer und in nicht mehr so regelmäßigem Rund, sondern eher ovalförmig, über die alten und teilweise schon recht beschädigten Holzbohlen der Hütte verbreitete, wohl auch in die breiten Ritzen zwischen den Bohlen floss und dort versickerte. Lange vorher hatte er wohl schon seine

Augen geschlossen und nur noch darauf gewartet, dass sein Bewusstsein endgültig verschwand. Das kann nicht lange gedauert haben.

Die Ermittlungen wurden bald eingestellt, nachdem aus dem Umfeld des jungen Mannes gesickert war, dass dieser unter dem Druck des militärischen und gesellschaftlichen Lebens der Stadt sehr gelitten habe und am liebsten aus dem Militär ausgeschieden wäre, hätte er nicht fürchten müssen, seine Familie und seine Vorgesetzten damit zu enttäuschen. Er habe des Öfteren davon gesprochen, dass er das Land verlassen wolle; nun habe er offensichtlich die Welt hinter sich gelassen.“

Lynn hatte das schaurige Bild mit viel Pathos erzählt und die floskelhaften Schlussbemerkungen ihres versuchsweise formulierten Berichts sehr ironisch vorgetragen und schloss mit der Bemerkung: „Aber damit habe ich Ihnen ja nur Wohlbekanntes erzählt.“

„Aber nicht korrekt; vielleicht haben Sie sich ja viele der Fakten, der Spekulationen sollte man eher sagen, behalten, aber die Reihenfolge der beiden Todesfälle haben Sie durcheinandergebracht. Ja, meine Frau ist in der Silvesternacht gestorben, der junge Mann aber nicht später, sondern einige Monate früher. Das genaue Datum weiß ich nicht mehr. Es muss Oktober gewesen sein, denn ich erinnere mich an die wunderbare Färbung des Laubs und das ruhige Knistern der trockenen roten und gelben Blätter unter meinen Stiefeln. Aber es war viel schrecklicher als in dem idyllischen schönen Lichtbild, das Sie da so lyrisch beschrieben haben. Er war tot. Ganz weiß. Ganz kalt. Ganz starr. Entsetzlich. Es hat sich in mir für immer eingebrannt. In der Zeitung stand übrigens kein Wort über seine Haltung und das Blut, da haben Sie zu viele *gothic novels*, so heißen doch diese Schauerromane Ihrer Landsleute, gelesen!“

Lynn erschauderte wirklich, aber nicht in Erinnerung an die eine oder andere Lektüre, sondern weil der Major ihr trotz seiner Kälte und zynischen Bewertungen irgendwie berührt vorkam. Ging ihm die Erinnerung an Marias Mutter doch näher, als sie dachte?

Aber schon hörte sie ihn in seiner gewohnt unterkühlten Art und Weise weitersprechen: „Unklar ist mir allerdings, warum Sie für sich ein ähnliches Schicksal prognostizieren. Ich war bei beiden Todesfällen nicht anwesend, in keiner Weise beteiligt, und unter dem Tod meiner Frau habe ich sehr gelitten. So sehr, dass ich ein Jahr später, ich weiß nicht, ob Sie sich daran erinnern, Ludwigsburg für fast ein Jahr verlassen und in Stuttgart gedient habe. Ich konnte diese Hütte nicht mehr betreten, diesen Wald nicht und in meinem Haus fühlte ich mich nicht mehr wohl. Mich quälten geheimnisvolle Klänge, wie Echoklänge aus einer Vergangenheit. Und meiner kleinen Tochter nahm ich es übel, wenn sie beim Spielen mit Ihnen einmal lachte."

„Und um sich zu schonen, haben Sie Maria alleine zurückgelassen?"

„In der Obhut ihrer Tante, die sie besser versorgen konnte als ich."

„So interessant das auch alles ist, Herr Major, so lenken Sie doch vom Thema ab. Das Thema ist, dass ich hier weg möchte."

„Weil?"

„Weil, aber das habe ich schon angedeutet, ich das alles nicht mehr glaube. Wer sagt mir denn, dass das, was Sie damals der Polizei gesagt haben oder durchsickern haben lassen, stimmt? Vielleicht haben Sie Ihre Frau zu der Tat getrieben? Und zuvor den jungen Mann? Wodurch? Und wie? Hatten Sie ihn eingesperrt wie mich? Ihn zur Tat ermuntert? Oder gar gezwungen? Vielleicht manipuliert? Ihm gedroht? Wie kann es sein, dass zweimal hier etwas Ähnliches passiert ist? Und wieso soll ich davon ausgehen, dass mich nicht ein ähnliches Schicksal treffen soll? Es könnte auch bei mir einiges durchsickern, oder?"

„Sie wissen nicht, was Sie reden!"

„Doch, das tue ich. Soll ich Ihnen einen möglichen Bericht

diktieren? Denn ich nehme an, dass Ihre Beziehungen zur Presse gut sind? Es sollte anfangen wie die anderen:

Unser allseits geachteter Mitbürger, Major K. Kahl, musste gestern eine schreckliche Entdeckung machen, als er nach längerer kriegsbedingter Abwesenheit in seiner Waldhütte nördlich von Schloss Monrepos nach dem Rechten sehen wollte. Beim Eintreten dachte er zunächst, ungeladenen Besuch vorzufinden, denn in dem Armlehnenstuhl an einem kleinen Tisch saß wie schlafend Fräulein Karoline Schöntal, die Tochter des Mathematiklehrers a. D. Johannes Schöntal, geboren und aufgewachsen in Ludwigsburg. Viele von uns werden Fräulein Schöntal kennen; wir haben beobachten können, wie sie herangewachsen ist und sich zu einer Stütze für unsere Soldaten entwickelt hat, die sie im Lazarett betreut. Auch für ihre Familie sorgt sie seit dem frühen Tod ihrer Mutter aufopferungsvoll. Ihr sechs Jahre jüngerer Bruder Peter hat inzwischen sein Abitur gemacht und brennt darauf, bald seinem Vaterland an der Front dienen zu dürfen.

Major Kahl betrachtete das schlafende Mädchen und überlegte, ob er ihr den wohlverdienten Erholungsschlaf nicht gönnen sollte, denn er wusste, dass das junge Fräulein, die beste Freundin seiner Tochter Maria, die in einem Lazarett an der Front ihren Dienst fürs Vaterland leistet, selten Zeit findet, um sich von ihren Pflichten zu erholen. Er beugte sich leise über sie und flüsterte ihren Namen, doch sie reagierte nicht. Er legte ihr die Hand auf die Stirn, um zu prüfen, ob sie vielleicht Fieber habe und deswegen schlafe, doch dabei nahm er wahr, dass ihr Körper kalt war, sehr kalt. Und er erschrak, dann schüttelte er sie leicht, sie aber zeigte keinerlei Reaktion. Ihm wurde klar, dass sie tot war. Und als er sich in der Hütte umsah, erkannte er auch, wie sie ihren Tod gefunden hatte: Auf dem Tisch stand ein Wasserglas, in dem sich ein weißer pulvriger Bodensatz befand. Gift also. Die Polizei fand später in ihrer Handtasche viele leere Tablettenröhrchen, vermutlich Schlaf- und Schmerzmittel ihrer so früh verstorbenen Mutter, die sie offensichtlich mit hierhergebracht und eingenommen hatte.

Im Familienkreis von Karoline Schöntal herrscht große Trauer. Auch ihre Kolleginnen und Kollegen im Lazarett sind außer sich, ihre Nachbarn und Freunde fragen sich, was die junge Frau zu diesem Schritt veranlasst haben könnte. Man munkelte von einer unerwiderten Liebe, hielt aber auch ein Leiden an tiefster Erschöpfung nach allzu langem aufopferungsvollem Einsatz für ihre Familie und unsere verwundeten Soldaten für möglich. Auch ein entsetzliches Gerücht, noch unbestätigt, ist in diesem Zusammenhang aufgetaucht: Ihr Bruder Michael soll, so erzählt man, zum Feind übergelaufen sein. Diese Schande hätte Karoline Schöntal nicht überlebt. Hat sie ihrem Leben deswegen ein Ende gesetzt?

Wie finden Sie das, Herr Major?“

Der Major wandte sich wortlos ab, verließ die Hütte und verschloss die Tür. Lynn wandte sich dem Körbchen zu und kletterte mit ihm die Leiter zu ihrem Schlafplatz hoch. Sie öffnete erneut die kleinen Fensterlädchen. Fast wie in einem Märchenhäuschen, dachte sie. Jetzt auch noch Rotkäppchens Korb. Sie wollte schauen, was der böse Wolf ihr mitgebracht hatte. Sie zweifelte nicht, dass sie Restbestände an Medikamenten finden würde, Tropfen, Tabletten, wie sie fast überall in alten Kommoden lagen, oder irgendein anderes Hilfsmittel, das ihr helfen könnte, einen Weg vom Leben in den Tod zu finden. Denn, davon war sie überzeugt, er würde sie in den Tod treiben. Jemand, der lange Zeit im Dunkeln eingesperrt ist und weiß, dass er sein Gefängnis nie wieder verlassen darf, wird irgendwann zermürbt sein, die Situation nicht mehr aushalten können. So nicht mehr weiterleben können.

Wie lange würde sie es hier aushalten? Eines wusste Lynn: Der Major konnte sie nicht wieder freilassen, denn dann käme heraus, dass er sie der Freiheit beraubt und hier festgehalten hatte. Dass sie darüber schweigen würde, glaubte er bestimmt nicht. Und sie eigentlich auch nicht. Aber die medizingefüllten Glasfläschchen würde sie jetzt erst einmal ausschütten, die Tabletten mit ihren Schuhen auf dem Boden zerstampfen, dann mit dem Besen in die Ritzen der Fußbodenbretter fegen. Diesen Plan sollte der Major vergeblich geschmiedet haben.

Entschlossen warf sie den Korb hinunter und wartete auf das Klirren der Medizinfläschchen. Aber sie hörte nichts. Also kletterte sie wieder herunter, immer noch wütend, aber alles, was sie unten auf dem Holzboden erblickte, war ein Körbchen, aus dem einige Beeren herausgekollert waren, auch ein paar rote Stachelbeeren, bei deren Anblick sie furchtbar weinen musste.

Im Lazarett ging alles seinen Gang, es war eher ruhig. Die Ruhe vor dem Sturm, wie sich am Ende der Woche herausstellte. Denn da wurden fast im Stundenrhythmus notdürftig erstversorgte Verletzte aus schmutzigen und staubigen Zügen herausgehoben und durch die Myliusstraße in die überfüllten Lazarette der Stadt gebracht.

Aus dem Friedenstagebuch von Oberschwester Babette

26. August 1918

Wir schaffen es kaum mehr. Die Ärzte und das Pflegepersonal arbeiten bis zur Erschöpfung; viele Soldaten wirken trotz aller Schmerzen fast apathisch. Ich habe das Krankenhaus seit drei Tagen nicht mehr verlassen, mir nur gelegentlich auf einer Pritsche im Schwesternzimmer ein wenig Schlaf geholt. Die Ärzte haben ein Schreiben an den Generalstab geschickt und von unseren Kapazitätsgrenzen berichtet. Gestern ist wirklich jemand aus Berlin gekommen und hat die Lazarette in unserer Stadt besucht; ich würde lieber sagen: heimgesucht, denn er hat alle Patienten, die ihm halbwegs ansprechbar vorkamen und denen keine Gliedmaßen amputiert worden waren, für transportfähig

erklärt und zurück an die Front beordert: „Wir brauchen jeden Mann“, hat er dabei geblökt. Und ich habe ihn angesehen und gewusst, dass er sich für seine Entscheidung und sein Auftreten schämte. Wie anders waren die Zeiten noch vor zwei Jahren. Da wurden die Soldaten von weiß gekleideten Prinzessinnen mit huldreichem Lächeln besucht, sie sollten festliche und weihevolle Stunden erleben, die unvergesslich bleiben sollten, wenn sie wieder hinausmussten. Jetzt sind sie schreienden neurotischen hohen Offizieren ausgesetzt.
Damals wurde der eine nach seinem Namen gefragt, der andere nach seinen Verletzungen, ein dritter nach seinem Familienstand oder seinen Zukunftserwartungen für die Zeit nach dem siegreichen Ende des Krieges, davon wurde damals immer noch gesprochen.

Jetzt wurde nur noch ein „Männer“ in die Luft gebrüllt, „Morgen, Männer“ oder „Bald seid ihr wieder an der Front, Männer.“ Doktor Ostertag erwies sich in dieser Situation als herausragender Arzt und Mensch; immer wieder trat er vor seine Patienten und erklärte mit fester Stimme, dass ein Transport an die Front, geschweige denn ein Einsatz dort, in nächster Zeit undenkbar sei. Andere Ärzte waren da kooperativer.

Doch nicht einmal Doktor Ostertag konnte sich in diesen Tagen individuell auf seine Patienten einstellen; die Zeit reichte lediglich zur oberflächlichen Diagnose und schnellen Zuordnung der Patienten zu den *Kopfschüssen*, den *inneren Verletzungen*, den *Beinamputierten*, den *Handamputierten*, den *Traumatisierten*, den Männern mit *Wundfieber* usw. So ging er von Pritsche zu Pritsche, und ein Assistent oder eine Schwester hinterher, um die Patientenakte für den so *Verarzteten* anzulegen, seinen Namen, Ort, Datum und Geschichte der Verletzung sowie bisher getroffene Maßnahmen, Behandlungen und Verlauf zu erfragen und zu notieren. Manchmal stieß man auf einen Toten, dann wurde nur vermerkt *Während des Transports verstorben* und man suchte in seiner Uniformjacke oder seinen anderen Gegenständen nach irgendeinem Dokument, um wenigstens seine Identität festzustellen und seinen Tod aktenkundig zu machen.

Unsere Schwester Karoline ist immer noch nicht zurück. Ich merke jeden Tag, dass sie nicht nur mir fehlt. Robert schaut jeden Morgen hinaus zum Hof, dorthin, wo Karoline ihr Fahrrad abzustellen pflegt, aber auch bei Doktor Ostertag habe ich schon beobachtet, dass er bei den ein oder zwei Schritten zwischen zwei Betten einen raschen Blick dorthin geworfen hat.

Was den Krieg betrifft, so scheinen die Alliierten seit drei oder vier Wochen ununterbrochen anzugreifen. Ich höre im Krankensaal immer wieder dieselben Worte, Daten wie der *18. Juli* oder der *8. August* und strategische Begriffe wie *Verluste* oder *Gegenangriff* und Städtenamen wie *Reims* oder *Amiens*, auch Flussnamen wie *Somme* oder *Marne* oder Namen von Gebirgszügen, und jedes Wort, jeder Begriff, der von einem der Soldaten hineingeflüstert wird in das Puzzle, mit dem sie anscheinend die Ereignisse rekonstruieren, lässt meine Patienten leiser, niedergeschlagener, werden. Häufig tauchen auch die Wörter *Übermacht* und *Aussichtslosigkeit* und *Panzer* und *Flugzeuge* auf. Irgendwann verebben die leisen Unterhaltungen, besser gesagt: die Aufzählungen von Begriffen aus einer allen bekannten Liste, um in einer anderen Ecke des Krankensaals wieder aufzuflackern.

An diesem Tag schickte Doktor Ostertag die Oberschwester buchstäblich nach Hause. „Sie helfen uns hier nicht, wenn Sie vor Erschöpfung zusammenbrechen und wir Ihnen ein Bett bereitstellen müssen, das wir anderweitig dringend benötigen. Wenn Sie nicht freiwillig gehen, lasse ich Sie abführen."

Im Saal erhob sich lauter Beifall und leises Gelächter, so dass Babette beinahe gerührt war. Doch sie sagte nur streng: „Hier will mich wohl jeder los werden."

Aber sie war, wie sie beim Einatmen der spätnachmittäglichen Luft schon in der Tür ins Freie fühlte, froh, endlich *draußen* zu sein, in der Welt; fast beschwingt ging sie Richtung Marktplatz und bog in die Gasse zu dem Haus von Johannes Schöntal ein. Der sah sie vom Fenster seines Arbeitszimmers aus über den Platz kommen und war schon vor ihr an der Haustür: „Ich freue mich, dass Sie uns besuchen. Und bevor Sie fragen: Nein, von Lynn haben wir noch nichts gehört. Aber Sie sehen recht erschöpft aus, wie wäre es, wenn wir uns im Garten ein wenig erholen? Ein Glas zusammen trinken?"

Babette nickte und folgte ihm hinaus auf das Rasenstück zwischen den Salat- und Gemüsebeeten und der Gartenhütte, aus der Lynns Vater zwei bequeme Korbstühle und ein kleines Tischchen holte und ihr Platz anbot. „Warten Sie hier, bitte? Ich schaue mal, was ich uns serviere", sagte er dann und ging zurück ins Haus. Babette dachte, dass sie hier gerne sehr lange warten würde. Ein intimer friedlicher Ort, eingezäunt von allerlei Beerenhecken, aus einigen funkelte es verlockend rot und gelb und blau. Heidelbeeren, dachte sie verzückt, und Stachelbeeren. Auch in den Beeten ließ sich reichlich zu ernten finden, Monatserdbeeren, kaum konnte Babette widerstehen, und Gemüse und Salate. Trotz des Krieges gab es nicht nur Nutzpflanzen, sondern auch viele Blumen, vor allem viele hohe Stauden. Eine üppige weißblaue Staudenrabatte neben dem großen Rasenstück fiel ihr besonders auf, sie wirkte schlicht und natürlich, hatte aber, so ganz anders als die hiesigen Blumenbeete, etwas Ungewöhnliches, Fremdartiges an sich. Babette konnte sich Karoline gut vorstellen hier draußen, lesend, träumend. Aber viel zu arbeiten gab es natürlich da auch. Immerhin schien jemand sich während ihrer Abwesenheit um alles zu kümmern, denn nichts wirkte ungepflegt; es lagen keine herabgefallenen Beeren oder welke Blütenblätter auf dem Boden. Vollends entzückt war Babette, als sie zwei Hühner zu sich her tippeln sah, die wohl irgendetwas von ihr erwarteten.

„Die wollen ihr Futter", lachte Johannes Schöntal, der mit zwei Gläsern in der einen und einer Karaffe in der anderen Hand zurückkam. „Bald bringt Bertha uns noch einen kleinen Imbiss", sagte er und schenkte ihr Weißwein aus der Karaffe ein. Eigentlich noch etwas früh für Alkohol, dachte sie, und gleich darauf: Sonntagsgefühle. Sommergefühle. Friedensgefühle. Babette ergriff das Glas, das er ihr reichte, und sie führte ihr Glas an seines und freute sich an dem hellen klaren Klingklang beim Aufeinandertreffen. Johannes zog sein Glas rasch zurück.

Aus dem Kriegskochbuch von Bertha

Jorkscherr Pudding: Mehl (notfalls Maismehl), Milch (notfalls Wasser), Öl (notfalls Fettersatz) und Eier verrühren, salzen, in eine Auflaufform füllen und im Backofen backen. Wird zu Fleisch (wenn es das gibt) oder Gemüse gegessen. (Das Rezept klingt ein wenig wie das von dem *Pfitzauf* meiner Oma. Das war auch ein Teig aus Eiern, Butter, Fett und Milch, nur nicht gesalzen, sondern gezuckert, wie sich das eigentlich auch für einen Pudding gehört, dann in einer Pfitzaufform im Backofen gebacken.)

Pais: Komische Sache, es scheint kein richtiges Rezept zu geben oder unser Fräulein kennt es nicht. Pai ist eigentlich nur ein Teig, auf dem etwas liegt, und da drauf liegt dann wieder der Teig. Ein Pai ist also ein zugedeckter Kuchen. Und der muss nicht süß sein, denn man kann auch Gemüse zudecken oder Fleisch. Im Krieg kann man Pai füllen mit allem, was da ist. Und der Teig kann auch aus Kartoffeln gemacht werden statt aus Mehl. Im letzten Winter bestand er oft aus Steckrübenbrei. – Am besten ist der *Äbbl Pai*, also ein Apfelkuchen mit einer Decke drüber.

Lynn wusste genau, dass sie inzwischen zehn Tage in der Hütte war. Vorher hatte sie nicht gewusst, wie lange zehn Tage dauern konnten.

Der Major hatte sie nicht wieder aufgesucht und befragt. Aber jeden Morgen und Abend kam sein Bursche vorbei. Als er das erste Mal alleine kam, überreichte er ihr eine Batterie mit Grüßen seines Majors. Er brachte immer etwas zum Essen mit, mehr, als Lynn an einem Tag essen konnte, so dass sie damit anfing, die Lebensmittel mit ihm zu teilen. Außerdem war immer eine Tageszeitung in dem Korb, manchmal waren es zwei. Im Unterschied zu Babette dachte Lynn deswegen auch, dass die Großoffensive der Deutschen immer noch andauerte und lediglich aufgrund kleinerer logistischer und taktischer Probleme kurze Pausen nötig gewesen seien.

Als der abendliche Besuch des Burschen am dritten Tag früher als sonst erfolgte, bat sie ihn, hinaus zu dürfen, an die Luft, ins Licht. Er schüttelte entschlossen den Kopf, aber sie sah ihm an, wie schwer ihm diese eindeutige Ablehnung fiel. „Von mir aus durch die Hintertür", sagte sie, „da war früher ein umzäuntes kleines Rasenstück, am Zaun wuchsen Brombeeren und Wildrosen. Da sind bestimmt viele andere Wildsträucher dazugekommen und das alles muss inzwischen den Zaun so überwuchert haben, dass es keine Fluchtmöglichkeit durch die dornigen Büsche gibt. Überzeugen Sie sich selbst. Da hinten muss eine Tür sein, schieben Sie den Schrank ein wenig beiseite. Und der Schlüssel zur Vordertür müsste dort auch passen."

Ob Mitgefühl oder Neugier, vielleicht auch einfach nur der Wunsch, etwas zu tun, was ihm nicht befohlen, sondern worum er gebeten wurde, ihn dazu trieb, den Schrank beiseitezurücken, wusste Lynn nicht, interessierte sie in dem Moment auch nicht besonders, weil sie so gespannt war, ob ihre vage Erinnerung bestätigt wurde. Würde sie gleich den verwunschenen Zaubergarten sehen? Maria und sie waren so glücklich in diesem hoch umzäunten Gärtchen, das nur von der Hütte aus zu betreten war und dessen mit Stacheldraht versehener Zaun hinter Beerenhecken und großen Rosenbüschen verborgen war.

Lynn fühlte sich schon beim ersten Blick hinaus auf den fast märchenhaft abgesonderten kleinen Waldfleck, der wie eine Lichtung aussah, wieder verzaubert wie damals. Wirklich blühten im grünen Dickicht, in das die Hecke sich inzwischen verwandelt hatte, noch einige schlichte rosafarbene Heckenrosen und, obwohl es schon spät im Sommer war, weiße und ganz vereinzelt sogar rosafarbene Blüten an den Brombeerhecken, aber Fritz, seinen Namen hatte der Bursche ihr inzwischen verraten, der sich den Hecken näherte, ignorierte deren zarte Schönheit. Vielmehr stieß er mit seinen hohen Stiefeln fest in die Hecken, wuchsen dort nun Brombeeren oder Heckenrosen oder andere Wildhecken, um zu überprüfen, ob sich wirklich nirgendwo ein Spalt finden ließ. Er fand keine Öffnung.

Lynn hatte das so erwartet, wusste sie doch, dass nicht beschnittene Brombeerhecken im Laufe der Zeit meterdick werden konnten und hier im Wald noch undurchdringlicher durch alles, was vor, hinter oder auch in der Hecke wie in einem Urwald herangewachsen war. Sie wartete geduldig an der Tür, bis Fritz mit seiner fast militärisch systematischen und exakten Überprüfung fertig war und sie herauswinkte.

Lynn freute sich über die Erweiterung ihres Gefängnisses fast so, als sei sie frei. Und Fritz legte sich auf den warmen, mit einer hohen Wiese und zahlreichen Blumen und Kräutern und Wiesenpilzen bewachsenen Waldboden und schlief ein, während er darüber nachdachte, wie lange solche Hecken wohl brauchten, um so dick und undurchlässig zu werden. Schon fast im Traum hatte er die Idee, dass man die Front mit schnellwachsenden Hecken bepflanzen könnte, statt jahrelang wie Maulwürfe in der Erde zu graben und Stellungsgräben zu errichten und in denen versuchen zu überleben. So könnte man alle Gegner zur Passivität hinter den Hecken verdammen, und die Hecke würde wachsen und wachsen, und irgendwann wäre es wie im Märchen und keiner wüsste mehr, dass es etwas gäbe hinter der Hecke, Frankreich nicht, Belgien nicht und auch kein England.

Als er erwachte, erschrak er, weil er die dicke Hecke direkt vor sich sah. Es kam ihm vor, als sei sie gewachsen. Und er? War er jetzt vor oder hinter der Hecke? Was war da mit ihm geschehen? Nur langsam kehrte er in die Gegenwart zurück und hatte plötzlich große Angst, dass Lynn doch irgendwie entkommen sein könnte. Dann hätte er sich nicht mehr vor die Augen des Majors trauen dürfen, sondern vielleicht für immer hier verstecken müssen. Nur: Wer brächte ihm dann täglich einen Korb?

Was für wahnwitzige Gedanken, schalt er sich und sah, endgültig wach, den Korb, mit dem er immer zur Hütte ging, vor seinen Augen baumeln. Lynn hatte ihn am Arm hängen und schlug ein kleines *Fast-Abend-Picknick* vor. Was für seltsame Ideen sie immer hatte und wie komisch sie sich dabei ausdrückte! Gerne willigte er ein und schweigend saßen sie dann da vor den Heckenungetümen. Die waren inzwischen nicht mehr leuchtend grün, sondern dunkel, grauschwarz, denn die Sonne hatte sich schon gesenkt und war hinter den Bäumen kaum mehr zu sehen, so dass sich allmählich auch über Lynn und Fritz die Dämmerung ausbreitete.

Fritz drängte zum Aufbruch: „Der Major wird mir Vorwürfe machen, dass ich wieder einmal getrödelt habe. Sie müssen jetzt schnell in die Hütte zurück und sich einschließen lassen. Haben Sie irgendeinen Wunsch für morgen? Ach ja, und ich soll fragen, ob Sie inzwischen bereit sind zu sagen, wo Ihr Bruder sich befindet."

„Zur zweiten Frage: Nein, ich kann es nicht, weil ich es nicht weiß. Und zur ersten: Ja, ich hätte gerne etwas zum Schreiben, Papier, am liebsten ein Schreibheft, und einen Bleistift oder Tinte, was immer Sie finden."

Drei Tage später ging es Lynn erstaunlicherweise besser als seit langem. Keine anstrengenden Pflichten zu haben, die regelmäßige und ordentliche Versorgung, die Ruhe, das Angebot an Büchern und Zeitungen, auch ein Schachspiel war inzwischen dazugekommen, weil man das, so erklärte Fritz, auch leicht alleine spielen könne, Karten zum Patiencelegen, regelmäßige Kurzbesuche durch den Burschen, das alles tat ihr gut, so widersinnig das auch klingen mochte. Fritz erwies sich als sehr hilfsbereit und freundlich und schien den schon fast zur Gewohnheit gewordenen Spätnachmittagsschlaf hinter dem Haus zu genießen. Bald konnte Lynn ihn morgens dazu überreden, die Hintertür bis zu seiner *Abendvisite*, wie sie seinen zweiten täglichen Besuch zu seiner großen Erheiterung nannte, aufzulassen. Sie trug dann den kleinen Tisch und einen Stuhl hinaus und schrieb nachmittags in das von Fritz mitgebrachte Schreibheft. Sie führte kein Tagebuch, sondern sie notierte sich, was ihr so durch den Kopf ging, manchmal sogar, was ihr irgendwann einmal durch den Kopf gegangen war. Dann schrieb sie auch Briefe an Menschen, die ihr viel bedeuteten; dass sie sie nicht abschicken konnte, führte dazu, dass sie offener sein konnte.

Lieber Friedrich!

Du wirst jetzt bestimmt überall nach mir suchen wie meine Familie auch, aber wenn mein Brief dich erreichte, wüsstest du, dass ich nicht in Gefahr bin, sondern eher in einer Art einsamer Sommerfrische. Aus der ich allerdings nicht zurückkehren kann zu euch, denn derjenige, der mich hierhergebracht hat, kann mich nicht wieder gehen lassen, ohne sich selbst zu schaden. Vielleicht hat er noch nicht darüber nachgedacht, welches Ende mein Waldabenteuer nehmen soll, denn bei aller Pragmatik und emotionsloser Logik seines Handelns scheint er in gewissen Situationen spontan, ja unüberlegt zu agieren.
Wie offensichtlich auch ich, und zwar heute vor sieben Tagen, als wir miteinander einen Abend und eine Nacht verbrachten. Alles, was wir aus der Lyrik kennen, diese romantischen Requisiten großer Liebesträume, genossen wir im Überfluss: einen idyllischen Garten, Blumen, ein vertrautes Wiedersehen nach langer Zeit der Trennung und Entbehrung,

Mondschein, Sternenfunkeln, köstlich fruchtigen Wein, ganz spät sang auch noch die Nachtigall dazu – was brauchen ein für kurze Zeit der Gefahr entronnener Soldat und eine einsame Frau, die sich schon in ihrer Jugend eingeredet hatte, in ihn verliebt zu sein, mehr, um sich in die Arme zu fallen, sich zu küssen, sich diesen sehnsüchtigen Liebesträumen hinzugeben ...
Und doch, lieber, liebster Friedrich, hier in einer nicht minder malerischen Umgebung, in meist völliger Einsamkeit, mit viel Zeit zum Sinnen, denke ich nicht sehnsüchtig und leidenschaftlich an dich, sondern nur voll inniger Freundschaft. Mich an dich zu lehnen, deine Hand zu halten, nur nach diesen Formen der Nähe verlangt es mich.
Vielleicht stimmt ja etwas mit mir nicht. Mit Dir jedenfalls, lieber Friedrich, stimmt alles! Liebe mich weiterhin, aber nicht als Geliebte, sondern als
Deine vertraute Freundin Lynn

Lieber Michael!

Wo ich gerade bin, habe ich viel Zeit für einen ausführlichen Brief an Dich, denn ich bin völlig frei von Pflichten. Wo Du bist, weiß ich nicht, und auch nicht, in welcher Situation. Dein letzter Brief liegt lange zurück, und wenn die Gerüchte, die mich erreicht haben, zutreffen, dann kämpfst Du nicht mehr an der Front. Von mir wirst Du deswegen nie ein Wort des Vorwurfs hören, nicht, weil ich Dir alles, was auch immer es sein mag, aus schwesterlicher Liebe verzeihe, sondern weil sich in mir weder emotional noch rational irgendein Vorwurf regt.
Ich verstehe es. Verstehe alles.
Du glaubst wahrscheinlich, dass ich denke, dass Du das alles nicht mehr aushältst, weil ich meine Soldaten im Lazarett tagein, tagaus über die Unerträglichkeit des jahrelangen Fronteinsatzes sprechen höre. Das tun sie wirklich,

und auch wenn sie alles schönen, wenn sie mir etwas erzählen, so vergessen sie doch oft, wenn sie untereinander sprechen, dass ich noch irgendwo im Raum beschäftigt bin. Und da erfahre ich dann andere Dinge, als ich vermutet hätte. Weniger die Todesangst, auch nicht die Trauer um gefallene Kameraden stehen im Mittelpunkt ihrer Gespräche, das alles bleibt Romanen vorbehalten, sondern banale, alltäglich erscheinende Dinge. Der Lärm, dem sie Tag und Nacht ausgesetzt sind. Der Gestank. Unseren armseligen Krankensaal empfinden sie als Refugium, obwohl auch unsere Räume nach den Ausdünstungen und Ausscheidungen kranker Menschen riechen. Aber sie sprechen vom Geruch der Toten, die in dem schmalen Landstreifen zwischen den beiden gegnerischen Schützengräben liegen und oft lange nicht geborgen werden können. Vom Gestank der eigenen Ausdünstungen und der Ausscheidungen, die tagelang in den eigenen Hosen bleiben, da man nur selten seine Kleider waschen kann. Davon, wie vor allem bei Regen alles schlammig wird, faul riecht und nach Verwesung, wie auch die Lebenden nach Tod riechen. Und natürlich denke ich an Dich, wenn ich ihnen zuhöre. Wie schwer muss es für Dich sein, keinen Quadratmeter Privatsphäre zu haben! Fremde Körper neben Dir beim Schlafen zu spüren und zu hören und zu riechen. Nie alleine sein zu können. Nicht nachdenken zu dürfen, sondern nur agieren. Aber ich denke trotzdem nicht, dass Du deswegen die Front verlassen hast, deswegen nicht!
Ich glaube, dass Dein Motiv grundsätzlicher Natur gewesen sein muss. Und die philosophischen und moralischen Überlegungen, die Dich da geleitet haben mögen, teile ich. Aber ich will keine großen Worte machen wie früher in unserem debating club. Deswegen nur das: Geh hin, wohin Du möchtest, tue dort, was Du möchtest, und werde glücklich, wie Du es willst, auf Deine Weise. Ich weiß nicht, wie Glück für Dich aussieht, aber ich hoffe, Du findest es heraus. Das Einzige, was ich mir wünsche, ist ein Überlebenszeichen von Dir, woher auch immer und wann auch immer es kommen mag.
Love, Lynn (die inzwischen auf Karoline hören muss!)

Lieber Peter, Peterle liebes!

Jetzt bin ich schon eine Woche nicht zuhause und hoffe, dass Du alle Entscheidungen über Dein weiteres Leben hinausschieben wirst, bis ich wohlbehalten wieder vor Dir stehe, denn Du und Vater, ihr wisst wahrscheinlich vor Angst um mich nicht ein und aus. Wüsste ich nur, wie ich euch beruhigen könnte, euch mitteilen, dass es mir gut geht. Andererseits, Du siehst, Deine Schwester ist durchaus ichbezogen und eigennützig: Je länger ich weg bin, desto länger wirst Du noch zuhause bleiben. Und wenn ich dann endlich irgendwann – wann? – zurückkomme, reicht die Zeit, falls Du Dich dann meldest, hoffentlich nicht einmal für die Grundausbildung, obwohl die schon längst keine drei Monate mehr dauert; das Letzte, was ich im Lazarett gehört habe, war, dass junge Menschen nur noch zwei, höchstens drei Wochen lang Instruktionen erhalten, bevor man sie hinausschickt ...

Peter machte sich, was Lynn nicht ahnen konnte, keinerlei Sorgen. Aber seit dem Gespräch mit Friedrich hatte er seinen Vater nicht mehr bedrängt, Dokumente zu unterzeichnen, die ihm eine frühere Einberufung ermöglicht hätten. Stattdessen hatte er nicht nur einmal, sondern mehrmals die Bitte Babettes, die Pfleger und Schwestern im Lazarett zu unterstützen, erfüllt und erschien inzwischen fast so regelmäßig wie zuvor seine Schwester zu seinem *Dienst*, wie er das bei sich nannte. Von den Soldaten hörte er mehr vom Krieg und anderes vom Krieg, als er es bisher den Zeitungen, seiner Phantasie und den patriotischen Dichtungen, die er so gerne las, entnommen hatte. Als er sich am ersten Tag im Saal vorstellte, hatte er noch ein lockeres „Na, Männer, da wollen wir euch doch baldmöglichst wieder fronttauglich machen!“ auf den Lippen, aber nachdem er ihnen ein paar Tage genauer zugehört hatte, verschloss er solche Sprüche, die er sich ausgedacht hatte, in seinem Innern. Und er stimmte auch Ernst Lissauers *Hymne des Hasses* nicht an, was er vor ein paar Wochen noch mit flammendem Herzen getan hätte.

Er fand bald einen neuen Helden im Lazarett, und das war Doktor Ostertag. Dieser nahm Lynns Bruder ein wenig unter die Fittiche, ließ ihn gelegentlich, wenn Babette ihn freigab, mit auf Visite gehen und imponierte Peter sowohl als Mann als auch als Arzt. Lynn wäre glücklich, sähe sie die beiden nebeneinander an einem Krankenbett arbeiten.

Lynns älterer Bruder dachte zurück an jenen schrecklichen, schwülen Augusttag. Michael war damals gelegentlich damit betraut, wichtige und äußerst geheime Botschaften vom Generalstab zu den einzelnen Befehlshabern an der Front zu übermitteln, häufig nur mündlich. Als ihm aufgetragen wurde, Major Kahl vom 121. Regiment so schnell wie möglich über eine geplante Großoffensive zu unterrichten, „vermutlich die letzte, falls sie scheitert", war ihm dabei halb verzweifelt, halb tollkühn zugeflüstert worden, spürte er sofort ein heftiges Unbehagen. Er war dem Major im Verlauf des Krieges selten genug begegnet, aber wenn, dann waren diese Begegnungen mit ihm von zutiefst unangenehmer falscher Vertraulichkeit und Intimität begleitet. „Nächster Nachbar", wurde ihm da zugeraunt, „junger Freund", „enger Freund der Familie", „Vertrauter meines Hauses" und Ähnliches, alles objektiv irgendwie zutreffend, wenn die Familie nur aus Maria bestände, aber subjektiv völlig unangemessen, weil es eine Nähe implizierte, die zwischen ihnen nie bestand.

Michael war im Übrigen froh darüber, dass er nach dieser Übermittlung unmittelbar zurückberufen worden war, um eine seiner häufigen halbdiplomatischen und diplomatischen Missionen zu erfüllen, dieses Mal sollte er einen hohen Militär und einen Politiker zu einer Unterredung über einen immer noch möglichen Friedensschluss zu einer ebenso hochrangigen Gesprächsgruppe aus den Vereinigten Staaten begleiten; derartige Aufgaben wurden ihm immer häufiger anvertraut, weil er seine Integrität und Verschwiegenheit ebenso häufig unter Beweis gestellt hatte wie seine Intelligenz, seine Urteilsfähigkeit und seine Fähigkeit zu raschen Schlussfolgerungen; seine sehr guten Französischkenntnisse sowie seine muttersprachliche Kompetenz im Englischen spielten auch keine geringe Rolle dabei.

Dass seine militärische Laufbahn sich dabei nicht in den entsprechenden ihm gebührenden Rangsteigerungen widerspiegelte, diente genauso der Tarnung der Bedeutsamkeit seiner oft auch geheimen Missionen in unterschiedlichen Friedenskonferenzen und Verhandlungen wie sein gelegentlicher Einsatz als Nachrichtenübermittler an der Front.

Michael war sehr dankbar, dass er nur noch selten mit direkten Kampfhandlungen an der Front zu tun hatte. Nicht dass er feige gewesen wäre oder um sein Leben gebangt hätte, nein, aber die auch seiner Schwester bekannte Tatsache, dass er tiefe moralische Zweifel daran hegte, dass irgendeine Ideologie irgendeine staatliche Instanz berechtige, über den Lebensplan und das Lebensglück einzelner Menschen zu befinden und zu entscheiden. Vielleicht, so dachte er manchmal, war er naiv, denn ein Pazifist im eigentlichen Sinne war er nicht. Nie hätte er einem Angreifer die linke Wange angeboten, der ihn auf die rechte geschlagen hätte oder der ihm oder seiner Familie oder seinen Freunden Gewalt antat.

Nein, das nicht. Aber was nützte es dem deutschen oder belgischen oder französischen oder englischen oder amerikanischen Lehrer, Arbeiter oder Bauern, in einem Graben an der Front zu verrecken, denn sterben konnte man das kaum nennen, um … ja: um was? Im Innersten wusste er auch, dass die Tatsache, dass er einen deutschen Vater und eine englische Mutter hatte, ihn vor der Antwort auf die Frage des Warum komplett kapitulieren ließ. Denn das Warum seines englischen Cousins oder Freundes wäre nicht das Warum seines deutschen Freundes. Beide Warums wären widersprüchliche und schizophrene Alternativen, zwischen denen er sich nicht entscheiden könnte. Natürlich, er kannte alle diese Gemeinplätze, lebt der Mensch nicht für sich allein, sondern in einem Gemeinwesen. Aber wie kann sichergestellt sein, dass dieses Gemeinwesen auch das Wohl aller seiner Mitglieder bedenkt?

Er hatte Soldaten gesehen, deutsche Soldaten, Bauern vermutlich, die im Frühjahr kurz zurückgescheut waren, bevor sie mit ihren schweren Stiefeln über die keimenden Sprossen auf den Feldern ihrer Feinde, die auch Bauern waren, gestapft sind. Und er wunderte sich darüber, dass so wenige Menschen seine moralischen Skrupel teilten, auch viele seiner Freunde nicht. Vielleicht wäre alles besser, so dachte er, wenn es mehr Menschen gäbe wie ihn und seine Schwester, Menschen in Loyalitätsnöten, die nicht genau wüssten, ob ihre offizielle Identität ihrer emotionalen entspräche.

Genug damit, dachte Michael, kurz bevor er in dem gut ausgebunkerten Unterstand des Majors ankam. Gerade bei Kahl kann ich mir meine Naivität nicht leisten. Hoffentlich kann ich das alles in ein paar Jahren profunder und differenzierter analysieren, was ich jetzt nur so vage fühle; das könnte ja meine Aufgabe für die Zeit nach dem Krieg werden. Aber jetzt muss ich zu Kahl. Schnell meine Nachricht herbeten und dann weiter. Michael hielt seinen Wagen in gebührendem Abstand von dem ihm bezeichneten Unterstand Kahls an und ging leise zu Fuß darauf zu. Weswegen er so viel Wert darauf legte, sich heimlich zu nähern, wusste er selbst nicht. Als er herankam, hörte er leises Wimmern. „Nein, nein", winselte es und ein leises Weinen drang nach außen. Er stieß die Tür auf und erblickte eine schreckliche Szene.

In dem kahlen winzigen Raum, der nur von zwei oder drei flackernden Kerzen erhellt wurde, kniete ein nackter junger Mann auf dem Boden, den Rücken zur Tür, den Kopf nach vorne gebeugt und zwischen seine beiden Arme auf eine schmale Pritsche gelegt. Hinter ihm stand, fast nackt, mit einer Pistole in der Hand, der Major.

„Auf das Bett!", kommandierte er, „und zwar sofort!"

„Nein, nein, bitte nicht", wimmerte der junge Mann, „ich möchte nicht!"

„Auf das Bett!“, wiederholte der Major seinen Befehl.

„Herr Major!“, sagte Michael, „lassen Sie den Mann unverzüglich frei. Er wünscht sich Ihre zudringliche Gewalt nicht.“

Der Major wandte sich zur Tür. Seine Bewegung umfasste die Bewegung seines Arms, und mit dem Arm richtete sich die Hand und mit der Hand die Pistole in Sekundenschnelle auf Michael. „Stillgestanden!“, brüllte der Major. Sein Gesicht war rot, seine Augen blickten voller Hass auf Michael, dessen unerwartetes Erscheinen ihn sichtlich verstörte. „Geh nach nebenan“, zischte er dem jungen Mann zu, ohne Michael aus den Augen zu lassen, „und bleibe dort, bis ich dich hole!“

Der junge Mann ergriff ein Stoffbündel vom Boden, seine Wäsche und seine Uniformhosen, öffnete die Tür und schlich voller Scham hinaus Er blickte weder Michael an noch den Major. Als er die Tür öffnete, erlosch eine der Kerzen. Und auch der Major kümmerte sich nicht mehr um den jungen Mann, der sich da hinausschlich wie ein geprügelter Hund, sondern er ließ Michael nicht aus dem Blick. Dabei schlüpfte er provozierend langsam in seine Uniformhose.

Ein schreckliches Schweigen lastete über dem kleinen, jetzt sehr finsteren Raum.

„Sie wissen, was jetzt ansteht?“, sagte der Major endlich, und es klang wie ein Befehl.

„Nein“, antwortete Michael.

„Ich stelle Ihnen zwei Möglichkeiten zur Wahl, nein, eigentlich sogar drei.“

„Leider habe ich keine Wahl; ich bin ganz sicher, dass ich Ihr Verhalten dem jungen Soldaten gegenüber, ich nehme einmal an, dass es sich um Ihren Burschen gehandelt hat, melden muss und dass dann eine äußerst unangenehme Untersuchung auf Sie wartet, deren Ergebnis wahrscheinlich nicht nur Ihr Verbleiben in der Armee unmöglich machen wird, sondern auch strafrechtliche Konsequenzen haben wird.“

Der Major lachte auf: „Das glauben Sie? Dass ich Sie seelenruhig hier wieder hinausgehen lassen werde, damit Sie Ihre völlig unberechtigten und haltlosen Anschuldigungen gegen mich vorbringen können?"

„Unberechtigt? Haltlos?"

„Ja. Unberechtigt und haltlos."

„Ich habe gesehen, was ich gesehen habe."

„Aber Sie deuten das Gesehene nicht korrekt. Vielleicht reicht Ihre kümmerliche Phantasie dafür nicht aus. Dinge sind oft nicht so, wie sie erscheinen. Wissen Sie, welches Theater wir spielten? Welche Rollen wir einnahmen?"

„Nein. Aber ich weiß, welche Angst ich in der Stimme Ihres Burschen gehört habe. Und ich weiß, dass Ihr Revolver auf ihn gerichtet war. Und jetzt auf mich."

„Aber beweisen, mein lieber Freund …"

„Nennen Sie mich nicht so, Herr Major! Ich sage besser gleich nur Herr Kahl, denn anders werden Sie in Zukunft nicht mehr genannt werden."

„Beweisen, mein junger Freund, beweisen können Sie nichts. Mein Bursche wird Ihre Anschuldigungen ebenfalls als haltlos zurückweisen, genau wie ich."

„Da wird man aber schnell wissen, wem man mehr glauben wird. Einem Mann, der in wenigen Minuten zwei Soldaten mit dem Revolver in der Hand zu etwas zwingt, das diese Soldaten nicht wollen: zu sexuellem Gehorsam den einen, zum Bleiben den anderen. Legen Sie Ihre Waffe weg, wenn Sie wirklich etwas zu erklären haben sollten."

Der Major dachte nach: „Geben Sie Ihr Ehrenwort, dass Sie bleiben, bis ich mit Ihnen gesprochen habe?"„Ja."

Wirklich legte der Major die Pistole zur Seite und schob Michael mit dem Fuß einen Stuhl hin. Er selbst setzte sich auf das Bett.

„Wir sind doch vom gleichen Schrot und Korn", setzte er an. Michael lachte auf: „Falsche Redewendung. Hat nur mit Münzen zu tun, nicht, was Sie wohl annehmen, mit dem Militär. Schrot und Korn meint die Werthaltigkeit von Münzen. Wir haben nichts, gar nichts gemein."

Der Major widersprach: „Mehr als Sie denken. Zum einen sind wir Nachbarn. Beide sind wir aber nicht so verwurzelt in unserer Stadt wie andere. Ihr Vater ist nicht in dem Haus aufgewachsen, sondern hat es geerbt, und ich habe es von meiner verstorbenen Gattin, deren Vater eine hohe politische Stellung bekleidete. Zwischen Ihrer Familie und der meiner Frau herrschten gute nachbarliche Beziehungen, soviel ich weiß. Sie gehörten in die Stadt, wir beide nicht so richtig. Sie noch weniger als ich, denn immerhin sind Sie nicht einmal ein richtiger Deutscher. Sie haben englische Verwandte, wie ich weiß?"

„Unser Kaiser hat auch eine englische Großmutter, nicht wahr? Und somit etliche Verwandte dort."

„Und beide haben wir", setzte der Major scheinbar ungerührt fort, „kein Glück mit Frauen. Meine Frau hat sich sehr drastisch von mir getrennt, wenn Sie diese Formulierung verstehen. Und Sie? Sie hatten nie eine Frau. Sie hatten nur zur Tarnung eine Freundin, und zwar ausgerechnet meine Tochter."

„Zur Tarnung?"

„Tun Sie doch nicht so. Sie sind genauso wenig interessiert an Frauen wie ich. Das habe ich schon gesehen, als Sie noch sehr jung waren. Ihre Nähe zu Ihrem Freund Friedrich. Immer Schulter an Schulter, Seele an Seele, um einmal das Körperliche und das Emotionale anzusprechen. Ich fragte mich immer, ob Sie damals als Knabe schon wussten, was mit Ihnen los war, oder ob Sie es erst später erkannten."

„Das geht Sie nichts an, gar nichts. Auf jeden Fall ist Liebe, zu wem auch immer, Liebe. Nicht Gewalt und Aggressivität, nicht Zwang und nicht Unterdrückung."

„Schön, wenn Ihre Welt so friedlich ist. Und gut. Der Liebende ist gut und edel und der Krieger mutig und heldenhaft. Scheißt sich nicht in die Hosen vor Angst, trägt allenfalls eine Narbe auf der Wange davon, die ihn nicht entstellt, sondern interessant macht. Ist es wirklich so? Oder nur auf den Theaterbühnen?"

Michael schwieg. Er wollte sich mit diesem Mann auf keine Diskussion einlassen, denn um die noch zu idealistischen Aspekte seiner noch zu pathetischen, noch zu unreifen Überzeugungen wusste er selbst; ein völlig gleichgültiger und brutaler Mann ohne jegliche Empathie sollte sie aber keinesfalls zerpflücken dürfen.

Doch der Major stichelte weiter: „Und nach dem Krieg wird die Revolution ausbrechen, sie wird kurz und friedlich sein, der Kaiser wird des Landes verbannt, eine Republik wird errichtet, eine lange Zeit des Friedens und der Gerechtigkeit und der wachsenden Prosperität wird anbrechen, Männer und Frauen werden gleichberechtigt neben- und miteinander leben und wirken. So geht es weiter, nicht wahr, nachdem ich und meinesgleichen den Krieg verloren haben werden?"

„Ganz so einfach wird es nicht werden", wehrte sich Michael unwillkürlich. „Ich gehe davon aus, dass es große Kämpfe geben wird und dass die auch lange dauern werden, weil es sehr widersprüchliche Interessen geben wird." Er dachte nach, bevor er hinzufügte: „Aber bei uns in Ludwigsburg, da wird es teilweise schon so sein, wie Sie es so zynisch beschreiben. Aufrechte und geachtete Soldaten werden in der Stadt in aller Ruhe und Ordnung die Grundlagen für ein demokratisches Gemeinwesen legen; ich nehme an, dass unser König, den ja eigentlich jeder achtet, freiwillig zurücktreten wird, und dass wir dann weiterhin in Ruhe abwarten werden, wie sich die Ereignisse außerhalb unserer Stadt entwickeln werden. Allmählich werden sich die Soldaten aus den Räten zurückziehen und dann aus der Stadt und wir werden uns in einer bürgerlichen Stadt wiederfinden, in der Handel und Wandel aufblühen werden."

„Und unsere zahlreichen Kasernen werden leer stehen?", höhnte Kahl.

„Nein, sie werden zu Schulen umgebaut werden, zu Hotels, zu Krankenhäusern, zu Produktionsstätten …"

„Und die Schwerter zu Pflugscharen?", lachte Kahl.

Michael war wütend auf sich selbst, dass er sich zu diesem Gespräch hatte hinreißen lassen, so dass er jetzt abschließend sagte: „Warten wir ein halbes Jahr, ein Jahr. Und dann wird jeder von uns wissen, ob er Recht hatte."

„Sie gehen also davon aus, dass Sie in einem Jahr noch am Leben sind? Dass ich Sie so einfach davonkommen lasse?"

Michael gab keine Antwort. Er musste nachdenken.

Der Major ergriff wieder seine Waffe: „Da unser Gespräch jetzt offensichtlich zu Ende ist …"

„Sie werden mir nichts antun können, Herr Kahl", sagte Michael, dem Major den militärischen Titel verweigernd. „Man hat mich mit einem Befehl zu den drei Befehlsgebern an dieser Frontlinie geschickt, und Sie sind der zweite auf meiner Liste. Man wird, wenn ich bei dem dritten nicht ankomme, wissen, dass mir hier etwas passiert ist, hier, wo heute Ruhe herrscht, Kampfpause. Man wird mich vermissen und Nachforschungen anstellen."

„So wichtig fühlen Sie sich? Dass nach Ihnen gesucht wird? Bei Ihrem niedrigen Dienstgrad?"

„Ihrer ist auch seit Jahren nicht mehr angehoben worden. Wenn ich richtig informiert bin, hat das mit Gerüchten zu tun, nicht über Ihre Neigungen, da wäre man nachsichtig und stellte sich blind, aber über Ihre Art, diesen Neigungen nachzugehen. Und meine Berichte werden aus den Gerüchten Tatsachen machen. – Ach ja, und man wird nach mir suchen. Definitiv. Warum das so ist, werde ich Ihnen nicht verraten."

„Ist das so? Dann vielen Dank für diese Information", sagte der Major zynisch und fuhr fort: „Da muss ich mir ja besonders viel Mühe mit der Beseitigung Ihrer Leiche geben. Und mit dem Ausdenken einer Geschichte, die Ihr Fernbleiben erklärt. Dazu brauche ich etwas Stärkeres als Ihre windelweichen Träume von einer besseren Welt. Fritz!", schrie er nach seinem Burschen, „etwas Starkes, zwei Gläser."

Wenig später trat der junge Soldat ein, ordentlich in seiner Uniform, die er inzwischen geglättet hatte, ebenso wie seine Haare, und auch sein Gesicht wirkte frisch und unberührt.

In der Hand trug er ein Tablett mit zwei Gläsern. Er blickte Michael an und schaute zur Tür. Was will er mir sagen?, fragte sich Michael. Der Bursche stellte das Tablett auf den kleinen Tisch und bewegte dann den Handrücken seiner linken, herabhängenden Hand in Richtung Tür. Jetzt verstand Michael. Der Bursche wollte ihm helfen, ihm signalisieren, dass er sich näher an die Tür begeben sollte. Er stand auf. Der Major brüllte, mit dem Revolver herumfächelnd, dass er sich hinsetzen solle. Michael befolgte den Befehl, schaffte es aber durch eine vorgeblich ungeschickte Bewegung, den Stuhl näher an die Tür zu rücken. Der Bursche nickte. Dann verließ er das Zimmer und kam mit einer dickbauchigen Flasche zurück, in deren unterem Drittel sich eine bräunliche Flüssigkeit befand. Der junge Soldat stellte die Flasche auf den Tisch und während der Major den Revolver in die linke Hand nahm und mit der rechten Hand gierig nach der Flasche griff, reichte der Bursche Michael mit einem festen Blick auf ihn eines der beiden Gläser und warf dabei die Kerze um. Michael begriff sofort, dass der Bursche ihm, während der Major angesichts des anstehenden Schlucks in eine unvorsichtige, fast entspannte Stimmung der Vorfreude geriet, eine nicht vorhersehbare und deswegen aussichtsreiche Fluchtmöglichkeit im Dunkeln geben wollte. Michael stürzte zur Tür und sprang hinaus, bevor der Major ahnte, was da passiert war.

Aus dem Friedenstagebuch von Oberschwester Babette

Es gibt jetzt zu wenige Nachrichten über Früheres und viel zu viele Nachrichten über Neues. Das alles aufzuschreiben, würde mich Tage, Wochen kosten. Deswegen schneide ich in der nächsten Zeit erst einmal Artikel aus Zeitschriften aus und klebe sie hier ein. Aber mein Ziel, die Lügen über den Weltkrieg aufzudecken, werde ich nicht aufgeben und wenn es mich mein restliches Leben lang beanspruchen wird. Denn ich fürchte, mit dem Untergang des Kaiser-

reichs werden auch die Akten über den Krieg untergehen, ordentlich wie das alte Regime alles behandelte, es wird also zuerst archiviert und dann vergessen werden.
Wir sollen jetzt demokratisch denkende Bürger und Bürgerinnen werden. Wie lernt man das? Noch dazu, wo ja der Mangel und die Not nicht vorbei sind!

Dass die Oberschwester Babette sich während Lynns Abwesenheit sehr schnell recht eng mit Johannes Schöntal und mit Peter angefreundet hatte und auch danach oft bei den Schöntals zu Besuch war, veränderte die Beziehung zwischen den beiden Frauen. Privat waren sie bald zum *Du* übergegangen, und die Anreden *Oberschwester Babette* oder *Schwester Karoline* verwendeten sie nur noch im Lazarett. Ihre größere Nähe hatte noch eine zweite Ursache, dass nämlich beide Frauen sich in diesen beiden Wochen stark gewandelt hatten und sich dadurch ähnlicher wurden. Denn Babette war fröhlicher, seit sie sich häufiger freie Stunden erlaubte, die sie mit Lynns Vater verbrachte, und Lynn war ernster als früher von ihrer angeblich dienstlichen Aufgabe zurückgekehrt.

Die Geschichte dieser vermeintlichen Privatpflege, die der Major zu Beginn von Lynns Waldeinsamkeit durch einen Anruf im Lazarett in die Welt gesetzt hatte, unter Nennung eines falschen – höheren – Dienstgrads und Angabe eines falschen – zudem unverständlich artikulierten – Namens, war es auch, die er Lynn nach zwölf Tagen einimpfte, bevor er sie entließ, freiließ, mit der fürchterlichen Drohung, dass er, sollte sie auch nur die allergeringste und allergeheimste Andeutung anderer Geschichten oder gar der wahren Geschichte machen, das erfahren würde. Nach vielen Jahren Krieg und Geheimhaltungspflicht und Not gäbe es direkte Wege, straff gespannte Drähte zwischen jedem Menschen, jedem Militärangehörigen, jeder Privatperson, jedem Bürger, wo auch immer sie die Schwerpunkte setzen möchte, zu höheren Instanzen der Obrigkeit, seien sie nun staatlich oder militärisch. Vor allem seit der leicht erhitzten Spätsommerzeit 1918, in der Umsturzgerüchte und Aufwiegelungsparolen die Köpfe der Deutschen umkreisten wie Bienen die bunten Blumen, wisse man Bescheid, wem zu trauen sei und wem nicht.

Und irgendeine Anschuldigung einer einzelnen Frauensperson, noch dazu einer mit leicht lockerer Moral und feindlichem Blut in ihren Adern, deren Bruder zum Feind übergelaufen sei, laufe ins Leere, wenn sie einem angesehenen und verdienstvollen Mann und Offizier gelte. Er könnte sie also völlig ungefährdet einfach gehen lassen, denn er wisse, dass sie sich nur lächerlich machen würde, sollte sie irgendeine Andeutung machen, die auf einen Zusammenhang zwischen ihrer Abwesenheit und ihm hinweise. Doch er wünsche sich ehrlichen Herzens nicht, dass die beste Freundin seiner Tochter sich ihre Zukunft völlig verbaue, indem sie in der Öffentlichkeit als eine verrückte Klatschbase mit der Fähigkeit, abscheuliche Gerüchte zu ersinnen, dastehe.

Außerdem sei er lebenslang bestrebt gewesen, nicht nur als absolut korrekt zu gelten, sondern das auch zu sein. Und er dulde nicht einmal die leiseste und nebensächlichste Anspielung, dass etwas in seinem Leben nicht so sei, wie es erscheine, selbst dann nicht, wenn niemand diesen Hinweis ernst nähme. Sie sei also gewarnt. Und seine Rache träfe nicht sie persönlich, auch nicht ihren fahnenflüchtigen Bruder, sondern ihren jüngeren Bruder. Sollte dessen Wohl ihr also auch nur ein wenig am Herzen liegen, dann könne er ihr nur raten, überall zu erzählen, dass sie zur absoluten Verschwiegenheit in Zusammenhang mit ihrer Mission verpflichtet worden sei. Wenn sie gar nichts sage, könne sie sich auch nicht in Widersprüche verwickeln.

Da Lynn also aus gutem Grund nichts erzählte, nichts erzählen durfte, lebte sie seit Ende August ein ihr bis dahin fremdes Leben, ein Leben in Lüge. Sie belog alle Menschen in ihrer Umgebung, seien es ihr nahestehende oder auch kaum bekannte Personen wie der Zeitungsverkäufer, bei dem sie sich auf dem Weg zur Arbeit oft ein Blatt kaufte. Seinen Namen kannte sie nicht, aber er war einer der Ersten, der mit einem amputierten Bein aus dem Krieg zurückkehrte, das war schon bald vier Jahre her, und er humpelte inzwischen sicher und schnell über die Straßen und hatte einen guten Standplatz auf dem Marktplatz, wo die meisten Wege sich kreuzten.

„Lange nicht gesehen“, sagte er, als Lynn das erste Mal wieder ihre Zeitung bei ihm kaufte, „ich habe mich schon gefragt, ob das gnädige Fräulein mir untreu geworden ist? Ob ihr meine Zeitungen nicht mehr gefallen?“ Dann lachte er: „Aber bessere findet man in diesen Zeiten anderswo auch nicht. Die Nachrichten sind schlecht, nicht die Zeitungen, oder?“

Lynn lachte mit ihm und beließ ihm seine Vorstellung, sie habe sich bei einem seiner zahlreichen Konkurrenten mit Neuigkeiten versorgt. Das war ihre erste Unehrlichkeit am ersten Tag ihrer Freiheit, nachdem sie am Abend zuvor schon ihre Familie und Bertha und Babette, die bei ihrer Heimkehr zu ihrer großen Verwunderung mit ihrem Vater und ihrem Bruder das Abendessen einnahm, mit Unaufrichtigkeiten überschüttet hatte. Ungefähr eine Stunde nach dem kurzen Wortwechsel mit dem Zeitungsverkäufer hörte Lynn auf, ihre Lügen zu zählen, weil sie sonst außer deren Addition zu einer immer größeren Summe nichts mehr zuwege gebracht hätte.

Sie konnte nur schwer damit umgehen und wollte keinem mehr ins Auge sehen. War das jetzt ihre Version des Augen-gerade-aus? Es kam ihr eher vor wie ein Augen-nach-unten, aber der Zweck war derselbe: sich verbergen vor anderen, an ihnen vorbeisehen, über sie hinwegsehen, sich auf nichts und niemanden einlassen.

In den kommenden Wochen wurde Lynn sich selbst fremd. Sie tat ihre Pflicht in der Familie, in Haus und Garten, und im Lazarett anscheinend wie immer, nur wirkte sie irgendwie ruhiger dabei, folgsamer, braver. Manchen gefiel das. „Sie ist noch fleißiger geworden, unsere Schwester Karoline“, lobten die Militärärzte und die hohen Offiziere, die Lynn schon länger kannten, „sie scheint jetzt ihren Weg gefunden zu haben.“ Andere hingegen machten sich Sorgen, so Babette und auch Doktor Ostertag. Lynns Widerspruchsgeist schien gebrochen, aber niemand wusste, warum. Sie hat verloren, was sie so besonders gemacht hat, dachte der Arzt, wenn sie einfach tat, was ihr aufgetragen wurde, ohne wie früher zu fragen, welchen Sinn eine Maßnahme hatte oder eine andere vorzuschlagen.

Als Lynn damals nach Hause kam und Babette dort im ruhigen Gespräch mit ihrem Vater und ihrem Bruder vorfand, war sie zuerst etwas erstaunt darüber, wie wenig man sie zu vermissen schien. Sie hatte sich dort im Wald oft ausgemalt, dass ihr Vater verzweifelt eckige Formen auf seine Leinwand zeichnen würde, vielleicht sogar mit dem Lineal, und dass er unfrisiert und mit roten Augen immer wieder auf die Tür starrte, ob seine Tochter endlich zurückkehrte oder wenigstens eine Nachricht schickte.

Und dann sah sie Babette auf ihrem Stuhl sitzen, und sie unterhielt sich mit ihrem Vater und mit Peter, als sei nichts geschehen, als hätte sich ihre Familie einfach eine neue Struktur gegeben. Eine, die zu einer großen Harmonie zwischen ihnen führte und in der sie sich wohlfühlten. Denn ihr Bruder sprach ruhig, fast vernünftig, mit den beiden Erwachsenen. Sein Ungestüm, sein überstürztes Reagieren, seine Fluchtbewegungen heraus aus der Familie, die sich vor ihrem Waldaufenthalt in seiner Sprache und Körpersprache ausgedrückt hatte – er saß oft mit abgewandtem Gesicht bei ihnen, den Blick auf die Tür gerichtet, als könne er es kaum erwarten, endlich hinausrennen zu können – , das alles schien verschwunden zu sein. Stattdessen war er in ein ernstes Gespräch mit den Erwachsenen vertieft, soweit sie es verstand, ging es um irgendeinen Vorfall im Lazarett, und keiner nahm sie wahr.

Sie wusste, dass sie über diese Veränderungen froh und dankbar sein sollte, das war sie ja auch, aber es überwog eine kaum unterdrückbare Irritation. Dann wurde Lynn entdeckt, wie sie dort in der Türöffnung stand, und Lynns latentes Unbehagen zerstob sofort, denn alle drei sprangen auf, Peter war zuerst bei ihr und umarmte sie heftig und innig und küsste sie sogar, ihr Vater war der Nächste, der seine Tochter in den Arm nahm, und schließlich legte auch noch Babette ihre Arme fest um Lynn.

Den vertrauten liebevollen Gesten zwischen den Frauen folgten jedoch keine vertrauten Worte. Zwar respektierte Babette, dass es Lynn offenbar verboten worden war, etwas von ihrem Auftrag auszuplaudern; eine Art Arztgeheimnis, dachte sie und stellte keine Fragen. Dass aber Lynn nicht nur nicht über ihren Auftrag sprach, sondern fast überhaupt nichts von sich aus sagte und durchgängig ernst war bei allem, was sie tat, war untypisch für die früher so Menschen zugewandte und freimütige junge Frau. Lynn hatte Babette früher oft an die heitere junge Frau erinnert, die sie selbst einmal war, bis ihre Pläne durch familiäre Probleme durchkreuzt wurden.

Jetzt fürchtete sie, dass ihre junge Freundin dabei war, einem ähnlichen Lebensweg wie ihrem auf Dauer zu folgen. Babette hatte sich zwar allenthalben hohes Ansehen für ihr Aufgehen in der Rolle als Tochter und als Krankenschwester erworben, fand sich aber nach dem Tod ihres Vaters als sehr einsame ältere Frau wieder. Diese Entwicklung sollte Lynn nicht wiederholen, aber Babette wusste nicht, wie sie es verhindern sollte. Die letzten Wochen, in denen sie viel Zeit mit den Schöntals verbracht hatte, bestärkten sie jedoch darin, dass sie es wenigstens versuchen müsste.

Kapitel 4

Todesfall im Wald von Monrepos
Der angesehene Major K. wurde tot in seiner Jagdhütte aufgefunden. Näheres ist noch nicht bekannt.
(Ludwigsburger Zeitung, 11. November 1918)

Die Nachricht vom Kriegsende wurde im Hause Schöntal wie anderswo auch gefeiert, und wie bei allen feierlichen Anlässen holte Johannes Schöntal eine Flasche *Stettener Brotwasser* vom Herzog von Württemberg aus dem Keller, eine *Restflasche* wie immer, belacht von Babette, die selbstverständlich mit ihnen anstoßen wollte: „Jetzt kannst du mir doch bitte endlich einmal erzählen, wie viele Restflaschen du noch im Keller versteckt hast. Weißt du, wie viele *letzte* Flaschen wir zusammen getrunken haben, seit wir uns kennen?" Johannes Schöntal lächelte, füllte allen die Gläser, schön geschliffene, schwere Gläser aus Bleikristall, und sprach einen Toast aus: „Auf den Frieden!" Lynn fügte hinzu: „Auf einen langen Frieden! Und auf eine baldige Rückkehr Michaels! Und auf das Glück zu wissen, dass wir bestimmt in unseren Lebzeiten keinen Krieg mehr erleben werden!"

Babette richtete ihr Glas gegen das von Johannes, doch er erklärte ihr, dass man in diesem Haus auf englische Art und Weise nur Toaste ausspreche, nicht aber die Gläser aneinanderstieße. Babette, die endlich verstand, warum er sich damals im Sommer so abwehrend verhalten hatte, lachte befreit, und sagte fröhlich: „Auf einen friedlichen Frieden!" Peter ergänzte: „Das wünsche ich uns allen auch. Und damit der Frieden friedlich wird, muss ich euch jetzt verlassen; da draußen warten meine Freunde. Wir wollen uns ein Bild von all dem Neuen machen!"

Davon sah er dann allerdings wenig, denn der Rat verhandelte in geheimen Unterredungen mit von ihm ausgesuchten Personen und schickte anderen genauso geheime schriftliche

Verfügungen zu. Offizierskasinos wurden geschlossen, aber das erfuhr Peter wie alle anderen auch erst am nächsten Tag, und es erschien ihm erst einmal so wenig sensationell wie die Tatsache, dass außer Dienst keine Ehrenbezeugungen mehr erbracht werden mussten. Anderes fand er da schon etwas interessanter, das Verbot von Wucher zum Beispiel oder dass militärische Einrichtungen und Gebäude in das Eigentum der Nation überführt wurden oder dass der Rat die Disziplinarstrafgewalt übernahm und ihm auch die Polizeigewalt unterstand. Das alles konnte sich ein achtzehnjähriger junger Mann, der fast ein Viertel seiner Lebenszeit in Kriegszeiten und die anderen drei Viertel in einer stark militärisch geprägten Umwelt verbracht hatte, kaum vorstellen. Und wie konnte das alles ohne Revolution vor sich gehen? Gestern noch hätte der Blick eines Offiziers genügt und jeder Bewohner der Stadt hätte sich überlegt, wozu dieser Blick ihn aufforderte und das dann getan, ein Papier vom Boden aufklauben, leiser herumzutoben, was auch immer. Und heute mussten diese Offiziere dulden, dass Arbeiter- und Soldatenräte über ihre Verfehlungen urteilten? Wie *normale* Menschen?

Die von Peter enthusiastisch erwartete Riesendemonstration fand dann am 10. November auf dem Arsenalplatz statt. Die Menschen folgten den Ansprachen des beliebten Wachtmeisters Reiner und des am Ort wohnenden Abgeordneten Wilhelm Keil aufmerksam. Bislang kannte man ein republikanisches Staatswesen, wie es jetzt verkündet wurde, nur theoretisch aus den Schulen und Universitäten und aus den vereinfachten Versionen, wie sie in den Kasernen und Wirtshäusern kursierten. Aber die Reden waren mitreißend, und man sah so viele rote Fahnen auf dem Arsenalplatz wie noch nie zuvor. Es waren auch viele Frauen und Mädchen auf den Platz gekommen, und einige hatten ihre Zöpfe mit einer roten Schleife geziert und brachten so Farbe in den grauen Novembertag.

Seit der zweiten Novemberwoche wurden die Zeitungen immer dicker und waren übervoll mit aktuellen und wichtigen Nachrichten; die Redaktionen schienen kaum nachzukommen. Vielerorts in Deutschland Unruhen, Aufstände, Straßenkämpfe; Machtkämpfe zwischen widerstreitenden politischen Gruppierungen und Parteien; Appelle und Aufrufe; Details und unterschiedliche Beurteilungen des Friedensvertrags; Probleme der Versorgung der Bevölkerung; Sorge vor einer erneuten Grippewelle; Veröffentlichung von Listen von Gefallenen und Vermissten; Informationen über neue Gesetze; es konnte einem ordentlich der Kopf schwirren. Und dann ähnliche Nachrichtenreihen im Lokalteil, hier nur weniger sensationell, aber auch hier unendlich viele Spekulationen und Mutmaßungen.

Aus dem Friedenstagebuch von Oberschwester Babette

Mein Friedenstagebuch schließe ich jetzt ab; irgendwann werde ich es nutzen, um auf seiner Grundlage die Mythen und Unwahrheiten, die sich um diesen Krieg ranken und die sich bald auch um seinen Abschluss ranken werden, darzustellen. Ich weiß, ich bin keine Historikerin, ich bin auch keine Militärstrategin, aber ich traue mir zu, die Wahrheit aus Sicht der Menschen zu beschreiben, in deren Leben die vier Kriegsjahre so vehement einbrachen.

Vier Jahre, drei Monate und elf Tage hat der Krieg gedauert, zumindest nach meiner Rechnung. Warum diese Einschränkung? Weil ich nicht einmal genau weiß, an welchem Tag wir in Zukunft das Ende feiern werden. Dass ich noch nicht einmal genau weiß, ob es überhaupt gefeiert werden wird. Dass ich nicht weiß, wie viele Menschen ihr Leben gelassen haben, ich fürchte aber, dass es viele Millionen waren, aber Zahlen gibt es dafür noch nicht; und Zahlen verdecken auch nur die Tragik dieser verlorenen Leben und Möglichkeiten. Aber ich will jetzt am Ende meines Friedenstagebuchs nicht noch pathetisch werden. Fakt scheint zu sein, dass Matthias Erzberger am 8. November seinen Gang nach Canossa antrat, nach Compiègne in Nordfrankreich, um genau zu sein, um einen Friedensvertrag abzuschließen. Angeboten bekam er äußerst schmerzliche Bedingungen, sie sind noch gar nicht alle bekannt geworden, dazu 72 Stunden Bedenkzeit. Aber in Berlin war niemand mehr zu erreichen, dort hatte inzwischen die Revolution eingesetzt. Erzberger erfuhr ausgerechnet von französischen Soldaten, dass der Kaiser abgedankt hatte und eine Republik ausgerufen worden war. Das Staatswesen, in dessen Namen er verhandeln und entscheiden sollte, gab es nicht mehr. Die Oberste Heeresleitung schickte ihm dann die Nachricht oder den Befehl, das weiß ich nicht, den Waffenstillstand zu unterzeichnen. Waffenstillstand oder Kapitulation? Ich weiß es nicht.

Vielleicht verlief das Kriegsende so, wie ich es mir aus den vielen Gerüchten und Nachrichten zurechtgezimmert habe, vielleicht aber auch anders.

Grausige Entdeckung im Wald von Monrepos

Erst am heutigen Mittwoch sind wir in der Lage, unsere Leser genauer über ein grauenvolles Ereignis zu informieren, das sich bereits vor drei oder vier Tagen zugetragen hat. Die Konstituierung eines Arbeiter- und Soldatenrats in unserer Stadt in der Nacht vom 9. auf den 10. November, die Abdankung unseres Kaisers als preußischer König am 9. November, das Einstellen der Kampfhandlungen am 11. November und die sich auf diese schicksalshaften und weltverändernden Ereignisse hin überstürzenden weiteren Nachrichten und Informationen für die Ludwigsburger Bevölkerung sowie deren ausführliche Kommentierung und Erläuterungen, auch in zahlreichen Sonderausgaben, machten es uns nicht möglich, andere Nachrichten, so wichtig und schmerzlich diese auch für einige Mitbürger gewesen sein mögen, in der gewohnten Schnelligkeit und Detailtreue zu veröffentlichen. Eine kleine Meldung am Montag, dem 11. November, dürfte in der Fülle unserer Nachrichten fast untergegangen sein.

Am Vormittag und Nachmittag des 9. Novembers verlief das Leben in unserer Stadt noch weitgehend ruhig, so, wie es eigentlich hier in Frieden- und auch in Kriegszeiten üblich ist. Natürlich lag eine Unruhe in der Luft, eine angespannte Erwartung, das Wissen um dramatische Veränderungen. Drohte gar eine Revolution, die unser friedliches Zusammenleben endgültiger zerstören würde, als der Krieg es vermochte?
Nachrichten aus Kiel schwappten zu uns über, Extrablätter, Telegramme und Telefonate brachten auch zu uns die Botschaft des Matrosenaufstands, der mit einer unfassbaren Gehorsamsverweigerung der Matrosen begonnen und mit der Machtübernahme durch den Soldaten- und Arbeiterrat geendet hatte, und es ging das Gerücht, dass die Kieler Matrosen ihre revolutionäre Botschaft überall hin tragen und ähnliche Umsturzformen unterstützen wollten.
Davon hat unser allseits geschätzter Mitbürger, der Major K. K., nichts mehr erfahren, der am Morgen des 9. Novembers in den Wald nördlich des Schlosses Monrepos ging. Dort besitzt seine Familie seit langer Zeit ein kleines Waldstück mit einer ehemaligen Jagdhütte. Am 10. November wurde er von einer einsamen Spaziergängerin dort tot aufgefunden, und offensichtlich hat er seinem Leben selbst ein Ende gesetzt. Sie sah die weit geöffnete Hüttentür und betrat besorgt das kleine Zimmerchen. Es war leer, aber an der Rückseite war eine Ausgangstür und von dort aus sah sie den Major.
Er saß, obwohl es eiskalt war an diesem Tag, der im Wald bereits für Raureif auf Wiesen, Büschen und Bäumen gesorgt hatte, auf einem Armlehnenstuhl in einem kleinen umzäunten gartenähnlichen Teil seines Waldes, der übrigens vom Wald aus nicht zu betreten ist. Er trug seine Uniform und hatte alle Ehrenzeichen, die er sich während des Kriegs erworben hatte, angesteckt. Er hat sich, soweit wir erfahren haben, in die Schläfe geschossen. Er muss sofort tot gewesen sein, die Waffe war ihm aus der Hand geglitten und lag auf dem durch den Raureif leicht weißen Boden. Der und die ebenfalls weißen Büsche direkt dahinter waren durch herausgespritztes Blut hellrot gesprenkelt, nein: gefleckt. Einzelheiten ersparen wir unseren Lesern, einer der am Tatort Anwesenden sagte, dass es ein grauslicher Anblick gewesen sei.

Warum er diesen Ort zum Sterben wählte, ist bisher nicht bekannt. Genauso wenig weiß man, weswegen der Major, der erst Ende August nach einem kurzen Heimaturlaub wieder an die Front ging, schon wieder zurückgekehrt war. Wir konnten in Erfahrung bringen, dass seine Schwester, die ihn und seine Tochter seit fast zwei Jahrzehnten umsorgte, nicht wusste, dass er wieder in der Stadt weilte. Allerdings, so führte sie aus, sei er oft mit geheimen Aufträgen unterwegs gewesen, sowohl als Kurier zwischen Politik und Militär als auch zwischen dem Generalstab und den Offizieren an der Front. Man sei also nie genau darüber informiert gewesen, wann er wo sei. Zudem müsse man wissen, dass er ein äußerst verschlossener und zurückhaltender Mann gewesen sei, dem die Erfüllung seiner militärischen Pflichten über alles andere ging.

Natürlich sind in Zusammenhang mit dem Tod des allgemein geschätzten Majors viele Gerüchte entstanden, die sich wie ein Lauffeuer in der Stadt verbreitet hätten, hätten nicht die Nachrichten über die politische Wende und das Kriegsende alles andere in den Hintergrund gedrängt. War es wirklich ein Selbstmord? Welche Motive könnten dabei eine Rolle gespielt haben? Gibt es einen Zusammenhang mit zwei weiteren Toten, die in eben dieser Hütte vor fast zwei Jahrzehnten aufgefunden worden waren? Ist ein Unfall mit der Waffe wirklich auszuschließen? Gibt es Hinweise auf Fremdbeteiligung? Hat der Tod des Majors etwas mit Spionage zu tun? Mit vereitelten Hoffnungen und Träumen? Mit der Ernüchterung über das von ihm wie anderen hohen Offizieren gewiss schon als unausweichlich antizipierte Kriegsende? Oder kannte er bereits Details der Friedensverhandlungen, von denen wir noch nichts erfahren haben? Enthält der Vertrag vielleicht mehr schmachvolle und für Deutschland schädliche Vereinbarungen als bekannt? Oder litt der Major an einer Krankheit? Hatte er einen privaten Konflikt?

Über das Privatleben des Majors wissen wir kaum etwas. Seine Schwester und er haben ein sehr ruhiges Haus geführt; seine Tochter ist derzeit in einem Lazarett an der Front tätig, sie wurde aber bereits über den tragischen Tod ihrs Vaters informiert und befindet sich wahrscheinlich auf der Heimreise.

(Ludwigsburger Zeitung, 13. November 1918)

Das Mitgefühl der Schöntals galt ausschließlich Maria, von der man schon so lange nichts gehört hatte. Marias Tante kam kaum einmal aus ihrem Haus heraus; wie ihr Bruder hatte sie zu ihren Nachbarn, also auch zu den Schöntals, keine Beziehungen geknüpft. Sein Selbstmord ließ sie wehmütig an den Tod seiner Frau, zu der man eine fast freundschaftliche Nachbarschaft unterhalten hatte, zurückdenken, wirkte aber in diesen Tagen der Neuerungen, der *Great Expectations*, so hieß einer der Lieblingsromane von Lynns Mutter, fast nostalgisch, so dass niemand sich so recht auf diese Erinnerungen einlassen wollte.

Als dann erste Gerüchte auftauchten, dass der Major vielleicht sogar ermordet worden war, schob man das noch weiter weg von sich. Kaum jemand wollte sich von seinen Friedensträumen und Zukunftsplänen ablenken lassen, jeder wollte sich nach so vielen Jahren des Krieges mit der Sache der Lebenden beschäftigen.

So erschien die Tatsache fast aufregender, dass am nächsten Tag, abgemagert wie ein Gespenst, aber vor Glück grinsend und laut weinend zugleich, der Sohn des Kolonialwarenhändlers an der Ecke fast unversehrt nach Hause kam, nun ja, humpelte, aber das Humpeln schien ihn so wenig zu stören wie seinen Vater und seine Mutter. Da rannten denn auch die Schöntals gleich hinüber und begrüßten und umarmten ihn und seine Eltern.

Der Beileidsbesuch bei der Schwester des Majors hingegen stand immer noch aus, und Johannes Schöntal beschloss, ihn durch einen Beileidsbrief zu ersetzen, in dem er ausdrücklich betonte, dass man die Nachbarin in ihrem Schmerz nicht durch eine persönliche Visite stören wollte. „Das muss genügen“, murmelte er, als er den Brief in den Postkasten steckte, der im Übrigen vollgestopft mit ähnlichen Botschaften war, denn fast alle Couverts hatten einen schwarzen Rand.

In den nächsten beiden Tagen erschien in den Zeitungen nichts Neues zum Tod des Majors, aber es sickerten immer mehr Details über den Waffenstillstand von Compiègne und über frühere, gescheiterte Friedenskonferenzen durch. Auch

Maßnahmen zur Aufrechterhaltung der öffentlichen Ordnung wurden veröffentlicht. Des Weiteren bereitete sich die Stadt auf die Rückkehr der hier ansässigen Regimenter vor. Wie sollte die Rückkehr des Regiments *Olga* erfolgen? Mit Girlanden, Ansprachen, Blumen, Küsschen, Winken? Soll so der Frieden aussehen? Was sollte mit den Kriegsgefangenen geschehen? Was mit den verletzten feindlichen Soldaten? Welche Rolle würde die Stadt in der zukünftigen Gestaltung des Landes spielen? Blieben die Garnisonen hier oder wurden sie anderswohin abgezogen? Auf welcher wirtschaftlichen und politischen Basis sollte die Nachkriegsordnung gründen? Angesichts dieser drängenden Fragen erschien das Interesse an einem individuellen Todesfall nachrangig.

Früher hätte ein unklarer Todesfall wie der des Majors tagelang die Gazetten gefüllt; jetzt gab er nur zu Kurzmeldungen auf der letzten Seite Anlass. Unklare Kompetenzvorstellungen zwischen militärischen und zivilen Stellen erschwerten die Aufklärung des Falls zusätzlich. Es war noch Krieg, als der Major sein Leben verlor, aber eigentlich schon Frieden, als man ihn tot fand. Irgendwann hörte man, dass man nicht mehr von einem Selbstmord ausgehe, aber auch keine Hinweise auf Verdächtige oder Motive habe. Nachbarn wurden befragt, sie wussten nichts, hatten auch andere Sorgen.

Da trafen in manchen Familien jetzt Kinder auf fremde Männer, die sie Vater nennen mussten, obwohl sie sie nicht kannten, die sich seltsam verhielten und vor denen man Angst haben konnte. Da sollten Frauen, die im Krieg gelernt hatten, alles zu tun, was zu tun war, dieses Wissen wieder vergessen, um den sieglos heimkehrenden Männern wenigstens das Gefühl zu geben, zuhause noch etwas zu sagen zu haben. Und der Nachbar? Der Major? Der hatte sich immer fern von allen gehalten, über ihn wisse man nichts. Das ansässige Militär war des einhelligen Lobes voll; Soldaten, die unter ihm gekämpft hatten, äußerten sich anerkennend. Der Major habe nicht zu jenen Vorgesetzten gehört, die in gebührendem Abstand von der Front Angriffsbefehle erteilten, sondern er sei immer selbst an der Spitze jeder Offensive gestanden. Dass er alle Kampfeinsätze überlebt hatte, galt als fast unglaubliches Glück. Er schien nie Angst gehabt zu haben, im Gegenteil, in unlösbar und verloren erscheinenden Situationen vollbrachte er Höchstleistungen, kämpfte, schoss, stach, schlug alles nieder, was sich ihm entgegenstellte. Zollten die Männer, die ihn kannten, ihm auch Respekt, so geschah das ohne den Ausdruck von Zuneigung. Gerüchte, ja, es gab viele Gerüchte über ihn, diffuse, nebelhafte, unangenehme, aber was diese Gerüchte besagten, wusste kaum einer. Oder man verschwieg es aus gutem Grund.

Nur seinem Burschen war einmal herausgerutscht, dass der Major schon *speziell* gewesen sei, *fordernd, gnadenlos.* Er wurde dann offenbar, wie es die Zeitungen kurz andeuteten, strengen Einvernahmen ausgesetzt, bei denen ihm noch die Wörter *gewalttätig* und *brutal* entschlüpften. Daraufhin wurde er, wohl eher aus Mangel anderer Verdächtiger, festgenommen, und in den Zeitungen fand sich die neutral formulierte Hoffnung, dass damit die Tat wohl kurz vor der Aufklärung stünde und der Fall abgeschlossen werden könne, ohne dass man zu viel schmutzige Wäsche waschen müsste.

Zwei Tage später konnte man in einer etwas längeren Nachricht lesen, dass der Bursche des Majors alle Tatvorwürfe vehement abstritt. Er habe mit seinem Offizier den Krieg durchgemacht, man sei zusammengewachsen, und die Strenge des Majors habe auch dem eigenen Schutz gegolten; schließlich habe der Major überlebt und er, der Bursche, auch. Allerdings habe sich der Major mehr Feinde geschaffen, als die Nachrufe und Würdigungsberichte vermuten ließen. Wahrscheinlich hätten viele seiner Gegner die Begegnungen mit ihm lieber verdrängt und wollten sie sich nicht in quälenden Verhören immer wieder vergegenwärtigen. Auch der Bursche selbst wolle, so las man, viele seiner Erlebnisse gerne hinter sich lassen und sich seiner Zukunft zuwenden. Und von diesem Wunsch durchdrungen, habe der Bursche begonnen, Namen zu nennen, Namen von Personen, die seiner Meinung nach Grund gehabt hätten, den Major zu hassen. So beruhigend wie nebulös wurde in den Zeitungen hinzugefügt, dass seitens der offiziellen Stellen allen Hinweisen unverzüglich nachgegangen werde.

Danach schien die Sache erneut in Vergessenheit zu geraten.

Man richtete sich wieder in seinem eigenen Leben ein. Die anfängliche Anspannung wich bei vielen einer Erleichterung darüber, wie friedlich alles vor sich ging. Schon über eine Woche war es her, seit umherziehende Garnisonsangehörige Militärgefangene befreit hatten, das war noch am Abend des 9. Novembers gewesen, aber schon am gleichen Abend verhandelten andere Soldaten und Arbeiter mit dem Platzmajor und konnten kampflos den vorläufigen Arbeiter- und Soldatenrat bilden und einen ersten Aufruf veröffentlichen, der die Aufrechterhaltung der öffentlichen Ordnung doch zu garantieren schien. Und es kam zu keinen Plünderungen, keiner Gewalt, keinen Kämpfen wie anderswo. Zwar ließ auch in Ludwigsburg der Rat Arrestanten frei, aber immerhin niemanden, der wegen Raub einsaß. Also schienen die Sozis einem zumindest nicht ans Eigentum gehen zu wollen.

Lynn wurde noch zurückhaltender. Da aber das ganze Leben so schnell und laut geworden war, bemerkte kaum jemand ihre Schweigsamkeit. Überall wurde leidenschaftlich über den Frieden und seine Konsequenzen diskutiert und spekuliert. Was bedeutete er für das Land? Was für einen selbst? Bei jeder Diskussion hörte man im Hintergrund die Gespräche anderer Menschen, es war, als flögen surrende Bienenschwärme hin und her. Die Stadtbewohner bewegten sich selbst auch eilig und dabei zielgerichtet wie Bienen. Soldaten versammelten sich informell an ihren Kasernen oder an zentralen Plätzen, wo sie auf Vorgesetzte warteten, von denen sie eine Anweisung erwarteten oder die Entlassung nach Hause.

Die Zivilisten warteten genauso, ohne genau benennen zu können worauf. Sie harrten dick vermummt auf den großen Plätzen der Stadt aus. Vielleicht kamen ja Zeitungsjungen mit neuen Nachrichten vorbei.

Auch die Frauen schienen einem bestimmten Ritual zu folgen; morgens eilten sie mit großen Körben auf die Marktplätze und zu den Händlern, als sei mit dem Krieg auch der Versorgungsengpass vorbei, und kamen mit leeren Körben zurück in ihre Küchen und wussten nicht recht, was sie zubereiten sollten. Deswegen waren sie schon ein oder zwei Wochen später wieder so verzagt wie vor dem Friedensschluss, gleichzeitig aber entschlossen, das ihre Männer nicht wissen zu lassen und weiter durchzuhalten, eine weitere Woche und noch eine und noch eine.

Die Männer mussten auch nicht unbedingt erfahren, dass sie inzwischen nicht nur einen Haushalt alleine führen konnten, sondern auch einen Hof alleine bewirtschaften und ein Geschäft führen und kaputte Herde und Traktoren reparieren. Und schon gar nicht, dass sich manche den sexuellen Wünschen der Männer ohne große Freude fügten, weil sie während des Krieges freiere Formen der Leidenschaft kennen gelernt hatten, über die zu sprechen sie sich verboten hatten und an die zu denken eigentlich auch. Glücklicherweise fragten manche Heimkehrer nicht so genau nach dem Geburtsdatum der Kinder, die in ihren Familien zur Welt gekommen waren.

Die schon zurückgekehrten Männer kamen oft erst abends nach Hause von ihrem Zusammenstehen oder Zusammensitzen in den Wirtschaften, denn man konnte es ja an den kalten Novembertagen nicht ununterbrochen draußen auf den Plätzen aushalten. Diejenigen, die noch nicht formell entlassen waren, hatten bald keine Zeit mehr zum Herumstehen, so vieles galt es zu erledigen, zu besprechen, zu arrangieren, zu ordnen, durchzuführen. Der Garnisonsrat, dessen Mitglieder von den einzelnen Abteilungen gewählt wurden, hatte zusammen mit dem allgemeinen Rat viel zu tun. Die Demobilisierung war kein einfacheres oder müheloseres Unternehmen als die Mobilisierung vor vier Jahren, und ihr fehlte natürlich der Impetus eines Aufbruchs. Und auch der Inventarisierung und Unterbringung der noch vorhandenen Güter des Heers und der Erfassung, Versorgung und Entlassung der Heimkehrer wohnte vor allem der Beigeschmack eines Endes inne.

Im Lazarett beklagten manche der Militärärzte unklare Strukturen und Zuständigkeiten, auch den Umgang der Räte mit ihnen. Es fiel ihnen schwer, den Anweisungen solcher Räte zu folgen, von denen man wusste, dass sie am liebsten alle Offiziere – also auch sie – sofort entlassen hätten, wüssten nicht ihre weniger leidenschaftlich agierenden Ratsmitglieder, dass man nicht von einem Tag auf den anderen auf deren Wissen und Erfahrung verzichten konnte. Allein aus einem idealistischen Freiheitsgefühl heraus konnte man die umfangreichen Aufgaben nicht lösen. Die Verpflegung aller Soldaten war schwierig, ihre Löhnung nicht minder. Es galt, die Sicherheit in der Stadt und in der Kaserne aufrechtzuerhalten, die Behörden mussten überwacht werden, die Wirtschaft angekurbelt, gleichzeitig aber sollte die Sache der Revolution schnell und konsequent weitergeführt werden. Selbst im Krankensaal flackerten häufig heftige politische Kontroversen auf.

Babette schien die einzige Person zu sein, die sich Gedanken um Lynn machte und bemerkte, dass sich ihre junge Helferin, Freundin inzwischen, immer mehr von allen zurückzog. Als sie Johannes Schöntal vorsichtig fragte, ob er Veränderungen an seiner Tochter bemerkt hätte, schüttelte der nicht ganz überzeugt den Kopf, meinte dann aber, dass sie vielleicht stärker von dem Tod des Majors betroffen sei, als man meinen sollte. Immerhin sei er der Vater ihrer besten Freundin gewesen. Das konnte Babette sich aber nicht vorstellen, dass der Tod eines Mannes, der seit Jahren kaum zuhause war und nie irgendeinen Kontakt zu ihr gesucht hatte, Lynn in diese verstörte und verstörende Abgesondertheit gestürzt haben sollte, hatte sie doch sogar den Tod einiger ihrer näheren Freunde und Bekannten verarbeitet.

Eines Tages beschloss Babette, mit Doktor Ostertag über Lynn zu sprechen, obwohl sie sich dabei fast wie eine Verräterin vorkam, eine illoyale Freundin, aber zumindest unterlag dieser definitiv der ärztlichen Schweigepflicht. Sie überlegte lange, wie sie das anstellen sollte. Wo könnte das Gespräch stattfinden? Im Lazarett war es natürlich ausgeschlossen, da konnte immer eine Situation eintreten, in der er eingreifen musste oder auch sie. Sollte sie ihn zu sich nach Hause einladen? Und was könnte sie ihm da vorsetzen? Auch ein Spaziergang mit dem Arzt, vielleicht im Schlosspark, käme ihr merkwürdig vor. Zwar waren sie fast gleichaltrig, mehr als drei oder vier Jahre älter als er war sie sicherlich nicht, aber es fühlte sich anders an.

Sie dachte inzwischen, dass die Pflege ihrer Eltern, die sie beim langsamen Sterben begleitet hatte, und die gleichzeitige Konfrontation mit Verletzungen Verstörungen, Versehrungen, mehr als vier Jahre lang, sie nicht nur ihre Kraft, sondern auch ihre Frische und Fraulichkeit gekostet hatte. Deswegen schreckte sie die lächerlich klischeehafte Vorstellung ab, mit Doktor Ostertag wie eine alte Krankenschwester, die sich in ihren jungen Chefarzt verliebt hat, über die Wege vor dem barocken Schloss zu streifen.

Und überhaupt, dachte sie, ich und mich verlieben? Sie fühlte bei diesem Gedanken einen leichten Krampf in ihrem Bauch, eher seltsam als schmerzhaft, und beschloss, sich in der Schwesternküche einen Tee zuzubereiten. Sie wusste, dass dort noch viele der eigenwilligen Teemischungen von Lynn vorrätig waren, die diese für alle zur Verfügung gestellt hatte: Kräuter, Blätter und Früchte. Lynn hatte sie im Sommer und Herbst gesammelt und ein- oder zweimal hatte Babette sie sogar dabei begleitet. Brennnesseln, sagte Lynn ihr, wachsen eigentlich überall, und sie gab ihr Handschuhe, um die Nesseln abzupflücken, während sie sich selbst auf die Suche nach wildem Fenchel und Schafgarbe machte. Sie zeigte Babette, dass man auch die Blätter vieler Beerensträucher verwenden konnte.

„Im nächsten Jahr pflücken wir im Frühsommer noch Blumen für unsere Teemischungen“, versprach sie. „Jetzt muss ich nur noch alles gut trocknen, dann haben wir im Winter einen eigenen Tee, der uns an unseren Spaziergang erinnert. Und gesund bleiben wir auch.“

Lynn erzählte ihr noch, dass Fenchel den Bauch beruhige, auch Schafsgarbe. Vielleicht fand sich ja etwas davon in der Küche. Könnte sie, dachte Babette in der Küche, Doktor Ostertag einen aus einer mit Lynn gesammelten Kräutermischung gebrauten Tee vorsetzen? Sie war es nicht gewohnt, bei sich zuhause Gäste zu empfangen. Obwohl, Doktor Ostertag käme ja nicht als Gast. Und es wäre eher ein Dienstgespräch, oder? Über eine gemeinsame Mitarbeiterin.

Babette stand immer noch unschlüssig vor den Leinenbeuteln, in denen Lynn ihre Teemischungen aus getrockneten Kräutern, Blättern, Blüten und Beeren aufbewahrte, als Doktor Ostertag eintrat. „Um ehrlich zu sein, ich habe gesehen, dass Sie in die Küche gegangen sind, und bin Ihnen nachgegangen. Denn … ich habe eine Bitte.“

„Ja?“, fragte Babette zurück.

„Ich möchte Sie bitten, dass wir einmal … über Schwester Lynn sprechen.“

„Über Schwester Lynn“, wiederholte Babette und erkannte gleich, wie einfältig ihr Einwurf wirken musste. Sie wunderte sich, dass Doktor Ostertag nicht wie sonst formal von *Schwester Karoline* sprach, aber auch nicht allzu sehr, hatte sie doch kurz nach Lynns Heimkehr bemerkt, dass über Lynn und dem Doktor etwas wie ein feines, geheimes Netz schwebte, Spinnennetz mochte sie dazu nicht sagen, weil das Assoziationen an angriffsbereit lauernde Insekten, so Spinnen denn Insekten waren, weckte. Vielleicht war es auch weniger ein Netz, als vielmehr eine Art unsichtbarer Faden. Wenn Lynn strauchelte oder verstummte oder ungewöhnlich leise oder laut agierte oder sich langsamer oder schneller als sonst bewegte, schien Doktor Ostertag das am anderen Ende des Fadens zu bemerken und darauf zu reagieren. Umgekehrt galt das auch. Babette suchte nach einem passenden Bild und hatte vor lauter Sinnieren überhört, was der Doktor sagte.

„Natürlich", sagte sie erst einmal auf Verdacht, und fügte ein freundliches „gern" hinzu. „Ich dachte, wir könnten einmal ein kleines Abendessen zusammen einnehmen", schlug er vor, „heute Abend vielleicht?" Babette nickte.

Doktor Ostertag war, wovon Babette nichts wusste, von Lynn irritiert, seit er hier in Ludwigsburg tätig war. Sie war mutiger und unkonventioneller als die jungen Frauen, die er vorher kennen gelernt hatte, gleichzeitig aber braver, obwohl das Wort *brav* eigentlich weder für Lynn noch für irgendeine andere erwachsene Frau verwendet werden sollte. Das englische Wort *brave* passte besser zu ihr, fand er. Er dachte oft über ihre Widersprüchlichkeit nach, der keinerlei Inszenierung zugrunde lag. Sie wollte sich nicht geheimnisvoll oder mysteriös oder verführerisch geben, war es aber. Sie tat und sagte immer genau das, was sie tun oder sagen wollte. Seit zwei oder drei Monaten schien sie nicht mehr mit sich im Reinen zu sein. Und das steigerte seine Verunsicherung; mit ihrer unangepassten Authentizität konnte er umgehen, mit ihrem angepassten und pflichtbewussten Funktionieren aber nicht.

Er und Lynn hatten dreimal miteinander geschlafen, er war ihr aber dadurch nicht näher gekommen; im Gegenteil, es kam ihm manchmal so vor, als hätte jede dieser drei Episoden, ja, so musste man es wohl nennen, sie weiter voneinander entfernt. Die ersten beiden Male war es in Zusammenhang mit ihrer Arbeit dazu gekommen.

Beim ersten Mal, er war noch recht neu in Ludwigsburg, hatten sie die halbe Nacht zusammen um das Leben eines Mannes gekämpft, der einen Granatsplitter im Kopf hatte, den er operativ entfernte, obwohl er damals mit solchen Eingriffen noch wenig Erfahrung hatte. Zu ihrer großen Freude hatte der Patient dann im Morgengrauen die Augen geöffnet und war wach und orientiert. Daraufhin verließen sie in Hochstimmung das Lazarett und gingen einträchtig durch die ausgestorben erscheinende Stadt bis zu Ostertags Wohnung, wo sie fast automatisch in seinem breiten Bett landeten und sich in für beide überraschender Leidenschaft aneinander klammerten. Danach schliefen sie tief bis in den nächsten Tag hinein.

Dem zweiten Mal war fast das Gegenteil vorausgegangen: Sie hatten spätabends einen Patienten verloren, der schon als fast geheilt galt. Die Stadt war noch wach, als sie das Lazarett verließen, viele Menschen hasteten umher, um ihr Tagwerk abzuschließen, und sie bewegten sich wie Fremdkörper unter ihnen, bis auch in dieser Nacht ein großes Verlangen nach einander sie von dem Gedanken an den Toten und wohl auch an die vielen anderen Toten befreite.

Die dritte Nacht verbrachten sie Ende August miteinander, ein oder zwei Tage nach Lynns Rückkehr von ihrem geheimnisvollen Auftrag. Und in dieser Nacht wusste Doktor Ostertag, dass er nie wieder eine andere Frau im Arm halten wollte als Lynn, denn keiner anderen konnte er sich in seinen Ängsten und seinen Hoffnungen so offenbaren wie dieser auf einmal so verschlossenen Frau. In dieser Nacht drückte sie sich nur in ihrer Leidenschaft und in ihrer Zärtlichkeit aus; sie sprach sehr wenig.

Irgendetwas lief schrecklich schief zwischen ihnen, denn alle ihre Küsse und Umarmungen schienen die ihm so rätselhafte Kluft zwischen ihnen tiefer aufzubrechen.

In der Waldhütte hatte Lynn auch viel über Philipp Ostertag nachgedacht. Sie war froh, dass der an ihn gerichtete Brief so wenig abgeschickt werden musste wie die anderen; sie lagen alle noch in dem Papierheft, das Fritz ihr damals gebracht hatte. Sie verbarg sie alle in ihrem kleinen Versteck in ihrer Gartenhütte. Dort las sie ihn nach ihrer dritten gemeinsamen Nacht erneut.

„Lieber Philipp,“

– so begann der Brief, obwohl sie den Arzt kaum ein Dutzend Male, und dann immer nur im Schutz seiner Wohnung

und zudem noch im Schutz der Nacht mit seinem Vornamen angesprochen hatte –
„lieber Freund,“
– so setzte sie dann noch unschlüssig hinzu, auf die Etymologie seines Namens anspielend –

„ich möchte Dir heute freimütig erzählen, weswegen unsere Freundschaft, vielleicht nennst Du unsere Beziehung auch Liebschaft, nicht gelingt, sondern im Gegenteil mir und Dir bei jeder Begegnung mehr Kummer als Freude macht. Bei jeder Begegnung? Tatsächlich waren es nur zwei.

Als Du damals zu uns ins Lazarett gekommen bist, brodelten die Gerüchte. Ein begnadeter Chirurg, so hieß es. Aber auch: ein vom Krieg schwer Versehrter. Von der Richtigkeit des ersten konnten wir uns bald überzeugen, was das zweite betrifft, so versuchten wir Schwestern und Pfleger wie Detektive, Deine Verletzungen ausfindig zu machen. Deine Hände waren es nicht, denn wir alle sahen, wie beeindruckend geschickt und sensibel Du Patienten operiert und untersucht hast. Sichtbare Wunden und Narben hattest Du nicht. Du gingst langsam, ja, aber Du hast nicht gehumpelt.

In unserer ersten gemeinsamen Nacht habe ich dann die dicken roten Narben auf Deinem Bauch gesehen und Du hast von den Granatsplittern erzählt, die Dich beim Versuch, einen Verletzten zu bergen, erwischt hatten. In unserer zweiten Nacht, die auch schon unsere letzte war, hast Du dann davon gesprochen, mit welcher Angst Du mit Deinen Händen Deinen aufgesprengten Bauch zusammengehalten hast und welche Gedanken Dir dabei durch den Kopf gehuscht sind. Deine verzweifelte Gewissheit, keinen Menschen zu hinterlassen, der Dich so betrauert, dass Du eine bleibende Spur hinterlässt auf der Welt. Damit hast Du gemeint, dass niemand Dich so beweinen würde, dass er sich in der Trauer um Dich fast aufgeben würde, sich dann aber wieder neu für die Welt aufrichten muss und Dich dabei auf immer in sich trägt.

Ich verstand sofort, was Du meintest, und habe Dir von meiner Mutter erzählt. Kein Thema, das ich oft anspreche. Natürlich ist sie tot, liegt in einem Sarg unter der Erde – wobei ich übrigens nicht gerne dorthin gehe –, aber das Wort „tot" fasst nur einen Teil der Wahrheit, den physischen, den fassbaren. Denn sie ist ja trotzdem immer noch da. Nur anders. Und spielt bis heute eine Rolle in meinem Leben.
Manchmal muss ich über etwas lachen und weiß, dass sie sich an meiner Stelle auch amüsiert hätte. Oder ich stecke mir eine ihrer Broschen an und fühle mich ihr nahe. Unser Geschmack gleicht sich; vielleicht, weil sie mir gezeigt hat, was schön ist? Wenn ich etwas Gutes tue oder es wenigstens versuche, denke ich, dass sie stolz auf mich wäre, und das spornt mich an.

Ich habe es auch in dem Augenblick gedacht, als unser Patient das Schlimmste überwunden hatte, und in Deinen Armen habe ich gedacht, dass sie glücklich wäre, mich so friedlich und ruhig zu wissen. Denken ist das falsche Wort, denn in Deinen Armen habe ich nicht gedacht, keine intellektuelle Erwägung angestellt. Ich meine eher so etwas wie fühlen oder ganz unbewusst wissen. Irgendwie, verzeih, dass das sentimental klingt, aber man kann nun einmal nur die Wörter benutzen, die es gibt oder die man kennt, und aus vielen Gründen gibt es für Liebe und Tod nur besonders formelhafte, gestanzte Wörter, abgehobene und verbrauchte im ersten, unaufrichtige und floskelhafte im zweiten Zusammenhang.

Ich verstand also, was Du sagen wolltest, und ich dachte, dass Dir das jetzt nicht mehr passieren könnte, dass Du ohne diese dauerhafte Spur weggehen könntest. Aber sagen konnte ich Dir das damals nicht. Und jetzt kann ich es nur, weil ich vielleicht selbst weggehen muss, sterben, um es endlich beim Wort zu nennen. Warum ich so ruhig bei dem Gedanken bin, weiß ich nicht.

Deswegen kann ich jetzt auch alles sagen: dass ich schon lange vor unserer ersten Nacht gerne in Deiner Nähe gewesen bin, dass ich in vielen Situationen das Gefühl hatte, als dächten und fühlten wir etwas Ähnliches. Oft haben wir uns in der kleinen Teeküche im Lazarett getroffen, ohne uns abgesprochen zu haben, und haben ein paar Worte gewechselt und es ging uns wieder gut. Einmal, als es Frühling wurde, haben wir das Fenster weit aufgestoßen und laue Frühlingsluft kam hereingezogen, und Du sagtest „Frühling lässt sein blaues Band", und ich fuhr fort „Wieder flattern durch die Lüfte". Ich fühlte mich Dir plötzlich sehr nahe, und Du mir, so meinte ich, auch. Erinnerst Du Dich, wie Du dann, als wir gemeinsam zurück in den Krankensaal traten, ironisch fortfuhrst: „Süße wohlbekannte Düfte ..." und angesichts des Krankensaalgestanks nach Blut, Eiter, Urin und Verwesung war unsere lyrische Romantik ganz schnell zerstoben. Aber auch das verband uns, dieses plötzliche Einvernehmen, nur Du und ich.

Die Romantik unserer gemeinsamen Nacht überdauerte den nächsten Tag nicht. Nachdem ich wach wurde, stellte ich mich schlafend, um den Augenblick der Trennung so lange wie möglich hinauszuschieben, und als ich Deinen Atemzügen lauschte, bemerkte ich, dass Du für einen Schlafenden zu schnell und aktiv atmetest. Du wolltest also genau wie ich uns beide auf dem Bett festhalten, gleichsam in einen Dornröschenschlaf versetzen. Doch dann hast Du bemerkt, dass ich wach war, und die Hecke zeigte ihre Stacheln, aber nicht nur gegen die Außenwelt, sondern auch gegen mich. Du hast mich um Verzeihung gebeten, und ich wusste nicht, weswegen. Ich schaute Dich an und Du blicktest weg. Ich fragte Dich, was los sei, und Du sagtest, dass Du mich über die Maßen achtest und dass Du die Situation nicht hättest ausnützen dürfen und dass es Dir leid tue.
Und da konnte ich nicht mehr sagen, was ich jetzt sagen kann und schon damals sagen wollte, wie glücklich ich war, wie sehr ich unsere Leidenschaft genossen hatte, wie verbunden ich mich Dir fühlte, wie ich die halbe Nacht wachgelegen

hatte und ganz bewusst mit Dir im selben Rhythmus dieselbe Luft geatmet hatte und davon ausgegangen bin, dass das sich jetzt immerzu so wiederholen würde ...
Du hast gewiss bemerkt, dass ich keine unerfahrene Frau bin, was die körperliche Seite der Liebe betrifft, aber gepackt, so richtig gepackt, hatte mich die Liebe vor dieser Nacht noch nie. Auch das wollte ich Dir gestehen, aber Du hast Dich dafür entschuldigt, als hättest Du mich verführt, etwas zu tun, das nicht mein Wunsch gewesen ist. Du wurdest deswegen nach dem Aufstehen wieder Doktor Ostertag. Und Philipp war weiter von mir entfernt als zuvor.

Unsere zweite Nacht, wieder nach stundenlanger, diesmal gescheiterter gemeinsamer Arbeit, war noch leidenschaftlicher als die erste, noch offener. Ich vergaß alle Vorsicht und verbarg nichts, meine Liebe nicht, meine Erregung, meine Lust. Und Du auch nicht. Am Morgen danach hatte ich große Furcht, weil ich an unseren ersten Morgen zurückdachte, und deswegen zog ich mich an und verließ Dich heimlich.

Du kamst einen Tag später zu uns nach Hause, mit einem kleinen Sträußchen in der Hand und wolltest mich sprechen. Aber warum erzähle ich Dir das? Du wirst Dich so gut daran erinnern wie ich. Du hast in aller Form um meine Hand angehalten, Dich vor mir niedergekniet, mit der einen Hand die meine ergriffen und mit der anderen Deine Worte durch lebhafte Bewegungen unterstrichen, immer noch Deine Blumen fest haltend, ich erinnere mich noch, dass es Kornblumen waren und Klatschmohn. Du musstest die Blumen also selbst auf irgendeiner Sommerwiese gepflückt haben. Ich war gerührt, und auch, als ich beobachtete, wie sich bei jeder heftigen Bewegung Deiner Hand ein rotes Blatt aus einer der Klatschmohnblüten löste und hinunterschwebte auf den Boden.
Du hast Argument über Argument vorgebracht: wie gut wir zueinander passen, wie gut wir miteinander arbeiten, wie gut wir uns verstehen, was für eine gute Ehe wir einmal

führen würden in gegenseitiger Achtung und Wertschätzung. Am Ende Deiner Ansprache lagen viele Mohnblätter auf dem Boden zwischen uns, und in Deiner Hand sah man fast nur noch die blauen und festen Kornblüten, sie wirkten entschlossen, aufrecht, scheinbar unverwüstlich. Die drücktest Du mir dann in die Hand, während Du in Deiner Jackentasche nach dem Ring suchtest, den Du mir anstecken wolltest.

Ich wies Deinen Antrag ab und drückte Dir Deine Kornblumen zurück in die Hand. Du schautest mich, so kam es mir vor, traurig an, aber diesem Eindruck gab ich keinen Raum. Zu viel Achtung, dachte ich, und zu wenig Liebe. Du gingst und schautest Dich nicht mehr um.

Dann haben wir wieder routiniert und in wortlosem Verständnis zusammengearbeitet wie früher, aber über das, was uns da zugestoßen ist, haben wir nie mehr gesprochen. Inzwischen, nach vielen einsamen Tagen, die ich gezwungenermaßen alleine und gefangen gehalten verbringe, denke ich, dass wir beide nicht damit umgehen konnten, sich einem anderen so vorbehaltlos offenbart zu haben. Nicht was die körperliche Liebe betrifft, da waren wir beide recht erfahren, auch erfahren genug, um in diesen Momenten des glücklichen und erschöpften Nebeneinanderliegens, in denen wir uns nicht einen einzigen Zentimeter voneinander wegbewegen konnten, Nähe zuzulassen, ohne ihr eine gewichtige Bedeutung zuzuschreiben.
Aber unsere Gespräche in diesen beiden Nächten waren für mich, auch für Dich, denke ich, von anderer, ganz neuer, bislang nicht erlebter Qualität, und beide wagten wir nicht, unsere Gefühle in Worte, in Geständnisse zu fassen. Weil auch diese Geständnisse gestanzt geklungen hätten? Aber wir hätten es sagen müssen. Ich tue es, zu spät, jetzt: Ich liebe Dich.

Inzwischen weiß ich, dass Du mich bei Deinem Besuch mit dem Sommerstrauß nicht kränken wolltest, indem Du

den Eindruck vermittelt hast, dass Du bereit seist, aus mir wieder eine anständige Frau zu machen, sondern dass Du Dich einfach auch nicht getraut hast, mir das zu sagen, was ich eben gesagt habe. Vielleicht hast du auch angenommen, dass ich einen höflichen Antrag eher annehmen könnte als einen, der mehr von mir fordern würde? Einen Antrag aus Liebe? Den ich nur annehmen würde, wenn ich Dich auch liebte? Und dessen warst Du Dir nicht sicher, konntest es auch nicht sein, nachdem ich mich so mutlos weggeschlichen habe an dem Morgen ... Vielleicht werde ich nie erfahren, was aus uns beiden hätte werden können.
So habe ich Dich gehen lassen und die roten Blätter vom Boden aufgehoben und in den Mülleimer geworfen."

Am Tag nach Lynns Rückkehr übrigens konnten sie und Doktor Ostertag die Blicke nicht voneinander lassen. Und ihre Hände auch nicht. Als Lynn ihm eine Schere reichte, wie sie es gelernt hatte, mit den Griffen nach außen, umfasste er ihre Hand. Und als er ihr ein Karteiblatt entgegenstreckte, da ergriff auch sie erst seine Hand, dann die Karte. In dem Korridor zwischen den Krankensälen streiften sie sich kurz mit den Oberarmen und den Schultern, und dann hielten sie lang inne und blickten sich an. Und am Abend dieses Tages wussten beide, dass sie ein drittes Mal das Bett miteinander teilen wollten; und dieses Mal war ihrer Leidenschaft viel Zärtlichkeit beigemischt.

Aber wieder ging Lynn am Morgen wortlos weg. Philipp Ostertag hatte sich in der Nacht so um Aufrichtigkeit bemüht, als habe er ihren Brief gelesen. Er gestand, wie sehr er sie vermisst hatte, wie besorgt er um sie gewesen war, bis die Nachricht über ihre Aufgabe eintraf. Doch Lynn wusste, dass sein Mut zur Wahrheit jetzt nicht mehr ausreichte, weil sie inzwischen die Wahrheit verbergen musste, was die letzten beiden Wochen betraf, wollte sie nicht das Leben ihres jüngeren Bruders gefährden. Also musste sie Philipp belügen wie ihre Familie und überhaupt jeden, den sie kannte. Und das konnte sie nicht. Jeden, aber nicht Philipp. Und so distanzierte sie sich von ihm.

Philipp Ostertag fragte sie, ob der junge Offizier, den sie vor ihrer Abwesenheit im Lazarett getroffen hatte und der sie danach so intensiv gesucht hatte, der Grund ihres Rückzugs sei. Das konnte sie guten Gewissens verneinen, denn sie wusste ja inzwischen, dass Friedrich und sie sich nicht aus Liebe und Leidenschaft umarmt hatten, sondern weil das vertraute Beisammensein auch in der gemeinsamen Erinnerung an glücklichere Zeiten sie vergessen ließen, was das Leben gerade so schwer machte. Und warum sollte sie Philipp Ostertag auch noch damit Kummer machen, dass sie ihm etwas gestand, was man landläufig wohl *Untreue* nannte? Aber gibt es Untreue, wo es keine Beziehung gibt?

Lynn teilte Philipp also traurig mit, dass sie ihn zwar liebe, aber aus Gründen, die sie ihm nicht verraten dürfe, ein Geheimnis habe, das sie ihm aus eben diesen Gründen nicht eröffnen könne, dürfe. Wenn er darauf verzichten könnte, diesem Geheimnis nachzuforschen, könnte sie versuchen, eine Beziehung mit ihm einzugehen, allerdings eine, in der von Anfang an auf ihrer Seite Vertrauen und Offenheit fehle. Ob das gelingen könne, wisse sie so wenig, wie er wissen könne, ob er sich mit einer Frau zusammentun möchte, die immer wieder nur mit den Achseln zuckt, wenn er sie bittet, ihm zu vertrauen. Beinhaltet die eheliche Formel, *ein Leib zu sein und eine Seele*, aber nicht genau das, Offenheit, Vertrauen? Und kann man das Gebot des gegenseitigen *Liebens und Ehrens* nicht nur erfüllen, wenn man alles über den anderen weiß?

Philipp konnte sich ihren Argumenten nicht verschließen, und er wusste, dass er nie ohne Argwohn und unterdrücktem Zorn akzeptieren könnte, dass sie sich in entscheidenden Erfahrungen und Erlebnissen vor ihm verschlösse, ihn aus ihrer Gefühlswelt ausschlösse. Und so zog er sich nach ein paar Versuchen, dieses Thema aus ihren Gesprächen auszuklammern und über anderes zu sprechen, über den Krieg, den Beruf, die Familie, ein Buch oder das Wetter, langsam von ihr zurück. Und sie machte keinen Versuch, ihn davon abzuhalten.

Nach ein paar Wochen kam es ihr schon wieder selbstverständlich vor, ihn nicht nur als *Doktor Ostertag* anzusprechen, sondern auch so an ihn zu denken. Und aus *Lynn, meine liebste Lynn* wurde wieder *Schwester Karoline*. Zuerst sprachen sie privat kaum miteinander, nur gelegentlich wechselten sie ein paar Worte im Kreise der anderen Kollegen, Pfleger und Schwestern; aber nach ein paar Wochen normalisierte sich ihr Umgang wenigstens äußerlich.

Zu dem Abendessen zwischen Babette und Doktor Ostertag kam es an diesem Tag nicht mehr, denn am späten Nachmittag traf eine große Anzahl verwundeter Soldaten ein, so dass sie beide bis weit in die Nacht hinein arbeiten mussten. Es ist eigentlich wie im Krieg, dachte Babette. Die Soldaten erzählten, dass sie von Frontlazaretten kämen, die geschlossen werden sollten. Nur ganz wenige befänden sich noch dort, die, die man noch nicht für transportfähig hielt; aber auch sie träfen in den nächsten Tagen ein. Doktor Ostertag wunderte sich übrigens, dass man den neu Eingetroffenen den langen Weg von der Frontlinie im Norden hierher nach Süddeutschland zugemutet hatte. Abends trafen noch Fahrzeuge ein, die mit medizinischen Geräten und Hilfsmitteln gefüllt waren.

Sehr spät, Babette und Lynn hatten sich schon ihre Mäntel übergezogen, hielt erneut ein Wagen, „der letzte“, wie ein müder Offizier nach einem Blick in seine Listen feststellt, „ein Schwerverletzter“, murmelte er dabei, „eigentlich ein Schwerstverletzter, vielleicht ist er auch schon tot, und eine Krankenschwester. Viel Verbandmaterial und Medizin.“ Als Robert und zwei Schwestern auf den Wagen zugingen, öffnete sich die Fahrertür und heraus stieg eine junge Frau, müde, aber doch sichtlich froh, dort angekommen zu sein, wo sie sich jetzt befand.

„Im Fond“, rief sie laut, „mein Fahrgast braucht sofort einen Arzt, bitte!“ Sie drehte sich um und wollte gerade die Tür zum Fahrzeugfond öffnen, als Lynn sie anschaute, erkannte und auf sie zu rannte, sie umarmte und immer wieder glücklich schluchzte: „Maria! Maria!“

Die junge Frau entwand sich ihren Armen, blickte über Lynns Schultern und sah Doktor Ostertag herbeirennen; sein Stethoskop baumelte vor seiner Brust über einem blut- und eiterbeschmierten Kittel. Er beachtete die Frauen kaum und steckte sofort den Kopf durch die geöffnete Tür, rief Babette und Robert herbei und gab mit leiser Stimme genaue Anweisungen. „Danke, Schwester“, sagte er dann, „wir kümmern uns um Ihren Patienten.“

Jetzt erst bewegte sich die junge Frau auf Lynn zu und umarmte sie ihrerseits ganz fest, ganz eng und wiederholte ihrerseits unter Tränen immer wieder den Namen ihrer Freundin. Lynn wandte sich zu dem Offizier mit den vielen Listen. Er schien eine gewisse Übersicht über die Menschen und das Inventar behalten zu wollen oder zu müssen, deswegen fragte sie ihn: „Kann Schwester Maria jetzt gehen?“

„Gehen?“

„Ich will sie mit zu mir nach Hause nehmen; wir sind Freundinnen. Morgen früh kommen wir wieder hierher.“

Der Offizier blickte in seine Unterlagen, kramte in einer Art Aktentasche und entnahm ihr mehrere Akten.

„Name?“, fragte er knapp, aber es klang freundlich.

„Sie heißt Kahl, Maria Kahl“, antwortete Lynn und wirklich fand er eine Akte mit diesem Namen. Er blätterte sie durch und sagte dann: „Wenn ich das alles richtig verstehe, muss sie nicht gleich antreten. Sie hat Urlaub“, er fasste nach einem anderen Blatt, „und dann hat jemand noch ein Telegramm geschickt; das traf in unserem gestrigen Quartier ein, eine Familiensache, sie soll erst einmal bleiben und kann dann hier eingesetzt werden, wenn sie mag.“

Lynn war inzwischen sehr ruhig geworden, denn in der allerersten Wiedersehensfreude hatte sie nicht daran gedacht, dass ihre Freundin wahrscheinlich noch nichts von dem tragischen Ereignis in ihrer Familie wusste. Sie wollte sie langsam auf das vorbereiten, was ihr bevorstand. Maria schien ihre Freundin immer noch sehr gut zu kennen, denn sie umarmte sie erneut und flüsterte ihr zu: „Ich weiß alles, meine Liebste, mich hat gestern ebenfalls ein Telegramm erreicht. Man hat mich wohl nur schwer ausfindig machen können."

In diesem Augenblick kam Schwester Babette heraus, um den Offizier mit seinen Unterlagen hereinzubitten, um bei der Identifizierung der vielen Schwerverletzten zu helfen. Lynn lief auf sie zu und stellte ihr Maria vor: „Ich möchte gerne mit ihr nach Hause gehen", sagte sie. „Sie ist todmüde. Oder werde ich bei dem letzten Patienten noch gebraucht?"

„Nein, nein, wir schaffen das schon."

„Ich muss noch einmal zu meinem Patienten", sagte Maria, aber Babette bestimmte sehr freundlich: „Meine Liebe, Sie gehen sich jetzt erst einmal ausruhen. Eine Nacht Schlaf tut Wunder. Und morgen früh kommen Sie her und überzeugen sich davon, dass wir unser Bestes getan haben. Vertrauen Sie mir!"

Lynn und Maria hatten sich in den ersten beiden Kriegsjahren noch sporadisch gesehen, dann hatte Maria selten Urlaub erhalten, vielleicht auch nicht mehr gewollt, und in den letzten beiden Jahren hatte sie ihre Urlaubstage nicht mehr zuhause verbracht. Marias Briefe verrieten wenig über ihre Gefühle, schließlich scheute man fremde Mitleser. Und Fakten vermied man in der Kriegspost sowieso am besten, bevor sie geschwärzt wurden. Die alte Nähe stellte sich trotzdem auf dem Nachhauseweg sofort wieder ein. „Wie früher, erinnerst du dich?", sagte Lynn, als sie sich bei der Freundin einhakte und sie ihren Weg durch die Stadt einschlugen. „Gleich kommt die Stelle, von der aus wir immer den Salonturm gesehen haben", antwortete Maria, „aber heute müsste schon der Himmel für ihn aufreißen!"

Der Himmel riss dann nicht auf, aber die Kälte der Novembernacht und die Müdigkeit, die vor allem Maria nach der anstrengenden Fahrt mit dem Patienten immer mehr niederdrückte, ließ die beiden jungen Frauen nicht mehr auf ein Wunder warten, sondern vielmehr ihre Schritte so beschleunigen, dass sie fast außer Atem vor ihren Häusern ankamen.

Lynn betrachtete Maria unschlüssig; vielleicht wollte ihre Freundin doch nach Hause? „Du kommst wirklich lieber erst einmal mit zu mir?“ Maria nickte dankbar. Lynn führte sie in Michaels Zimmer und Maria warf sich sofort auf das Bett. „Ich mache mich gleich für die Nacht fertig“, kündigte sie an, und Lynn fragte noch, ob sie etwas brauche, aber Maria war schon eingeschlafen.

Als Lynn am nächsten Morgen aufwachte, schlief Maria noch immer. Lynn bat ihren Vater, sich um sie zu kümmern, und ging wie immer zur Arbeit. Wie erwartet, gab es viel zu tun. Trotz aller Routine erforderte die Pflege der Männer in dem übervollen Krankensaal ihre Zeit. Erst nach der Morgenvisite konnten sich die Schwestern und Pfleger schnell für ihr eigenes Frühstück zusammensetzen. Wie so oft gesellten sich die Ärzte zu ihnen, und aus dem Frühstück wurde rasch ein Dienstgespräch. Lynn erkundigte sich nach dem Patienten, den ihre Freundin hergebracht hatte.

„Was hat Ihre Freundin Ihnen erzählt?“, fragte Doktor Ostertag. „Maria heißt sie, nicht wahr? Sie haben jedenfalls immer wieder *Maria, Maria* gerufen!“

„Gar nichts, Maria ist nämlich buchstäblich aufs Bett gefallen, und als ich weggegangen bin, lag sie immer noch dort und hat geschlafen.“

„Kein Wunder, denn wie mir der Patient, als er kurz bei Bewusstsein war, erzählt hat, ist Maria mit ihm zwei oder drei Tage lang fast ohne Pause von der Front hierher nach Süddeutschland gefahren. Warum dieser Weg mit den vielen Schwerverletzten nötig war, erschließt sich mir nicht, aber der Begleitoffizier, den ich gestern noch deswegen angefahren habe, eigentlich schon angegiftet, hat nur etwas von freien

Kapazitäten gesagt. In Frontnähe gäbe es einfach keine mehr, so dass man mit den Patienten immer weiter in den Süden Deutschlands fahren musste. Die, die schon halbwegs auf ihren eigenen Beinen stehen konnten, wurden sowieso schon ihren Regimentern übergeben und kehren geschlossen zurück."

„Mir haben die Soldaten gestern Abend erzählt, dass sich viele einfach abgesetzt haben, nachdem die Kampfhandlungen eingestellt wurden", warf Robert ein. „Viele haben sogar Verständnis dafür. Daheim warten Frauen, Kinder, Eltern. Wer noch auf seinen eigenen Beinen stehen könne, wolle einfach zurück in seinen zivilen Beruf und sich sein altes Leben zurückholen oder ein neues aufbauen. Was soll es da für einen Sinn haben, noch tage- oder wochenlang eingepfercht mit den anderen irgendwo abzusitzen, um dann mit seinem Regiment zurückzukommen und sich feiern zu lassen und das Kriegsende zu bejubeln, das doch auch irgendwie eine Niederlage ist? Natürlich gibt es viele Unverbesserliche unter unseren Patienten, die am liebsten wieder zurück an die Front wollen, aber andere finden, dass vor einem Jahr, vielleicht sogar noch vor einem halben Jahr, erfolgreicher hätte verhandelt werden können, so dass das Kriegsende vielleicht wirklich von keinem als Niederlage hätte gedeutet werden können. Aber die hohen Militärs …"

Robert warf einen unsicheren Blick auf die Ärzte, die meisten von ihnen waren ja auch beim Militär, der von allen so geachtete Ostertag zum Beispiel, ein ehemaliger Einjährig-Freiwilliger, vor dem Krieg Chirurg in einem Frankfurter Krankenhaus, dann als Reservist einberufen. Hoch dekoriert, obwohl er das nie ansprach. Bei vielen anderen war das ähnlich. Als Doktor Ostertag nickte, fuhr Robert fort: „Die hohen Generäle wussten seit Sommer, dass der Krieg verloren war. Hat einer zumindest behauptet. Aber keiner wollte das den Politikern oder der Bevölkerung ehrlich sagen. Und manche fragen sich, ob die Reden anlässlich ihrer Rückkehr weniger verlogen werden."

In der kleinen Kammer herrschte tiefes einträchtiges Schweigen.

„Ich habe gehört, dass unsere Regimenter noch in diesem Monat zurückkehren nach Ludwigsburg", unterbrach eine junge Hilfsschwester das Schweigen, „und ich wollte eigentlich schon zu ihrem Empfang gehen. Ich habe meinen Verlobten verloren, aber ich wollte die anderen trotzdem empfangen. Sie … können doch schließlich nichts dafür, oder?"

Auch diese Bemerkung blieb unkommentiert, aber das Schweigen wirkte wie eine Zustimmung. Danach ging es wieder an die Arbeit.

Als Doktor Ostertag hinausging, fragte Lynn noch einmal nach Marias Patienten: „Ich will meiner Freundin Bericht erstatten. Eigentlich wundere ich mich, dass sie noch nicht hier ist." „Sie wird bestimmt den ganzen Tag durchschlafen", meinte Doktor Ostertag und setzte sich noch einmal nieder zu ihr.

Lynn erfuhr erfreut, dass der Patient zwar noch einen langen Weg zur Heilung vor sich habe, dass er aber trotz schwerster Verwundungen, Granatsplitter hätten fast seinen gesamten Unterleib durchstoßen und zerfetzt, überleben könne und werde. Der Patient selbst sei im Übrigen sehr zuversichtlich. In der kurzen Zeit, die er bei sich war, habe er gesagt, dass einen, der die Schlacht bei Amiens überlebt habe und dann noch die vielen hundert Kilometer im Fond eines kaum gefederten Fahrzeugs mit einer jungen Frau am Steuer, die keinem einzigen Loch auf der Straße ausgewichen sei, der seit Tagen nichts essen könne und eigentlich auch nichts trinken, sondern nur seine Lippen und seine Zunge befeuchtet bekomme, ohne sich zu trauen, irgendetwas herunterzuschlucken, was sich dann im Bauch mit Blut, um nur den angenehmsten Bestandteil seiner zerrissenen Innereien zu nennen, vermischen könnte, dass also so einen, der das alles durchgestanden habe, die sauberen Messer und Zangen der Chirurgen nicht schrecken können. Die Operation solle am Nachmittag schon stattfinden; sie werde eine große Herausforderung für ihn und den Patienten sein. Man habe viel vor, Splitter müssen entfernt, Risse im Bauchraum geflickt und Därme überprüft werden. Doch auch er sei guten Muts.

Kurz bevor der Offizier wieder eingedämmert sei, wohl auch, weil er große Mengen Medizin zur Schmerzlinderung erhalten habe, habe er noch darum gebeten, seine *liebe Maria* zu grüßen; damit könne er doch nur Lynns Freundin gemeint haben. Und der Patient habe ihm noch einen Zettel zugesteckt, den ihm ein englischer Offizier gegeben habe. Der sei neben ihm auf dem Schlachtfeld gelegen, getroffen, blutend, unfähig zum Aufstehen, zum Vorwärts- oder Zurücklaufen, zum Vorwärts- oder Zurückkriechen wie er. Da habe er übrigens erkannt, dass das Wort *Schlachtfeld* nicht nur mit der Idee einer großen Schlacht zu tun habe, sondern auch mit Schlachten und Abschlachten. Englische Verse waren auf dem Zettel. „Der sie geschrieben hat, ist schon tot", habe der Engländer ihm zugeflüstert, und Blut sei ihm aus dem Mund herausgeschossen. Er selbst habe den Menschen neben sich nicht sterben sehen gewollt und sich abgewandt. Aber er habe ihn noch vernommen, ganz leise, stockend, und mit jeder Silbe habe seine Stimme entfernter, entrückter geklungen.

Dann habe der sterbende Engländer erzählt, wie er das Gedicht in den seltenen Gefechtspausen immer wieder abgeschrieben und Abschriften allen gegeben habe, den eigenen Leuten, aber auch, wenn es sich ergab, denen, die als seine Feinde galten. Die habe er gebeten, das Gedicht zu übersetzen und dann auf Deutsch zu verbreiten. Ob das jemand getan hätte, wisse er natürlich nicht, aber er habe das einfach tun müssen. Darin habe er seinen Beitrag für einen Friedensappell gesehen, für einen Protest, wenn denn das Abschreiben und Verteilen von Gedichten überhaupt als eine Form von Protest gelten könne.

Marias Patient habe dem sterbenden Engländer neben sich antworten wollen, doch in diesem Augenblick sei er ohnmächtig geworden und erst irgendwann auf einer Pritsche im Lazarett wieder aufgewacht, in einem Lazarett, das geräumt werden sollte. Denn, so habe man ihm gesagt, der Krieg sei vorbei. „Seltsam, dass man so ein wichtiges Ereignis einfach verpasst", sagte Marias Patient noch, „in einer tiefen langen Ohnmacht, einem Koma eher, irgendwo liegend, an einem Ort, dessen Namen man nicht einmal weiß."

Und dann gab Doktor Ostertag Lynn noch den zerknitterten Zettel und sagte: „Vielleicht möchten Sie sich ja an der Übersetzungsaktion beteiligen?“ Lynn las zwischen vielen Tinten- und Blutflecken den Titel des Gedichts: *Dulce et decorum est.*

Was der Arzt Lynn nicht erzählte, war, dass er inzwischen wusste, wer der Verwundete war.

Wenig später kam ein Oberstabsarzt ins Lazarett, den keiner kannte. Er fragte die Oberschwester nach Maria Kahl. Er sei in großer Eile; er sei erst vor zwei Tagen von der Front gekommen und nun nach Stuttgart beordert worden, doch er wolle jetzt gerne wissen, ob das Gerücht stimme, dass Schwester Maria einen Patienten von der Front hierhergebracht habe.

Babette nickte und rief auch Lynn zum Gespräch. Die erzählte ihm, dass es Maria gut gehe, sie aber immer noch schlafe. Er bat darum, dass man ihr seine Grüße ausrichte … und auch seine Bitte, dass sie ihm verzeihen möge. Die beiden Frauen konnten ihn nicht einfach so gehen lassen: „Erzählen Sie uns doch bitte Genaueres! Der Patient wird übrigens heute Nachmittag operiert und seine Chancen stehen nach Meinung unserer Ärzte recht gut.“

„Da hat Maria also richtig entschieden!“

„Als sie was tat …?“, fragte Lynn.

„Na gut, ein paar Minuten nehme ich mir noch bei Ihnen. Wir haben zusammen gearbeitet. Und wir hatten den Auftrag, alle Patienten und das gesamte Inventar nach Deutschland zu schaffen. Erst mit unseren Fahrzeugen zum Bahnhof, dann mit dem Lazarettzug. Und Maria hat geholfen, alles zu verstauen, die Patienten sicher zu lagern, umsichtig wie immer. Und dann, als ihr spezieller Patient dran war, hat sie sich geweigert. Maria hat mir höflich erklärt, dass sie meine Anweisung eher als eine Bitte auffasse. Sie werde einen Mann, den sie für nicht transportfähig halte, nicht mitziehen lassen, sondern mit ihm dort in dem gespenstisch leeren Lazarett bleiben, bis er ihrer Ansicht nach transportfähig sei. Was hätte ich tun sollen? Sie in Handschellen abführen, gefesselt und geknebelt? Und den todgeweihten Patienten auch?“

Lynn konnte sich die Szene sehr gut vorstellen und sagte: „Meine Freundin gehört nicht zu den Frauen, die sich umstimmen lassen!“

„Deswegen habe ich ihre Entscheidung dann auch akzeptiert. Ich hatte übrigens nicht den Eindruck, dass sie an sein Überleben glaubte, sondern dass sie ihn nur beim Sterben nicht alleine lassen wollte. Sie kannte ihn übrigens aus irgendeinem anderen Zusammenhang.“

„Und dann?“

„Alles, was nach ihrem *Adieu* passiert ist, weiß ich nur gerüchtehalber. Aber diese Gerüchte werden ja durch die Tatsache, dass sie hier ist und ihr Patient auch, bestätigt. Eineinhalb Tage später soll nämlich der Patient die Augen aufgeschlagen haben. Sie hat ihm ein weiches Bett in dem zurückgelassenen Transportwagen gebaut, mit vielen Decken und Kissen, hat ihm reichlich Schmerz- und Schlafmittel eingeflößt und gehofft, dass er wieder einschlafen würde und nicht zu sehr an der Fahrt über Felder und Straßen zu leiden habe. Es muss eine wilde Parforcejagd gewesen sein, wie man als Jäger sagen würde. Blödes Bild, weil sie ja niemanden gejagt hat, sondern jemandem davongelaufen ist.“

„Wem ist sie davongelaufen?“

Der Oberstabsarzt erklärte: „Dem großen Schnitter! Entschuldigen Sie dieses Bild hier im Lazarett, unpassend, wirklich. Sie hat unterwegs kaum eine Rast gemacht, sondern nur hinter dem Steuer ein paar Stunden geschlafen. Vorschriftsgemäß, hat sie sich dann doch immer wieder bei verschiedenen Dienststellen gemeldet, daher wissen wir auch so genau, wie wahnsinnig das ganze Unternehmen gewesen sein muss. Sie wusste auch nicht, wohin sie ihn eigentlich bringen sollte. Irgendwo unterwegs hat man ihr die Nachricht vom Tod des Vaters überbringen können, davon wissen Sie vielleicht, man hat sie in diesem chaotischen Hin und Her lange gesucht. Da hat sie beschlossen, mit dem Mann nach Hause zu fahren. Und das hat sie sich von keinem ausreden lassen.“

Nach der komplizierten und anspruchsvollen Operation, bei der fast alle Ärzte assistierten oder zusahen, wollte Philipp Ostertag sich im Offizierskasino ablenken, aber auch neueste Nachrichten und Spekulationen hören. Doch er fand das Kasino gesperrt vor, traf aber zu seiner großen Freude vor der Tür Hugo, einen sehr guten Bekannten, einen Freund fast schon, obwohl er mit dieser Bezeichnung sehr zurückhaltend war. Hugo war ein Arzt, mit dem Philipp vor seiner Verletzung längere Zeit in einem Lazarett an der Front gut zusammengearbeitet und auch die karge Freizeit verbracht hatte. Dieser war so erfreut wie er, den lange vermissten Freund, ja, er nannte ihn so, ohne zu zögern oder sich zu zieren, wiederzusehen, und Philipp schlug ihm vor, zusammen in eine kleine Wirtschaft in der Fuchshofstraße zu gehen. Das sei zwar weit vom Arsenalplatz entfernt, zwei Kilometer, so schätzte er, es gäbe dort aber häufig trotz der prekären Versorgungslage oft eine unerwartet schmackhafte Mahlzeit.

Ostertag war fast so etwas wie ein Stammgast dort, ein einsamer Junggeselle, der dem Lazarett und auch dem Militär gerne einmal entfloh und sich dort im Kreis der Handwerker und kleinen Beamten niederließ. Doch jetzt stand er auch hier nach dem erfrischenden Spaziergang durch die kalte und frische Novemberluft mit dem Freund vor verschlossenen Türen. *Wegen Familienangelegenheiten vorübergehend geschlossen*, stand auf einem Zettel, der an der Innenseite des Gastzimmerfensters angebracht war.

Die beiden Männer gingen zurück in die Stadt und fanden schlussendlich recht durchgefroren am Arsenalplatz eine kleine, gut geheizte Wirtschaft, wo sie sich niedersetzten und etwas zu trinken bestellten. „Etwas Gutes", bat Hugo die junge Frau, die sie bediente. „Familienangelegenheiten", sinnierte Philipp, „darunter verstand man früher oft etwas Schönes, Geburten und Verlobungen und Geburtstage und Hochzeiten, heutzutage denkt man immer gleich das Schlimmste." Hugo stimmte zu und lachte, als die junge Frau mit zwei Gläsern Wein zurückkam und ihren Glückwunsch zu der *Familienangelegenheit* ausdrückte. „Und zu was kann man gratulieren?", fragte sie. „Noch geheim", sagte Hugo, und die junge Frau erwiderte irritiert: „Heute weiß man gar nichts mehr sicher."

Hugo nickte und griff ihren Satz auf. Selbst er, beklagte er sich bei seinem Freund, der von Kindheit an ein sehr guter Freund eines neuen Ludwigsburger Garnisonrats sei, kenne alle diese neuen *demokratischen* Angelegenheiten und Strukturen noch nicht. Tatsächlich jedoch wusste Hugo sehr viel, auch Geheimes, zu berichten, mehr als die morgendliche Zeitung, obwohl er erst seit zwei Tagen wieder in Ludwigsburg war.

Vor allem schien ihn der Fall des toten Majors im Wald zu beschäftigen, ein Fall, der größere Kreise zu ziehen schien, als irgendjemand das in dieser Zeit wollte, weder einer, der der alten Ordnung nachtrauerte, noch einer, der die neue Ordnung herbeisehnte. Denn niemand wollte mit schlimmen Gerüchten einfache Soldaten zusätzlich aufhetzen, die sowieso alle ihre Offiziere gerne verjagt sähen, zumindest die friedlich gesonnenen, denn die revolutionär gestimmten forderten noch ganz andere Dinge. Es sei in der Tat so, erzählte Hugo, dass der Major ein gnadenloser Offizier gewesen sei, der absoluten Gehorsam verlangt habe, und das nicht nur in dienstlichen Belangen.

„Sondern?", fragte Philipp Ostertag.

„Gehorsam, Willigkeit, Willfährigkeit, sexuelle Willfährigkeit, darum scheint es gegangen zu sein. Zumindest sind offenbar häufig Andeutungen in diese Richtung gemacht worden. Aber niemand, wirklich niemand, möchte diese kostbaren Stunden des Neuanfangs nutzen für die Untersuchung ekliger Geschichten aus einer vergangenen Zeit. Und die Zuständigkeiten sind noch so diffus. Ist das ein Fall für die militärische Gerichtsbarkeit oder die staatliche? Aber während sich sonst allenthalben jeder damit abkämpft, sich für seinen Einflussbereich eine möglichst umfangreiche Machtfülle zu ergattern, mag sich eigentlich niemand mit dieser Sache abgeben. Schmutzig, wirklich. Aber es hat ihn wohl tatsächlich jemand erschossen."

„Aber man kann einen Mord doch auch nicht auf sich beruhen lassen, nur weil der Ermordete ein unangenehmer Mensch gewesen ist?"

„Natürlich nicht. Wir müssen ja auch jeden retten, der auf unserem Operationstisch liegt. Auch einen Kerl wie den Major müsste ich zusammenschustern, irgendwie."

„Ja, ganz entschieden. Nicht irgendwie. Aber Juristen müssen das doch auch, ungeachtet der Person vorgehen?"

„Ja, müssten sie. Ich habe aber das Gefühl, dass man das *irgendwie*, entschuldige das zweite *irgendwie*, aussitzen will, um *irgendwann* die Sache aus Mangel an Beweisen einzustellen."

„Warum könnte jemand das wollen? Denn mit deinen Worten der *Willfährigkeit* untergebener Chargen meintest du wohl so etwas wie ihre Vergewaltigung? Und den so zur *Willfährigkeit* Gezwungenen muss zu ihrem Recht verholfen werden."

„Natürlich. Aber man fürchtet sich vor Nestbeschmutzung, vor Skandalen. Das wird verbrämt durch das Argument, den Hinterbliebenen des Majors zur Seelenruhe zu verhelfen."

„Wie leidenschaftslos du das formulierst. Früher warst du kompromissloser!"

„Man hat viel mitgemacht in diesen Jahren, oder? Man weiß nicht mehr so sicher, was richtig ist und was falsch."

Philipp Ostertag nickte: „Vielleicht hilft uns das in der Zukunft. Dass wir nicht immer gleich alles wissen und nicht immer gleich mit einem fertigen Urteil parat stehen."

Hugo setzte auf den ersten Blick zusammenhanglos ein: „Ich bin übrigens sicher, dass sein Kind schlimm genug unter dem lebenden Major gelitten haben muss, oder kannst du ihn dir als liebevollen Vater vorstellen? Und soll sie jetzt unter dem toten Major leiden?"

„Sie? Du kennst offenbar seine Familiensituation genau."

„Ich kenne vor allem diese *sie*, seine Tochter. Eine der mutigsten Schwestern, die ich an der Front je kennen gelernt habe. Wir haben längere Zeit … zusammengearbeitet. Wir draußen haben sie alle schrecklich bewundert. Und ein wenig gefürchtet. Eine merkwürdige Mischung aus beidem."

„Da sage ich dir besser gleich, dass ich sie auch kenne."

„Du kennst Maria?"

„Kennen? Ich weiß viel von ihr. Nach meiner Einschätzung ist sie kein Mensch, der geschont werden will und sich mit diesem behördlichen Hinhalten zufrieden gibt. Sie ist, so scheint mir, eine sehr resolute und geradlinige junge Frau. Gestern ist sie hier eingetroffen, und da habe ich sie erst persönlich kennen gelernt …"

„Maria ist hier?"

„Ja, und sie wird Aufklärung verlangen, selbst wenn dabei schmerzliche Fakten ans Licht kommen. Sie hat Freunde hier, gute Freunde. Und sie würde nicht wollen, dass das Unrecht, das seinen Opfern angetan wurde, verschleiert wird."

„Woher weißt du das alles, wenn du sie doch erst gestern kennen gelernt hast?", fragte Hugo fast ein wenig aggressiv.

„Weil ich ihre beste Freundin gut kenne, und die hat mir schon sehr viel von Maria Kahl erzählt. Die beiden jungen Frauen sind fast wie Schwestern aufgewachsen."

Philipp verstummte. Ein merkwürdiges Zusammentreffen, dachte er. Maria Kahl war die beste Freundin von Lynn, konnte also deren neuerliche Zurückhaltung doch mit dem Tod des Majors zusammenhängen? Er hatte zwar einmal vernommen, wie sie Babette erzählte, dass der Tod des Nachbarn ihr wegen ihrer Freundin leid tue, dass sie aber persönlich deswegen nicht traurig sei. Der Major sei ihr immer sehr fremd gewesen, obwohl sie ihn ihr Leben lang kannte. Wenn aber das mit dem Geheimnis zusammenhing, das sie umgab? Wenn sie das nur deswegen sagte, weil sie mehr nicht sagen wollte? Anderes? Aber welches Geheimnis konnte Lynn mit dem Major teilen? Ein brutaler herzloser langgedienter Offizier mit schlechtem Ruf und eine liebevolle, verantwortungsvolle, junge Frau? Er erschrak vor Angst und fragte dann direkt: „Vergewaltigung? Nur junge Soldaten oder auch … junge Frauen?"

„Soweit ich gehört habe, nur junge Männer. Weswegen fragst du?“

Philipp schwieg.

Als die Kartoffelsuppe aufgetragen wurde, löffelten die beiden Freunde schweigend und genossen ihre Mahlzeit, bis die Gedanken an Lynn Philipp die Welt um ihn vergessen ließen, was aber Hugo kaum zu bemerken schien. Denn er hatte plötzlich, als er sein Weinglas, ja, es war ihm gelungen, in dem Wirtshaus zwei weitere Gläser Wein zu erhalten, gegen die nur matt schimmernde Lampe hielt, das Gefühl, Marias Haarfarbe zu sehen, ganz genau, eine Mischung von grün und gelb und golden, das wechselte bei ihr sehr verwirrend immerzu, im Sonnenlicht schien ihr Haar zu erstrahlen wie Gold, und unter der Haube fiel manchmal eine blonde Strähne heraus, wie ein gelbes Blütenblatt, und im Operationsraum unter der starken Lampe, die nur das Operationsbett traf und den restlichen Raum fast dunkel ließ, so dass alles fahl und blass und bleich erschien, wirkte diese Strähne manchmal grün, und er musste dann an die Locken von Ophelia denken, die er sich ebenfalls wassergrün vorstellte und vor denen es ihn als Jugendlicher gegraust hatte.

Als Hugo bereit war, seine Gedanken von der Haarfarbe der tüchtigen jungen Frau abzuwenden und statt seines Kopfes sein Herz sprechen zu lassen, wurde ihm klar, dass er zu denen gehörte, die Maria nicht fürchteten und bewunderten, sondern nur bewunderten, nein, nicht nur bewunderten, sondern verehrten, anbeteten, anhimmelten.

Und im selben Moment fragte er sich, wer der Mann war, der Verwundete, für den sie das alles getan und sogar ihr Leben aufs Spiel gesetzt hatte.

„Er heißt Friedrich Fürst!“, teilte ihm sein Freund Philipp in diesem Moment mit, als habe er denselben Traum wie er gehabt.

„Wer?“

„Der Verwundete.“

„Dem bin ich schon begegnet“, sagte Hugo.

„Ich glaube, dass er eine engere Beziehung zu der jungen Frau, die mir viel bedeutet, unterhält, als ich weiß.“

„Da irrst du dich“, widersprach Hugo. „Ich glaube, dass er alles für Maria bedeutet.“

Kapitel 5

In der beliebten Wirtschaft *Zum Fuchshof* musste ein Gefreiter, der ebendort friedlich einkehren wollte, einen tragischen Tod erleiden. Die herbeigerufene Polizei fand ihn mit einer tiefen Schnittwunde in der Halsschlagader in einer großen Blutlache auf dem Dielenboden der Gaststube. Tatverdächtig ist die bislang unbescholtene Wirtin. Über die Motive der allgemein beliebten und respektierten Mutter zweier Schulkinder ist noch nichts bekannt.

(Ludwigsburger Zeitung, 6. November 1918)

Philipp Ostertag und sein Freund wussten während ihres Gesprächs noch nicht, dass Lynn inzwischen von zuhause abgeholt und von der Polizei verhört wurde. Der Bursche des Majors hatte offenbar bei seiner letzten Vernehmung erzählt, dass Lynn fast zwei Wochen lang in der Hütte, in der der Major seinen Tod gefunden hatte, von diesem gefangen gehalten worden war. Dass sie sich dafür an ihm rächen wollte, als er zurück nach Ludwigsburg kam, erschien allen Ermittlern so plausibel, dass sie den Fall schlussendlich doch als gelöst ansahen und voller Zufriedenheit konstatierten, dass keines der anderen Dinge, die ihnen zu Ohren gekommen waren, im sicher bald angesetzten Prozess zur Sprache kommen müsse. Kein Missbrauch. Keine Vergewaltigung. Keine Homosexualität.

Kein unerfreuliches und unappetitliches Vorkommnis in der Armee, nur ein fehlgeleitetes und rachsüchtiges bürgerliches Mädchen, eine Halbengländerin noch dazu. Vielleicht sollte man diesen Aspekt unauffällig in den Vordergrund stellen, den möglicherweise politischen Zusammenhang noch evidenter machen, denn der Busche hatte betont, dass es um den zum Feind übergelaufenen Bruder der Verdächtigten gegangen sei.

Also nicht nur keine sexuelle Gewalt, sondern nicht einmal eine Verführung, sondern korrekte Ermittlungen eines Offiziers, dessen Methoden vielleicht fragwürdig, dessen Absichten aber redlich waren und von nationalem Interesse bestimmt.

Wussten Philipp Ostertag und Hugo nicht, dass Lynn abends aus ihrer Familie geholt wurde, so wusste Lynn nicht, warum das geschehen war, während sie mit ihrer Familie und den Gästen zu Abend aß. Maria hatte wirklich den ganzen Tag geschlafen und konnte es, nachdem sie aufgestanden war und die anderen im Esszimmer fand, kaum fassen, dass dort kein Frühstück, sondern schon das Abendessen aufgetragen wurde. Kaum hatte sie alle begrüßt, wobei sie vor allem Johannes Schöntal lange umarmte, und die erste Brotscheibe ergriffen, waren die Beamten eingetreten, um Lynn mitzunehmen. Alle waren außer sich und forderten Auskunft darüber, was man ihrer Tochter, Schwester, Freundin, Kollegin denn vorwerfe, Sogar Bertha kam aus der Küche in den Flur heraus und rief empört: *„Lasset Se mei Frallain los! Die hat koiner Menscheseel ebbes dho!"*

Und als die Polizisten dann der empörten Hausgemeinschaft eröffneten, dass man Carolyn Schönfeld des Mordes an ihrem Nachbarn beschuldige, und zwar aus Rache, lachten alle empört auf, am lautesten Maria. „Sie glauben, dass meine Freundin meinen Vater umgebracht hat? Um sich zu rächen? Und weswegen? Wenn Sie meine Freundin besser kennen würden, wüssten Sie, dass es kaum ein friedfertigeres Wesen gibt."

Lynn selbst blieb scheinbar ungerührt, hätte aber am liebsten verzweifelt mitgelacht, denn sie erinnerte sich genau an die letzten Worte des Majors, bevor er sie hatte gehen lassen: „Das eine muss ich sagen, ich halte Sie weder für mordlustig noch für rachsüchtig. Deswegen schätze ich Sie nicht als Gefahr ein. Was allerdings die Männer betrifft, mit denen Sie befreundet sind, bin ich mir da nicht so sicher. Deswegen habe ich vorgesorgt. Selbst wenn irgendjemand aus Ihrer

Umgebung, sei es einer Ihrer Brüder oder Ihrer Liebhaber, mir ans Leben geht, mich umbringt, will ich damit sagen, und dann eine andere Geschichte über Ihre Abwesenheit vorbringt als die von mir ersonnene, werden mächtige Männer es Ihnen heimzahlen, indem sie ihrerseits das Leben Ihres jüngeren Bruders gefährden. Denn im Unterschied zu Ihnen, liebes Fräulein Schönfeld, bin ich durchaus rachsüchtig, und das über den Tod hinaus."

So saß Lynn denn in einer kleinen vergitterten Zelle in einem ehemaligen Militärgefängnis der Stadt, dessen Insassen bereits entlassen worden waren. Das Zimmerchen war ebenerdig und sie musste es mit drei anderen Frauen teilen. Die saßen, als sie eintrat, auf ihren schmalen Stockbetten rechts und links von der Tür. Eine schrie, als die Tür aufgeschlossen wurde, aggressiv: „Lasst mich endlich raus hier! Lasst mich frei! Ich muss zu meinen Kindern!" Doch der Beamte, der Lynn hergebracht hatte, schaute gar nicht erst herein, sondern schob sie nur durch die enge, schwere, eiserne Tür, die er sofort hinter ihr wieder abschloss.

Lynn kam es in der Zelle unerträglich stickig und modrig vor; kein Wunder, denn die Frauen mussten dort auf engem Raum miteinander hausen, ihre kargen Mahlzeiten einnehmen und ohne jegliche Intimität ihre Verdauung verrichten. Das Fenster, hinter dem metallene Gitterstäbe ein strenges quadratisches Muster bildeten, schien man nicht öffnen zu können. Es war recht dunkel hier drin, denn die nur wenige Meter entfernte gegenüberstehende Lichthofmauer, der Begriff war wirklich fehl am Platz, ließ kaum einen Lichteinfall zu.

Lynns Augen gewöhnten sich schnell an das Dunkel; dieses Phänomen kannte sie ja schon von ihrem Aufenthalt in der Waldhütte her. Sie schaute, mit wem sie diesen finsteren Raum teilen musste. Auf dem linken Bettpaar saß unten die ältere Frau, die so lauthals um ihre Befreiung gebeten hatte, und oben eine junge lethargisch wirkende Frau. Auf dem unteren Bett rechts schien niemand sich ausgebreitet zu haben, das war also ihr Platz. Darüber saß eine Frau, die Lynn vage bekannt vorkam. Die war es auch, die Lynn freundlich ansprach: *„I weiß, wer Sie sin. Sie sin die Karoline Schöntal, Krankeschwester, und Sie waret zwei- oder dreimal mit dem Dogtor Oschterdag, der einer unserer Schtammgäscht is, bei uns in der Wirtschaft. Könnet Se sich net erinnern?"*

Lynn setzte sich auf ihre Pritsche. Ja, sie erinnerte sich an die Wirtin im *Fuchshof*. Es gefiel ihr, wie umsichtig und freundlich sie ihre Gäste umsorgte. Aber jetzt war sie nicht in der Stimmung, sich genauer auf ihre Besuche in der kleinen Wirtschaft zu besinnen. Sie hatte anderes zu bedenken. Warum nur verdächtigte man sie, ausgerechnet sie, des Mordes? Welche Indizien oder Überlegungen sprachen gegen sie? Und welche Schritte unternahm sie am besten, um ihre Freilassung zu erreichen?

Bis zu ihrer Freilassung musste sie einfach nur durchhalten, sich nicht um die drei anderen Frauen kümmern, mit denen sie jetzt buchstäblich zusammengesperrt war. Das laute Protestgeschrei der einen versuchte sie so gut zu ignorieren wie die freundliche Ansprache der anderen. Dass da oben links jemand ohne jegliche Reaktion saß, verstärkte ihr Unbehagen. Sie fühlte sich plötzlich unfähig, sich auf die neue Situation einzustellen oder sie gar zu analysieren.

Aus den Gedichtbüchlein von Ludwigsburger Schülerinnen

Der Mensch ist frei geschaffen, ist frei
Und würd' er in Ketten geboren ...

Warum nur fällt mir jetzt wieder nichts ein als ein Gedicht? Wie im Sommer in der Hütte. Ein Gedicht, das wir geliebt haben, als wir jung waren. Und wie sicher wir waren, dass jedes Wort in diesem Gedicht stimmt. Wie pathetisch haben wir es bei einer unserer Sitzungen dem Nachtwind entgegengeschrien! Bis Michael uns warnte: „Seid ruhig, sonst kommt noch die Polizei und nimmt uns wegen Ruhestörung fest!" Natürlich flüsterten wir das restliche Gedicht dann kaum hörbar vor uns hin, glaubten aber weiterhin jedes Wort. Auch dass man nicht an der Freiheit zweifeln dürfe, wenn die Mächtigen einen einsperren oder der Pöbel einen angreift, nein, wie hieß das nur? Nicht „angreifen", es war ein anderes Wort, ja: „schreien"!

Aus den Gedichtbüchlein von Ludwigsburger Schülerinnen

Lasst euch nicht irren des Pöbels Geschrei,
Nicht den Missbrauch rasender Toren,
Vor dem Sklaven, wenn er die Kette bricht,
Vor dem freien Menschen erzittert nicht.

Und was hilft mir das jetzt? Natürlich erzittere ich nicht vor einem Sklaven, der die Freiheit sucht, und warum, bitte, sollte ich vor einem freien Menschen erzittern? Und jetzt, als erwachsene Frau, frage ich mich wirklich, ob das nicht nur Worte sind? Schöne Worte, programmatisch klingende, aber eben nur Worte? Oder doch nicht?

Jetzt habe ich schon zum zweiten Mal in kurzer Zeit meine Freiheit verloren. Zuerst nahm mich der Major fest, und jetzt haben mich die Vertreter der Staatsmacht in diesen dumpfen Raum gesteckt. Weder Pöbel noch Tor noch Sklave wie im Gedicht haben mir das angetan, sondern im August ein kalter und, wie er selbst sagte, rachsüchtiger und rachlüsterner Mann, der mir nicht einmal verraten hat, was mein Bruder ihm angetan hatte, dass er so außer sich geriet, dass er meinte, mich gefangen nehmen zu müssen. Was hätte er eigentlich tun können, hätte er Michael gefunden? Ihn vor ein Gericht stellen, wenn Michael denn wirklich übergelaufen wäre? Aber warum hat er auf persönlicher Ebene regelrecht besessen reagiert?

Und jetzt? Wer hat mich jetzt hierher bringen lassen? Ohne mir genauer zu sagen, welche Vorwürfe es gegen mich gibt und wer sie erhoben hat? Warum durfte ich mich nicht dazu äußern? Warum wurde ich wieder meiner Freiheit beraubt? Und warum so viele andere Menschen?

Wie viele Menschen mussten in den letzten Jahren in den Krieg ziehen, durften nicht selbst entscheiden, wo sie leben und wie sie leben wollten. Wer legt uns Ketten an, wie das in den pathetischen Versen heißt? Die sowieso davon ausgehen, dass es eigentlich immer nur um die geistige Freiheit geht. Aber ich fühle mich trotzdem nicht frei.

Ob sich das alles im Frieden ändern wird, in diesem neuen Staat? Werden wir frei und nach gemeinsam aufgestellten Regeln zusammenleben? Denen wir uns fügen, weil wir ihren Sinn einsehen? Und den Wert eines geregelten Zusammenlebens anerkennen? Und ich? Nehme ich mich zu wichtig, weil ich gerade nur auf einem der vielen schwierigen Schritte des Übergangs strauchle?

Genug des Nachdenkens, ich muss mich jetzt hier irgendwie bemerkbar machen!

Lynn stand auf und klopfte laut an die schwere Eisentür, in deren Mitte sich eine Klappe befand, die sie aber nicht öffnen konnte.

„*Da kannscht klopfe, bis dei Finger wund sind*“, sagte die junge Wirtin und erzählte, dass sie hier inzwischen fast vergessen vor sich hinvegetierten. Seit zwei Wochen habe keiner mehr sie zum Verhör geholt.

„Nur neue Frauen stopfen sie uns rein“, ergänzte die andere Frau jammernd. „Und warum ich hier sitzen muss, mit diesen zwei Mörderinnen, wo ich doch nur ein Brot für meine unmündigen Kinder mitgehen hab lassen …“

Lynn musterte sie. Sie erblickte eine ältere Frau, die bestimmt keine kleinen Kinder mehr zu versorgen hatte. Ihr Gesicht kam Lynn vage bekannt vor, wie man ja in Ludwigsburg sowieso kaum jemanden sah, dessen Gesicht einem völlig fremd erschien. Vor allem in den Kriegszeiten, in denen die Frauen ganz anders als vor dem Krieg das städtische Leben prägten und sich in der Stadt immer wieder irgendwo über den Weg liefen. Wenn sie die Kinder in den Kindergarten oder in die Schule brachten und wieder abholten, wenn sie zur Arbeit gingen, wenn sie über den Marktplatz eilten oder lange mit ihren Lebensmittelkarten hintereinander in den Schlangen standen und auf die Verteilung der wenigen Lebensmittel warteten. Sie trafen sich bei wohltätigen Aktionen, so bei der Ausgabe kleiner Geschenke an Verwundete oder bei Ausflügen mit den Soldaten aus dem Erholungsheim oder bei der Speisung armer Menschen in den Suppenküchen, die von verschiedenen Organisationen betrieben wurden.

Trotz des Krieges oder sogar wegen des Krieges wurden in den Gemeinden manchmal Altennachmittage oder Kinderfeste gefeiert, und auch da begegneten sie sich. Und selbstverständlich waren Frauen dort, wo man früher ihre Männer gesehen hatte, in den Läden und Büros und Werkstätten und Sparkassen und als Fahrerinnen der städtischen Verkehrsmittel und der Lastwagen und eben auch als Betreiberinnen von Wirtschaften wie die junge Frau ihr gegenüber. Früher hätte sie in der Küche geholfen oder bei der Buchführung, heute war sie die Chefin und jeder Gast kannte sie.

Aber die ältere Frau war ihr aus keinem dieser Zusammenhänge bekannt. Kirche? Sonntäglicher Kirchgang? Auch so ein Ort, der unterschiedliche Frauen zusammenführte. Nein, dort war es nicht, oder doch? Doch, ja, jetzt, die alte Frau stieß erneut einen tiefen Klagelaut aus, fiel es ihr ein: Sie gehörte zu den Frauen, die oft auf den Stufen vor der Kirche saßen und bettelten, jämmerlich seufzend und mit unterwürfigen Mienen und Gesten.

„Hat man Ihnen gesagt?“, fragte Lynn, „dass der Krieg vorbei ist und dass wir keinen Kaiser mehr haben und auch keinen König und dass es in ganz Deutschland Demonstrationen und revolutionäre Umtriebe gibt?"

„Bei uns hier?", fragten beide Frauen ungläubig.

„Nein, bei uns nicht. Da gab es eine riesige Demonstration und dann kehrte fast wieder der Alltag ein. Nur ist anzunehmen, dass jeder im Moment andere Sorgen hat als unsere Vernehmung. Man muss sich wahrscheinlich vornehmen, geduldig abzuwarten", machte Lynn sich selbst bewusst.

„Und ich muss mit den Mörderinnen hier im Gefängnis aushalten! Und du, wer bist du eigentlich? Deinen Namen habe ich ja schon gehört, Fräulein Schöntal", sie lachte hämisch auf und wiederholte nach einem weiteren Blick auf Lynn, „das Fräulein *von* Schöntal vielleicht sogar? Wo wir jetzt eine Republik haben, da haben solche wie du nicht mehr das große Wort zu schwingen."

„Das habe ich bisher auch nicht getan." Verärgert fügte Lynn hinzu: „Und wenn Sie wissen wollen, warum ich hier bin? Es wird Ihnen nicht gefallen, aber ich stehe ebenfalls unter Mordverdacht."

Jetzt hielt es die ältere Bettlerin nicht mehr auf ihrer Pritsche. Sie rannte zur Tür und klopfte, klopfte, klopfte, obwohl sie um die Vergeblichkeit ihrer Anstrengungen wusste, wie wild an die Tür: „Mit drei Mörderinnen steckt man mich hier zusammen. Ich habe Angst, holt mich raus: Holt mich sofort raus! Sonst findet ihr morgen früh nur eine Leiche hier! Bitte, bitte! Ich weiß mir nicht alleine zu helfen!"

Trotz ihrer Anspannung musste Lynn fast lächeln, als sie bemerkte, wie raffiniert die Bettlerin ihre Taktik verändern konnte; von der trauernden Mutter, die sich um ihre Kinder sorgte, verwandelte sie sich schlagartig in ein schutzbedürftiges Wesen, ein potentielles Mordopfer. Ihr Schreien wurde immer variantenreicher, gequältes Schluchzen, lautes Kreischen, hohes Jaulen wechselten sich ab.

Endlich kam jemand vorbei und die Klappe wurde von außen angehoben: *„Was isch los?"*, war eine verärgerte Männerstimme zu hören. „Gefahr!", brüllte die schauspielerisch begabte Bettlerin wimmernd. „Man will mir an den Kragen!“ *„Wer will dir ebbes dho?“* „Na, ich sitze hier mit drei Mörderinnen!“, klagte die ältere Frau.

Kurz darauf hörte man, wie ein Schlüssel in das Schlüsselloch gesteckt wurde und ein kratzendes metallisches Geräusch verriet, dass aufgeschlossen wurde. Triumphierend blickte die Frau auf ihre Mitgefangenen, als ein genervter Wachtmeister eintrat und ihr befahl: *„Mach nore! I brauch au mei Ruhe! Du kommschd jedzd in a Einzelzell!“* Das Lächeln der Frau gefror, aber sie folgte dem Mann mit gesenktem Haupt hinaus.

Die kleine Episode hatte Lynn und die junge Wirtin abgelenkt und sie begannen eine leise Unterhaltung. Die Wirtin nahm dazu auf dem jetzt frei gewordenen unteren Bett Lynn gegenüber Platz. Erst jetzt sah Lynn die Frau darüber genauer an und bemerkte, wie jung sie war. Sie wirkte völlig unbeteiligt und ihr Blick war auf irgendeinen fiktiven Punkt an der Wand gegenüber gerichtet. In regelmäßigen kurzen Zeitabschnitten zog sie sich mit der rechten Hand ein Haar aus dem Kopf, ein langes, helles Haar, ergriff es mit dem Daumen und Zeigefinger der linken Hand am äußersten Ende und ließ es zu Boden fallen. Wirklich lagen unten auf dem Boden helle Haare übereinander, als wüchse dort ein seltsamer Flaum. Die Wirtin bemerkte Lynns Blick: *„Älle drei Minuda“*, sagte sie und berichtete, dass sie vor ein paar Tagen einmal die Sekunden gezählt habe. *„Die Arm! I han ghörd, dass sie a Mörderin isch. Sie soll ihr Butzele umbrachd han.“*

Das müsse aber nicht zutreffen, denn ihr werfe man ja auch einen Mord vor, obwohl sie unschuldig sei. Lynn blickte sie fragend an, und die Frau erzählte, dass sie Elsbeth Moser heiße. Sie betreibe die Wirtschaft *Zum Fuchshof*, in der trotz des Krieges alles so weiterlaufen solle wie vorher, als ihr Mann der Chef gewesen sei. Er solle alles wohlbehalten vorfinden, wenn er von der Front zurückkäme. „Vielleicht ist er ja schon da“, versuchte Lynn die Frau aufzumuntern, doch die schüttelte den Kopf und sagte, dass er es dann bestimmt schon geschafft hätte, sie zu besuchen.

Viel später, Elsbeth Moser ruhte auf ihrer Pritsche, tief erschöpft von ihrem Bericht, dachte Lynn über Elsbeths Erzählung nach. Elsbeth musste eine sehr tüchtige Frau sein, und ihre Schwiegereltern unterstützten sie nach Kräften, als ihr Sohn einrücken musste. Vor den Mosers hatten sich bereits etliche Wirtsleute im *Fuchshof* versucht, und Elsbeths Mann hatte die Wirtschaft zwar zu einem sehr beliebten Ort gemacht, aber über den Berg war sie noch nicht. Die beiden Obergeschosse boten seinen Eltern, ihm und seiner Familie Platz, hinter dem Haus richtete er einen Biergarten ein, und er nutzte den großen Gewölbekeller und die Räucherkammer für Abwechslung bei der Bewirtung seiner Gäste.

Und dann kam der Krieg. Elsbeth war auf einmal alleine mit den Schwiegereltern, dem Wirtshaus, den Kindern, dem Garten und den Kellern. Sie schaffte es, aber nur, weil sie sich einem strengen Tagesrhythmus unterwarf. Morgens brachte sie ihre Kinder in die Schule, dann machte sie ihren Haushalt und erledigte die Einkäufe für die Wirtschaft. Der Krieg erschwerte die Wirtschaftsführung zunehmend; vor allem im letzten Winter fürchtete sie oft, dass sie endgültig schließen und wieder wie vor ihrer Ehe als Kindergärtnerin arbeiten gehen müsste. Aber sie kämpfte täglich aufs Neue, um irgendetwas Gutes in der Wirtschaft anzubieten. Das ging nur, weil ihre Schwiegermutter in ihrem großen Garten allerlei anbaute und ihr Schwiegervater einen kleinen Acker bewirtschaftete.

Gegen halb elf begannen ihre Schwiegermutter und sie in der Wirtschaft zu kochen. Elsbeth Mosers Mann war Koch, und früher arbeitete sie ihm in der Küche zu, machte den Spätzleteig, schälte die Kartoffeln, putzte das Gemüse und schnitt es nach seinen Anweisungen. Jetzt versuchte sie, das, was sie ihm abgeschaut hatte, anzuwenden, und die alte Frau Moser half ihr dabei. Wenn alles fertig war, ging sie zum Bedienen in die Gaststube, während ihre Schwiegermutter in der Küche das Portionieren und das Anrichten der Teller übernahm.

Kurz vor 12 Uhr kam der Schwiegervater vom Acker, um seinen Platz hinter der Theke einzunehmen. Lynn erinnerte sich vage an einen älteren weißhaarigen Mann, und sie wusste noch, dass ihr durch den Kopf gegangen war, wie viele der alten Leute jetzt wieder anpacken mussten, um ihre Söhne zu ersetzen. Um 12 Uhr erschienen die Mittagsgäste. Elsbeth gelang es, die treuen Stammgäste nicht zu enttäuschen. Schon vor dem Krieg kamen nicht nur Soldaten zu ihrem Mittagstisch, was ihrem Mann recht war, denn die brachten mit ihren Trinkgelagen oft zwar Umsatz, aber auch Ärger ein. Ihr Stammpublikum waren Witwer und Junggesellen, Handwerker, die Inhaber kleiner Läden, Lehrer. Für die musste sich der Weg zu ihnen hinaus schon auszahlen.

Ein paar Tage, bevor das Schreckliche passierte, war Elsbeth aufgefallen, dass immer mittags mit dem Glockenschlag zwölf ein Soldat die Gaststube betrat, der aber kein Essen bestellte, sondern nur irgendetwas trank. Keinen Alkohol, den servierten sie mittags nicht. Und dieser Soldat fixierte sie ununterbrochen. Wenn sie ihm sein Getränk brachte, versuchte er, sie zu berühren. Elsbeth graute es vor ihm ein wenig, aber Angst hatte sie nicht, denn sie wusste, dass ihr Schwiegervater kein freundliches Wort für einen, der die Frau seines Sohnes belästigte, übrig hätte. Und um zwei verflog der ganze Spuk, denn dann kamen die Kinder von der Schule und die Wirtschaft wurde für das gemeinsame Mittagessen der Familie geschlossen.

Nach dem Mittagessen nahm sich Elsbeth Zeit für die Kinder; sie las ihnen vor, machte Hausaufgaben mit ihnen, spielte mit ihnen. Die Schwiegereltern ruhten sich indessen aus, um dann die Kinder zu übernehmen. Für Elsbeth stand an, unten alles für den Abendbetrieb vorzubereiten. Sie wechselte täglich ihre Angebote, abhängig von dem, was zur Verfügung stand. Abends bot sie zwei Gerichte an, eines davon warm, einfach, aber wohlschmeckend.

Um 6 Uhr kam der Schwiegervater herunter und übernahm die Theke, dann trudelten die Gäste ein. Der Abendbetrieb war für Elsbeth anstrengender als der mittägliche, weil sie da alleine für die Küche zuständig war und immer zwischen

Küche und Gastraum hin- und hersausen musste. Deswegen galt es immer genau zu planen, was sich gut vorbereiten und alleine bewältigen ließ.

An dem Abend, als das passierte, was ihr Leben so völlig aus der Bahn warf, war Elsbeth gut in der Zeit, sogar eine Viertelstunde zu früh; ein Linseneintopf mit Spätzle stand bereit und eine kleine Vesperplatte. Sie hatte die Tische eingedeckt, nur ein Besteck fehlte noch. Sie wischte vom Gastraum aus noch einmal mit einem Lappen über die Theke und beugte sich dann weit darüber, um das fehlende Besteck aus der Schublade im Tresen zu holen.

Da fühlte sie plötzlich, dass jemand sich auf sie warf, buchstäblich warf, sie dann weiter nach vorne schob, so dass sie direkt auf dem Tresen lag und keinen Boden mehr unter den Füßen spürte. Sie wurde von einem schweren Körper auf die noch nicht ganz trockene Tresenplatte gedrückt, ihr Bauch wurde feucht, vielleicht war es aber auch Angstschweiß, und er presste sie so fest nieder, dass sie sich nicht mehr wehren konnte. Sie schrie.

Der Mann griff mit seiner linken Hand um sie herum und drückte seine feuchten Finger auf ihren Mund. Sein Körper lag weiterhin schwer auf ihr, mit der rechten Hand hob er ihre Kittelschürze hoch, sie war ja noch nicht für die Arbeit im Gastraum umgezogen, und dann zog er ihre Hose herunter und es wurde ganz still.

Elsbeth weiß jetzt, dass er sie anschaut. Sie weiß genau, wohin er schaut, und kann nichts dagegen tun und muss sich anstarren lassen und dann auch noch betasten. Befingern. Sie weint furchtbar, und das müsste er eigentlich merken, seine Hand auf ihrem Mund ist bestimmt nass geweint. Und dann spürt sie *sein hartes Ding*, so hat sie es genannt, und ahnt, wie er es herausnestelt aus seiner Hose, und ist sich sicher, dass seine Aufmerksamkeit in dem Moment nachlässt, und es gelingt ihr, ihre rechte Hand unter seinem schweren Körper herauszuziehen, kaum schafft sie es, denn sie kann sich vor Furcht und Ekel kaum konzentrieren, sie bemerkt, dass er sich an ihren Beinen reibt, abstoßend alles, widerlich, und sie so wehrlos. Dann spürt sie ihn schon ganz oben zwischen ihren Beinen, und sie schiebt ihre Hand weiter vor in die Schublade, die schon offen ist, und ergreift das große scharfe Brotmesser, sie weiß ja blind, wo alles liegt, und gerade als er anfängt, in sie einzudringen, schwingt sie das Messer nach hinten an ihrem Kopf vorbei.

Sie will ihn treffen. Er muss von ihr ablassen. Und da spürt sie einen Riesenschwall, irgendetwas spritzt, etwas Flüssiges, es riecht so seltsam, süß, und sie versteht nicht, warum es von oben auf sie herunterfließt, tropft, und nicht unten irgendwo in sie hinein oder an ihren Beinen herunterläuft, und dann hört sie hinter sich einen dumpfen Aufprall, alles Gewicht auf ihr ist weg und nun hat sie einen kurzen Moment der Ruhe in sich, bei sich.

In dem Augenblick kam Elsbeths Schwiegervater herein. Sie schämte sich entsetzlich, halbnackt vor ihm zu stehen, und versuchte zu erzählen, was passiert war, aber er hatte es schon erraten. Dann brüllte sie ihm zu, dass er die Türe zur Straße abschließen und einen Arzt rufen solle, rannte in die Küche und zog sich ordentlich an. Sich für den Gästeansturm fertigmachen, dachte sie. Aber nun betrat ihr Schwiegervater die Küche und sagte bekümmert, dass der Mann draußen tot sei und keinen Arzt mehr brauche. Elsbeth erschrak, denn sie ahnte, nein, wusste, dass jetzt alles über ihr zusammenbrechen würde. Niemand würde ihr die Wahrheit glauben. Die Leute würden reden. Kein Rauch ohne Feuer, würden sie sagen. Und in eine andere Wirtschaft gehen. Und vielleicht würde ihr Mann ihr ja auch nicht glauben und sich abwenden von ihr.

Aber ihr Schwiegervater glaubte ihr, nahm sie kurz in den Arm, eine seltene Geste, und ging dann die Treppe hinauf, um seiner Frau zu sagen, dass sie die Kinder auf keinen Fall herunter in den Gastraum lassen dürfe. Die kamen nämlich manchmal, um sich ihren Gute-Nacht-Kuss von der Mutter abzuholen. Dann ging er die Polizei holen. Elsbeth dachte, dass die Beamten bald kämen, um den Mann abzuholen, und dass sie dann draußen alles putzen würde, immer wieder, immer wieder, bis auch nicht die leiseste Spur mehr auf das Unglück hinweisen könnte.

An das, was dann passierte, dachte sie nicht, dass sie nämlich von der Polizei festgenommen und ins Gefängnis gesperrt werden würde und dass niemand ihr glaubte, dass sie den Mann nicht töten, sondern sich nur gegen seine Gewalt wehren wollte. Und dass sie dabei aus Versehen seine Hauptschlagader getroffen hatte.

Lynn tat Elsbeth Moser sehr leid. Sie vermisste ihre Kinder so sehr, wollte aber nicht, dass sie sie hier, in einem vergitterten Gefängnisraum, sahen. Deswegen hatte sie ihre Schwiegereltern gebeten, den beiden Kindern eine Lüge zu erzählen, dass sie ihren Vater im Lazarett besuchen dürfe, wo er eine geringfügige Verletzung ausheilen müsse. Die Kinder waren sehr glücklich über diese Geschichte. Auch das gab Lynn viel Stoff zum Nachdenken. Notlügen. Lügen. Unwahrheiten. Wahrheiten. Ihre eigenen Lügen und Wahrheiten. Elsbeth leitete ihre *Wahrheit* vom Erhalt der Wirtschaft und dem Wohl ihrer Kinder ab. Und sie selbst, woher leitete sie ab, was wahr war und was nicht?, fragte sich Lynn.

Die Frau über Elsbeth Moser hatte während des langen Berichts weiterhin in regelmäßigen Abständen ein Haar herunterrieseln lassen.

Das also sind die *Mörderinnen*, mit denen ich hier eingesperrt bin, dachte Lynn. Eine junge Frau, die krank ist, und eine andere, die sich gegen eine Vergewaltigung gewehrt hat. Ist es mir im Vergleich dazu nicht relativ gut ergangen? Die Sommerwochen in der Waldhütte hatte sie ohne tiefe seelische Folgen überstanden; niemand dort hatte sie brutal behandelt, nicht einmal berührt. Und hier würde sie bestimmt auch bald herauskommen; ihre Familie unternahm dafür gewiss alles, was überhaupt denkbar war. Und wenn sie wieder *draußen* war, so sagte man wohl im Gefängnis, *draußen*, dann würde sie sich um die Angelegenheit der beiden Frauen kümmern.

Auf dem Bett liegend, dachte Lynn fast wehmütig an die Waldhütte. Hier in der Zelle waren keine Vögel zu hören, keine rauschenden Baumgipfel, kein Wind, keine Regentropfen auf dem Dach. Nur die Geräusche ihrer beiden Mitgefangenen, ein schweres Atmen, ein leises Seufzen, ein unterdrückter Schluchzer. Irgendwann schlief Lynn aber auch in dieser Nacht ein.

Sie erwachte durch laute metallische Geräusche. Ketten, Sklavenketten, dachte sie. Ein anderer Satz ging ihr durch den Kopf, jemand hatte ihn einmal in ihr Poesiealbum geschrieben: *„Die schönsten Träume von Freiheit werden ja im Kerker geträumt."* Lynn dachte, dass sie vermutlich viel Zeit haben würde, um über das Zitat nachzudenken. Elsbeth war sehr ruhig an diesem Morgen, nur ein gelegentliches Lächeln zeigte ihre Verbundenheit. Die dritte Frau brach ihr Schweigen nicht, und das vierte Bett blieb leer.

Draußen wurde laut ein Tisch herangerollt, ein *tea trolley*, dachte Lynn, und durch die Klappe wurden Blechteller hereingeschoben, auf denen harte Brotstücke und ein Klecks irgendeiner roten Pampe lagen, dazu gab es einen Krug mit einer nicht definierbaren hellbraunen Flüssigkeit, einem Tee aus irgendwelchen getrockneten Kräutern oder Gräsern. Trotz ihrer Kenntnisse auf diesem Gebiet konnte Lynn nicht herausschmecken, welche es waren. Doch sie trank ihre Tasse ganz leer.

Nach dem Frühstück setzten sie sich wieder auf ihre Betten. Später kam der Wachtmeister und kontrollierte die Sauberkeit der Zelle. Er winkte Elsbeth heraus, die ihm ruhig folgte. Zu Mittag kam sie zurück und kurz darauf wurden erneut Blechteller hereingeschoben; es gab eine einfache Graupensuppe, aber sie schmeckte nicht schlecht, es lagen

Gemüsestückchen darin, Möhren vor allem, und kleingeschnittenes Möhrenkraut. Elsbeth unterbrach das Schweigen, indem sie auf den Teller zeigte und erzählte, dass sie täglich zwei Stunden Küchendienst habe und dass sie es diesem Dienst verdanke, dass sie noch nicht verrückt geworden sei: *„Der Koch lässd mi macha ond schaud zu. Und zwoi Männr helfa beim Kleinschneida."*

„Keine Frauen?", wollte Lynn wissen. Elsbeth erzählte, dass sie die einzigen Frauen im ganzen Gefängnis seien, in der oberen Etage säßen einige wenige Männer ein. Was die täten, wusste sie nicht, sie kenne nur die beiden von der Küchenarbeit: *„Mir schwätza nur des Nödigschde, aber's underbrichd die Ödheid der Dag."*

„Ich dachte, im Gefängnis müssten alle irgendwo arbeiten!" Elsbeth wusste, dass das bis vor kurzem auch so gewesen sei, die meisten Gefangenen hätten in den Fabriken der Stadt gearbeitet. Aber das habe aufgehört, als so viele verlegt wurden. So vor zwei Wochen sei das gewesen. „Sie wurden entlassen", sagte Lynn. Elsbeth mutmaßte, dass das wegen der Republik gewesen sei, und Lynn stimmte lächelnd zu. Vielleicht hätten die Räte noch keinen Plan für die Gefangenen, meinte Elsbeth.

Wahrscheinlich stimmte das, dachte Lynn, viele Regeln galten nicht mehr, waren aber noch nicht durch neue ersetzt worden. Und ausgerechnet hier, in dieser engen rechteckigen Zelle, mit dem rechteckigen Fenster und den wenigen Einrichtungsgegenständen in der gleichen Form, mit dem perfekten Quadratmuster der Fenstergitter, und ausgerechnet jetzt, wo es nicht mehr nach dem Augen-geradeaus-Prinzip geht und noch offen ist, ob man rechts oder links, vorwärts oder zurück geht oder sich gar kreuz und quer irgendwie durchschlängelt, wo also quasi anarchische Zustände ohne rechte Winkel herrschen, sitze ich hier im Gefängnis. Im Kerker. Wie war das? *Die schönsten Träume von Freiheit werden ja im Kerker geträumt.* Träumt man überhaupt von der Freiheit, wenn man nicht im Kerker sitzt? Wie ist das mit anderen Träumen? Werden die schönsten Träume vom

Frieden im Krieg geträumt? Und die schönsten Träume vom Essen während des Hungerns? Die schönsten Träume von der Liebe nach ihrem Verlust?

So saß sie sinnierend auf ihrer Pritsche und wusste bald nicht mehr zu sagen, ob es früher oder später Nachmittag war, nein, Abend noch nicht, weil von draußen noch ein wenig Grau hereinschimmerte. Aber zu hören war nichts von draußen. Keine anarchischen Jubelschreie, keine militärischen Wutschreie. Einfach nichts. Nur manchmal vor der Tür klappernde Schlüsselbunde. Metallisches Kratzen, Quietschen, Sägen, Aufschließen oder Abschließen. Aber nach dem, was Elsbeth Moser gesagt hatte, war ja nur diese eine Zelle hier unten belegt Und vielleicht noch eine andere, in der die aufrührerische Bettlerin saß? Oder war sie entlassen worden? Interessierte sich die Justiz in Zeiten des Umsturzes für einen gestohlenen Laib Brot?

Nach dem Mittagessen fragte Elsbeth, weswegen Lynn eigentlich des Mordes verdächtigt werde. Lynn versuchte, ihr zu erklären, dass sie noch nicht darüber sprechen könne, weil sie noch nicht alle Zusammenhänge für sich selbst geklärt habe. Die Lügen. Die Wahrheit.

Das akzeptierte Elsbeth sofort, aber etwas anderes wollte sie doch noch wissen, weshalb Lynn nicht Schwäbisch spreche: *„Sie sind doch dahana in Ludwigsburg gebora, gell?"*

Das konnte Lynn leicht beantworten, und sie gab Elsbeth einen kleinen Abriss ihrer Familiengeschichte. Sie erzählte von ihrer englischen Mutter, ihrem in Norddeutschland aufgewachsenen Vater, davon, dass ihr Vater kurz nach seiner Heirat mit seiner Frau hierher nach Ludwigsburg in sein geerbtes Haus gezogen ist.

„Meine beiden Brüder und ich sind hier geboren. Aber wir haben zuhause nur Hochdeutsch gesprochen und an den Wochenenden Englisch. *Abr mir Kendr könna scho a bissle Schwäbisch"*, versuchte sich Lynn lachend. Danach kehrte wieder Ruhe in der Zelle ein und Lynn dachte weiter über das Zitat nach.

Was sie nicht ahnte, war, wie ähnlich die Gedanken Babettes waren, obwohl der wahrscheinlich niemand Schillers Spruch ins Poesiealbum geschrieben hatte.

Aus Babettes Tagebuch

Ich vermisse inzwischen das Schreiben fast. Und warum soll ich jetzt nicht neben Fakten Träume aufschreiben? Meine?
Das zumindest dachte ich gestern am frühen Abend. Es war alles gut, wie es war, fast so, als säße ich in einem Familienkreis. Gut, das tat ich ja auch, genauso wie Lynns Freundin Maria, aber was ich eigentlich meine, ist, dass es fast so war, als wäre es meine Familie. Welche Rolle die Einzelnen dabei einnahmen, habe ich mir nicht überlegt. Es war auch gleichgültig. Ob ich Johannes Schöntal nun als Bruder, seine Kinder als Nichte und Neffen, wahrnehme oder als einen Cousin, vielleicht auch nur zweiten oder dritten Grades, oder als einen so entfernten Verwandten, dass es nicht einmal einen Begriff dafür gibt, spielt keine Rolle. Darum will nicht darüber nachdenken, sondern ich möchte einfach, dass wir zusammen sind, Johannes Schöntal und ich, Peter und Lynn und eben auch Maria. Das fühlte sich gestern so an, als schlösse sich die Lücke, die der Tod meiner Eltern in meinem Leben zurückgelassen hat. Ihre lange Krankheit hat es mir ja nicht erlaubt, mir eine eigene Familie aufzubauen. Hätte ich gerne Kinder gehabt? Eigene Kinder? Die schönsten Träume von eigenen Kindern werden von denen geträumt, die keine Kinder haben.

Wenn ich in meinem sogenannten *Friedenstagebuch* blättere, dann sehe ich, wie sehr mich diese Familie verändert hat. Vor zwei oder drei Monaten notierte ich Schlachtverläufe, soweit ich sie rekonstruieren konnte, schrieb Vorkommnisse aus dem Lazarett nieder, klebte Zeitungsartikel ein. Inzwischen möchte ich über meine Gefühle schreiben, meine Gefühle als …, ja, als …?

Dann aber ist etwas passiert, das mich zum Verfassen nüchterner Berichte zurück zwingt. Denn für gefühlvolle Sentenzen oder allgemeine Reflexionen oder gar die Analyse von Gesten und Worten sollte ich, sollten wir uns keine Zeit mehr nehmen – es gilt jetzt, zu handeln, planvoll und effektiv. Warum?

Kurzbericht: Lynn ist gestern Abend, als wir alle zusammensaßen, verhaftet worden. Um halb zehn, Johannes hatte gerade die zweite Flasche, seine letzte aus dem Weingut des Herzogs von Württemberg, aufgemacht, aber das sagt er ja immer, meine letzte, um halb zehn also klopfte es laut und ungebührlich heftig an der Haustür. Als Peter, der wahrscheinlich befürchtete, dass einer seiner etwas zechfreudigen Kumpane sich da bemerkbar machte, öffnete ...
Nein, halt! Das ist kein Kurzprotokoll.

Zweiter Versuch: Zeit: gestern, 21.30 Uhr; Ort: Haus der Familie Schöntal; anwesend: Johannes Schöntal, Karoline, seine Tochter, Peter, sein jüngster Sohn, Maria Kahl, beste Freundin Karolines und Tochter seines vor zehn Tagen ermordeten Nachbarn. Stimmung: anfangs etwas angespannt, da man nicht wusste, wie Maria mit dem Tod ihres Vaters umging, dann entspannter, als Maria allen gestand, dass man natürlich beim Tod eines Elternteils beklommen reagiere, vielleicht auch weil man wisse, dass das von einem erwartet werde. Sie aber habe nie eine liebevolle Beziehung zu ihrem Vater gehabt, sondern ihn früher eher gefürchtet als geliebt. Seit über drei Jahren habe sie ihn nicht mehr gesehen, weil sie es nicht wollte. Danach äußerte sie ihre große Freude darüber, endlich wieder im Kreise der Schöntals zu sein, ihrer Ersatzfamilie. Abschließend schlug sie vor, dass man trotz der anderen Sache, wie sie das dann umschrieb, mit einem Glas Wein auf ihr gesundes Wiedersehen anstoßen solle, falls Herr Schöntal noch einen Schluck im Keller habe. Danach war die Grundstimmung des Beieinanderseins heiter, obwohl Maria genauso wie wir auch schlimme Vorkommnisse aus den Krankensälen ansprach.

Nein, Schluss; das wird wieder ein Roman! Was ist nur mit mir?

Dritter Versuch: Gestern, 21.30 Uhr. Zwei Wachtmeister holen Karoline Schöntal aus dem Kreis ihrer Familie und Freunde (anwesend: ihr Vater und ihr Bruder; ihre verwaiste Freundin Maria und ich, ihre Vorgesetzte). Auf eindringliche Nachfrage erfahren wir, dass sie des Mordes an dem Vater ihrer Freundin verdächtigt wird. Genaueres sagt man uns nicht. Glücklicherweise wird ihr erspart, Handschellen zu tragen. Peter folgt seiner Schwester, die zwischen den beiden Wachtmeistern gehen muss, um herauszufinden, wohin man sie bringt.

Zurückgekehrt, berichtet er, dass sie in der Schorndorfer Straße sei. Johannes Schöntal versucht uns mit der Mitteilung zu trösten, dass es dort seines Wissens seit gut zwanzig Jahren immerhin Zellen gebe und man nicht mehr in riesigen Sälen untergebracht sei, wo man allen möglichen Anfeindungen und Beleidigungen und Aggressionen durch andere ausgesetzt sei. Doch das tröstet eigentlich keinen von uns. Ihn auch nicht.

23.00 Uhr Beratschlagung der nächsten Schritte:
Maria will Freunde und Feinde ihres Vaters (eigentlich habe er nur Feinde gehabt, bestenfalls noch Menschen, die ihm gleichgültig gegenüberstanden) und Verwandte ihrer Mutter ausfindig machen, ggf. wisse da jemand etwas Genaueres und sei bereit, es ihr als Tochter anzuvertrauen?
Johannes will einen kompetenten Rechtsanwalt hinzuziehen und derzeitige Zuständigkeiten eruieren. Ferner möchte er Gründe für den Tatverdacht erfahren sowie Besuchsmöglichkeiten ausloten. Seine Familie hat viele Jahre lang eine bedeutende Rolle in der Stadt gespielt; daher nimmt er an, dass ihm viele Türen geöffnet werden.
Peter will Freunde aus dem Umkreis der Soldaten- und Arbeiterräte, die er in den letzten Wochen gewonnen hat, um Beistand und Hilfe bitten.

Babette (also ich) will sich die Unterstützung wichtiger Personen der Stadt (viele Familien fühlten sich ihr verpflichtet, deren Väter oder Söhne sie gepflegt hat) und die Solidarität der Ärzte und Pfleger des Lazaretts sichern.
Bertha will nicht ausgeschaltet werden und schlägt vor, die Wachtmeister und diensthabenden Soldaten im Gefängnis mit gutem Essen zu bestechen.

Zweiter Tag nach Lynns Verhaftung
Morgen. 7 Uhr, noch müde von der zeitraubenden Unfähigkeit, die ich gestern beim Schreiben meines Tagebuchs bemerken musste. Muss in Betracht ziehen, dass ich emotional zu stark beteiligt und deswegen keine große Hilfe bin. Gehe so schnell wie möglich ins Lazarett.

Nacht. 23 Uhr. Ereignisreicher Tag.
Am erfolglosesten: ich. Denn als ich im Lazarett ankam, hingen schon überall Solidaritätsschreiben mit Unterschriften fast aller Ärzte, Pfleger, Schwestern und auch der Patienten. Doktor Ostertag hatte beim Frühstück in der Stadt von Lynns Verhaftung erfahren und alles unternommen, was mein Part war. Er hatte eine Liste aller persönlichen Freunde und Gönner und Unterstützer und namhafter Patienten des Lazaretts zusammengestellt und war nach Hause geeilt, niemand wusste, weshalb.
Bald darauf kam er wieder, kurz nach mir, und ich erkannte ihn kaum wieder. Ich bin gewohnt, ihn in seinem zerknitterten, blut- und eiterbefleckten Arztkittel zu sehen, aber jetzt stolzierte er einher wie ein ranghoher Offizier, der er ja auch ist. Obwohl aus einer Garnisonsstadt stammend, hatte ich nie einen Blick für Ränge und Orden, und Karoline hat mir einmal erzählt, dass es ihr genauso gehe. Peter sei der Einzige in ihrer Familie, der sich da auskenne.
Jetzt verfalle ich schon wieder ins Erzählen, zurück also zum Bericht: Er stand da in einer Uniform, die nagelneu aussah, kein Wunder, er trägt sie eigentlich nie, und er war behängt wie *a Bfingschtochse*, wie man hier sagt, und sogar ich militärische Analphabetin erkannte das riesige

Eiserne Kreuz, es hing ohne Band mit einer Nadel an seiner Uniform. Er erklärte, dass er jetzt seine Liste persönlich abarbeiten wolle. Sein erstes Ziel sei, eine großzügige Besuchsregelung für Schwester Karoline zu erreichen.
„Ist das taktisch geschickt, jetzt, im Frieden?“, fragte ich ihn mit einem vielsagenden Blick auf seine Uniform. Er schaute mich nachdenklich an und antwortete: „Ich fürchte, ja. Ich fürchte, dass es noch sehr lange effektiver sein wird, auf noch bestehende alte Seilschaften zu setzen, als offene Anfragen und Petitionen in Gang zu bringen. Ich würde das lieber tun, aber ich habe abgewogen und mich entschlossen, das Spiel zu spielen, das ich hasse.“ Er griff nach seinem Eisernen Kreuz erster Klasse und ließ es an der Nadel hüpfen.
Er kam am Nachmittag mit vielen erfreulichen Nachrichten zurück: mit einer großzügigen Besuchsregelung für Karoline und der Erlaubnis, ihr Nahrung und Bücher mitzubringen, der Zusicherung einer raschen Untersuchung, einer achtungsvollen Behandlung, eines sofortigen juristischen Beistands.
Johannes hatte übrigens eine ähnliche Liste wie Doktor Ostertag erstellt und von vielen einflussreichen Bürgern der Stadt ähnliche Unterstützungsangebote erhalten. Manche waren wegen seiner *Mesalliance*, so schätzten sie seine Heirat mit einer englischen Lady ein, etwas zurückhaltend. Ein äußerst gewiefter Rechtsanwalt hatte sich von sich aus bei der Familie gemeldet, wohl als Folge der Intervention Doktor Ostertags.
Peter: uneingeschränkt erfolgreich. Die neuen Volksvertreter waren empört über die Festnahme einer unbescholtenen und demokratisch gesinnten Bürgerin, viele kennen Lynn persönlich und sicherten ihrem Bruder umfassende Hilfe zu.

Ich glaube, dass viel erreicht wurde, weil wir unsere Freunde und Bekannte in so unterschiedlichen Kreisen haben und weil unsere Sache durch die konkurrierenden und dadurch ineinandergreifenden Anstrengungen von Zivilgesellschaft und Militär, von Rechten und Linken, positiv befördert wird.

Bertha: war als Einzige enttäuscht. Hat den ganzen Nachmittag gebacken, konnte aber ihre gedeckten Apfelkuchen, die sie hartnäckig Pais nennt, nicht loswerden; die Diensthabenden im Gefängnis erklärten, dass deren Annahme als Bestechung verstanden werden könnte. Aber immerhin boten sie an, einen Kuchen in die Zelle des Fräuleins zu bringen, denn auch sie hatten von den Wellen, die die Festnahme Karolines geschlagen hatten, gehört.

Ich hoffe, dass Lynn den Kuchen wenigstens wirklich erhalten hat.

Am späten Nachmittag klapperten wieder Schlüssel vor unserer Zellentür. Schon Abendessen?, dachte ich und wartete auf das Hochheben der Klappe. Aber die Tür wurde richtig aufgeschlossen, und ein junger Wachmann präsentierte uns einen mächtigen apple pie. „Ist für Sie abgegeben worden", sagte er. „Ich habe ihn schon für Sie in Stücke geschnitten." Natürlich durfte er mir kein Messer bringen, und ich bedankte mich bei ihm nicht nur für das Zerschneiden, sondern indirekt auch für die unauffällige Art, wie er das Problem gelöst hatte. „Möchten Sie nicht versuchen?", traute ich mich zu fragen, und wirklich griff er zu, genauso wie Elsbeth. Nur unsere stumme Insassin ignorierte mein Angebot. Den Kuchen ließ der Wachmann in unserer Zelle.

Am nächsten Morgen hörte ich wieder das vertraute Geräusch. Ob man uns jetzt den restlichen Kuchen wegnimmt?, fragte ich mich, als ein älterer Beamte eintrat. Doch er beachtete den Kuchen nicht, sondern brummte mit einem Blick auf mich „Besuch" und bedeutete mir, ihm zu folgen. Ich sah, wie Elsbeth ungläubig das Gesicht verzog.

Ich folgte dem Wachtmeister glücklich durch den langen Korridor in den Eingangsbereich, von dem ein weiterer Korridor abbog, durch den wir gehen mussten. Dort konnte man durch die Fenster, auch sie vergittert wie in den Zellen, auf die Straße blicken. Ich sah sehnsüchtig hinaus, obwohl die Schorndorfer Straße, vor allem dieser östlich vom Schlosspark gelegene Teil, nicht gerade zu meinen Lieblingsstraßen gehörte. Wahrscheinlich deswegen, weil es früher für uns ein wenig unheimlich und gruslig war, sich vorzustellen, dass in diesem Haus, das von außen so bieder und gediegen aussah, lauter gefährliche Menschen eingesperrt waren.

Was, wenn es einem gelänge zu fliehen und er sich eines von uns Kindern schnappte? Und es sich vor den Bauch klemmte wie ein Ritter einen Schild, so dass niemand ihn mit dem Messer oder Schwert oder gar mit einem Gewehr bekämpfen könnte, um das Leben unschuldiger Kinder nicht zu gefährden? Das Wort „Ritter" allerdings war, wie ich als ältere Schwester nicht müde wurde, Peter zu erklären, in diesem Zusammenhang unangebracht. Natürlich konnte man sich auch ausmalen, welche gefährlichen und blutrünstigen Taten die Gefangenen begangen hatten, Peters Phantasie kannte da keine Grenzen.

Nun saß ich selbst ein, und das zusammen mit zwei anderen Frauen, und alle drei galten wir als Mörderinnen, und zufällig rannten draußen auf dem Bürgersteig zwei Kinder vorbei und ich sah sie einen verschreckten, aber auch neugierigen Blick auf mich und den Wachtmeister werfen.

Wir betraten einen großen Raum, in dem nur ein Tisch und ein paar Stühle standen. Ich erblickte meinen Bruder und umarmte ihn, als hätte ich ihn seit Monaten nicht gesehen, und er erwiderte meine Umarmung. Der Wachtmeister bat uns dann, uns zu setzen und weiteren Körperkontakt zu vermeiden, ergriff seinerseits einen Stuhl und stellte ihn vor die Tür, als müsse er die Welt dahinter vor uns schützen, setzte sich darauf und bemühte sich um eine unbeteiligte Miene.

„Schön, dass du mich besuchst", sagte ich.

„War ein harter Kampf; Maria wollte das Besuchsrecht unbedingt als Erste nutzen, sie hätte dich so lange nicht gesehen. Kein schlechtes Argument Und Vater pochte natürlich auf seinem Recht. Aber ich habe den beiden keine Wahl gelassen."

„Und warum wolltest du mich unbedingt als Erster sehen?"

„Weil du mir eher glaubst, wenn ich dir sage, dass du bald wieder frei sein wirst. Bei mir wirst du nicht meinen, dass ich dich nur trösten will, wie das bei den anderen wäre."

„Was für ein kluger und psychologisch geschulter junger Mann du doch geworden bist, Pihter", scherzte ich lobend, und er wehrte sich kein bisschen gegen meine Aussprache seines Namens.

„Und ich habe dir vier Mitteilungen zu machen. Ich habe mir alles ganz genau überlegt wie einen Reifeprüfungsaufsatz, weil ich ja nicht wusste, ob ich dich vielleicht nur wenige Augenblicke sehen darf und gehen muss, bevor ich alles gesagt habe." Er wandte sich an den Wärter: „Wie lange darf ich genau bleiben?"

Der Mann sah streng auf die Uhr und sagte dann nicht ohne Humor: „Für vier Mitteilungen wird es schon reichen."

Peter schaute mich an. Irgendwie feierlich: „Es ist schon makaber, dass ich dir ausgerechnet im Gefängnis so feierliche Mitteilungen mache. Aber ich muss dir endlich einmal sagen, dass ich weiß, eigentlich immer wusste, was du für mich getan hast und was du für mich geopfert hast."

Was sollte man darauf antworten? Das klang ja fast so pathetisch wie ein Abschied oder gar eine Grabrede. Meine treusorgende Schwester, die Mutterstelle an mir vertreten hat ... Was da noch kommen konnte?

„Und jetzt das zweite: Wenn du hier herauskommst, werde ich weggehen. Wie Michael. Ich werde lernen, studieren. Aber es wird nicht so theoretisch bleiben wie bei unserem Bruder. In den letzten Wochen habe ich damit geliebäugelt, Arzt zu werden, aber inzwischen weiß ich, dass ich gern in die Politik gehen möchte. Veränderungsmöglichkeiten ausloten, Veränderungen durchkämpfen. Und dafür studiert man doch am besten Rechtswissenschaft, oder?"

Ich stimmte ihm zu: „Das stimmt. Für einen Politiker ist es sicherlich nicht falsch, sich mit dem Recht auszukennen.

Obwohl ich mir dafür auch Philosophie vorstellen könnte."

„Darüber habe ich schon auch nachgedacht, aber für mich passt besser etwas, das näher an der Lebenspraxis ist; du und Michael, ihr könnt mir ja immer etwas vorphilosophieren, wenn ihr meint, dass ich etwas einfacher gestrickt bin und Überbau-Defizite habe."

„Oh, da hast du tatsächlich mit der Marx-Lektüre angefangen!"

Hätte ich nicht zufällig zum Fenster geblickt und die Gitter gesehen, hätte ich vergessen können, dass ich mich im Gefängnis befand. Da sprach ich doch wirklich mit meinem kleinen Bruder fast so wie früher mit meinem großen. Michael hätte auch seine Freude. Aber unser Gespräch sollte jetzt nicht allzu sehr ins Sentimentale abgleiten, nachher, wenn er weg war, müsste ich mich nicht mehr gegen die eine oder andere Träne der gerührten Erleichterung wehren. Darüber, dass ich mich nicht mehr um Peter sorgen musste, darüber, dass er sich bei mir bedankt hatte. Doch jetzt galt es, ungerührt und beherrscht und gleichmütig zu bleiben oder zumindest zu wirken: „Und jetzt die dritte Information, junger Bruder!"

Und da eröffnete er mir, dass er vorhabe, in England zu studieren. Auch wenn er da als Feind gelten sollte. „Das habe ich verdient; ich habe mir das zu einfach gemacht", sagte er. „Inzwischen weiß ich, dass ich, als Mutter starb, so unbewusst wie simpel gedacht habe, dass alles leichter sei ohne das, was an sie erinnert: die Sprache, meine Lieblingsgerichte, unsere englische Familie, die Aufenthalte bei unseren Großeltern. Und es schien noch einfacher, als ich beschloss, dass alle Engländer meine Feinde seien. Ich weiß, wie schwer das für dich war. Aber für mich auch, um ehrlich zu sein. Aber inzwischen hab ich ein wenig dazugelernt. Keine Ahnung, wieso man mir das sogenannte Reifezeugnis gegeben hat, unreif, wie ich war. Jetzt möchte ich meine verdrängte Hälfte wiederfinden."

Da meine Rührung nach diesem dritten Bekenntnis noch wuchs, streichelte ich ihn nur wortlos, um dann streng weiterzufragen: „Und deine vierte Information?"

Jetzt stotterte Peter ein wenig herum. Man sah, dass er sich nicht mehr ganz sicher war, ob er mir wirklich sagen sollte, was er mir sagen wollte. Vielleicht ist er verliebt, dachte ich und wusste, dass ich konsequent die große Schwester mimen musste, die an ihrem jüngeren Bruder mit „Wohlgefallen", aber mit „interesselosem Wohlgefallen" Anteil nahm. Welchem unserer Klassiker verdanke ich diese Formulierung?

„Kant", sagte Peter, als habe er meine Frage gehört, „geht gut als Einleitung. Denn ich muss mit dir über Michael sprechen. Meine Pflicht jetzt."

Ein heftiger Schreck durchzuckte mich: „Was ist? Hast du von ihm gehört? Ist er gesund? Ist ihm etwas passiert? Jetzt sprich doch. Was ist mit unserem Bruder?"

Peter konnte natürlich nicht wissen, weswegen ich plötzlich so aufgeregt und verängstigt war, aber er fuhr fort: „Ich weiß nichts Neues. Aber ... er war im Sommer zwei Tage hier. Er wollte dich sprechen. Aber er hat dich nicht gefunden und ging unverrichteter Dinge wieder weg."

„Erzähl! Erzähl!"

„Ich bin doch gerade dabei! Er kam an einem heißen Abend, es war Mitte August. Das war an dem Abend, bevor euer Freund Friedrich uns besuchte. Stell dir vor, Michael, dieser raffinierte Hund, hat zwei Nächte heimlich in unserem Haus verbracht, unterm Dach, in unserer Rumpelkammer, aber am zweiten Tag ist er mir auf der Treppe direkt in die Arme gelaufen. Ich habe ihn im ersten Moment gar nicht erkannt; er sah schlecht aus, dürr wie ein Besenstiel. Ich habe vor Schreck aufgeschrien, aber er hat den Finger vor den Mund gehalten und mir bedeutet zu schweigen und ist wieder die Treppe hoch.

Aus der Küche kam Bertha gerannt, da warst du schon bei deinem geheimnisvollen Dienst im Königshaus oder sonst wo, was wir aber noch nicht wussten. „Was haschd dir dho?", hat Bertha gefragt. Ich habe sie weggeschickt und erklärt, ich sei nur mit dem Knie ans Geländer gestoßen. Quatsch natürlich, wie soll ich mit dem Knie ans Geländer kommen? Sie hat es auch nicht geglaubt, aber ich habe sie dann gebeten, mir ein Vesper zu richten, weil ich im Garten essen und nachdenken wolle. Sie schüttelte den Kopf und dachte wohl, jetzt sei ich endgültig verrückt geworden, aber sie schlurfte zurück in die Küche und brachte mir dann etwas in mein Zimmer.

Ich bin damit rauf auf den Dachboden zu Michael geschlichen. Aber aus ihm war wenig rauszuholen. Er wollte unbedingt mit dir sprechen, weil er deinen Rat wollte. Denn nur du würdest die Menschen gut kennen, die es betrifft. Er sagte, er habe dir eine Nachricht deponiert, gleich als er spät am Sonntagabend gekommen sei, und wollte oben auf dich warten, sei aber vor Erschöpfung eingeschlafen und erst wach geworden, als du schon weg gewesen seist. Und am zweiten Abend kam ja dann Friedrich mit dir und wie Michael mir erzählt hat, ging der erst, als das Haus schon wach gewesen sei. Aber das lassen wir jetzt mal beiseite, obwohl ich da gerne nachfragen würde ... Bertha habe jedenfalls bereits laut in der Küche herumgewerkelt, erzählte Michael, und er habe sich wieder verstecken müssen, aber dann habe er dich sprechen hören. Du hättest mit Vater gefrühstückt und seist dann schnell aufgebrochen, so dass er weiter auf dich warten musste. Er habe dir eine zweite Botschaft hinterlassen, obwohl er furchtbare Angst gehabt hätte, dass er dabei gesehen würde. Wovor er sich so fürchtete, weiß ich nicht. Ich habe ihn ja danach erwischt, obwohl er so vorsichtig war. Dann bat er mich noch, meinen Tag wie immer zu verbringen, dann fiele er nicht auf. Er müsse sich leider verstecken. Warum, wollte er mir aber auch nicht sagen.

Na gut, und an dem Tag ist dann später die Babette gekommen und hat uns erzählt, wo du bist und dass du länger weg sein wirst, Genaueres hat sie auch nicht gewusst, und das habe ich Michael dann erzählt, und er hat ganz traurig geguckt und gesagt, dass er dann weg müsse, ohne dich zu sprechen. Aber er war nicht dazu zu bringen, mir auch nur anzudeuten, warum er so geheimnisvoll tue und was er „dho“ hat, wie Bertha sagen würde.“

„Keine Andeutung?“

„Keine. Kannst du dir das erklären?“

„Nein, aber ...“

„Ja?“, drängte Peter.

„Ich habe mir Sorgen gemacht. Friedrich hat, als er damals bei uns war, angedeutet, dass es ein Gerücht gäbe ...“

„Raus mit der Sprache!“

„Dass er ..., nun, dass er die Front verlassen habe. Im besten Fall fahnenflüchtig geworden sei, im schlimmsten Fall übergelaufen.“

„Was für ein Quatsch! Ich dachte immer, du kennst unseren Bruder besser als ich. Warum sollte er das tun? Das wäre doch absolut unsinnig, blödsinnig geradezu. Er wäre ja vom Regen in die Traufe gekommen. Da steht er jahrelang an der Front und muss gegen eine Armee kämpfen, deren Mitglieder er nicht für seine Feinde hält, und dann wechselt er die Front und tut dasselbe mit der anderen Seite? Was hätte er davon? Du musst doch wissen, dass unser Bruder zwar ein wenig eigen ist, aber er ist der klügste Mensch, den ich kenne.“

Ich konnte nicht mehr antworten. So einfach war das, so schlüssig, was mein kleiner Bruder da gesagt hatte, dass einem kein einziges Argument dagegen einfiel. Ich war mir plötzlich sicher, dass ich mir darüber nie hätte Sorgen machen müssen! Genauso sicher war ich, dass mein kleiner Bruder so klug war wie mein großer.

Aus Babettes Tagebuch

Treffen am zweiten Abend nach dem Abend der Gefangennahme.

Anwesend: wie am Vortag

Berichte: Peter berichtet von seinem Besuch; Lynn komme ihm zwar mitgenommen vor, wirke aber gefasst und zuversichtlich. Habe sich über seinen Besuch gefreut und darüber, dass jeden Tag jemand kommen darf.

Johannes Schöntal teilt erfreut mit, dass der Rechtsanwalt schon Einsicht in die Anklage und die Akten nehmen durfte und der Ansicht sei, dass die Anklage auf sehr dünnem

Boden stehe. Er vermutet, dass Lynn noch höchstens zwei bis drei Nächte in Haft verbringen müsse. Die Anklage beruhe einzig und alleine auf den Aussagen des ehemaligen Burschen des Majors, eines gewissen Fritz N., der behauptete, dass Lynn den Major aus Rache für eine längere Freiheitsberaubung im Sommer dieses Jahres getötet habe. Der Anwalt meinte, dass sich mühelos Beweise dafür finden lassen müssten, dass Lynns Aufenthaltsorte im Sommer in ihrer Familie und ihrer Dienststelle lückenlos bekannt seien. Das mache das sogenannte Motiv Lynns hinfällig, Schon am kommenden Morgen würden er, Peter und Doktor Ostertag oder Oberschwester Babette als Vertreter ihrer Arbeitsstelle vernommen werden.

Weitere Themen:

Festlegen des nächsten Besuchers: Für alle selbstverständlich: Johannes Schöntal. Maria allerdings schaute so traurig drein, dass er ihr, typisch für ihn, anbot, ins Gefängnis zu gehen. Vielleicht, so begründete er seine Großzügigkeit, die ihm sichtlich schwer fiel, sei eine gute Freundin eine bessere Hilfe für seine Tochter als er, zum Beispiel, um „Frauensachen" zu besprechen. Maria, eine übrigens auffallend beherzte und entschlossene junge Frau, fiel ihm ganz spontan um den Hals.

Vorhaben für den nächsten Tag: Nach den Vernehmungen erneutes Aufsuchen aller Freunde und Bekannten, um noch einmal Druck auszuüben und an die Versprechen zu erinnern.

Nächstes Treffen: morgen Abend.

Was ich nicht mitteilte, war, dass ich die wachsende Erleichterung in der Runde nicht teilen konnte, sondern plötzlich von vehementer Beklommenheit beherrscht wurde. An Lynn selbst, an ihrer Integrität, ihrer Unschuld, hege ich nach wie vor nicht den geringsten Zweifel.

Aber alle anderen schienen Lynns längere Abwesenheit im August, diese geheimnisvolle Aufgabe vergessen zu haben; ich hingegen hatte von einem ähnlichen Vorfall weder vorher noch später gehört. Außerdem war Lynn zwar meine

beliebteste und fröhlichste Schwester, aber weiß Gott nicht die mit den meisten Erfahrungen für die selbständige geheime Pflege hochgestellter Verwundeter.
Und wenn das nicht wahr war? Nie ist ein Gerücht aufgetaucht, dass irgendeine hochgestellte Person eine geheimnisvolle Krankheit gehabt oder sich eine gefährliche Verletzung zugezogen habe; und es gab auch nie das geringste Gerücht, dass jemand aus diesen Kreisen (und ich musste damals von jemandem aus dem Umkreis der deutschen Kaiserfamilie oder der württembergischen Königsfamilie ausgehen!) irgendwo, wo er oder sie erwartet wurde oder avisiert war, nicht erschienen sei.
Auf jeden Fall lässt sich nicht abstreiten, dass Lynn in der betreffenden Zeit nicht bei uns war. Mich irritiert auch das bis heute andauernde Schweigen Lynns. Wenn aber diese geheimnisvolle Geschichte wahr ist, wie ich bis heute, allerdings ohne kritische Überprüfung der dürftigen Fakten, angenommen habe, dann ist nicht davon auszugehen, dass der oder die betreffende Person sich melden und Lynn entlasten würde.

Noch eine andere Sache muss ich mit mir alleine ausmachen. Ich kenne nämlich diesen Burschen des Majors, Fritz, und ich kenne ihn sozusagen aus einem halb dienstlichen Zusammenhang. Es war irgendwann im Vorfrühling dieses Jahres, genau kann ich mich nicht erinnern, aber es war noch bitter kalt. Ich hatte mir im Herbst des vorigen Jahres angewöhnt, nach der Arbeit, wenn es nicht allzu spät geworden war, im Park spazieren zu gehen, recht zügig, immer dieselbe Strecke, und die zweimal, weil mir das zu einem freieren Kopf und leichteren Herzen verhalf. Ich schaute sogar beim Verlassen des Lazaretts auf die Uhr und dann wieder beim Betreten meiner Wohnung, weil ich wissen wollte, ob ich mein Tempo steigern konnte. Vielleicht, so hoffte ich vage, ginge es mir dann besser. Obwohl den ganzen Tag unter Menschen, fehlte mir seit dem Tod meines Vaters eine vertraute Person. Ich wollte das weglaufen, diese Einsamkeit.

Bald habe ich beschlossen, mir ein neues Terrain zu erschließen, und ich bin links am Schloss vorbei bis zu seiner Mitte und von dort aus immer die Sichtlinie entlang sanft bergauf, bis zum Schloss Favorite. Dieses kleine Jagdschloss, natürlich wie fast alle unsere städtischen Gebäude vor langer Zeit von Donato Giuseppe Frisoni entworfen, hatte ich schon lange nicht mehr besucht; das letzte Mal war ich bei einem Riesenfest dort, zu dem eine Prinzessin im Sommer 1915 alle Verwundeten der Stadt eingeladen hatte. Wir spazierten mit unseren gehfähigen Patienten durch den kleinen Park mit seinen schattigen Alleen; sogar die Schwerverletzten konnten mitgenommen werden, weil man uns Krümperwagen zur Verfügung gestellt hatte. Die Gymnasiasten führten passenderweise *Wallensteins Lager* auf; und die Männer waren mucksmäuschenstill, als sie zuhörten, mit welchen Gefühlen und Einschätzungen die einfachen Soldaten des großen Feldherrn über den Krieg diskutierten und stritten.
Das war sicherlich ein Höhepunkt dieses Sommers, und im nächsten Jahr fand ein ähnliches Fest statt, an dem ich leider wegen eines Notfalls nicht dabei sein konnte. Insgesamt nahmen die Feste und Unterhaltungsangebote für die Kranken und Verwundeten im Laufe des Krieges ab. Doch ich schweife wieder ab; allerdings könnte das Fest doch auch irgendwann einmal zu den erinnerungswürdigen Ereignissen der Kriegszeit gerechnet werden. Doch zurück zu Fritz.
Ich weitete also meinen Bewegungsradius immer mehr aus und beschloss im Frühling dieses Jahres, an meinen freien Tagen zum Schlösschen Monrepos zu wanderen, also von Favorite aus kerzengerade durch Äcker und Felder rechts und links, und dann immer weiter, immer höher weiter, bis in den Wald, wo man den kleinen See vor dem romantischen Gebäude schimmern sieht, an See und Schloss vorbei immer nördlicher in den Wald. Das war schon etwas anderes als ein leichter Spaziergang, aber ich fühlte mich immer besser und freier, je weiter ich kam, und dann habe ich ein leises Jaulen gehört. Ein Tier?, dachte ich. Ein verwundetes Tier?

Ich eilte zu einem Baum, hinter dem ich die Quelle des Geräusches vermutete. Kein Jaulen, nein, ein Wimmern, ein Weinen, Schluchzen. Unterdrückte, aber deutliche Äußerungen der Verzweiflung. Ich ging um den Baum herum und fand unten, trotz der Kälte auf dem Boden kauernd, einen jungen Mann. Er war ein einfacher Soldat, sein Gesicht, das er mir beschämt zuwandte, war recht hübsch, blutjung kam er mir vor für einen Soldaten, und ihm flossen die Tränen nur so die Wangen herunter. Er sprang auf, als ich ihn grüßte, und murmelte, dass ihm Wind in die Augen gekommen sei. Das war natürlich nicht wahr, denn es war völlig windstill. Wie schwer es Männer doch haben, dachte ich bei mir und musterte ihn genauer. Da sah ich, dass seine graue Uniformhose an seinem Oberschenkel blutgetränkt war, und erschrak.
„Was haben Sie sich getan?“, fragte ich. „Kommen Sie schnell mit, ich bin Krankenschwester. Ich gehe mit Ihnen ins Lazarett und schaue mir Ihre Verletzung an.“ Er wollte nicht mitkommen, aber ich wiederholte meinen Vorschlag. „Können wir nicht anderswohin gehen? Wo niemand mich sieht?“, fragte er schließlich. „Mal sehen“, sagte ich, „aber zuerst müssen wir hinunter in die Stadt. Wie sind Sie überhaupt hierhergekommen?“ Er antwortete nicht, aber er ging festen und sicheren Schrittes neben mir her, so dass meine Sorge etwas nachließ.
Unsere gemeinsame schweigsame Wanderung durch den Wald, auf einigen Bäumen lag sogar noch etwas Schnee, ließ ihn ein wenig Zutrauen schöpfen, und ich nahm ihn mit nach Hause, leichtsinnig vielleicht, aber ich wollte mich vergewissern, dass seine Verletzung nicht lebensgefährlich war. Zuhause ging er zuerst in mein Badezimmer und wusch sich sein Gesicht und schaute wohl auch seine Verletzung an. Er sah jetzt, mit diesem gewaschenen Gesicht, noch jünger aus als zuvor.
Er zeigte mir die Wunde auf seinem Oberschenkel und ich sah, dass es sich wirklich nur um einen nicht allzu tiefen Schnitt handelte, allerdings hatte ich den Verdacht, dass das viele Blut, das ich gesehen hatte, nicht allein aus dieser

Wunde kommen konnte. Aber er beteuerte entschieden, dass ihm sonst nichts fehle, und so legte ich ihm einen Verband an. Schon schien er getröstet, weniger mutlos und ängstlich. „Wer hat Ihnen das angetan?“, fragte ich ihn, „hier in unserer Stadt herrscht doch kein Krieg!“ Er druckste herum und behauptete, es sei nur ein Missgeschick in der Küche passiert, er stelle sich oft so ungeschickt an. Und er verriet mir noch seinen Namen und erzählte, dass er der Bursche eines hiesigen Majors sei.

Ich glaubte ihm kein Wort, denn der Kummer, mit dem ich ihn in der Schlossanlage angetroffen hatte, überwog bei weitem das Ausmaß seiner Wunde – wenn denn diese Wunde die einzige war. Doch er war nicht bereit mehr zu verraten, und so bot ich ihm eine kleine Mahlzeit an und sagte, dass er jederzeit zu mir kommen könne, wenn sich irgendetwas an dieser Wunde entzündete oder wenn ihm wieder ein Missgeschick zustieße oder wenn er mit jemandem sprechen wollte.
Und natürlich fragte ich ihn auch danach, weshalb er dort oben am See gewesen sei, denn so schön es dort auch vor vielen Jahren gewesen sein mochte, sei mir doch alles recht vernachlässigt vorgekommen, so dass ich in Zukunft doch lieber meine gewohnte Wanderung, ich lachte auf, als hätte ich mich nur versprochen, und fuhr betont damenhaft fort, meinen regelmäßigen kleinen Spaziergang natürlich, wieder im Schlosspark machen würde, obwohl auch der vor dem Krieg gepflegter gewesen sei und einen mit Blumenbeeten erfreute.
Jetzt gäbe es dort Stellen, an denen die Natur bereits heftig gegen die Zivilisation ankämpfe, aber ich liebe es, bei meinen kleinen Gängen den Jahresverlauf an den Blumen in den Wiesen zu beobachten. Zur Zeit sähe man dort bereits die ersten Buschwindrosen und auch ein Veilchen hätte ich schon erspäht, leider noch keine Schlüsselblumen. Deswegen sei ich an diesem Tag auch den weiten Weg nach Monrepos gegangen, weil ich schauen wollte, ob sie sich dort schon zeigten. Denn sie seien im Frühling meine

Lieblingsblumen. Eigentlich seien sie nicht von unwiderstehlicher Schönheit, sondern nur eine kleine Menge gelber Kelchlein, auch von einem Duft habe ich noch nie etwas bemerkt. Der Name sei allerdings von einer seltenen Poesie. Ich benütze sogar den Namen *Himmelsschlüssel*, das sei noch romantischer. Ob er dabei nicht auch denke, dass vieles Schöne im Leben noch aufgeschlossen werden könne für jeden von uns?
Er sah mich an, als sei ich eine leicht irre alte Jungfer, die ihren versponnenen Träumen nachhinge, aber das war mir gerade recht. Doch es gelang mir trotz meiner vorgespielten schrulligen Unbeholfenheit nicht, sein Vertrauen zu gewinnen. Er verabschiedete sich bald, und ich sah ihn nie wieder. Und hörte auch nichts von ihm. Allerdings war ich eine Zeit lang der Meinung, dass nur er es gewesen sein konnte, der mir ein oder zwei Wochen später ein Sträußchen mit Schlüsselblumen, wie sie auf den Grünflächen des Parks schon üppig wuchsen wie auf einer Wiese in der freien Natur, in Zeitungspapier eingewickelt vor die Haustür gelegt hatte. Und jetzt erfuhr ich also, dass es dieser junge Mann war, der meine Lynn in Verdacht brachte. Ich muss ihn unbedingt schnell ausfindig machen und herausfinden, warum er diese Unwahrheit verbreitet hat. Liebeshändel vielleicht, so spekulierte ich. Hatten junge Männer und Frauen nicht immer irgendwelche Probleme mit der Liebe? Vielleicht hat er Lynn einmal verehrt und sie hat ihn abgewiesen? Aber wäre das Grund genug für üble Lügen und Verleumdungen? Dafür, jemanden ins Gefängnis zu bringen?

Sehr früh am nächsten Vormittag wurde mir erneut Besuch gemeldet. Ich rechnete mit dem angekündigten Anwalt. So sehr ich mich freute, so tat mir doch Elsbeth Moser leid, die ihrer Kinder zuliebe auf Familienbesuch verzichtete. Vom Korridor aus sah ich durch die Fenster die Sonne scheinen, winterlich zaghaft, ihr Licht wurde durch die Gitterstäbe in kleine quadratische Segmente unterteilt. Der Beamte, es war derselbe Mann wie am Vortag, schien heute müde zu sein, zumindest war er wortkarg. Erst als er die Tür zu dem Raum, der als Besuchszimmer diente, öffnete, lächelte er ein wenig und murmelte mir zu, dass ich mich freuen werde.

Natürlich freue ich mich über jemanden, der mir hier heraus hilft, dachte ich, doch als ich eintrat und Maria am Tisch sitzen sah, sprang ich voller Freude auf sie zu und hätte beinahe den alten Wachtmeister auch noch umarmt! Da hatte ich sie fast drei Jahre lang nicht gesehen, dann war sie da, und bis heute haben wir noch kaum gesprochen! Am ersten Abend war sie sofort eingeschlafen und am zweiten war meine Familie bei uns, und dann kam auch schon die Polizei.

Nichts wusste ich von ihr, nicht, wie sie die letzten Jahre erlebt hatte, nicht, wie sie den Tod ihres Vaters verarbeitete, nicht, wen sie da herbeigefahren hatte nach Ludwigsburg und in welcher Beziehung sie zu diesem Mann stand. Ein Fremder konnte es eigentlich nicht sein. Vielleicht war sie ja auch längst schon verlobt oder gar verheiratet. Nein, ich wusste nichts, wirklich gar nichts von meiner Freundin. Nur, dass ich sie immerzu anschauen wollte und mich an den vertrauten Zügen dieser erwachsenen jungen Frau, die als junges Mädchen weggegangen war, gar nicht sattsehen konnte.

Aber vielleicht ging es ihr mit mir ja genauso. Denn auch Maria sah mich unverwandt an. „Wir haben noch gar nicht miteinander geredet“, schien sie meine Gedanken zu wiederholen. „Ich war zu müde, als ich ankam, und bin einfach eingeschlafen, und als ich wach war, saßen alle beim Abendessen und wir waren wir nicht alleine.“ „Dann lass uns jetzt sprechen“, sagte ich, aber sie lachte. „Jetzt sei doch nicht so gut erzogen. Wie kannst du jetzt, unter Mordverdacht im Gefängnis sitzend, daran denken, dass eine Freundin sich bei dir aussprechen sollte?“

Da musste ich auch lachen: „Schau, ich bin inzwischen guten Mutes. Ich teile mit zwei anderen jungen Frauen, vermeintlichen Mörderinnen wie ich, eine Zelle, eine vierte Gefangene, die nach eigenem Bekenntnis ein Brot gestohlen hat, hat man von uns getrennt. Vielleicht sind wir zu gefährlich?

Ich bin übrigens die Einzige, die Besuch erhält und einen Anwalt hat. Die zweite Frau muss sich um alles selbst kümmern, ihr Mann ist noch nicht zurück von der Front, und ihre Kinder sollen sie hier nicht sehen. Sie ist die Wirtin im „Fuchshof", erinnerst du dich an diese kleine Gastwirtschaft?"

„Ja, aber nur vage. Waren wir nicht das eine oder andere Mal mit deinen Eltern dort?"

„Ich glaube schon, aber die Mosers haben die Wirtschaft erst kurz vor dem Krieg übernommen. Inzwischen wird niemand mehr dorthin gehen, fürchte ich, in ein Gasthaus, in dem die Wirtin ihre Gäste ermordet." Und ich erzählte ihr die Geschichte, soweit sie mir bekannt war.

„Was für eine tapfere Frau", sagte Maria, „wenn du wieder draußen bist – so sagt man wohl – dann kümmern wir uns um sie." „Aber zuerst um dich!"

Ich fragte mich, wie es meiner Freundin wohl wirklich gehe. Sie tat gelassen, nahm an mir Anteil, auch an der ihr fremden Elsbeth Moser, hatte gestern bestimmt bereits den Patienten besucht, den sie von Belgien bis hierher gekarrt hatte, ganz allein und gewiss auch ohne offiziellen Auftrag. Ich war sicher, dass sie sich auch bereits um die Trauerfeier für ihren Vater gekümmert hatte, um die in ihrem Elternhaus herumgeisternde Tante, um den gesamten Nachlass. Und sie musste ja auch Pläne für ihr Leben nach dem Krieg schmieden wie die meisten von uns. Ich hatte so viel Rückhalt im Vergleich zu ihr, durch meinen Bruder, meinen Vater, durch Babette, die inzwischen fast zu einem Familienmitglied geworden war, jetzt auch durch Maria, und durch viele Freunde und Bekannte. Maria hatte eigentlich niemanden, zumindest wusste ich von keinem Menschen, der hinter ihr stand und der alles mit ihr durchstand.

„Wer steht dir bei?", fragte ich sie deswegen ganz direkt.

„Du, das hast du doch immer getan", antwortete Maria.

Und dann schwiegen beide Frauen, der Wachtmeister wunderte sich über diese seltsame Nutzung eines Besuchstermins, rutschte ein wenig unbehaglich auf seinem Stuhl herum, räusperte sich und fragte schließlich: „Will das Fräulein etwa schon gehen?“ Beide schüttelten unangemessen fröhlich, wie er fand, den Kopf und schwiegen weiter. Der Wachtmeister spürte, wie ruhig und friedlich es in dem Raum wurde, und nickte ein wenig ein. Je länger Maria und Lynn schwiegen, desto näher kamen sie sich, denn das Schweigen war eine vorsichtige langsame Vorbereitung auf die vielen Gespräche, die sie in den nächsten Tagen und Wochen miteinander führen wollten und würden, und endlich setzte Maria an: „Ich weiß gar nicht, wo ich anfangen soll.“

Und sie erzählte und erzählte. Lynn erfuhr, was die Freundin in ihrem Lazarett an der Front erlebt und erlitten hatte; und sie nahm Marias Hand und hörte ihr einfach ohne Zwischenfragen zu. Sie wusste aus eigener Erfahrung, wovon Maria sprach, von einer langen Reihe grausam verstümmelter Männer, von Männern, die von Granatsplittern getroffen worden waren, in deren Gehirnen Kugeln steckten, die nicht herausoperiert werden konnten, von solchen, denen das Gas die Lungen zerfressen hatte, und solchen, die schwere seelische Verletzungen davongetragen hatten und nur noch zitterten oder stammelten oder apathisch am Bettrand saßen und ins Leere starrten.

„Und wenn einer irgendwie notdürftig zusammengeflickt war, zusammengeschustert, hat einer unserer Ärzte dazu gesagt, und ich dachte immer an Schuhe dabei, die ohne Aussicht auf längere Haltbarkeit notdürftig repariert worden sind wie unsere Patienten. Wenn die irgendwie zusammenhielten unter ihren Binden und Pflastern und Schienen und Verbänden, wurden sie in weiter entfernte Lazarette im Hinterland oder zuhause gebracht, so dass ich nie erfahren hatte, ob sie mit dem Leben davongekommen sind oder nicht.“

„Hast du deshalb diesen deinen letzten Patienten eigenhändig hierher gebracht, weil du wenigstens einen bei seiner Heilung beobachten wolltest? War das … ein besonderer Mann für dich?“

Maria zögerte, als fragte sie sich, ob sie weitererzählen solle oder nicht. „Vor allem“, sagte sie schließlich, „ist es ein besonderer Mann … für dich!“

Lynn wusste gar nicht, was sie denken sollte. Von welchem Mann konnte Maria da sprechen? Sie hatte schließlich keinen Mann und keinen Verlobten an der Front, den Maria für sie hätte hertransportieren können. Sie war inzwischen sogar bald das, was man so landläufig *ein spätes Mädchen* nannte, wenn man es freundlich formulieren wollte, oder *eine alte Jungfer*, wenn man die Dinge lieber klar beim Namen nannte. Nie hatte irgendjemand sie aufrichtigen Herzens gefragt, ob sie ihn heiraten wollte; nun ja, Doktor Ostertag damals im August, aber nur, weil er um ihre Ehre fürchtete. Als interessierte sie sich für ihre Ehre. Sie interessierte sich für das Leben, das jetzt vor ihr lag, ein freies Leben, in dem sie Entscheidungen nicht mehr aus Rücksicht oder Pflichtbewusstsein oder aus Liebe, was auch in ein Debakel führen konnte, treffen musste, sondern nach eigenen Wegen, auch Umwegen, suchen konnte. Sie musste an Philipp Ostertag denken. Aber warum dachte sie jetzt an diesen Mann, den sie als Arzt bewunderte, als Gesprächspartner schätzte, als Liebhaber begehrte? Maria sprach ja nicht von ihm, sondern von einem anderen Mann, einem, den sie ihr hergebracht hatte.

Plötzlich wurde ihr fast schwarz vor Augen: „Michael? Du hast Michael dort irgendwo halbtot aufgelesen und hergebracht?"

Maria schwieg, dann sagte sie: „Nein. Denn dann hätte ich von einem Mann … für mich gesprochen, aber … nur zum Spaß. Denn, das will ich gleich richtigstellen, Michael ist das nicht mehr, der Mann für mich. Da ist zu viel geschehen, da habe ich zu viel erlebt."

„Aber von wem sprichst du denn dann?"

„Von Friedrich. *Deinem* Friedrich."

„*Meinem* Friedrich? Das ist er schon lange Zeit nicht mehr", entgegnete Lynn, „aber mein Freund ist er immer noch. Hätte ich gewusst, dass er unser Patient ist, hätte ich mich nicht von seinem Bett entfernt. Aber so habe ich immer nur von dem Patienten erzählt bekommen, jedoch einen Namen hat niemand erwähnt. Erzähl weiter!"

„Er wurde am Morgen des rückblickend gesehen letzten Kriegstages verletzt, wenige Tage, bevor der Krieg insgesamt zu Ende war, was wir aber damals noch nicht wussten. Es war einer der schrecklichsten Tage; wir hörten von Stunde zu Stunde lauteres und näher rückendes Kampfgetöse, was bedeutete, dass die Frontlinie sich immer mehr zurückverlagerte und erst am späten Abend stehen blieb, in Sichtweite fast von unserem Lazarett.

Später erfuhren wir, dass unsere Soldaten dem Angriff nichts mehr entgegenzusetzen hatten, viele ergaben sich, andere liefen davon, irgendwohin, wo es ruhiger war und sicherer, andere stürzten sich in den selbstmörderischen Kampf. Die Sanitäter konnten den ganzen Tag nicht hinaus und nach Verwundeten suchen, aber viele Soldaten kamen angetaumelt oder sogar angekrochen, und wir arbeiteten wie Automaten und die Verletzten verhielten sich ebenso. Nein, die eher wie Marionetten, irgendetwas hing an jedem von ihnen herunter, und sie verharrten starr, als fehle irgendein Lebensfaden, der sie zum Sich-Bewegen animierte.

Erst später erzählten sie, dass viele noch draußen seien. Und die, die aus ihrer Starre erwachten, machten sich hinaus zum Suchen. Und zwei von ihnen brachten Friedrich.

Ich war ihm gelegentlich im Frühsommer begegnet und habe mich immer nach ihm erkundigt, wenn ich auf jemanden aus seiner Einheit gestoßen bin, und das Letzte, was ich gehört hatte, war, dass er irgendwann im Spätsommer mit Verwundeten nach Hause geschickt worden war und dann irgendeine Aufgabe in Berlin übernehmen sollte, welche, das vermochte mir niemand zu sagen. Hast du ihn damals nicht gesehen?“

„Doch, wir haben uns getroffen, er war zwei oder drei Tage hier, dann hat er Ludwigsburg abrupt verlassen. Aber ich weiß nicht, wohin er gegangen ist.“

„Durfte er es nicht sagen? Hatte er irgendeinen dieser geheimen Aufträge?“

„Ich weiß es wirklich nicht. Ich war ein paar Tage nicht zuhause, und währenddessen soll er völlig unerwartet aufgebrochen sein."

„Und wo warst du? Hat man dir wirklich zu dieser Zeit Urlaub gegeben?"

„Nein, ich war … Also ich hatte kurzfristig eine Privatpflege übernommen." „Spannend!"

„Aber letztlich auch nur eine Pflege wie im Lazarett. Erzähl jetzt lieber du weiter, das ist viel fesselnder."

„Gut … ich war völlig überrascht, als er da so unerwartet vor mir lag. Wobei mir von Soldaten, an deren Seite er damals gekämpft hat, zugeflüstert wurde, dass er sich nicht heldenhaft und todesmutig gegen die Feinde geworfen hat, sondern fast schon todessehnsüchtig. Es gab sogar ein komisches Gerücht, dass er erst unmittelbar davor erneut zuhause gewesen sei, aber das glaube ich nicht, war er doch erst im August in Ludwigsburg, wie du ja bestätigt hast. Das spielt aber jetzt auch keine Rolle mehr. Wir haben dann damals alle um sein Leben gekämpft, ein oder zwei Tage, dann musste das Lazarett geräumt werden. Aber davon erzähle ich dir ein anderes Mal genauer."

„Manches weiß ich schon; Dein Oberstabsarzt war bei uns und hat uns das meiste aus seiner Sicht heraus erzählt."

„Dann mache ich es kurz. Wir mussten alles inventarisieren und mitnehmen, was wir noch im Lazarett an brauchbaren Hilfsmitteln und Medikamenten hatten, dann die Patienten transportsicher machen. Wir bewegten uns wie Puppen mit einer Schraube im Rücken, an der irgendein unsichtbarer Puppenspieler drehte. Nur deswegen sind wir nicht zusammengeklappt. Aber, meine Liebste, nie, nie wieder will ich einfach aufgezogen werden, statt selbst zu entscheiden, was ich tun, denken, fühlen darf. Wie unpräzise, verzeih, denn natürlich darf man denken und fühlen, was man will, nur nicht tun. Aber irgendwann … vergisst man da draußen, was man gefühlt hat und gedacht.

Manchmal war mein einziger Trost, aber erschrick jetzt nicht, ein Glas Cognac oder irgendein anderer Fusel, den man Cognac nannte, den ich am Abend tropfenweise hinunterschluckte, und noch gelegentlicher, hoffentlich hältst du das, was ich jetzt sage, auch noch aus, ein junger Arzt oder Sanitäter oder geheilter Patient in meinem Bett. Bett nicht wörtlich, manchmal genügte eine Ecke im Aufenthaltsraum, wenn alle anderen schon schliefen, oder in Sommernächten ein Plätzchen unter den Bäumen draußen. Im Osten waren das oft weißstämmige Birken, durch deren grazile hellgrüne Blättchen am Morgen die Sonnenstrahlen hindurchschienen und die ganze Welt zum Flirren und Glitzern brachten. Das war schön. Im Westen waren es dann Mischwälder, wie auch bei uns hier. Ich habe oft an die Waldausflüge mit deiner Mutter gedacht; schöne Zeiten hatten wir als Kinder …

Auf jeden Fall bin ich nicht mit den anderen aufgebrochen, sondern mit Friedrich geblieben, weil ich nicht glauben konnte, dass er den Transport überleben könnte."

Maria verstummte, und auch Lynn sinnierte schweigend über das, was Maria erzählt hat. Der Wärter erwachte und nahm sich, als er die Frauen miteinander schweigen sah, vor, nie wieder zuzustimmen, wenn jemand sich am Stammtisch darüber beklagte, dass Frauen den ganzen Tag lang schwätzten. Dann nickte er erneut ein.

Die friedliche Stimmung wurde durch ein lautes Klopfen an der Tür unterbrochen, als der für Lynn beauftragte Rechtsanwalt mit einem schmalen Aktenordner unter dem Arm eintrat. Der Wärter schreckte auf und salutierte verwirrt, und nachdem der Anwalt mit sichtlichem Wohlgefallen die beiden Freundinnen begrüßt und sich vorgestellt hatte, erhob sich Maria und verabschiedete sich.

Aus Babettes Tagebuch

Nächster Tag, Mittag: Heute habe ich das erste Mal meinen Dienst geschwänzt. Ich musste es tun!
Es war noch stockfinster, als ich mich auf den Weg gemacht habe, halb sechs Uhr. Selbst bei zügigem Ausschreiten

lagen eineinhalb Stunden Weg vor mir. Ein eiskalter Wind schlug mir entgegen und winzige Tröpfchen prallten schmerzhaft auf meinen Wangen auf; das waren keine Tröpfchen, sondern Körnchen. Hagelkörnchen. Nein, keine Körnchen, sondern Messerchen, kleine, schneidende, eiskalte Messerchen. Ich blickte nach oben. Schneewolken über mir, bald wird viel Schnee fallen.
Immerzu geht es aufwärts, und ich gehe immer schneller, auch um mich aufzuwärmen. Ich stoße meinen Atem in weißen Wölkchen aus, manchmal muss ich kurz anhalten und verschnaufen. Dann blicke ich zurück und sehe einige Lichter dort unten flackern, wo die Stadt noch schläft.
Wo genau habe ich diesen Fritz damals getroffen? Rechts des geraden Wegs zum See? Nein, dahinter, ich hatte mich ja an dem Anblick des sich im See spiegelnden Schlosses erfreut, also muss ich immer weiter nördlich gehen. In welche Richtung war er wohl unterwegs? Hinunter oder hinauf? Hinunter in die Stadt, zu den Menschen, ins Leben? Lebte er da unten irgendwo? Wohnt ein Bursche eigentlich bei seinem Offizier? Oder in der Kaserne? Wie lange ich schon in dieser Stadt hier lebe, wo alles vom Militär bestimmt wird, und immer noch weiß ich solche grundlegenden Dinge nicht.

Oder wollte dieser Fritz hinauf? Zu dem Wald hinter dem Schloss? In die Einsamkeit? Weg von seinem Herrn, dem Major? Von … Verletzungen, die man ihm zugefügt hatte, vielleicht mehrmals? Immer wieder? Wollte er sich verkriechen dort? Wie ein Tier? Dem damaligen Weinen nach war das seine Absicht; und jetzt? Vielleicht wollte er in die Hütte seines Majors, die irgendwo dort oben sein muss. Sich verstecken? Wenn er Lynn absichtlich und wider besseres Wissen beschuldigt hatte, dann hatte er doch wieder Grund, sich zu verkriechen? Denn eigentlich, so schien es mir, war dieser Fritz ein warmherziger, nicht unsensibler Bursche. Lynn wird ihm leid tun, wenn er sie sich in einer Gefängniszelle vorstellt. Ich muss ihm das vor Augen halten, ganz drastisch, ganz hart, und ihm ins Gewissen reden, und ich muss darauf bestehen, dass er mir sagt, warum er Lynn beschuldigt hat. Vielleicht glaubt er ja auch wirklich, dass sie mit dem Tod des Majors zu tun hat. Aber sei es, wie es wolle: Ich muss alles aus ihm herauskriegen, was er weiß, ob er es nun sagen will oder nicht; *er muss*! Und selbst das unwesentlichste Detail würde mir helfen, einen Schritt weiter zu kommen in der Lösung dieses Falls.

Das war zumindest der Plan. Aber ich fand Fritz nicht, obwohl ich auch den Wald hinter dem Schlösschen durchstreifte und immer wieder seinen Namen rief. Inzwischen war es acht Uhr geworden, es wurde hell, der Wind legte sich und es wurde immer stiller. Ich rief immer wieder ganz laut seinen Namen, aber nichts war zu hören außer meinen Rufen. Keine herunterbrechenden Äste, kein Knacken. Keine Tiere, die durchs Gebüsch schlichen und Ästchen zertraten, kein leichtes Knirschen, keine Vögel, keine knarrenden Äste. Kein Rascheln von den letzten Herbstblättern auf dem Waldboden, obwohl sie da alle noch zu sehen waren, aber an diesem grauen Novembermorgen nicht mehr leuchtend und braun und gelb und rot, sondern dunkelbraun, glatt und rutschig vom Regen. Vielleicht stand er da ja irgendwo hinter einem der dicken Baumstämme und beobachtete mich, wie ich nach ihm suchte, wie mein Atem schneller wurde, meine Stimme leiser und meine Miene verzweifelter.
„Wenn Sie mich hören, Fritz, dann zeigen Sie sich mir. Bitte!“, versuchte ich es mehrmals.

Aber er zeigte sich nicht, und ich sah auch keinen Unterstand, wo er sich hätte verkriechen können, keinen Hochsitz, wie es ihn früher, als das hier ein beliebtes Jagdgebiet war, gegeben haben musste. Ich fand auch keine Hütte, nichts. Nur etwas Komisches erblickte ich gegen Ende meiner Suche: eine seltsame Hecke, noch ganz dicht und mit vielen dunkelgrünen Blättern, ich kenne mich ja nicht besonders gut aus mit Pflanzen und weiß nicht, welche Sträucher und Büsche im Wald ihr Laub im Winter behalten, das kenne ich nur von Gärten und Anlagen her, und dort ist das ein schöner Anblick. Oft sind es ganz dunkelgrüne und glatte und glänzende Blätter, auf denen der Schnee sich schön ausmacht. Auffallend war die regelmäßige und halbkreisförmig gebogene Form der Hecke, da war nichts von Zufall, nichts von freier Natur zu spüren. Da musste vor sehr langer Zeit jemand eine Hecke gepflanzt haben; vielleicht gab es einmal einen Förster hier oder jemand besaß vor langer Zeit eine Waldhütte. Vielleicht ein heimliches Liebesnest. Und mochte das auch längst verfallen sein, die Hecke tat immer noch ihren Dienst: Man konnte weder durchsehen noch durchgehen, dafür war sie zu dicht und dick und stachelig. Also musste ich wieder zurückgehen. Dabei rief ich mehrfach laut nach dem Burschen, bittend und fast flehend. Doch niemand antwortete.

Inzwischen war auch der Wind wieder stärker geworden und ein leichter Regen fiel herunter Ich wurde nass und fror und ging nach Hause, so schnell ich konnte, der Weg führte ja immer leicht abwärts. Der Regen wurde heftiger, und es mischten sich Hagelkörnchen hinein wie am frühen Morgen, und dann wurden die Körnchen weicher, lösten sich auf, und es fiel Schnee. Dichter Schnee, und allmählich blieb er liegen auf den Büschen und auch auf den Wegen, auf denen niemand außer mir unterwegs war, und dann sah ich ihn auch auf dem Dach des Schlosses Favorite, und weiter ging es hinunter, hinunter in die Stadt, wo die Schneeflocken allmählich wieder wässrig wurden. Auch auf dem Schloss, das auf seiner Rückseite immer viel kompakter und höher wirkte, blieb kein weißer Flaum haften.

Als ich vor meinem Haus stand, war ich klatschnass. Ich fror und war unglücklich, weil meine Suche nach Fritz so erfolglos verlaufen war. Aber sie war wohl auch zu spontan, zu impulsiv und hatte mir nichts eingebracht. Ich wäre besser zum Dienst gegangen oder hätte etwas strukturierter darüber nachgedacht, wie ich den Aufenthaltsort von Fritz herausfinden konnte. Marias Tante müsste ihn eigentlich wissen, aber auch Lynns Anwalt. Der hatte bestimmt die

Adresse des Burschen in seinen Akten. Und da laufe ich davon und irre herum wie ein Detektiv, der das Abenteuer sucht. Jetzt muss ich aber erst einmal aus meinen nassen Kleidern heraus, mich mit einem Handtuch trocken reiben und wieder anziehen. Und dann setze ich mich wieder an meinen Küchentisch und mache einen Plan. Aber wozu? Mir ist ja schon längst eingefallen, dass es am vernünftigsten wäre, den Anwalt aufzusuchen oder Maria. Nur keine unüberlegten Heldentaten mehr! Wo habe ich nur meinen Verstand gehabt? Eine alte Jungfer, die durch das Dickicht streift wie eine Trapperin, die ein Tier erlegen will. Dabei kann ich froh sein, dass nicht irgendein Tier mich erlegt hat. Gibt es eigentlich noch Wölfe im Wald? Neulich hat mir ein Soldat erzählt, dass in der Nähe von Schlachtfeldern Herden verwilderter Hunde oder auch Wolfsbastarde durch den Wald streifen, genauso wie Scharen von Raubvögeln herbeifliegen, und alle sind auf der Suche nach Beute. Aber in unseren Wäldern? Die größte Gefahr für mich könnte wirklich der Regen und der Schnee gewesen sein, dem ich mich schutzlos ausgesetzt habe.

Lynn dachte lange nach, nachdem der Anwalt sie verlassen hatte. Was sollte sie tun? Sie hatte nach wie vor ihre Geheimnisse nicht verraten. Nichts von ihrem zwangsweisen Aufenthalt in der Waldhütte erzählt. Fast wünschte sie, dass heute niemand mehr zu Besuch käme und dass auch Elsbeth keine Lust auf weitere Gespräche hätte. Sie musste nachdenken. War die Drohung des Majors, dass er ihr Schweigen über seinen Tod hinaus erzwingen könnte, wirklich glaubhaft?

Selbst wenn, wer würde jetzt, nach seinem Tod und in völlig neuen politischen und gesellschaftlichen Verhältnissen, noch alte Zusicherungen einhalten? Ja, und was wäre, wenn sie davon erzählte? Könnte man das dann nicht sogar als Motiv für einen Mord auslegen, so dass die Beweislage gegen sie sogar erhärtet wäre?

Babette, die sich besser fühlte, seit sie in trockenen Kleidern steckte, hing ähnlichen Gedanken nach wie Lynn. Trotzdem, so dachte sie, wäre es vielleicht gut, wenn sie selbst mit Lynn sprechen könnte, ein oder zwei Sätze nur, und wenn Lynn ihr entweder bestätigte, was sie befürchtete, dass nämlich die Erzählungen von Fritz keine Schauermärchen waren, oder dass sie das glaubhaft abstritt. Dann wüsste sie wenigstens, wie man weitermachen sollte. Gut, das war ja sowieso klar; zuerst galt es nach wie vor, Fritz zu finden.

Lynn ließ sich immer wieder einzelne Bemerkungen ihres Bruders und ihrer Freundin durch den Kopf gehen.

Was war das für eine seltsame Geschichte mit Friedrich? Damals im August in den Morgenstunden? Es gab einen Augenblick, in dem die Dämmerung noch nicht begonnen hat, man aber, wenn man hellwach ist und den kommenden Tag erwartet, fühlt, weiß, dass sie unmittelbar bevorsteht. Diese seltenen Augenblicke zwischen *noch* und *bald*, zwischen fast schon, aber doch noch nicht … Zurückdenkend, fielen ihr wieder Verse ein wie damals in der Hütte. Lauter *Noch*-Verse. *Im Nebel ruhet noch die Welt, Noch träumen Wald und Wiesen* … Noch war sie verbunden mit Friedrich, der ebenfalls schon wach war, die Welt um sie herum schlief noch ihren Dornröschenschlaf, so tief, dass es sie eigentlich nicht gab, zumindest ihre Sorgen und Nöte nicht, ihre Bedenken und Kleinlichkeiten nicht, und ihren Kummer auch nicht.

Wie geht das nur weiter?, dachte Lynn, und suchte die Fortsetzung des *Noch*; und ihr fiel das *Bald* ein: *Bald siehst du, wenn der Schleier fällt, Den blauen Himmel unverstellt* … Weitere Verse zu diesem Gedicht stellten sich nicht ein, aber Lynn erinnerte sich, dass Friedrich damals plötzlich sagte: „Hoffentlich dauert sie lange“, und sie fragte ihn, wovon er spräche, und er antwortete: „Von der Morgendämmerung. Hoffentlich bleibt uns noch lange Zeit, bis der Morgen kommt. Denn dann, spätestens dann, wenn gerade noch Nacht ist, aber das Dunkel sich schon langsam aufhellen will, das Dunkelgrau ein Hellgrau wird, hinter dem ein roter

Schein den Tag ankündigt, der kommen wird, ob wir ihn wollen oder nicht, spätestens dann muss ich hier verschwinden aus deinem Bett, deinem Zimmer, deinem Haus."

„Aber nicht aus meinem Leben", versuchte sie seine Ernsthaftigkeit zu zerstreuen. Und Friedrich antwortete ihr mit zwei Strophen aus einem Gedicht, das sie später nachgelesen und inzwischen auch auswendig gelernt hatte:

Es graut vom Morgenreif
In Dämmerung das Feld,
Da schon ein blasser Streif
Den fernen Ost erhellt;

Man sieht im Lichte bald
Den Morgenstern vergehn,
Und doch am Fichtenwald
Den vollen Mond noch stehn:

Inzwischen wusste sie, dass Friedrich ihr damals drei Strophen vorenthalten hatte, die drei Strophen, in denen das Tagwerden den schmerzlichen Abschied von der Liebsten bedeutet.

Macht Gefangenschaft einen Menschen poetisch?, fragte sich Lynn. Bestimmt nicht, eher wütend, aggressiv, unempfänglich. Aber es drängen sich Erinnerungen auf, weil man keine gegenwärtigen Erlebnisse mehr hat. Man gibt sich also Vergangenem hin, und da stellen sich wohl auch Verse und Sätze ein, die man irgendwann gelesen hat.

Sie hatte sich noch einmal eng an ihn geschmiegt an diesem Morgen und ihm ins Ohr geflüstert, wie gut ihr seine Nähe in dieser Nacht getan hatte. Und er hatte sie an sich gedrückt und ihr ebenfalls liebevolle Wörter ins Ohr gemurmelt, den Mund so dicht an ihrem Ohr, dass es fast kitzelte.

„Meine Freundin“, hatte er gesagt, „meine liebste Freundin.“ Dass er ihr immer nahe sein werde, dass er da draußen nichts so vermisse wie den vertrauten Ludwigsburger Kreis, Michael, seinen Freund, und sie, seine Freundin. Von Liebe sprachen beide nicht – weder in der Nacht noch am Morgen. Lynn erinnerte sich noch genau an die Leichtigkeit, die sie im Moment des Abschieds empfand, an die Dankbarkeit, dass Friedrich und ihr diese Nacht möglich gewesen war, in der sie alles um sich herum vergessen und miteinander reden konnten und sich küssen, umarmen. Sich gegenseitig versicherten, nicht durch Worte, aber durch Zärtlichkeiten, dass das andere, das glückliche Leben, an das sie vor dem Krieg geglaubt hatten, immer noch möglich wäre. „Bald wird alles wieder gut sein“, hatte Friedrich gemurmelt, als wüsste er, woran sie dachte.

Aber woran hatte er gedacht? Wohin war er gegangen? Warum hatte er ihr keine Nachricht hinterlassen, nicht einmal das kleinste Briefchen? Warum hatte er auch später nie einen Brief, eine Karte geschrieben? Und hatte Peter ihr wirklich alles gesagt, was er vom Verschwinden Friedrichs wusste?

Gut, dass sich Einsatzpläne im Krieg gelegentlich änderten, das wusste jeder, und sie ging auch davon aus, dass Friedrichs intelligentes taktisches Geschick und seine unerschütterliche Loyalität seinem Land gegenüber ihn in Berlin zu einem wichtigen und gesuchten Gesprächspartner bei der Entwicklung von Strategien machten, dass aber auch Situationen eintreten konnten, in denen die höchsten Feldherrn ihn dann doch lieber an der Front sähen, vor allem in heiklen Situationen wie den letzten Kriegswochen, in denen es ständig um schrittweise Revision von Plänen ging, die nicht so aussehen durfte, als habe man das Vertrauen in den Sieg verloren.

Dennoch: Irgendeine Nachricht hätte er ihr zukommen lassen können, umso mehr, als er ihr das Gerücht über ihren Bruder mitgeteilt hatte und wusste, definitiv wusste, dass sie auch wegen dieser Angelegenheit auf irgendeine Mitteilung hoffte. Über die Bemerkung ihrer Freundin, Friedrich habe seinen Tod gegen Kriegsende nicht unbedingt verhindern wollen, wollte Lynn jetzt nicht nachdenken. Vielleicht litt er unter seinem Irrtum damals vor vier Jahren? Dass er mit großer Leidenschaft ein Leben im Kampf gesucht hatte? Wenn sie entlassen würde, wollte sie mit Friedrich über all das sprechen.

Genauso intensiv beschäftigten Lynn Peters Erzählungen über den damaligen Heimaturlaub ihres Bruders. Konnte es ein Zufall sein, dass die beiden Freunde fast gleichzeitig eine kurze Zeit lang in der Stadt waren? Und warum haben sie sich dann voreinander versteckt, zumindest Michael vor Friedrich? Welchen Rat suchte Michael wohl?

Die seltsame Sache mit den Stachelbeeren jedoch hatte sich dadurch schlagartig aufgeklärt. Wie lauteten die Verse? *Bald siehst du, wenn der Schleier fällt, / Den blauen Himmel unverstellt* ... Der Schleier ihrer Erinnerung jedenfalls fiel. Als Kinder hatten sie und Michael sich mittels irgendwelcher Beeren, die sie auf dem Tisch in der Gartenhütte oder vor der Haustür wie einen recht abstrakten Pfeil arrangiert hatten, gegenseitig signalisiert, wo sie waren. Die Beere links von der Haustür hieß, von Lynn gelegt, immer: „Bin bei Maria!“, und nach rechts bedeutete sie, dass sie etwas in der Stadt erledigen müsse.

Michaels Beerensprache war noch komplexer, außer Hinweisen auf Ziele legte er noch Hinweise darüber dazu, ob sie zuhause erzählen durfte, wo er sich aufhielt, oder ob sie es lieber für sich behalten sollte. Die Stachelbeeren damals im Garten und vor dem Haus waren nicht symbolisch gelegt, Michael wollte ihr wohl irgendwie mitteilen, dass er da war.

Er konnte sie nicht alleine antreffen, Friedrich war an diesem Tag immer bei ihr, und in der Nacht auch, und aus irgendeinem Grund konnte er sich auch nicht in die Stadt begeben, um sie beispielsweise im Lazarett aufzusuchen. Immerhin war er definitiv nicht übergelaufen, aber möglicherweise war er wirklich desertiert. Er konnte dann, als er erfuhr, dass sie längere Zeit abwesend sein würde, nicht länger warten und hatte, wie auch Friedrich, keine Nachricht mehr geschickt.

Wo er war, wussten weder der Major noch Friedrich. Ob Friedrich ihr wirklich alles erzählt hatte, was er wusste? Hatte er vielleicht sogar gelogen? Aber warum? Wollte auch er eigentlich nur herausfinden, wo sich Michael aufhielt? Nur mit anderen Mitteln als der Major?

Und Michael? Wenn er geflohen war, wenn er den Krieg nicht mehr ertragen hatte, wo konnte er sich dann verborgen haben? Nicht hier in der Stadt, da kannte man ihn natürlich; schließlich war er hier geboren und aufgewachsen und sein Vater hatte vielen Kindern der Stadt die Schönheit der Geometrie nahebringen wollen.

Lehrerkinder sind immer bekannt und hohen Erwartungen seitens der Erwachsenen ausgesetzt und großem Misstrauen der anderen Kinder. Man hält Geheimnisse vor ihnen fern, denn man fürchtet, dass das Lehrerkind petzt. Wenn es gut in der Schule ist, unterstellt man, dass es gewisse Privilegien genießt, wenn es schlecht lernt, beobachtet man es mit Schadenfreude. Irgendwann hat das ein Ende, denn die anderen gewöhnen sich an einen. Michael hat nie darunter gelitten, weil er die Mechanismen durchschaut hat, und Peter hat die Rolle eines besonders aufsässigen Schülers gespielt, um seine Eigenständigkeit zu beweisen.

Ich habe das weder so souverän wie Michael noch so trotzig wie Peter überstanden, sondern so, wie ich alles überstehe, was ich überstehen muss: äußerlich brav und folgsam. Irgendwann nach der Erkrankung meiner Mutter bemerkte ich, dass ich auf meinem unauffälligen Weg viele, sehr viele Freunde und Freundinnen gewonnen hatte. Ich hätte also viele Menschen gewusst, bei denen ich mich hätte verstecken können, wenn ich einen halbwegs akzeptablen Grund genannt hätte. Peter auch.

Aber Michael? Er hatte immer einen kleineren Kreis bevorzugt; eigentlich hatten Friedrich, Maria und ich ihm genügt. Und er hatte Ludwigsburg schon vor langer Zeit verlassen. Deswegen war ich eigentlich sicher, dass er sich anderswo aufhielt, in Tübingen vielleicht, nein, wahrscheinlicher in Stuttgart. Ich wusste, dass viele geflohene Soldaten sich in Zivilkleidung warfen und in einer Bauernfamilie Unterschlupf fanden, wo der Mann im Krieg war. Jemand, der helfen wollte, wurde da nicht nach Entlassungspapieren oder anderen Dokumenten gefragt. Hatte Michael das getan? Sich irgendwo in der Umgebung eingenistet auf einem Hof, sein Schwäbisch herausgekramt und der Bäuerin auf dem Feld, im Garten und im Haus geholfen? Weil er davon ausging, dass der Krieg bald vorbei war? Doch warum war er dann nicht zurückgekommen, irgendwann in der zweiten Novemberwoche, mit einer wilden Geschichte von einem Einsatz an irgendeiner etwas weniger im öffentlichen Interesse stehenden Frontlinie? Denn das konnte er, Geschichten erzählen, klug erdachte und spannende Geschichten.

Sogar mir, die ich ja leider eher phantasiearm und nüchtern bin, fallen passende Erzählungen ein. Von den Franzosen gefangen genommen und entlassen worden; von den Engländern ergriffen worden und entflohen; mehr noch? Verwundet und mit Amnesie von einem belgischen Ehepaar aufgefunden und gesund gepflegt worden; vom Generalstab mit einer geheimen Mission betraut gewesen, von der zu sprechen streng verboten war; noch mehr? Nach einer Schlacht auf einen Deserteur gestoßen und von diesem überwältigt und zu einem Marsch weg von der Front gezwungen und orientierungslos in einem Wald zurückgelassen worden. Noch mehr?

Damit hätte Michal mit seiner reichen Erfindungsgabe keine Mühe. Jedenfalls hätte er, selbst wenn er in einem Moment der Erschöpfung, Angst, Verzweiflung geflohen sein sollte, inzwischen ungefährdet zurückkehren können.

Es muss einen anderen Grund dafür geben, dass wir so lange nichts von ihm gehört haben.

Lynn wusste nicht, dass Michael bereits auf dem Rückweg nach Ludwigsburg war. Auf der Rückfahrt, um es genauer zu sagen, denn man hatte ihm für seinen Urlaub einen Wagen zur Verfügung gestellt. Je näher er der Stadt kam, desto stärker drängte sich die widerliche Begegnung mit Kahl zurück in sein Bewusstsein.

Er konnte damals die Gelegenheit zur Flucht vor dem Major, die ihm dessen Bursche eröffnet hatte, nutzen und hatte beschlossen, erst einmal einfach seine Pflichten zu erfüllen, also die anderen Befehlshaber schnellstens über die Pläne des Generalstabs zu informieren. Er wusste noch nicht, wie er danach mit dem Vorfall umgehen sollte.

Natürlich galt es, den Major zur Rechenschaft zu ziehen, schon, um dem jungen Mann, der ihn so mutig gerettet hatte, Gerechtigkeit zu verschaffen. In dessen Augen war es vielleicht eher Rache als Gerechtigkeit, was er suchte. Sei es, wie es wolle, es gab noch anderes zu bedenken. Denn Kahl war schließlich der Vater der engsten Freundin seiner Schwester, die auch seine engste Freundin war. Wie ein Familienmitglied war sie bei ihnen ein- und ausgegangen, und da sollte er sie durch schmähliche Enthüllungen über ihren bislang so geachteten Vater demütigen? Zum Objekt von Gerüchten und Ausgrenzungen machen? Er kannte das enge gesellschaftliche Korsett, das in seiner Heimatstadt über jeden geschnürt wurde und darüber entschied, wer angesehen war und wer nicht. Gut, Maria könnte wahrscheinlich sogar mit den gesellschaftlichen Folgen solcher Enthüllungen umgehen, aber sie würde sehr tief darunter leiden. Sollte er ihr das antun? Und das, nachdem sie viele Jahre lang mutig und einfühlsam ihr Bestes für die Soldaten getan hatte?

Michael bat einen der Generäle, der ihm in den letzten Monaten ein wirklicher Freund geworden war, um Rat, bevor er die Front verließ. Dieser musste ihm berichten, dass der Major schon vor ihm tätig geworden sei. Er hatte nämlich das Gerücht gestreut, dass Michael ein Kollaborateur, ein Spion sogar, sei. Sollte Michael ihn also anzeigen, könnte Kahl das als eine Form der Rache ausgeben und so dem

Vorwurf seine Glaubwürdigkeit nehmen. Außerdem geriete der bislang unauffällig agierende Michael ins Zentrum des Interesses vieler Menschen, was angesichts der wichtigen geheimen Aufgaben, die vor ihm stünden und bei denen er kaum ersetzbar wäre, äußerst fatal wäre. Deswegen bat er Michael, erst einmal das Getratsche zu erdulden, dem er zweifelsohne ausgesetzt werden würde. Er selbst werde mit Berlin telefonieren und alles Erforderliche vorbereiten. Nach dem Abschluss der Friedensverhandlungen würde Michaels vollständige Rehabilitation erfolgen und der Major zur Rechenschaft gezogen. Priorität für Michael hätten jetzt seine Verpflichtungen in Berlin.

Der General versprach ihm, den Major zu sich zu laden, ihm das Verbreiten weiterer Gerüchte zu verbieten und ihm zu offenbaren, dass er alles um seine gewalttätigen Exzesse wisse, und ihm nahezulegen, selbst um seinen Abschied zu bitten und so einer Entlassung zuvorzukommen. Das sei für den Major, der eigentlich nur das militärische Leben kenne, Strafe genug, und auf diese Weise könne zumindest seine Tochter geschont werden. Natürlich werde er dem Major nachdrücklich dartun, dass im Falle der geringsten Belästigung Michaels oder seiner Familie ein offizielles juristisches Verfahren gegen ihn eröffnet werde. Dies gelte auf Dauer, sozusagen *lebenslänglich*.

Zur psychischen Entlastung erteilte der General Michael einen dreitägigen Heimaturlaub, in dem er sich jedoch dezent bewegen und den Kreis der Familie nicht verlassen solle. Der Urlaub wurde dann allerdings kürzer als geplant.

Michael wusste, dass er nie im Leben den Schrecken vergessen könnte, als er bei seiner damaligen Ankunft in Ludwigsburg, in Zivil und auch sonst völlig unauffällig, vor seinem Haus als Erstes den Major aus seinem Wagen steigen sah. Und dann verbrachte er zwei Nächte wie ein Einbrecher auf dem Dachboden seines Vaterhauses, bis er erfuhr, dass er Lynn nicht zu Gesicht bekommen würde und sich nicht mit ihr besprechen könnte, ob die Lösung, die der General vorgeschlagen hatte, richtig war oder ob sie Marias Vater zu sehr schonte und ob auch Maria diese Entscheidung gerecht und angemessen fände. Denn zu diesem Zeitpunkt sollte niemand sonst eingeweiht werden. Auch ohne Lynns Rat wusste Michael allerdings damals schon, dass man Maria auf Dauer die Wahrheit nicht vorenthalten dürfte.

Später in Berlin verdrängte Michael die ganze Sache erst einmal, was ihm letztlich auch zupass kam und ihn entlastete. Und wie die Verantwortlichen, zu deren Unterstützung er eingesetzt war, musste er sich schließlich mit allen Kräften auf die Herausarbeitung der Bedingungen und Modalitäten und Konsequenzen des vorgesehenen Friedensschlusses für das Land und seine Bevölkerung konzentrieren.

Auch jetzt kam Michael wie damals in Zivil in die Stadt. Er näherte sich der Stadt vom Nordosten her, das Wetter war entsetzlich, der Himmel finster, Regen machte das Straßenpflaster rutschig und ein heftiger Wind brachte viele kahle Äste von den Bäumen zum Abknicken und entwurzelte kleinere Bäume, so dass er sich sehr auf die Fahrt konzentrieren musste. Plötzlich sah er unten die Stadt liegen; in der Vogelperspektive gewissermaßen. Die Schönheit des riesigen barocken Schlosses, das aus dem dunkelgrünen Gelände und vor dem dunkelgrauen Hintergrund fast hell hervorschimmerte, brachte ihn fast zum Weinen.

Hoffentlich, so dachte er, ist es dieses Mal meine Schwester, die ich als Erste erblicke, wenn ich um die Ecke des Marktplatzes biege. Doch leider war das nicht so.

Babette suchte trotz einer gewissen Erschöpfung nach ihrem fast vierstündigen Gewaltmarsch, immerhin hatte sie an diesem Vormittag mehr als zehn Kilometer zurückgelegt, das unsystematische Laufen durch den Wald nicht mitgerechnet, nach einer kurzen Erholungspause über ihrem

Tagebuch Lynns Rechtsanwalt auf, der ihr sofort die Adresse von Fritz gab. Er kam aus irgendeinem kleinen Dorf im Hohenlohischen. Es hieß Sailach. Dorthin sei er zurückgekehrt. Sein Vater hatte nach dem Tode von Fritzens Mutter seinen eigenen winzigen Hof nicht halten können und arbeitete als Knecht auf dem Bauernhof eines alten Ehepaars, das dringend jemanden zur Hilfe bei der Bewirtschaftung brauchte. Fritz hoffte, irgendwo in der Nähe ebenfalls eine Arbeit zu finden. Von der Welt habe er genug gesehen, hatte er gesagt, bevor er sich verabschiedete. Er habe versprochen, jederzeit über die Adresse seines Vaters erreichbar zu sein, wenn er für eine weitere Zeugenaussage gebraucht werde.

Daheim studierte Babette die Landkarte in ihrem Schulatlas und stellte fest, dass die Fahrt dorthin umständlicher werden würde als erhofft. Vielleicht 60 bis 70 Kilometer, Züge fuhren wahrscheinlich bis Heilbronn oder Waldenburg, das müsste sie noch auf dem Bahnhof erfragen und dann dort weitersehen. Ob das heute noch klappen würde? Immerhin war es schon 12 Uhr. Sie war sich unschlüssig. Wen sollte sie um Rat bitten? Johannes Schöntal? Nein, nur keine Hoffnungen wecken, die sie dann enttäuschen müsste, weil sie Fritz nicht fand oder aus ihm nichts herausbringen konnte oder weil er nicht mehr wusste als das, was er bereits ausgesagt hatte. Maria? Die konnte ja Auto fahren, das hatte sie bewiesen, und sie konnte bestimmt über das Fahrzeug ihres Vaters verfügen. Aber sollte man ihr zumuten, dabei zu helfen, etwas in Erfahrung zu bringen, das für sie schwer zu ertragen wäre? Vielleicht Doktor Ostertag? Mit dem hatte sie schon das eine und andere Mal ihre Sorgen um Lynn geteilt. Ja, sie würde ihn bitten.

Aus Babettes Tagebuch

Später Abend: Eben sind wir zurück nach Ludwigsburg gekommen, und ich habe Doktor Ostertag gebeten, bei den Schöntals vorbeizuschauen und ihnen von unserer Unternehmung zu erzählen. Ich selbst ließ mich bei mir zuhause absetzen, denn wir haben Fritz gefunden und mit hierher genommen. Er soll erst einmal die Nacht in meinem Haus verbringen. Und da passe ich lieber ein wenig auf, denn ich will doch nicht, dass der junge Mann vor seiner erneuten Aussage wieder abhaut, weil er Angst hat, nochmals mit Polizei und Militär konfrontiert zu werden. Denn gern ist er nicht mitgekommen.

Fritz war leicht zu finden.
Doch von Anfang an. Doktor Ostertag war sofort bereit, mit mir nach Sailach zu fahren, kaum hatte er gehört, was ich vorhatte und was ich mir davon erhoffte: Fritzens Geständnis nämlich, dass er die Beschuldigung aus der Luft gegriffen habe, um endlich wieder, so schätzte ich ihn jedenfalls ein, seine Ruhe zu haben und sich aufs Dorf zurückziehen zu können. Ohne lange nachzudenken, bat Doktor Ostertag einen Kollegen um dessen Auto und um ein Uhr waren wir bereits unterwegs.

Unterwegs machten wir kaum Konversation. Wider Willen genoss ich die Fahrt auf einer schmalen Straße nach Norden, in einem Tal zwischen zunächst sanft, dann doch immer mehr ansteigenden bewaldeten Hügeln. Gelegentlich sahen wir eine Kapelle auf einem der Berghügel, einmal eine Ruine, auch ein kleines Dorf. Menschen waren kaum zu erblicken. Im späten November war die Hauptarbeit der Bauern natürlich getan, die Ernte eingebracht und verkauft oder verarbeitet oder sicher eingekellert, nur das Vieh auf den Höfen verlangte weiterhin sein Recht, so dass man auch in diesen düsteren Monaten in aller Herrgottsfrühe aus den Federn kriechen musste. Sonst arbeitete man den Tag über in Haus und Hof; reparierte Zäune, Dächer, Ställe, beseitigte kleine Schäden im Haus.
Plötzlich sah ich das Waldenburger Schloss hoch oben liegen und zeigte es dem Doktor, der anhielt, um es in Ruhe zu betrachten. „So viel Zeit muss sein", sagte er, stieg aus dem Wagen und zündete sich eine Zigarette an.

Dann blickte er mich an und fragte: „Sie auch, Oberschwester?“ Und ich, die ich nicht regelmäßig, aber doch in schönen Augenblicken gerne einmal rauche, nickte und entnahm seinem silbernen Etui eine Zigarette. Er bot mir Feuer an. Einträchtig blickten wir hoch auf die dreieckige mächtige Schlossanlage mit ihrem weltlichen und ihrem geistlichen Turm, hinter der sich ein kleiner Ort ausbreitete, der aber durch den Nebel wie durch einen dünnen Schleier verhüllt zu sein schien.

Doktor Ostertag seufzte auf: „Wie schön doch das Leben sein könnte. Eigentlich sollte man da hinauflaufen, in eine Wirtschaft gehen, ein Glas Wein trinken und sich seines Lebens freuen, nicht wahr?“
Wie konnte ich dem widersprechen? Der Sehnsucht, in einer Welt zu leben, in der solche einfachen Unternehmungen und Freuden wieder selbstverständlicher Teil des normalen Alltagslebens sind? Ich zog tief an meiner Zigarette und stieß den Rauch aus und sah ihm nach, wie er in konzentrischen Ringen nach oben zu dem Nebel vor dem Schloss stieg.

Leider konnten wir den Augenblick nicht auskosten, sondern mussten weiterfahren. Doktor Ostertag schaute noch einmal auf seine Landkarte, murmelte, dass er leider nicht unbedingt den besten Weg gewählt hatte, und fuhr ohne Umwege direkt nach Süden weiter. „Obersteinbach“, sagte er, als wir auf der Hochfläche ein kleines Dorf erreichten. Dort schien die ganze Bevölkerung gerade von einer Beerdigung zurückzukommen, und die schwarz gekleideten Menschen bildeten eine dunkle schwarze Wolke unter den grauen des Himmels.

Doktor Ostertag trat entschlossen auf die schweigenden Menschen zu, verbeugte sich und fragte nach dem Weg nach Sailach. Alle Umgebenden zeigten mit ihren Zeigefingern in dieselbe Richtung wie eine schwarze Wegweisergruppe, und sie bekräftigten ihren Richtungshinweis durch heftiges Kopfnicken, riefen dann aber wie zur Bestätigung noch jemanden herbei, der aus diesem Weiler stamme. Nach dieser mehrfachen Bekräftigung, dass wir uns nach Süden begeben mussten, konnte zumindest der Mann aus Sailach die Frage, zu wem wir dort wollten, nicht unterdrücken. Und als wir ihm den Namen von Fritzens Vater nannten, nickte er bekräftigend. „*Der isch Knechd beim Weinberger*“, sagte er. „*Der Weinberger isch dod, vor zwoi Monad gschdorba. Se hen grad die Kartoffl geernded, jo, jo.*“ Mehr schien er dazu nicht sagen zu wollen, so dass Doktor Ostertag wieder in den Wagen stieg und den Motor anließ. Dann fuhren wir unter dem beifälligen Nicken der Trauergäste südlich weiter.

Kurz bevor wir in den Weiler einfuhren, denn ein Dorf konnte man Sailach wirklich nicht nennen, verschwand der Nebel und wir erblickten große Obstwiesen. Plötzlich wusste ich, dass ich mit meinen Eltern als Kind einmal hier gewesen sein musste. Vielleicht auch nur irgendwo in der Nähe, auf jeden Fall erinnerte ich mich an eine abschüssige Wiese irgendwo im Hohenlohischen, der Rasen war grün, so grün, dass ich noch heute manchmal daran denke, und auf ihm wuchsen Mirabellenbäume, es muss im Sommer gewesen sein, denn das weiß ich auch noch, dass zwischen dem Grün der Blätter gelbe Mirabellen aus den Bäumen herausleuchteten. Ich hatte damals den Eindruck, dass ich ein Bild sehe wie in einem Museum, und dieses Bild habe ich gespeichert, schade, dass man damals im alltäglichen Leben noch keine Farbphotographien machen konnte.
War es diese Wiese? Ich wusste es nicht. Zwar war diese Hangwiese auch grün, aber sie leuchtete nicht, und die Bäume hatten kahle Äste, nur an den Enden der Zweige hing gelegentlich ein braunes Blatt, das es versäumt hatte, farbenprächtig mit den anderen herunterzuflattern und sich dann in seiner bunten Schönheit auf dem Rasen vom Wind herumtreiben zu lassen in einem letzten Tanz und einem nachhaltigen Glanz der Lebensfreude.

Natürlich waren auch alle Früchte längst geerntet und die mit Mirabellen belegten Kuchen waren längst gegessen; aber in den Kellern standen, da war ich mir sicher, noch viele Gläser mit Mirabellenkompott. Ich weiß noch, wie sehr damals meine Eltern lachen mussten, als sie hörten, wie die Leute hier diese gelben Fruchtkügelchen nannten: *Scheißpfloimla*, ein Wort, das normalerweise verboten war, damals aber von allen, die vorbeikamen, wie selbstverständlich benutzt wurde, wenn sie uns anboten, doch von den Früchten zu naschen. Ich selbst lachte so sehr, dass ich vor Freude den Hügel herunterrollte und mein Vater mir nachrannte und dann auch die Mutter und irgendwo stolperten wir alle übereinander und lagen dann auf der Wiese und schauten in den Himmel und lachten und lachten …

Heute würde es nichts zu lachen geben, dachte ich recht beklommen, denn sicher war ich mir nicht, dass wir von Fritz, wenn wir ihn denn fanden, eine offene Antwort erwarten durften. Der Doktor fuhr langsam an der Wiese vorbei, und da sah ich ihn plötzlich: Fritz. Er war gekleidet wie ein Knecht, hatte also offensichtlich seine Pläne realisieren können. Immer waren bei Knechten die Arbeitshosen übergroß, aber zu kurz, und die Jacken dazu zu lang, so dass alles großen wie kleinen, dicken wie dünnen Männern irgendwie passte. Eigentlich aber keinem. Auch der Hut, den Fritz aufgesetzt hatte, war zu groß und rutschte ihm bis an die Ohren hinunter.
Fritz lehnte ganz unten am Hang an einem Mirabellenbaum und rauchte eine Zigarette. Mit Interesse und ohne Anspannung sah er unserem Gefährt entgegen; selten genug wird sich ein Auto hierher verirren.
„Stehen bleiben!“, schrie ich dem Doktor zu, „das ist er!“
Doktor Ostertag trat so heftig auf die Bremse, dass wir ein wenig nach vorne geschleudert wurden. Fritz betrachtete das Schauspiel weiterhin genau, aber ungerührt, bis wir ausstiegen und er mich erkannte. Da kam Leben in ihn, er ließ seine Zigarette fallen und rannte den Hügel hinauf, wohl davon ausgehend, dass ich da gegen ihn kaum eine

Chance hätte. „Fritz!“, rief ich, „ich will Ihnen nichts Böses tun; ich will nur sprechen mit Ihnen. Warten Sie doch bitte!“

Doch noch während ich sprach, rannte ich ihm nach zu meiner zweiten sportlichen Übung an diesem Tag. Der Doktor rannte hinterher, allerdings kam er bald außer Puste und auch Fritz blieb kurz stehen, um Luft zu holen. Ich rannte gleichmäßig weiter, wie ich es bei meinen Spaziergängen auch tat, veränderte den Rhythmus nicht und nutzte die Ausdauer, die ich mir inzwischen erworben hatte. Kurz vor der Hügelkuppe hatte ich ihn erreicht. Er erkannte die Aussichtslosigkeit seiner Flucht, blieb stehen und schaute mich gottergeben an. „Wir gehen hinunter“, sagte ich, und er trottete vor mir her.

Am Auto wartete Doktor Ostertag, der mich nach seinem wenig aufsehenerregenden Spurt ein wenig beschämt ansah. „Wo können wir reden?“, fragte er Fritz. „Hier ist es zu kalt und zu ungemütlich.“

Fritz dachte nach: „Hier in Sailach wäre es mir nicht so recht. Die gewöhnen sich gerade erst an mich. In Untersteinbach vielleicht? Da wäre eine Wirtschaft.“

„Gut“, entgegnete der Doktor. „Es scheint ja guten Wein hier zu geben, zumindest sind mir die vielen Weinberge aufgefallen. Wirst du mich da hinleiten oder magst du selbst fahren?“ Was macht er da?, dachte ich. Was ist, wenn der Bursche uns in den Graben lenkt und dann entkommt?

Fritz entschied: „Selbst fahren!“

Und so fuhren wir wieder zwischen den wiesen- und wein- und obstbaumreichen Hügeln durch, und bald war ein Kirchturm zu erkennen. „Untersteinbach“, sagte Fritz, „hier leben die Leute ganz gut.“ Er parkte den Wagen neben der Kirche und führte uns in eine Wirtschaft ganz in der Nähe. „Meinst du, es gibt was zum Essen?“, fragte Doktor Ostertag, „obwohl ja die Mittagszeit schon lang vorbei ist?“ Ich fragte mich, wie spät es sein mochte. Wir waren gegen ein Uhr in Ludwigsburg aufgebrochen; und drei Stunden waren wir inzwischen sicher schon unterwegs.

In der Wirtschaft war es schön geheizt, und jetzt erst bemerkte ich, dass ich schon das zweite Mal an diesem Tag tüchtig durchgefroren war. Man begrüßte uns freundlich und der Doktor fragte auch gleich, ob es etwas zu essen gäbe. *„Ebbes hätt's imma. und jetzt wird's ja wieda aufwärts gehe mit uns!"*, sagte die Wirtin und wenig später brachte sie uns eine kräftige Gemüsebrühe und stellte dann Brot und Käse und ein wenig Wurst vor uns hin. Ich bat um einen Tee, der Doktor und Fritz hatten sich jeder ein Viertele bestellt. Die beiden Männer stießen mit ihren Gläsern an, und erst nachdem alles bis auf den letzten Brotkrümel verspeist war, sagte der Doktor zu Fritz: „Na …?"

Und der Bursche begann zu erzählen, wie Lynn von dem Major in den Wald verschleppt worden war, wie er aber versucht hätte, dass der Aufenthalt dort für sie durch seine langen Besuche und kleinen Geschenke wenigstens manchmal seinen Schrecken verlor, er hatte sie sogar herausgelassen in den Garten hinter der Hütte, was der Major ihm streng verboten hatte. Hätte er es herausgekriegt, hätte er kräftige Prügel bezogen. Aber Lynn hätte ihm gut gefallen, sagte er. Natürlich war eine Frau wie sie für jemanden wie ihn unerreichbar, darum ging es gar nicht, er habe sich nie irgendetwas herausgenommen, das hätte er sich ja sowieso nie getraut, aber sie war einfach so schön und freundlich und mitfühlend und man fühlte sich in ihrer Gesellschaft wohl. Doktor Ostertag nickte ihm verständnisvoll zu.

Natürlich wollte ich wissen, warum der Major Lynn verschleppt hatte. Denn was Fritz erzählte, stimmte offensichtlich; er datierte den Beginn ihres Waldaufenthalts auf Mitte August, was sich mit Lynns Abwesenheit im Sommer deckte. Allmählich wurde mir klar, dass es der Major selbst gewesen sein musste, der damals bei uns anrief und mit überzeugender Stimme, autoritären Formulierungen und militärischem Tonfall einen erfundenen Namen angab, dessen Nachsilben er verschluckte. Und ich fragte nicht nach, sondern bemühte mich, so knapp und gehorsam und pragmatisch zu reagieren, wie man das von einer Oberschwester erwarten konnte.

„Warum?“, fragte im selben Augenblick Doktor Ostertag, „warum hat der Major Fräulein Schöntal verschleppt und eingesperrt? Hat er …?“
„Nein, nein“, versicherte Fritz hastig, „so etwas spielte keine Rolle dabei. Der Major hatte keine solche Neigungen …“
„Aber was war es dann?“, bohrte der Doktor nach. „Es kann Ihnen doch nicht schaden, wenn Sie es uns erzählen, aber Fräulein Schöntal könnten Sie helfen. Sie wollen doch nicht, dass das Fräulein, das nach Ihrem eigenen Bekunden immer so nett war, jetzt in einer engen Gefängniszelle eingesperrt ist!“

Fritz sah sehr unglücklich aus. Er kämpfte mit sich, das war deutlich zu sehen. Einerseits wollte er Lynn helfen, andererseits schien seine Antwort ihm selbst schaden zu können. Anders konnte ich mir sein Verhalten nicht erklären. So schaltete ich mich ein: „Sie erinnern sich, wie ich Sie einmal im Frühling im Wald getroffen habe? Da waren Sie so unglücklich wie heute. Damals wollten Sie auch nicht darüber sprechen, warum?“
Fritz nickte. Aber er sagte nichts.
„Sie verheimlichen uns etwas. Da werden wir Sie wohl zur Polizei mitnehmen müssen. Dort wird man Sie schon zum Reden bringen“, drohte Doktor Ostertag aufgebracht, denn es war uns beiden klar, dass Fritz etwas wusste, das Lynn entlasten würde.
Ich versuchte es anders: „Fritz, da gibt es etwas, das Sie schrecklich quält. Vielleicht haben Sie etwas Schlimmes getan und vielleicht schämen Sie sich deswegen. Aber ich verspreche Ihnen, wenn Sie sich einmal überwunden haben und die Wahrheit sagen, wird es Ihnen viel, viel besser gehen. Und das Fräulein Schöntal wird Ihnen sehr dankbar sein und wir auch. Sie würden anderenfalls Ihr Leben lang an das junge Fräulein denken müssen, das nicht im Gefängnis sitzen müsste, wenn Sie alles gesagt hätten, was Sie wissen.“

Wieder erwiderte er nichts, aber wir beide schwiegen jetzt auch. Nach ein paar Minuten brach es aus ihm heraus: „Es war wegen dem Bruder des Fräuleins. Der Major wollte den Bruder des Fräuleins finden und er war davon überzeugt, dass das Fräulein wüsste, wo der ist. Er murmelte immer wieder, dass er die beiden kenne, seit sie auf der Welt seien. Und sie seien wie Zwillinge, sie sähen sich unglaublich ähnlich und sie stünden sich sehr nahe."
„Und warum hat er den Bruder von Fräulein Schöntal so dringend gesucht?"
„Der hat etwas gesehen."
„Ein Geheimnis?"
„Ja."
„Ein Kriegsgeheimnis?"
„Nein."
„Etwas Persönliches?"
„Ja."
„Das zu verraten dem Major geschadet hätte?"
„Ja."
„Wo hat der Bruder des Fräuleins das Geheimnis herausbekommen?"
„An der Front."
„Betraf es das Verhalten des Majors?"
„Ja."

„Fritz", bat ich freundlich, „jetzt lassen Sie uns doch nicht raten. Ein paar Sätze, eine Minute vielleicht, und alles ist gut für Sie und für Schwester Karoline auch."
„Er hat gesehen ... er hat gesehen, was der Major mit mir gemacht hat."
„Und was der Major mit Ihnen gemacht hat, dort an der Front, das hat er auch vorher mit Ihnen gemacht? Bevor ich Sie blutend im Wald gefunden habe?", fragte ich, denn eine schreckliche Ahnung kam mir, woher das Blut damals gekommen sein könnte.

Fritz nickte. Der Doktor legte ihm die Hand auf die Schulter, doch Fritz schien eher zu erschrecken und rückte von ihm ab. Der Bursche tat mir leid, es würde noch lange dauern, bis er wieder ein unverkrampftes Verhältnis zu anderen Männern, vor allem zu solchen, deren Autorität sich zu beugen er gewohnt war, haben konnte. Wahrscheinlich hatte er auch nur deswegen von Lynn erzählt, weil er unbedingt den Verhören durch die uniformierten Polizisten und Offiziere entgehen wollte.

Ich ergriff wieder das Wort: „Der Major hat also damals an der Front etwas mit Ihnen getan, das Sie nicht gewollt haben, und Fräulein Schöntals Bruder hat das gesehen, war das so?"

„Ich wollte das nie", brach es aus Fritz heraus. „Ich wollte das nie mit einem Mann tun!"

„Ich habe einmal gehört, ich bin ja im Lazarett mit vielen Männern zusammen, die ich pflege", versuchte ich ihm weiterzuhelfen und ihm die Scham ein wenig zu nehmen, „dass das schon einmal vorkomme in der Armee, dass zwei Männer …"

„Schon", antwortete Fritz, „und wenn alle zwei das wollen, dann geht das doch auch keinen was an, oder? Zumindest nicht in solchen Situationen zwischen Leben und Tod wie da draußen. Aber ich wollte das ja nie. Und ich habe mich zuerst sehr gewehrt, aber er hat mich gezwungen. Haben Sie ihn gekannt? Er war so gewohnt, dass alle taten, was er wollte, und er hatte viele Mittel und Wege, um alles durchzusetzen. Versprechungen zuerst, dann Einschüchterungen, Drohungen, Beleidigungen, dann Gewalt, brutale Gewalt. Ich habe mich so geschämt vor dem Leutnant … Und dann wollte er den Bruder von dem Fräulein mit dem Revolver zum Schweigen bringen, das habe ich zumindest befürchtet. Ich kannte den Major ja gut, besser als die meisten anderen."

Fritz schwieg kurz und sagte dann, fast ein wenig stolz: „Aber ich habe dem Leutnant geholfen, abzuhauen. Ganz raffiniert, der Major hat es nicht gemerkt. Und der Major konnte natürlich nicht zusehen, dass da jemand über ihn diese Sachen erzählt und da hat er selbst überall erzählt, dass der Schöntal ein Landesverräter ist, ein Fahnenflüchtiger, ein Feigling usw., und dann hat ist er hierhergefahren, weil er dachte, dass der sich hier verstecken würde mit Hilfe des Fräuleins, ja, so war es. Denn natürlich hat er selbst keine Sekunde lang geglaubt, dass der Leutnant wirklich übergelaufen war … Er wollte ihn umbringen, das wollte er. Denn der Bruder von dem Fräulein war keiner, der sich zum Vertuschen zwingen lässt. Das wusste der Major. Und er hat das Fräulein eingesperrt, weil er ihr nicht geglaubt hat, dass sie nicht weiß, wo ihr Bruder ist. Und deswegen habe ich alles gemacht, damit sie es nicht so schlimm hat, weil sie sein Opfer war wie ich … Das alles habe ich der Polizei nicht erzählt, es war mir zu peinlich. Ich wollte nicht mehr dauernd daran denken müssen. Und ich habe mich so geschämt!"

„Das müssen Sie nicht, und jeder wird es Ihnen hoch anrechnen, wenn Sie erzählen, was vorgefallen ist, und dass da keine Gewalt war und kein heimliches Techtelmechtel zwischen dem Fräulein Schöntal und dem Major und dass er sie verlassen hat und dass sie sich deswegen rächen wollte und wer weiß, was sonst noch alles erzählt wird …"
„Ich mach's", sagte Fritz entschlossen. „Und dann sage ich noch, dass das Fräulein Karoline keinem Menschen was zuleide tun kann. Und dass es viele andere gibt, die wegen der Sachen … diesen Vergewaltigungen halt … mehr Grund gehabt hätten, sich zu rächen."
„Und können Sie welche angeben?"
„Nicht viele, man spricht ja nicht darüber. Ich selbst hab's ja auch keinem gesagt. Gerüchte gab es halt. Einmal an der Front hatte er es sehr auf einen abgesehen, der auch aus Ludwigsburg war. Ein guter Freund seiner Tochter. Auch ein Leutnant. Der hieß Friedrich mit Vornamen, das weiß ich noch. Aber soweit ich weiß, ist nichts daraus geworden. Ich glaube, bei Offizieren war er vorsichtiger als bei uns gemeinen Soldaten; wir waren ja zum Gehorchen da und zum Dienen …"

Und dann ließ der Doktor sich und Fritz noch ein Viertele bringen, und auch ich lehnte jetzt den Wein nicht ab.

Schließlich bat er noch um einen Kaffee und dann traten wir alle drei die Rückfahrt nach Ludwigsburg an. Bei der Rückfahrt saß Fritz vorne neben dem Doktor, während ich es mir im Fond gemütlich machte. Ich war froh, weil der Bericht des jungen Mannes wirklich zur Entlastung Lynns beitragen könnte. Immerhin bewies er, dass der Major Lynn weder gefoltert und gequält noch missbraucht und vergewaltigt hatte, sie zur direkten Rache also kein Motiv hatte.

Wir schwiegen während der langen Fahrt. Zuerst genoss ich noch die Aussicht auf die Weinberge und die bewaldeten Hügel, aber dann legte sich allmählich die Dämmerung über die Natur und nur in den Ortschaften, an denen wir vorbeifuhren, flackerte aus einigen Fenstern ein spärliches Licht. Aber sie waren nicht richtig tröstlich, denn in mir erwachten neue Zweifel. Trotzdem schlief ich bald ein. Das hat mir aber gutgetan, sonst wäre ich sicherlich zu müde gewesen, um noch zu ganz später Stunde den Bericht über diesen ereignisreichen Tag aufzuschreiben.

Nach Fritzens Vernehmung wurde bei der Polizei genau über das nachgedacht, was Babette unterwegs durch den Kopf gegangen war. Trug die Erzählung des jungen Mannes wirklich zur Entlastung der Verdächtigten bei? Der alte Kommissar, bei dem der Mordfall mittlerweile gelandet war, da man keine militärischen Implikationen mehr vermutete, war von Anfang an nicht so richtig von der Schuld Carolyn Schöntals, wie er sie nach Studium ihres Ausweises korrekt bezeichnete, überzeugt gewesen, und jetzt war leider klar geworden, dass die junge Frau gelogen, zumindest aber die Tatsache verschwiegen hatte, dass sie über eine Woche lang vom Major gefangen gehalten worden war, was gegen sie sprach.

Andererseits hatte sich herauskristallisiert, dass der Major ihr sonst in keiner Weise zu nahe gekommen war. Natürlich lagen eine Freiheitsberaubung und viele andere Vergehen vor, aber der Kommissar konnte sich nicht vorstellen, dass die junge Frau sich jetzt, drei Monate später, mit einem Mord dafür rächen würde, wo sie doch das Vorgefallene offensichtlich verarbeitet hatte. Zumindest kam sie ihm gefestigt vor und in ihrem Auftreten und ihren Aussagen wirkte sie sicher. Und von den grässlichen Beobachtungen ihres Bruders wusste sie ja offensichtlich nichts. Sie konnte nur davon ausgehen, dass der Major ihren Bruder als Verräter oder Spion suchte. Doch das würde eher Michael Schöntal selbst, nicht aber seine jüngere Schwester, richtigstellen. Den Charakter des Leutnants kannte der Kommissar nicht, aber Lynns Wesen, davon war er aufgrund seiner in über vierzig Dienstjahren erworbenen Menschenkenntnis überzeugt, waren sowohl Rache als auch Mordlust fremd. Aber er musste sie am nächsten Morgen aufgrund der neuen Tatsachen erneut verhören. Streng verhören, dachte er unwillig. Und ihren offenen Blick und Zauber ignorieren.

Und natürlich musste er herausfinden, wer dieser Friedrich war, da der aber ein guter Freund der Familie Schöntal war, konnte das nicht allzu schwer sein.

Und dann galt es, den Bruder der inhaftierten Carolyn Schöntal – was für ein Name! – zu sprechen, den Leutnant – wo war der eigentlich? Der musste ja seit seiner Entdeckung der perversen und gewalttätigen Machenschaften des Majors permanent in großer Sorge um sein Leben gewesen sein, in der Sorge um seinen Ruf außerdem, und auch, wenn der Major wirklich so aggressiv war, wie es jetzt doch erwiesen zu sein schien, in Sorge um das Leben der Personen, von denen der Major annehmen könnte, dass er sich ihnen anvertraut hatte: also um seinen Vater, seinen Bruder und seine Schwester.

Solche Fälle schätzte der Kommissar nicht. Stundenlanges Spekulieren über Motive und Charaktere und Beziehungen und Eventualitäten – und kein einziger Tatbestand, den man in dürren Hauptsätzen in die Akte schreiben konnte. Außer dem einen: *Der Major ist in seiner Waldhütte ermordet worden.* Wobei man sich hüten musste, dabei zu denken: Das wundert einen nicht! Oder sogar: Richtig trauern wird wohl keiner!

Als er sich bei solch wenig professionellen Überlegungen ertappte, die in ihrer gefährlichen Tendenz nicht gerade zur Parteinahme, aber höchstwahrscheinlich zum Verständnis für die Verdächtigten für die Ermittlungsarbeit nicht besonders förderlich waren, beschloss er, das Gespräch mit Carolyn Schöntal erst einmal aufzuschieben. So gern er ihr auch zu einer raschen Freisetzung verholfen hätte, so sehr wollte er eine erneute emotionale Beeinflussung vermeiden. Also nahm er sich vor, erst einmal das private Arbeitszimmer im Haus des Majors zu durchsuchen. Wer weiß, vielleicht hatte dieser, seinen Tod nicht vorhersehend, in seinem Zimmer nicht alles so wohlgeordnet, was meistens bedeutungsgleich mit selbstzensiert war, hinterlassen? Und vielleicht könnte er etwas entdecken, das einer seiner vielbeschäftigten und weniger engagierten Kollegen bei seiner Untersuchung übersehen hatte?

Doch er schien sich geirrt zu haben, denn das Arbeitszimmer des Majors war von einer peniblen und geradezu langweiligen Ordnung. Vor allem aber war es leer, denn außer ein paar Metern Prachtbänden im Regal, die keinen persönlichen Geschmack widerspiegelten, sondern von einem Buchhändler nach ihrer literarischen Bedeutsamkeit zusammengestellt geworden zu sein schienen und von einem Buchbinder nach allen Regeln der Repräsentanz in glattes Kalbsleder mit fünfbündigen Rücken mit Goldtitel gebunden wurden, und drei Ordnern in der Schreibtischschublade war nichts Interessantes zu finden.

Der erste Ordner enthielt die Geburts- und Heiratsurkunden des Majors und seiner Frau sowie deren Todesurkunde, des Weiteren die Geburtsurkunde ihrer Tochter, außerdem die testamentarischen Verfügungen seiner Schwiegereltern und seiner so früh verstorbenen Frau sowie weitere Belege für sein Vermögen und seine Geldanlagen, keine Kriegsanleihen übrigens darunter. Seine Tochter hatte keinerlei finanzielle Einschränkungen in ihrem Leben zu befürchten und konnte sich auf das sorglose Leben einer verwöhnten jungen Dame einstellen. Der zweite Ordner barg alle Dokumente der militärischen Karriere des Majors, wobei die langen Zeitabstände zwischen den Beförderungen, schon lange vor dem Krieg waren keine mehr erfolgt, schon auffallend, aber nicht verdächtig waren.

Der dritte Ordner schließlich enthielt die entsprechenden Dokumente der Ausbildung seiner Tochter vom ersten Zeugnis bis zum erfolgreichen Abschluss ihrer Ausbildung zur Krankenschwester.

Keine persönlichen Dokumente, Photographien, Briefe, weder erhaltene noch Durchschläge von versandten. Das alles sah so aus, als habe da jemand nichts in seinem Zimmer aufbewahrt, was hätte zu irgendwelchen Aufschlüssen über seine Person und seine Vorlieben und Abneigungen führen können.

Der Kommissar schritt das restliche Haus ab, denn die Schwester des Toten hatte ihm alle Schlüssel ausgehändigt und ihm mit einer weit ausholenden Geste freie Hand gegeben, nachzuforschen, wo immer es ihm beliebte. Und dann ging sie ohne weiteres Wort zurück in die Stube, die sie im Erdgeschoss bewohnte. Aber es bot sich vom Keller bis zum Dach nirgendwo ein anderes Bild als im Arbeitszimmer des Majors.

Im ganzen Haus waren außer dem Zimmer der Schwester, das er noch nicht betreten hatte, nur zwei in Gebrauch beziehungsweise zum Gebrauch geeignet: das Arbeitszimmer des Majors eben und eine sich daneben befindliche enge Kammer, die den Kommissar leicht zurückschaudern ließ, weil sie ihn an seine Zeit als Reservist erinnerte: ein schmales hartes Bett, ein Spind, ein Stehpult. Das Tintenfass ausgetrocknet, kein Papier in der Lade des Pults, nur ein ziviler Anzug im Spind.

Die anderen Räume im gesamten Haus waren genauso rein und wohlgeordnet und karg, die Möbel waren mit Laken bedeckt, um sie vor Staub und Lichthellungen oder Lichtdunkelungen zu schützen, die Teppiche waren aufgerollt, die Fensterläden geschlossen, keine Pflanze, kein schmückender Gegenstand irgendwo, kein Bild an den Wänden, keine Vase oder Porzellanfigur oder eine Bronze, nichts, kein Anzeichen, dass irgendjemand das Haus hätte wohnlich machen wollen, es überhaupt bewohnte.

Er öffnete jeden Schrank, und fand überall gut verstaut kostbare Einrichtungsgegenstände, Porzellangeschirr, Gläser, Bestecke, Tischdecken und Servietten, Kerzenständer, reichhaltige Sammlungen von Landkarten des 17. Jahrhunderts, kostbare chinesische Vasen, reizende Porzellanfiguren aus aller Welt, meistens singende oder musizierende Kinder, und vieles andere mehr.

Auf dem Dachboden standen der Größe nach sortiert und wohl verpackt Gemälde und Grafiken in den Rahmen, in denen sie einst die Bewohner des Hauses und deren Besucher erfreut haben mochten. Persönliche Gegenstände gab es nirgendwo.

Der Kommissar klopfte, nachdem er das gesamte Haus ergebnislos und mit wachsend negativen Gefühlen durchlaufen hatte, an der Tür der Schwester des Majors. Sie bat ihn wiederum wortlos herein. Ihr Zimmer wies dieselbe leblose Starre, *Todesstarre* auf wie das restliche Haus. „Können Sie mir bitte sagen“, setzte er an, „wo der Major seine privaten Dinge aufbewahrt hat?“

Die Frau schwieg. Seltsam, dachte der Kommissar, ich habe noch nicht einmal ihre Stimme gehört. Sie hat sich bisher nur durch wenige Handbewegungen mit mir verständigt. Ob sie stumm ist? Nein, das wäre in den Akten vermerkt. Sie öffnete und schloss mehrfach die Lippen und ihre Mundwinkel zuckten seltsam unentschlossen. Er hatte den Eindruck, als schnappe sie nach Luft, aber eher gedanklich als real. Doch dann brach es aus ihr heraus, ein paar Wörter, fast ohne Pause aneinandergehängt, bis sie in ein normales Sprechtempo überging, und er überlegte, ob sie des zusammenhängenden Sprechens so entwöhnt war, dass sie mit diesen Übungen gleichsam alle Instrumente ausprobierte, die man zum Sprechen brauchte: die Lippen, die Zunge, den Gaumen, die Zähne, den Kehlkopf, die Lungen.

„Siewerdennichtsgefundenhaben", sagte sie fast stolz, wie mit großer Genugtuung. „Hausgesetz: *Alles, was fremde Augen nicht sehen sollten, ist dem Feuer zu überantworten.* Ich tue es ihm gleich. Schauen Sie", sie wies auf den Kamin in ihrem Zimmer, „so ein Häufchen Asche findet man bei uns alle paar Tage." „Bei Ihnen, meinen Sie." Sie nickte und er befürchtete schon, ihre Sprechbereitschaft oder ihr Sprechvermögen sei wieder versiegt, so dass er ihre Aufmerksamkeit sofort mit einer konkreten Frage wieder zu fesseln versuchte: „Hat das seine Tochter auch so gehalten? Alles verbrannt? Ich habe keinerlei Anzeichen gefunden, dass hier einmal ein Kind gelebt hat."

Die Frage brachte sie erneut zum Sprechen. „Nein, Maria hatdasfrüherandersgehandhabt", erzählte sie, wieder mit diesem überstürzten, unsicher-tastenden Anfang: „Sie hat Bastelarbeiten, Photographien, Briefe und allen möglichen Krimskrams aufgehoben und gesagt: Damit kann ich einmal mein Leben rekonstruieren."

„Und wo sind alle ihre Sachen jetzt?"

Die Frau schaute ihn ausdruckslos an und antwortete nichts. Er deutete auf das kleine Aschenhäufchen im Kamin und hob fragend die Schultern an.

Sie nickte zustimmend, und, wahrscheinlich erleichtert, von der umfangreichen Entsorgung der Habseligkeiten und Erinnerungsstücke des Kindes und Mädchens nicht sprechen zu müssen, fuhr sie sozusagen freiwillig weiter: „SieistübrigensseitdreiTagenhier. Aber erst gestern hat sie sich die Mühe gemacht, in ihr Elternhaus zu kommen und mich zu begrüßen. Sie schläft nach wie vor nebenan bei den Schöntals. Übrigens glaube ich keine Sekunde, dass das Schöntalmädel meinen Bruder erschossen hat!"

„Und wer war es dann Ihrer Meinung nach?“

„Ichglaubeimmernoch, dass es ein Verwandter war …“

„Von weiteren Verwandten ist uns nichts bekannt.“

Wieder öffnete und schloss sie ihre Lippen, bewegte ihre Mundwinkel, holte tief Luft und sprach dann wie ein Wasserfall weiter: „Nein, da haben Sie mich leider unterbrochen. Ein Verwandter des jungen Mannes, vielleicht der Vater oder ein Bruder oder ein Cousin oder ein Onkel, der vor nunmehr achtzehn Jahren seinen Tod in unserer Hütte gefunden hat. Die Familie hat nie daran geglaubt, dass er sich das Leben genommen hat. Selbst. Freiwillig. Ist ja auch eine Sünde, wie jeder weiß. Ich habe auch meine Schwägerin deswegen nie verstanden. Und dann noch ihr Kind zurückzulassen.

Aber zurück zu dem jungen Mann. Immer wieder ist einer von ihnen, also von den Verwandten, zu uns gekommen und hat meinem Bruder eine wahnwitzige Idee vorgetragen, Unterstellungen über Unterstellungen, verwegene Mordkomplotte. Kern aller Wahnvorstellungen der Familie war in den ersten Jahren, dass mein Bruder ihn aus Eifersucht getötet hätte. Unvorstellbar! Mein Bruder war ein treusorgender Ehemann, aber ob er je die Leidenschaft kannte, die zum Morden führt? Nie und nimmer. Er war eher, wie soll ich sagen, gefühlskalt, nein, das sagt man nicht über einen Toten. *De mortuis nil nisi bene*, haben wir in unserem Elternhaus gelernt, mein Bruder und ich.

Wissen Sie, dass unser Vater ein Totengräber war? Schrecklich, sage ich Ihnen. Man hat sich als Kind immer geschämt. Alle haben einen so seltsam angeschaut, als klebe einem Leichengift an den Händen. Aber solche Sprüche haben wir gelernt. Und dass wir so nicht leben wollten wie die Eltern. Mein Bruder hat es auch geschafft. Diese junge reiche Frau hier hat ihn erwählt. Und ihm eine Tochter geschenkt. Und dann hat er das Haus und das Vermögen geerbt.“

„Ihnen ist es nicht geglückt, aus Ihrem Elternhaus herauszukommen?“

„Nein,nein,nein,nein,nurmeinBruder hat Glück in seinem Leben gehabt, Ich musste die Eltern pflegen, bis erst mein Vater und dann die Mutter gestorben sind. Und mein Bruder hat sich auch da nicht mehr bei mir sehen lassen. Bis vor achtzehn Jahren. Da ist meine Schwägerin gestorben und er hat mich hergeholt. In diese schöne Stadt. Erst habe ich gedacht, jetzt hilft er mir doch noch zu meinem Glück. Und dann war da das kleine Mädchen. Sie sah mich so an, als erwarte sie etwas von mir. Ich habe mich angestrengt, sie bekocht, gekleidet, ihr alles beigebracht, was ein Mädchen wissen muss. Einfach alles getan, was mein Bruder von mir erwartete.“

„Vielleicht hat sie etwas anderes erwartet als ihr Vater?“

Das war, fürchtete der Kommissar, zu direkt. Hoffentlich zieht sie sich nicht wieder zurück. Vorhin hat das mit einer konkreten Frage doch gut geklappt. Versuche ich es noch einmal? „Gefühlskalt sei nicht das richtige Wort für Ihren Bruder, haben Sie gesagt. Können Sie ein zutreffenderes wählen?“

„Ruhigwarereben, nicht so emotional wie wir Frauen, gleichgültig. Er wollte alles in Reih und Glied haben, in Ordnung eben. Er hätte seine Frau einfach gemieden, wenn sie untreu gewesen wäre, oder sie verlassen, nein, das nicht, aber vielleicht des Hauses verwiesen. Denn streng war er schon. Aber er hätte sie nie aus Eifersucht getötet! Oder diesen jungen Mann, mit dem sie Musik gemacht hat. Er hat Klavier gespielt, sie Violine.

Aber die Verwandten dieses Klavierspielers! Deren Wahnvorstellungen brachten immer seltsamere Blüten zutage. Nach ein paar Jahren waren sie schon richtig umnachtet, hatten völlig den Verstand verloren. Stellen Sie sich vor, sie haben doch tatsächlich behauptet, dass er, also der Klavierspieler, gar nicht an meiner Schwägerin interessiert gewesen sei und, ich mag es gar nicht aussprechen, leider überhaupt nicht an Frauen.“

„Sie meinen …?“, stellte der Kommissar sich dumm.

„Ichmeinegarnichts!“, schüttete die Schwester des Majors sehr bestimmt ihre Abwehr heraus. „Aber ich weiß, dass der Klavierspieler immerzu zum Musizieren zu meiner Schwägerin gekommen ist. Nicht nur vom Hörensagen. Denn ich war im Herbst vor ihrem Tod ein paar Wochen lang zu Besuch hier, und da habe ich oft genug die Blicke meines Bruders gesehen, wenn der junge Offizier in die Bibliothek gegangen ist, um mit meiner Schwägerin zu üben, er am Klavier, sie an der Geige. Überhaupt: Wer braucht ein Klavier in der Bibliothek? Jetzt ist es ja auch weg; schon seit langem. Aber sie war eigen, meine Schwägerin. Und wenn sie musiziert haben, gab es lange Pausen, da haben wir nichts gehört. So lange kann man doch gar nicht zum Notenumblättern brauchen, habe ich gedacht. Mein Bruder hat nie darüber mit mir gesprochen, aber seine Blicke, die sich kaum von der Tür lösen konnten, vergesse ich nicht.“

„Aber Ihr Bruder muss sich doch dazu geäußert haben?“

„Nein. Ein anderes Hausgesetz. *Sprich nur, wenn es unbedingt sein muss. Und dann sag nur, was jeder wissen dürfte.* Und ich glaube nicht, dass er wollte, dass jeder wüsste, was er angesichts der häufigen Besuche des jungen Offiziers gedacht hat.“

„Gibt es viele solche Hausgesetze?“

Sie nickte. *„Sauberkeit, Ordnung, keine Gefühle zeigen, keine Gefühle haben ...“*

Der Kommissar unterbrach sie zum ersten Mal und fragte: „Ist das nicht traurig, ein Leben nach diesen Gesetzen? Unerträglich? Vor allem für ein Kind? Hat Ihnen das kleine Mädchen nicht leid getan?“

Seine Frage schien ihr den Mund endgültig zu verschließen. „Geben Sie mir doch bitte eine Antwort“, bat er. „Und hat nicht das Kind, an dem Sie Mutterstelle vertreten sollten, auch einen Anspruch auf Ihre Erklärung?“

So wie zu Beginn des Gesprächs ihre Worte wie an einer Kette aneinandergeknüpft herausgerutscht waren, als gäbe es keinerlei Verschlusslaut zwischen ihnen, so kamen die nächsten stockend und mit unerträglich langen Pausen. Aber der Kommissar wusste, dass er diese Pausen jetzt aushalten musste.

„Ich … habe … meinem ... Bruder … gehorcht, seinen Erwartungen entsprochen. Ich hatte … Angst, … dass … er … mich … zurückschickt in die winzige Wohnung unserer Eltern, für die er immer noch die Miete zahlte, Pfennige natürlich für ihn, den reichen Witwer, aber er hatte eine Drohung, die er jederzeit gegen mich einsetzen konnte."

Der Kommissar glaubte, dass sie jetzt alles, was sie wusste, erzählen würde. Aber sie schwieg, dann hörte er dumpfe, gepresste Schluchzer und sah, dass sie weinte, ohne ihr Weinen steuern zu können. Sie sprach nichts mehr zwischen ihren Schluchzern. Er holte ihr aus dem Schlafzimmer ihres Bruders ein paar Taschentücher, die er dort gesehen hatte, und reichte sie ihr.

Sie versuchte, ihm unter Tränen dankbar zuzulächeln, wie um sich im Voraus für die folgende Geste zu entschuldigen: Sie warf nämlich alle diese quadratischen, in kochendem Wasser gewaschenen und dann gestärkten, kantenrein gebügelten grellweißen Taschentücher in den Kamin, um einen kleinen Schlüssel aus einer Tasche ihres schwarzen Kleids herauszunesteln, mit dem sie eine Schublade ihres Nähtischs öffnete, wo sie ihre eigenen hellgelben Tüchlein, die mit einer Spitze in etwas dunklerem Gelbton verziert waren, herausholte. Sie sah die zierlichen Handarbeiten an, zeigte sie dem Kommissar und wischte dann triumphierend ihre Augen damit, als hätte sie eine Mutprobe bestanden.

Die Taschentücher steckten in einem gehäkelten kleinen Herzen, aus dem sie noch zwei oder drei weitere ähnliche Taschentücher in anderen hellen Pastellfarben herauszog, sie jeweils an einer Spitze ergriff, schüttelte und zu lauschen schien. Beim dritten Tüchlein ertönte ein leises Klirren, und sie bückte sich zufrieden, um einen kleinen Schlüssel vom Boden aufzuheben, der wohl in einem der Tücher in ihrem Herztäschlein steckte. Den streckte sie dem Kommissar entgegen und deutete auf einen aufklappbaren Damensekretär aus hellem Holz, der drei Schubladen, von denen zwei abschließbar waren, aufwies. Dann verließ sie ihn.

Der Kommissar war äußerst gespannt, was an weiteren Gegenständen sich aufzubewahren die Schwester des Majors gewagt hatte. Die oberste, nicht abschließbare, enthielt einen Ordner, der denen im Arbeitszimmer des Majors ähnelte: Er enthielt die wenigen Dokumente des Lebens der Schwester des Majors; von ihrer Geburtsurkunde über ihre Schulzeugnisse bis hin zu den Todesurkunden ihrer Eltern.

Die zweite und die dritte Schublade schienen auf den ersten Blick nichts Ungewöhnliches zu bergen. In jeder Schublade standen drei gleich große rechteckige Schachteln, die den gesamten Raum der Schublade ausfüllten. Fast kam es dem Kommissar so vor, als habe jemand, und das konnte nur die Schwester des Majors gewesen sein, diese Schachteln selbst angefertigt, so dass sie haargenau hereinpassten, ohne sich verschieben oder gar herausnehmen zu lassen.

Vorsichtig nahm er die Deckel der ersten drei Schachteln ab, und leider war das, was er sah, enttäuschend: nur peinlich genau aufeinandergelegte Papierbögen. Wofür wohl diese alte grauhaarige Frau all diese Briefbögen benötigte?

Diese Frau mit ihrem dünnen Haarknoten, die er vielleicht auf der Straße gar nicht auf den ersten Blick wiedererkannt hätte? Die hier allein in diesem trostlosen Raum lebte, in dem selbst jetzt, in den frühen Morgenstunden, die Vorhänge nur einen Spalt auseinandergezogen waren, so dass man sich in einer Art undefinierbarer Dämmerung befand, ihrer eigenen Dauerdämmerung, die nur durch die Nacht unterbrochen wurde.

Ihr Leben verbrachte sie damit, die wenigen bewohnten Zimmer rein zu halten und wie ein gespenstischer Schatten durch die anderen Zimmer zu streifen, um zu sehen, ob alles der Ordnung entsprach, die durch die Hausgesetze ihres Bruders vorgegeben war. Mit wem sprach sie? Wie informierte sie sich über Neuigkeiten, seien sie privater oder politischer Natur? Was tat sie in all der Zeit? Handarbeiten vielleicht? Knüpfte sie Teppiche, die sie dann zusammenrollte? Bestickte sie Tischdecken, die sie dann zusammenfaltete und mit den anderen im Schrank verstaute? Freute sie sich, wenn ihr Bruder nach Hause kam, oder fürchtete sie sich eher? Liebe schien aus ihren Worten nicht gesprochen zu haben. Was war es dann? Angst, Groll über das ihr zugemutete Leben, über das sie sich zuerst wie über das Geschenk einer Glücksfee gefreut hatte, oder gar Hass?

Er konnte sich trotz dieser vielen Papierbögen nicht vorstellen, dass sie eine eifrige Briefschreiberin war, denn dann würde nicht diese entsetzliche Einsamkeit von ihr ausstrahlen, die einen mit jedem Blick, mit jeder Geste aus ihrer Welt auszuschließen schien. Wie viele Bögen es sein mochten? Er hob die obersten achtsam hoch, um ihre Anzahl zu schätzen, und … fand ihr Geheimnis, das sie mithilfe ihrer sorgfältigen Inszenierung zu verstecken suchte: die nicht verbrannten, sondern im Gegenteil sorgfältig archivierten Erinnerungsstücke ihrer Nichte.

So sollte die junge Frau sich also doch irgendwann ihr Leben rekonstruieren können, gegen den Wunsch, nein, das Gebot des Vaters. Fast gerührt, als hätte man ihm, einem Fremden, einen Einblick in fremde Geheimnisse eröffnet und ihm dadurch eine große Wertschätzung gezeigt, schaute er die Objekte durch, die da unter den akkurat übereinandergestapelten Papierbögen wie in einer musealen Sammlung archiviert waren.

Er fand die Zeichnungen des Kindes Maria, auf der Rückseite jeder Zeichnung stand das Datum seiner Entstehung, auf den frühesten Blättern noch in einer anderen, der Handschrift der Mutter wahrscheinlich, geschrieben, dann wechselte die Schrift mit dem Beginn des Jahres 1900. Das konnte dann nur die Schrift der Archivarin sein.

Aus den Zeichnungen könnte ein geübterer Seelenkenner als er bestimmt alles herauslesen, was das Kind, das junge Mädchen beschäftigt hatte, dachte er. Oft schien das Kind versucht zu haben, seine Mutter zu malen, eine schmale Frau in einem langen Kleid mit einer Geige an der Schulter. Bilder der Tante oder des Vaters sah der Kommissar beim schnellen Durchblättern nicht, aber sonst das Übliche, ihm von seinen Kindern Vertraute: Bilder von Wald und Blumen und Tieren und Sonne und Wolken. Das arme Kind, dachte er, ohne richtig zu wissen weshalb. Die zweite ordentlich mit Papier befüllte Schachtel barg Bastelarbeiten, die dritte frühe Schreibversuche und Aufsätze des Kindes und des jungen Mädchens.

Der Kommissar schloss die Schachteln wieder und zog die untere Schublade heraus. Das gleiche Bild: Schachteln, deren eigentlicher Inhalt sich unter Papier verbarg. In einer befanden sich das Poesiealbum Maria Kahls sowie Briefe und Briefchen, die sie von Freundinnen erhalten hatte. Ein paar Photographien; auf einer erkannte er Carolyn Schöntal.

Die zweite enthielt ebenfalls Memorabilia, und zwar ein paar Kleidungsstücke, zwei helle Blusen, einen Seidenschal. Ein schwacher Duft schien aus den zarten Stoffen aufzusteigen. Haarkämme und Haarspangen aus wertvollen Materialien. Vielleicht die Lieblingssachen ihrer Mutter, vielleicht besonders typische Kleidungsstücke, an die ihre Tochter sich noch erinnern könnte?

In der letzten Schachtel schließlich versteckten die Papierbögen Schmuckstücke, Ketten, Ringe, einen Ehering fand der Kommissar nicht darunter, viele Broschen; die junge Frau schien farbenfrohe gegenständliche Miniaturbilder aus Email oder geprägte Motive und Kameen bevorzugt zu haben.

Und plötzlich, du alter Depp, schalt er sich, war sie hier, in diesem trostlosen Raum, eine schmale Frau in einem langen dunklen Rock mit einer eierschalenfarbenen Bluse, an der ein bunter Papagei prangte, mit locker aufgestecktem Haar, das von einer perlmuttern schimmernden Spange gehalten wurde, mit einer Geige in der Hand, ihre kleine Tochter anlächelnd. Entschlossen machte er die Schachteln zu und schob auch die Schubladen wieder zurück.

In diesem Augenblick betrat die geheime Archivarin das Zimmer wieder. Sie trug in jeder Hand einen großen Koffer. Sie sprach kein Wort, aber machte ihm durch entschiedene Mimik und viele Gesten unmissverständlich deutlich, dass er den gesamten Inhalt des Sekretärs einpacken und ins Nebenhaus zu Maria tragen solle. Immer wieder richtete sie ihren Zeigefinger an die Wand, die ihr Haus von dem der Schöntals trennte.

„Warum wollen Sie Ihrer Nichte diese wunderbare Gabe nicht selbst überreichen?“, fragte er, wobei er sich selbst nicht schlüssig war, ob der damit angedeutete positive Ausgang überhaupt möglich war. Die Kluft zwischen der Tante, die sich in allem ausnahmslos ihrem Bruder untergeordnet hatte und die darüber eine Entfremdung zu allen anderen Menschen entstehen ließ, und der Nichte konnte nicht durch sechs Schachteln überbrückt werden. Wenn es wenigstens sieben wären wie im Märchen. Immer noch dachte er fast mit Abscheu an den hasserfüllten Blick, mit dem sie über die Hausgesetze gesprochen hatte, und an die Kälte, die dabei von ihr ausging, obwohl sie sie ihrem Bruder zugesprochen hatte.

Wieder bedeutete sie ihm ohne Anzeichen von Hoffnung, dass sie das Verpacken der Schachteln in die Koffer wünsche. Wie um die Unterhaltung, obwohl ja gar keine stattfand, zu beenden, verließ sie den Raum und missmutig machte sich der Kommissar an das Verstauen. Er ergriff zuerst die drei Schachteln der mittleren Schublade und packte sie der Reihe nach in den ersten Koffer, um die Schublade wieder zu schließen.

Komisch, dachte er, ist das alles ansteckend? Die Kälte zwischen Menschen? Die Ordnung, die einen umgibt? Ordne ich mich hier schon dem Hausgesetz unter, das bestimmt besagt, dass man eine Schublade schließen muss, bevor man die nächste herauszieht?

Er bückte sich, um auch den Inhalt der unteren Schublade umzupacken. Erst als er die zweite der Schachteln in den Koffer gelegt hatte, sah er, dass unter der rechten Schachtel noch eine weitere Mappe lag. Warum habe ich das vorhin nicht gesehen?, fragte er sich. Die Schachteln sahen doch wirklich alle gleich hoch aus, da konnte man nichts darunter vermuten. Erst als er sie zu den anderen legte, entdeckte er, dass sie niedriger war, damit man etwas darunter verbergen konnte.

Wie raffiniert, dachte er. Da hat sie also beim Fertigen nicht nur die Schachteln so zusammengebaut, dass sie jeden Zentimeter ausfüllen, so dass kaum ein Herausziehen möglich ist und ein Abheben der Deckel nur den Anblick leeren Papiers böte, sondern auch noch minutiös geplant, wie sie etwas unter dem Versteck verstecken konnte.

Voller Neugier öffnete der Major die Mappe. Zuerst quollen Photographien heraus, auf den meisten war eine junge Frau abgelichtet. Marias Mutter wahrscheinlich, dachte der Kommissar und beim Umdrehen der Photographie sah er die Bestätigung: Marias Mutter, stand da, und ein Datum aus dem Jahre 1898. Alle anderen Photographien waren ähnlich identifiziert; und die Schrift war die ihm schon bekannte der Tante Marias. Der Kommissar war sehr beeindruckt von der zarten Schönheit der jungen Frau, und er blätterte die Photographien rasch durch.

Da, da, fühlte er sich plötzlich sehr beeindruckt, auf dieser Photographie trägt sie ja die Bluse, die ich vorhin in der Hand hielt, und die Papageienbrosche.

Ich hoffe, dass ihre Tochter all diese Schmuckstücke tragen wird und auch das alles sieht, die Bilder von ihrer Mutter als jungem Mädchen, als junger Frau. Vielleicht kann Maria Kahl jetzt wirklich ihr Leben rekonstruieren. Hoffentlich auch positiven Erinnerungen Raum geben. Das Haus wieder öffnen, die Läden aufstoßen, die Vorhänge aufziehen, die Teppiche aufrollen, die Decken von den Möbeln entfernen, die vielen schönen Dekorationsstücke aufstellen, die Bilder an die Wände hängen, die Papageienbrosche ihrer Mutter anstecken und sich von jungen Männern viele, viele Blumen schenken lassen und damit die Vasen im ganzen Haus füllen …

Was für ein sentimentaler alter Mann bin ich doch geworden, murmelte er leise, um dann zu denken: Und da spreche ich doch tatsächlich schon mit mir selbst.

Er legte die Photographien wieder fein säuberlich aufeinander, ansteckend, wirklich, dachte er, und entnahm dann der Mappe ein in feines blaues, in Kalbsleder gebundenes Buch mit dem silbern eingeprägten Titel *Jahrebuch*. Jahrebuch? Was soll das sein?, dachte er, schlug auf und stieß unmittelbar auf die Antwort auf diese Frage.

Aus Martha Kahls Jahrebuch

31. Dezember 1894

Ab heute werde ich mein Jahrebuch führen. Was das ist?
Ein Buch, in dem ich am Ende jedes Jahres resümieren werde, was ich in diesem Jahr erlebt, erfahren, gelernt, gefühlt und gemacht habe.
Warum kein Tagebuch wie andere junge Frauen? Weil ich Mutter geworden bin. Mutter einer entzückenden und süßen und wunderbaren und einmaligen und klugen und anmutigen Tochter, das war das Wichtigste, was ich in diesem Jahr erlebt und gefühlt habe, und Mütter, das haben mir alle gesagt, haben keine Zeit mehr für ein Tagebuch. Früher hatte ich noch Zeit, um jeden Tag aufs feinste alle meine Stimmungen, und, nachdem ich verheiratet war, seine Stimmungen zu notieren und zu deuten oder misszudeuten; und es hat mich immer wieder nur zurück zu mir geführt. Leider aber auch immer mehr weg von dem Glück, das ich

mir wie alle anderen jungen Frauen erträumt habe. Jetzt aber bin ich wieder glücklich, und ich werde alles dafür tun, dass meine Tochter Maria ein glückliches Leben führen und ihre eigenen Entscheidungen treffen kann.

Der Kommissar blätterte weiter und sah, dass Frau Kahl wirklich an jedem 31. Dezember des Jahres ihr *Jahrebuch* mit vielen Seiten gefüllt hatte, beim schnellen Umwenden der Seiten sah er, dass der Bericht sich auf das Aufwachsen Marias konzentrierte, das liebevoll mit humorvollen Details versehen beschrieben wurde.

Der Kommissar konnte kaum atmen vor Aufregung, als er beschloss nachzusehen, wann das *Jahrebuch* abbrach. Da, da, er fand den letzten Eintrag: *31. Dezember 1899.* Also hatte Maria Kahls Mutter noch am letzten Tag ihres Lebens aufgeschrieben, was in diesem Jahr passiert war – und wohl auch, dass sie sich selbst töten wollte und weswegen sie diesen Weg gegangen war. Zwar war er nicht wegen dieses an und für sich gelösten Todesfalls gekommen, und auch der Tod des jungen Offiziers, bis heute nicht geklärt, stand nicht im Mittelpunkt seines Interesses, trotzdem war er sehr aufgeregt, wollte unbedingt in Ruhe lesen, was die junge Frau damals an jenem Tag des letzten Jahrhunderts über ihr, von ihr offenbar als gescheitert und verfehlt wahrgenommenes, Leben geschrieben hatte und auch, ob sich Hinweise auf den Tod ihres damaligen Musikfreundes finden ließen.

Aber nicht jetzt, nicht hier, wo jederzeit das alte Fräulein Kahl hereinschleichen konnte und ihn stumpf anschaute und mit Gesten zur Eile zwang. Wirklich trat sie gerade ein, sah das Buch in seiner Hand, deutete auf den Koffer, woraufhin er es folgsam hineinlegte. Sie wies mit dem Zeigefinger erneut auf die untere Schublade, woraufhin er versicherte, dass er sie geleert habe und dass sich alles in dem Koffer befände.

Sie schüttelte den Kopf und winkelte den linken Arm an, um dann mit dem rechten darüber hin- und herflitzend ein Geigenspiel zu imitieren.

Dann richtete sich ihr Finger erneut Richtung Schublade. Um sie zufriedenzustellen, schaute der Kommissar noch einmal hinein und fuhr mit dem Finger über die Innenflächen der Schublade. Schließlich entdeckte er an der Rückseite etwas Hartes, Schmales und zog es vorsichtig heraus.

Es war ein Violinbogen aus dunklem Holz, das weiße Rosshaar schien sehr gepflegt und wie frisch mit irgendetwas eingerieben, der Frosch bestand aus Elfenbein. Der Kommissar legte den Bogen, wahrscheinlich den der toten Mutter Marias, zu den anderen Dingen in den Koffer, nahm die beiden Koffer auf und verließ damit das Zimmer. In der Haustür drehte er sich noch einmal um und fragte: „Wollen Sie mir noch irgendetwas mitteilen, bevor ich gehe?“

Die Frau schüttelte den Kopf, drehte ihm den Rücken zu und ging wieder zurück in ihr Zimmer, und der Kommissar schleppte sich mit den beiden Koffern zurück in sein Amt.

Dort allerdings warteten schon alle Mitglieder der Familie Schöntal und die Oberschwester auf ihn und blickten ihn vorwurfsvoll an: „Warum ist meine Tochter noch nicht freigelassen?“, fragte Johannes Schöntal. Der Kommissar, ein wenig schuldbewusst, dass er eine für das Fräulein Schöntal nachteilige Tagesplanung vorgenommen hatte, bat die drei Personen in seine Amtsstube und versicherte ihnen, dass das an diesem Tag noch anstehe. Leider sei er aufgrund der ungeheuren Umstellungen in Stadt und Land, womit er nicht sagen wolle, dass er diese Veränderungen nicht auch sehr glücklich fände, erst spät in den Fall eingeschaltet worden, der zuvor eher unentschlossen zwischen verschiedenen alten und neuen Dienststellen hin- und hergeschoben worden war.

„Aber“, so setzte er entschlossen fort, „in Krieg und Frieden, in einem Königreich oder in einer Republik, Mord bleibt immer ein Kapitalverbrechen, und dessen Aufklärung hat jetzt wieder höchste Priorität!“ Man müsse aber verstehen, so fügte er bittend hinzu, dass er sich erst eine vollständige Übersicht über das Vorgefallene und auch die beteiligten Personen verschaffen musste. Und deswegen habe er das Fräulein Kahl aufgesucht. „Das ältere Fräulein Kahl“, setzte er noch hinzu, „denn das junge Fräulein Kahl befindet sich ja in Ihrem Haus. Wobei ich sehr darum bitte, ihr auszurichten, dass sie heute noch zu mir kommen soll; ich habe Sachen für sie in diesen beiden Koffern“, er deutete auf die schweren Lederkoffer, „über die sie sich wirklich sehr freuen wird.“

„Und woher? Sie haben doch gesagt, dass Sie in ihrem Haus waren. Von dort hat sie wenig Erfreuliches zu erwarten“, sagte Johannes Schöntal besorgt.

„Ich versichere Ihnen, dass sie sehr glücklich darüber sein wird. Nur kann ich Ihnen die Dinge leider nicht sofort übergeben, weil ich auf einiges noch einen genaueren Blick werfen muss. Das würde ich am liebsten gleich tun, aber dann müsste ja Ihre Tochter noch länger im Gefängnis ausharren.“

Johannes Schöntal nickte, und sein Nicken wirkte verständnisvoll. Die Gruppe verabschiedete sich, aber im Hinausgehen drehte sich der Vater von Carolyn Schöntal noch einmal um und sagte: „Herr Kommissar, natürlich müssen Sie die Dinge in der Reihenfolge erledigen, die Ihnen richtig erscheint. Und Maria Kahl hat wirklich Freude verdient!“

Und der Kommissar tat, was er sowieso getan hätte, jetzt aber ohne schlechtes Gewissen: Er öffnete den Koffer, zog den blauen Lederband heraus und schlug den letzten Eintrag auf. Ein Zettelchen fiel heraus, getippt, ohne Anrede und ohne Absender: *Um 11 Uhr in der Waldhütte*. Was sollte das? Na, das mochte da irgendwie hineingeraten sein, jetzt wollte er lieber lesen.

Mein liebes Kind, liebste Maria!
Wie Dich anreden? Wie mich Dir verständigen?
Wann wirst Du diese Zeilen lesen? Wann wird man Dir das Buch aushändigen? Bislang dachte ich immer, Dir diese Aufzeichnungen zu überreichen, wenn Du selbst einmal ein

Kind erwartest. Bis dahin wollte ich dieses Buch führen, aus dem Du erfahren solltest, dass das Großziehen eines Kindes wichtiger ist als alles andere, das man im Leben zu tun hat. Und dass demgegenüber anderes gleichgültig wird, zum Beispiel wenn andere Glücksträume zerplatzen.

Du wirst Dich fragen, warum ich Dich verlasse, bevor ich dieses Wichtigste abgeschlossen habe. Glaub mir, das habe ich mich im letzten Jahr immer wieder gefragt, und immer wieder habe ich beschlossen, weiterhin zu versuchen, alles auszuhalten. Ich hoffe, Du vergisst die Mutter, die ich in den letzten Monaten gewesen bin, die, die auf der Couch lag, unter einer Wolldecke, geweint hat, kaum mehr aufgestanden ist, nicht mehr musiziert hat, wenig gesprochen hat. Auch Du bist in dieser Zeit ruhiger geworden, blasser. Manchmal hast Du die Tür geöffnet, so leise es nur ging, und bist auf Zehenspitzen herein in mein Zimmer gekommen und hast Dich über mich gebeugt. Ich habe meistens die Augen geschlossen gelassen und Du hast Dich zurück nach draußen in den Flur geschlichen.
Gelegentlich habe ich die Augen geöffnet und Deinen erwartungsvollen Blick gesehen. Du wolltest Deine Mutter wieder bekommen. Und dann habe ich versucht zu lächeln. Doch das hat so viel Anstrengung gekostet und auch viel Unaufrichtigkeit.

Irgendwann wurde mir klar, dass ich Dir das nicht mehr zumuten konnte: eine Mutter, die sich in der Dämmerung ihres Zimmers versteckt vor der Welt. Ich habe auch daran gedacht, mit Dir wegzugehen. Aber wohin? Ich habe keine Verwandten, die uns aufgenommen hätten, keinen Beruf, mit dem ich uns hätte ernähren können. Und hätte ich Dir die Schöntals nehmen dürfen, deren normales und oft auch lustiges Familienleben Du geteilt hast? Aber darf, kann ich Dir die Wahrheit sagen?
Wenn ich nur wüsste, in welchem Alter man Dir mein Schreiben übergibt. So man es denn überhaupt je tut.
Wenn Du noch jung bist und dieses Buch in der Hand hast,

dann, bitte, gib es den Schöntals und sage ihnen, sie sollen es bewahren, bis Du reif genug für eine bittere Wahrheit bist. Denn du wirst jemanden beschuldigt finden, den ich Dir nicht auch noch nehmen darf, wenn ich Dich verlasse. Deinen Vater.

Wahrscheinlicher ist es aber so, dass diese Aufzeichnungen irgendwo im Keller dieses Hauses versteckt werden und Du sie erst findest, wenn das Haus Dir übergeben wird, also nach dem Tod Deines Vaters. Und dann bist Du bestimmt schon viel älter, als ich jetzt bin, und hast viel mehr Erfahrungen, als ich je gemacht habe, und wirst wahrscheinlich mit leiser Wehmut, aber doch nachsichtig über uns alle urteilen.

Denn wir alle haben falsche Entscheidungen getroffen, uns dabei aber von vermeintlich richtigen Motiven lenken lassen, de facto aber von Konventionen.
Mein Vater folgte den gesellschaftlichen Erwartungen seiner Generation, als er, um seinen bevorstehenden Tod wissend, den Heiratsantrag Deines Vaters begrüßt hatte. Er vertraute Deinem Vater, seinem Ruf und seinem Ansehen, und er hoffte, mir dadurch nach seinem Tod ein sicheres, beschütztes Leben zu sichern.
Ich gehorchte ihnen, als ich den Antrag schnell annahm, um meinen Vater glücklich zu machen, um weiterhin friedlich in meinem Elternhaus leben zu können, mit einem Mann an meiner Seite, der mich aufgrund seines Alters und seiner Erfahrung umsorgen konnte, wie mein Vater das getan hatte. Und hinter dessen vollendeter Höflichkeit ich einen gefühlvollen Kern vermutete, den aufzufinden ich mir romantisch vorstellte.

Dein Vater entsprach den Gepflogenheiten, als er mit bester Absicht annahm, dass seine Bereitschaft, mir nicht weh zu tun und mich achtungsvoll zu behandeln, als Basis für eine Ehe genügen würde. Einer Ehe übrigens, die er, wie ich inzwischen weiß, noch aus ganz anderen Gründen führen wollte, als ich das bei unserer Eheschließung vermutete.

Als Du zur Welt gekommen bist, war er glücklicher, als ich ihn je gesehen habe. Das musst Du glauben, liebste Maria. Auch ich war voller Freude. Meine romantischen Träume hatte ich aufgegeben, meine Musik und Du schienen mir zu genügen, und wir lebten nicht unfroh, auf jeden Fall aber friedlich zusammen. Das änderte sich, als Dein Vater mir einen jungen Leutnant vorstellte, der sich, so sagte er, der Musik so ernsthaft widmete wie ich, und mit dem ich von da an übte.

Das, was mir, uns dann zugestoßen ist, kann man einer Tochter nicht erzählen. Es soll trotzdem geschehen! Ich habe mich in einen anderen Mann verliebt, mit knapp 24 Jahren, ohne zu wissen, was das eigentlich ist: Sich-Verlieben, Liebe, Leidenschaft. Ich hatte nie anderswo gelebt als in diesem Haus, das inzwischen vielleicht Deines ist, ich hatte nie einen anderen Mann geküsst, umarmt als Deinen Vater, und das seit Deiner Geburt eigentlich auch nicht mehr. Und da saß dann abends dieser junge Leutnant am Klavier und spielte und ich spielte auf meiner Violine und tagsüber übte ich, damit meine Violine ihm abends gefiele, und die Klänge unserer Instrumente vereinten sich in der Bibliothek, wo wir stets alleine waren, und ich meinte, mich mit meinem Bogen in ganz andere Sphären hineinzuspielen, solche, die ich noch nicht kannte, reine, harmonische, fast heilige Sphären. Aber das alles habe ich jetzt erst verstanden, in den letzten drei Monaten. Übrigens habe ich Deinen Vater nicht betrogen, das nicht.

Eines Tages, es war im September des Jahres 1899, fand ich nach dem Üben auf dem Boden einen kleinen Zettel, auf dem seltsamerweise nicht handschriftlich, sondern getippt zu lesen stand: Morgen um 11 Uhr in der Waldhütte. Keine Anrede, keine Unterschrift. Das machte mir nichts aus, war ich doch in meinen romantischen Träumen so verfangen, dass ich auch dieses Zettelchen so deuten konnte. Ein großes romantisches Geheimnis. In diesem schwärmerischen Plan wollte ich mitwirken. Ich kannte die Hütte gut, dort hatte ich auch einmal einen Tag mit Dir und Deiner

Freundin verbracht, eine Nacht auch, und dieser Tag war so vollkommen, und ich wollte einen ähnlich vollkommenen Tag erleben. Ich fuhr den weiten Weg mit einer Mietdroschke, hatte bei mir mein Jahrebuch, Noten, meine Geige, eine kleine Flasche Sekt und allerlei Leckereien, die ich mir in der Küche vorbereitet hatte. Wollte ich tatsächlich Sekt mit dem jungen Leutnant trinken? Ihm auf der Violine vorspielen? Ihn auf meine unschuldige Art anhimmeln und mich vielleicht küssen lassen? Ich weiß es nicht mehr.
Kannst Du Dir vorstellen, wie naiv und weltfremd ich damals noch war?

Aber mein Traum war schnell ausgeträumt. Als ich die Droschke verlassen hatte, man musste dann noch einen schmalen und recht verborgenen Seitenpfad einschlagen, und endlich vor der Hütte ankam, war die Tür nur angelehnt. Man erwartete mich also schon, dachte ich, und jetzt wurde mir doch beklommen zumute. Worauf wollte ich mich da einlassen? Nein, dachte ich. Schnell zurück.
Doch wie? Mit dem übervollen Korb, in den leichten Schuhen, wie da zurück die weite Strecke bis zur Stadt? Und wie peinlich, wenn ich jemanden träfe. Ich stand da und zögerte, ein paar Augenblicke kürzer und mein Leben wäre anders verlaufen, auch das Deine. Dann überwog, ja was? Meine Neugier? Meine romantischen Sehnsüchte? Mein Gefühl der Einsamkeit? Denn dieses Gefühl hatte mich in den letzten Jahren immer mehr von Deinem Vater entfernt, der, das muss ich jetzt doch gestehen, mich wie eine Schwester behandelt hatte, seit ich schwanger war.
Und auch nach Deiner Geburt ist es dabei geblieben. Auf jeden Fall öffnete ich die Tür ein klein wenig und spähte hinein. Der Raum war leer, aber die Tür zu dem kleinen Gartengrundstück dahinter stand offen. Also trat ich ein.

Von dem, was ich dort entdeckte, vermag ich kaum zu schreiben. Es war das Ende aller meiner Träume. Der junge Mann, der mich so verwirrt hatte und für den ich allerlei romantische Utensilien herbeigeschleppt hatte, war nicht allein. Dein Vater war bei ihm! Die beiden Männer lagen auf einer Decke, umgeben von der dichten Hecke, über sich den Himmel. Sie waren nackt und sie wirkten sehr glücklich. Also war die Waldhütte meines Vaters inzwischen das Liebesnest meines Mannes geworden. In meiner Not schrie ich auf, und die beiden Männer drehten sich um und blickten mich bitterböse an.

Ich begriff, weswegen er den jungen Mann zum Musizieren in mein Haus, das er aber seit unserer Eheschließung als sein alleiniges Eigentum betrachtete, gebracht hatte. Ich diente zur Tarnung, schützte ihn vor jeglichem Gerede. Ich wurde benutzt, mein Haus, meine Hütte, meine Musik, alles wurde benutzt.

Dein Vater brachte mich danach nach Hause. Er sprach unterwegs kein Wort, und auch zuhause nicht. Den jungen Mann habe ich nie wieder gesehen. Dein Vater erwähnte unsere Begegnung in der Hütte mit keinem Wort. Erst ein paar Tage später ermahnte er mich, nicht mehr jeder Schmeichelei auf den Leim zu gehen, das könne man doch wohl von einer Ehefrau und Mutter erwarten.

Nach ein paar Tagen zeigte mir Dein Vater einen Zeitungsbericht, der vom Tod des Leutnants in unserer Hütte berichtete. „Er hatte also doch Ehre in sich“, sagte er, „das wenigstens hat er richtig gemacht. Du solltest jetzt den ganzen Vorfall vergessen und wir sollten unser normales Leben weiterführen wie bisher!“

Unser normales Leben? Das konnte ich nicht. Meine Violine konnte ich nicht mehr spielen. Aber das war nicht entscheidend. Entscheidend war, dass ich nicht mehr die Mutter sein konnte, die ein Kind braucht. Die Du brauchtest, eine Mutter, die Dir vorlebt, wie man ein glückliches Leben führt. Und so kann ich Dich, mein liebes, liebstes Kind, nur noch um Verzeihung bitten, wenn ich Dich heute verlasse.

Gut, dachte der Kommissar. Das wird dem jungen Fräulein Kahl ein wenig hinweghelfen über das Entsetzen, das sie ergreifen wird, wenn sie von den Taten, nein, den Untaten ihres Vaters erfährt. Ein Trost aus einer lange vergangenen Zeit, von einem seit lange verstorbenen Menschen. Er wollte ihr das Buch und alle anderen Erinnerungsstücke persönlich übergeben, und er nahm sich auch vor, ihr selbst zu erzählen, was ihrem Vater vorgeworfen wurde und was eventuell ein Motiv für seinen Tod gewesen sein könnte. Immerhin, so fiel ihm ein, sind jetzt auch die beiden früheren geheimnisvollen Todesfälle in der Hütte aufgeklärt und können eindeutig als Selbstmord gelten. Was sind das für Zeiten, in denen diese beiden jungen Menschen keinen anderen Ausweg gefunden haben.

Der Kommissar, das mitfühlende Nicken von Carolyn Schöntals Vater noch vor Augen, beschloss, zuerst die Tochter des Majors aufzusuchen und dann erst ins Gefängnis zu gehen. Unterwegs mit den beiden schweren Koffern verließ ihn angesichts der Last, die ihm für einen alten Mann unangebracht erschien, allmählich doch die leise Rührung, die er nicht hatte unterdrücken können, seit er wusste, dass ihm eine zwar schwierige Aufgabe bevorstand, dass er damit aber letztlich eine junge Frau ein wenig von ihrem Leid und ihrer Trauer befreien konnte. Alte Männer weinen gerne, das hatte er schon als Kind an seinem Großvater bemerkt, und dann fing irgendwann auch sein Vater bei besonderen Anlässen damit an, ein paar Tränen zu vergießen. Und jetzt bin ich so weit, dachte er.

Dabei bin ich immer noch gut im Beruf, dachte er stolz. Wer hat denn das alles aufgeklärt, woran die Kollegen vor 18 Jahren gescheitert sind? Und wer hat Beweise gefunden für den Selbstmord des *jungen Musikanten*, wie er den Leutnant bei sich immer nannte? Alles ich! Aber statt stolz und aufrecht zu gehen, vergoss er noch eine Träne, bis er auf sich selbst ärgerlich wurde. Warum erfindet man nicht Sachen, die den Menschen wirklich helfen?, dachte er. Koffer mit kleinen Rädern zum Beispiel. Das wäre schön.

Und er trottete weiterhin durch den düsteren Spätnovembertag, rechts und links einen schweren Koffer in der Hand, und Regen nieselte herunter auf ihn, vermischt mit Schneeflocken. Der Kommissar überquerte den Marktplatz und war froh, ein paar Schritte trocken unter den Arkaden gehen zu können. Meine Nachrichten für die beiden jungen Damen wiegen genauso schwer wie diese Koffer, dachte er. Aber für die erste werden sie auf den ersten Blick erfreulich sein, für die andere erst auf den zweiten oder dritten.

Aber wer den Major umgebracht hatte, das wusste er immer noch nicht.

Vor dem Haus der Schöntals stand ein junger Mann, den er bei den bisherigen Ermittlungen noch nicht kennen gelernt hatte. Der hielt einen Schlüssel in der Hand, zögerte aber, ihn in das Türschloss zu stecken. Da war ihm sofort klar, dass das nur Michael Schöntal sein konnte, zurückgekehrt von wo auch immer. Der Kommissar ging, immer noch die beiden schweren Koffer schleppend, auf ihn zu und stellte sich vor. Michael Schöntal reagierte völlig konsterniert: „Ein Kommissar? Ist jemandem aus meiner Familie etwas zugestoßen?“ „Nein, nein“, beruhigte der ältere Mann den jüngeren, „aber das Fräulein Kahl wohnt derzeit bei Ihnen und ich habe ihr etwas zu übergeben.“

„Maria ist bei uns?“, fragte Michael. „Da freue ich mich aber sehr! Meine Schwester und sie werden sich viel zu erzählen haben.“

„Leider können sie das gerade nicht, denn Ihre Schwester ist noch im Gefängnis. Mordverdacht“, fügte er noch hinzu, um der unausweichlichen Frage vorwegzukommen.

Die Nachricht schien den ernsten jungen Mann, der da so unschlüssig vor seinem Haus stand, völlig durcheinanderzubringen. Der Kommissar kannte so etwas von Kriegsheimkehrern, die sich nicht so verhielten, wie es die jeweilige Situation erwarten ließ.

Michael Schöntal nämlich lachte schallend los, als könne er nie wieder aufhören. Der Kommissar war kurz davor, ihn begütigend an die Schulter zu fassen, als Michael in eine kurze Lachpause hinein erklärte: „Nein, Herr Kommissar, ich bin nicht verrückt geworden. Die Welt vielleicht, möglicherweise auch, Verzeihung, Sie. Aber meine Schwester ist weder verrückt geworden noch hat sie mörderische Instinkte ausgelebt; sie könnte sie nicht einmal entfalten."

Er schien in keiner Weise besorgt zu sein und als er lachte, sah er plötzlich wieder so jung aus, wie er wahrscheinlich auch war. Er glich seiner Schwester sehr, und der Kommissar, von schlechtem Gewissen geplagt, dass die junge Frau immer noch in ihrer Zelle ausharren musste, beruhigte wenigstens ihren Bruder: „Sie wird heute entlassen. Wenn Sie wollen, können Sie nachher mit mir ins Gefängnis kommen und sie abholen."

Michael nickte: „Und unterwegs erzählen Sie mir alles, nicht wahr?"

Der Kommissar stimmte zu: „Ich muss nur vorher die Koffer unterstellen, eigentlich wollte ich sie Fräulein Kahl überreichen, aber angesichts Ihrer von allen so lange ersehnten Rückkehr schiebe ich das auf und wir können gleich in die Schorndorfer Straße gehen. Nach 18 Jahren kommt es ja auf eine Stunde auch nicht mehr an."

Michael fand die Mitteilungen des alten Beamten zusehends unverständlicher, half ihm aber, die Koffer ins Haus zu schleppen und sie in einem kleinen Vorraum abzustellen, den er auf Bitten des Kommissars hin absperrte. Niemand hatte sie bemerkt. Sie schritten einträchtig nebeneinander die schmale Straße bis zum Marktplatz. „Hier landet man immer, wenn man in der Stadt ist", bemerkte Michael. „Das stimmt. Und man trifft meistens jemanden, den man kennt", sagte der Kommissar. „Schauen Sie sich mal um!"

Michael sah niemanden, den er kannte, wohl aber der Kommissar, der einer freundlich grüßenden Krankenschwester zunickte. „Das ist die Oberschwester Ihrer Schwester!", erklärte er. „Und den Burschen, den sie bei sich hat, müssten Sie eigentlich auch kennen." Michael blickte noch einmal zu dem jungen, dörflich gekleideten Mann, der den Kopf nach unten richtete. Am Marktbrunnen angekommen, schaute er nach oben zu dem machtvoll posierenden Reichsgeneralfeldmarschall, der von glatten grauen Platanenstämmen wie von effektvollen Säulen umkreist wurde.

Da erkannte Michael den Burschen und hob grüßend die Hand. Der Bursche aber senkte den Kopf wie erschrocken wieder nach unten. „Sie kennen ihn also", sagte der Kommissar zufrieden, „also hat er wohl die Wahrheit erzählt. Er war es, der Ihre Schwester belastet hat, inzwischen aber hat er seine Anschuldigungen zurückgenommen." „Ich würde ihn gerne sprechen", sagte Michael, aber der Kommissar sagte: „Später. Jetzt sollten wir uns erst einmal zusammensetzen. Denn ich habe viele Fragen an Sie. Wollen wir hier einen Kaffee zusammen trinken oder sollen wir auf die Wache gehen?"

Michael blickte sich um: „Ich glaube, ersteres wäre mir lieber; es sind ja so viele Leute hier, das war früher nicht ganz so, höchstens wenn die Soldaten hier aufmarschierten."

„Es gibt jetzt auch viel mehr Neues zum Bereden!", erklärte der Kommissar. „Und hier auf dem Platz werden die Neuigkeiten ausgetauscht. Und das tun wir jetzt auch."

Babette hatte den jungen, schmalen und sehr angegriffen wirkenden Mann an der Seite des Kommissars sofort erkannt: Seine Ähnlichkeit mit Lynn ließ keinen Zweifel zu. Sie erriet auch, dass Lynns Bruder den Kommissar darum gebeten hatte, zu seiner Schwester ins Gefängnis geführt zu werden; vielleicht durfte er sie ja auch nach Hause bringen. Sie freute sich sehr für ihre junge Freundin, dass der lang vermisste Bruder endlich wieder bei seiner Familie war, noch dazu ohne sichtbare Verletzungen.

Und die Tatsache, dass er sich angeregt mit dem Kommissar unterhielt, ließ sich sicher so deuten, dass auch die psychische Verfassung Michael Schöntals nicht ernsthaft angegriffen war. Babette hätte sich natürlich ihre Spekulationen sparen können, denn Fritz an ihrer Seite flüsterte ihr aufgewühlt zu: „Ich kann Ihnen sagen, wer das ist, der Mann an der Seite des Kommissars!"

Während der Kommissar dem fassungslosen Michael bei einer Tasse Kaffee alles erzählte, was sich in den letzten Wochen zugetragen hatte, hatte Babette, als sie die Verstörtheit des Burschen bemerkte, einen Einfall, über den sie gar nicht erst nachdachte, um keine moralischen Skrupel zu bekommen und auf den richtigen Weg zurückzukehren. So nickte sie nur und sagte streng: „Das weiß ich schon. Und ich weiß auch, wohin der Kommissar mit ihm geht." Fritz schaute sie verwirrt an: „Wohin?" „Ich nehme an, er bringt jetzt den Bruder des Fräuleins ins Gefängnis, der ist ja durch Ihre Aussage schwer belastet. Denn so sehr die Familie Ihnen dafür dankbar sein wird, dass das Fräulein Schöntal frei kommen wird, so sehr wird sie darunter leiden, dass durch Ihre Aussage ein Motiv zu Tage gekommen ist, das deutlich macht, dass der Leutnant viel Grund hatte, sich am Major rächen zu wollen."

Natürlich wusste Babette aus ihren Gesprächen mit Michaels Vater und seiner Schwester genau, dass dieser sich genauso wenig wie Lynn von Rachegedanken leiten lassen würde, und sie war sich angesichts seiner friedlichen Unterredung mit dem Kommissar, die fast an einen gemeinsamen Spaziergang denken ließ, sicher, dass auch dieser keinerlei Verdacht hegte, aber der verängstigte junge Mann neben ihr wusste nichts über Michael Schöntals Charakter; und dass ein Mann in Uniform, selbst wenn das nur ein staatlicher Beamter wie der Kommissar war, friedliche Absichten verfolgte, daran zu glauben hatte ihm sein bisheriges Leben noch nicht viel Anlass gegeben. „Das arme Fräuleinchen", setzte Babette nach und seufzte tief auf.

Die Perfektion, mit der sie eine Situation, die es nicht gab, aus dem Nichts erfand und dem Burschen vorgaukelte, erstaunte sie selbst. Fritz entschlüpfte ebenfalls ein kleiner Seufzer, als er fragte, was denn wohl mit dem Leutnant, so nannte er ihn immer bei sich, geschehen würde.

„Der wird bestimmt in Haft genommen und dann vor Gericht gestellt. Lebenslänglich wird er sitzen müssen, vermute ich. Und Sie Armer werden immer wieder von Sailach hierher kommen müssen, denn vor Gericht sind die Vernehmungen langwieriger und härter als bei der Polizei, da geht es nicht so freundlich zu. Sie sind wahrscheinlich der Hauptbelastungszeuge, der einzige Zeuge sowieso, außer Ihnen gibt es ja keinen, der das, was damals an der Front passiert ist, mitgekriegt hat."

„Aber ich glaube nicht", stammelte Fritz, „ich glaube überhaupt nicht, dass der Leutnant sich gerächt hat. Das ist einer, der hätte ihn eher angeklagt als erschossen. Militärgericht oder sonst was; ich weiß ja nicht, was es da noch für Wege gibt! Und außerdem, er selbst hat ja nie das durchmachen müssen, was ich durchgemacht habe." Babette sah ihn von der Seite an und flüsterte: „Sie Armer, wieder und immer wieder hat er Ihnen das angetan. Man mag kaum verstehen, dass Ihnen da nicht einmal der Kragen geplatzt ist und Sie sich gewehrt haben."

„Er war so … herrisch. Und er war mein Vorgesetzter. Und als sein Bursche hatte ich ja auch Vorteile. Ich hatte keinen direkten Fronteinsatz, habe ich mir immer gedacht. Das war doch eigentlich ein großes Glück."

„Ja", sagte Babette und wiederholte dann ihr geseufztes „Das arme Fräuleinchen! Da hat sie so lange auf ihren Bruder gewartet und Angst um ihn gehabt und da kommt er endlich und dann ist er schon wieder weggesperrt. Aber Sie mussten die Wahrheit sagen, das war wirklich richtig von Ihnen. Nur traurig, dass die Wahrheit manchmal solche schrecklichen Folgen hat."

„Der Leutnant war es ganz bestimmt nicht", wiederholte Fritz. „Das werde ich auch aussagen."

„Aber das wird Ihnen vor Gericht keiner glauben, fürchte ich. Er wird sein Leben lang im Gefängnis sitzen, seine Familie wird ihres Lebens nicht mehr froh werden. Aber Sie müssen ja die Wahrheit aussagen! Wenigstens Sie werden dann in Ihrem Dorf Ihren Frieden finden können. Bestimmt. Haben Sie schon einmal das Sprichwort gehört: *Ein reines Gewissen ist ein sanftes Ruhekissen*?"

Fritz schüttelte den Kopf. Babette, sicher, dass Fritz das sehr wohl einmal in seinem Schul- oder Konfirmandenunterricht gelernt hatte, fuhr streng fort: „Es heißt, dass man, wenn man etwas Böses getan hat, wenn man jemandem geschadet hat, wenn man also ein schlechtes Gewissen hat, dass man dann in der Nacht nicht mehr gut schlafen kann, nie mehr. Sie haben doch bestimmt nicht gut heute geschlafen, als Sie erfahren haben, dass das Fräulein Schöntal im Gefängnis sitzt? Wegen Ihrer Aussage? Obwohl Sie ja nicht einmal gelogen haben. Und heute Morgen sind Sie gleich mit mir zur Polizei gegangen, Sie haben regelrecht gedrängt! Nur damit sie wieder heraus kommt. Und ich hoffe, dass Sie heute Nacht wieder gut schlafen werden und nicht zu viel an den Leutnant denken müssen; Sie können ja nichts für sein trauriges Geschick; Ihr Gewissen ist rein."

Fritz schaute so unglücklich drein, dass Babette sich kaum mehr imstande sah, weiterhin ihre pathetischen moralischen Ergüsse über ihn auszuschütten. Was nun?

Das verzweifelte Gesicht des Burschen sprach Bände. Babette bekam Mitleid mit ihm und wandte sich in ganz weichem Ton an ihn: „Fritz, sag mir jetzt die Wahrheit. Du warst es, nicht wahr? Du hast den Major getötet dort in der Hütte! Aber du wolltest es nicht, du konntest nur nicht anders, oder?"

Fritz nickte, und dann erfuhr Babette alles. Fritz wusste damals, dass der Krieg eigentlich vorbei war, das hatte er bei einem Telefonat belauscht. Er freute sich, bald zurück in sein Dorf zu dürfen, da bat ihn der Major um Hilfe. Er wolle die Hütte ausräumen, hatte er gesagt, und verkaufen. Er verbinde nur schlechte und traurige Erinnerungen damit. Fritz war so gewohnt, dem Major zu folgen, dass er mit ihm hinausfuhr in den Wald. Schön war es nicht mehr dort, nicht wie im Sommer, sondern finster und kalt. Alles roch modrig und dumpf in der Hütte. Also machte er erst einmal die Hintertür auf. Draußen stand wie vergessen ein Stuhl herum. Der Major sah hinaus und zischte bösartig, so kam es Fritz vor, dass er sich wohl damals dort mit dem Fräulein Schöntal draußen im Freien vergnügt habe. Fritz aber antwortete nicht, sondern fragte nur, womit er anfangen solle.

Und dann, so erzählte er Babette, habe der Major gesagt, er wisse schon, womit, einfach damit, sich auszuziehen. Er habe sich geweigert und gesagt, dass jetzt Frieden sei und er schon fast entlassen. Er müsse dem Major nicht mehr folgen. Wenn der Major ihn zwingen würde, dann würde er alles erzählen. Und wer weiß, habe er noch gesagt, wem die neuen Herrscher glauben würden …

Der Major habe nur gelacht, als stachle die Gegenwehr seine Leidenschaft an, und wollte einfach weitermachen. Der Major war ja viel stärker als er, obwohl er älter war, und außerdem bewaffnet. Auf jeden Fall habe er dann so getan, als füge er sich, und als der Major sich sicher fühlte und schon seinen Gürtel abgelegt und seine Hose geöffnet hatte, da habe er, Fritz, die Waffe genommen, den Major mit der Waffe in der Hand nach draußen gezwungen, und jetzt musste der ihm gehorchen und mit lächerlich kleinen Schritten hinaustrappeln, weil ihm seine Hosen bis zum Knie hinuntergerutscht waren. Fritz zwang ihn, sich auf den Stuhl zu setzen, und dann wollte er fliehen, nur weg von dort. Doch der Major habe ihn so eiskalt beleidigt und verlacht und verspottet, dass er, ohne es eigentlich zu wollen, auf ihn geschossen habe. Er sei schrecklich erschrocken. Der Knall, das Blut. Er habe nicht gewusst, was er machen sollte. Dann aber habe er getan, was er so aufgeschnappt und vom Major gelernt hätte. Alles ein wenig umarrangiert, die Hose des Majors wieder zugeknöpft, ihm auch den Gürtel wieder umgebunden, damit jeder denken würde, dass der sich selbst umgebracht hätte. Und das tät' er ganz bestimmt nicht in der Unterhose. Und ihm seine Jacke geholt und angezogen mit all den Orden.

Da war der Major noch warm. Und die Waffe abgeputzt und dem Major in die Hand gedrückt und dann sei sie runtergerutscht. Wie ein Gemälde sah das alles aus. Unwirklich. Als er dann gegangen sei, habe er immerzu gedacht, jetzt sieht er mal, wie das alles ist, so kalt, so eiskalt.

Als er mit seinem Geständnis fertig war, wirkte Fritz erleichtert. Wie erlöst. Babette erklärte ihm, dass sie jetzt mit ihm zu dem Rechtsanwalt von Fräulein Schöntal gehe und dass dieser ihn verteidigen werde. „Niemand wird dich für einen bösen Mann halten, Fritz. Viele werden verstehen, dass du die Nerven verloren hast und einfach nicht mehr tun konntest, was er wollte. Du wirst sehen, du wirst dich bald besser fühlen. Und ich werde dich auch besuchen im Gefängnis und vielleicht auch der Leutnant und seine Schwester."

Zwei Wochen später betrat Johannes Schöntal die Küche und bat Bertha, ein wunderbares Fest zu organisieren. Ein Familienfest, ein *Friedensfest.* „Alle meine Kinder werden heute da sein", freute er sich.

„Da werd i mid däm Frallein Linn drübr schwätza", entgegnete Bertha, aber Schöntal widersprach sofort: „Das werden Sie nicht tun, Bertha. Meine Tochter soll durch das Fest überrascht werden. Ich habe schon mit der Oberschwester geredet, die natürlich auch eingeladen ist. Und wir werden noch weitere Gäste haben: Michaels Freund Friedrich, der Ausgang aus dem Lazarett erhält, und den Lazarettarzt Doktor Ostertag und einen anderen Arzt, mit dem dieser befreundet ist."

„Ond onsere Maria."

„Natürlich! Wir sind also zehn Personen."

„I han nur neun zsamegezähld!"

„Da haben Sie sich verrechnet, meine Liebe!"

Bertha zählte an einer Hand die vier Schöntals ab, dazu Maria, und an der zweiten Hand Babette und die drei eingeladenen Freunde der Familie: *„Da muss i einem Mathemadiklehrr des Rechna beibringa"*, freute sie sich, doch Schöntal sagte; „Da haben Sie sich selbst vergessen. Sie müssen heute Abend bei uns sitzen, schließlich haben Sie uns die ganze Zeit so tatkräftig unterstützt. Nicht zuletzt mit Ihrem Apfelkuchen fürs Gefängnis!"

„Den Pai", korrigierte sie Johannes Schöntal schon zum zweiten Mal. Dann wollte sie Genaueres wissen, ob sie kochen oder ein kaltes Abendessen vorbereiten solle, was es zu trinken geben werde, ob sie im Wohnzimmer oder im Salon decken solle, wer ihr helfen würde, einen zweiten Tisch in einen der beiden Räume zu stellen: Und sie jammerte ein wenig, dass sie alles auf keinen Fall ohne das Fräulein Lynn zuwege bringen könne.

Aber Johannes Schöntal ließ sich nicht erweichen: „Ich werde beim Tischeschleppen helfen und die Oberschwester wird beim Herrichten helfen. Wir wollen doch nicht zu einem vornehmen Dinner einladen, sondern einen gemütlichen Abend mit Familie und Freunden verbringen. Keine Umstände, alles ganz schlicht."

Das aber wollte sich Bertha auch nicht nachsagen lassen, dass sie ihre Herrschaft nach vier Jahren Krieg und nach der Rückkehr des ältesten Sohnes von der Front und nach der Entlassung der einzigen Tochter aus dem Gefängnis ein *schlichtes* Fest ganz *ohne Umstände* feiern ließe. Sie brauchte *Linn*, in Gedanken ließ sie das *Fräulein* immer weg. Aber wie sollte sie das anstellen, ohne die Überraschung zu verderben? *Theoretisch*, fiel ihr ein, der Herr Schöntal bespricht doch so viel *erst einmal theoretisch*, wie er gerne sagt, vielleicht ginge das. Sie dachte lange nach und verlor sehr viel Zeit dabei, die sie dringender für die Vorbereitungen gebraucht hätte.

Aber dann ging sie doch zu Lynn. *„I han da mol a Frag"*, sagte sie und setzte sicherheitshalber hinzu: *„Ganz theoreddisch."* Und dann setzte sie Lynn auseinander, dass es doch sein könnte, dass man einmal wie früher, als Lynns Mutter noch gelebt hatte, vor dem Krieg, im Frieden also, und es seien ja wieder Friedenszeiten, dass man da ein großes Familienfest feiern wollte, zu Weihnachten vielleicht. Das sei ja nicht mehr lang bis dahin. Sie habe gehört, auch von der Köchin im Nachbarhaus, die ganz früher da gearbeitet hat, bevor sie wie die meisten anderen Hausangestellten in die Fabrik arbeiten gegangen ist, dass es früher im Haus Schöntal viele große Feste gegeben hätte.

„Ja“, erinnerte sich Lynn wehmütig, „das war schön. Wir hatten da so einen großen Tisch, den zeige ich Ihnen einmal dieser Tage, er müsste jetzt im Keller stehen oder auf dem Dachboden, wenn er nicht verheizt worden ist. Der sah aus wie ein langer rechteckiger Tisch, aber man konnte zwei darunter verborgene Klappen hochheben und auf herausziehbare Stützen legen, und dann hatte man einen ovalen, fast runden Tisch, an dem ein Dutzend Menschen Platz nehmen konnten. Und jeder konnte jeden sehen. Das war schön. Und Mutters beste Leinendecke darauf, die schönen kristallenen Gläser darauf, das Porzellangeschirr, das Mutter zur Hochzeit erhalten hatte.“

Bertha erinnerte sich, dass Peter ihr einmal davon erzählt hatte. Es war irgendetwas mit einem gruseligen Namen, der ihr einen richtigen Schrecken eingejagt hatte. Mit Knochen oder so. Sie fragte also lieber einmal nach, und Lynn erklärte ihr, dass es wirklich so heiße, *Fine Bone China*, und dass es sogar einen Goldrand habe und einen königlichen Namen. Dann, so dachte Bertha, kann es ja nicht so schlimm sein. Und Lynn hatte noch die silbernen Kerzenständer und das blank polierte Besteck erwähnt: „Das alles haben Vater und ich damals in den Keller gebracht, weil wir dachten, dass wir ohne Mutters Sachen nicht dauernd an sie denken würden. Aber Sie haben Recht, wir haben hier schon seit über sechs Jahren nicht mehr richtig gefeiert, seit Mutter krank geworden ist. Wir sollten das alles wieder zurück in unser Leben holen. Ich werde darüber nachdenken, vielleicht wäre Weihnachten wirklich ein guter Anlass dafür.“

Dann musste Johannes Schöntal Bertha helfen, den Tisch aus dem Dachboden herunterzuwuchten, und anschließend schickte sie ihn weg, um die Gäste einzuladen und Maria und die Oberschwester zu holen, die ihr beim Aufbau und Kochen helfen sollten. Dann müsse er schauen, dass sonst niemand mehr ihr unter die Füße käme bis zum Abend. Vielleicht den Herrn Michael dazu bringen, mit dem Fräulein Lynn etwas zu unternehmen. Und so geschah es; und das ganze feine Geschirr und die Gläser wurden gespült und poliert, dann kam das Silber dran, das Besteck und die Kerzenständer, die Damastdecke war glücklicherweise so gut verpackt gewesen, dass sie kein Stäubchen aufwies, und dann wurde der Tisch im Salon eingedeckt, bis alles so aussah, wie Lynn es beschrieben hatte.

Bertha kochte eine Suppe und sie alle belegten Platten mit kaltem Braten. Babette, die als Einzige früh über den Plan informiert worden war, hatte eine Woche lang sämtliche Lebensmittelmarken aufbewahrt und auch sonst alle ihre Beziehungen spielen lassen, es gab verschiedene *chutneys*, darunter auch das nach Berthas Meinung besonders kuriose aus grünen, unreifen Stachelbeeren, solchen, wie sie das Fräulein Lynn im August überall gesucht hatte, sogar in ihrer Küche, und den Hühnern wurden die Eier fast herausgezogen, bevor sie sich von ihnen gelöst hatten, und kurz vor der Zeit zum Abendessen stand alles bereit.

Bertha jammerte, dass das Essen nicht so sei, wie es dem Anlass entspräche, *armseelich halt*, aber, so fügte sie hinzu: *„A Schelm gibd mehr, als er hedd“*, um sich sogleich in tiefster Abneigung gegen die gesamte Gelehrtensprache zu fragen, was um Himmelswillen das bedeuten solle. Und dann kam als Erster Johannes Schöntal zurück, aber noch durfte er nicht in den Salon gehen, genauso wenig wie die anderen Gäste, die zusammen mit den Kindern des Hauses langsam eintrudelten.

Lynn war die Erste der Jüngeren, die an der Tür zu hören war: „Wie kalt mir ist!“, stöhnte sie. „Michael, so sehr ich mich freue, dass wir endlich wieder einmal gemeinsam einen Spaziergang machen konnten, so wenig verstehe ich, warum es gleich ein Gewaltmarsch werden musste, und das ausgerechnet an einem Tag, an dem man nur einen Hund hinausjagt. Bei allem Verständnis dafür, wie sehr du die Stadt und ihre Umgebung vermisst hast, so richtig hat es dir doch auch keinen Spaß gemacht, oder? Ich habe doch gesehen, wie du dir immer wieder die Hände gerieben hast vor Kälte, trotz der Handschuhe und aller deiner Vermummungen. Bertha!," rief sie, „bringen Sie meinem Bruder und mir doch bitte ganz schnell einen Tee!"

In diesem Moment trat Friedrich mit den beiden Ärzten ein, mit Krücken, aber aufrecht, so mager, dass seine Ellbogen und seine Schultern sich schrecklich spitz unter seinem Pullover abzeichneten, und Lynn sagte, völlig überrascht: „Da brauchen wir wohl noch mehr Tassen!"

Bertha brachte das Gewünschte und ging zurück in die Küche, wo sie mit Babette und Maria noch ein wenig an ihren Platten herumgarnierte. Dann öffnete Johannes Schöntal die Flügeltüren zum Salon und zündete auf dem festlich gedeckten Tisch die Kerzen an. „Darf ich alle bitten, mir zu folgen?", fragte er formvollendet und alle taten es und hatten dabei nur Blicke für Lynn, die Einzige, die von dem bevorstehenden Fest nichts wusste.

Sie blieb denn auch stehen, mitten in der Tür, und freute sich wie verrückt. Ein Fremder hätte meinen können, dass ihr ein Leid geschehen sei, denn sie weinte, ohne aufhören zu können, und je mehr Tränen sie vergoss, desto lauter und fröhlicher wurde das Gelächter der anderen. Und dann aßen sie zusammen, und niemand fand irgendetwas armselig, wie Bertha befürchtet hatte, und Johannes Schöntal schenkte allen Wein aus, reichlich, er habe noch ein paar letzte Flaschen im Keller gefunden, scherzte er, und man hatte das Gefühl, dass das Glück wieder ins Haus zurückkehrte.

Lynn freute sich über den runden Tisch und das chaotische Durcheinander des Gesprächs, in das manchmal alle verwickelt waren und aus dem man sich auch heraushalten konnte, einfach, um sich an dem lebhaften Geräuschpegel zu erfreuen und an dem Geflacker der Kerzen und an der Nähe so vieler Menschen, mit denen man sich verbunden fühlte. Das schien besonders intensiv Johannes Schöntal zu fühlen, den, obwohl niemand eine Sitzordnung erstellt hatte, links seine beiden Söhne und rechts seine Tochter umrahmten, und alle ihre Freunde und Freundinnen schlossen den Kreis.

„Jetzt", erhob er fröhlich seine Stimme, nachdem die Platten leergegessen und die Teller hinausgetragen worden waren, „machen wir aus dem Familienfest das *Friedensfest*. Oder besser: das *Liebesfest*. Ist ja auch egal. Wie?", formulierte er die Frage, die er in den Gesichtern rund um den Tisch sah, „indem wir uns nicht mehr nach richtigen Verwandtschaften, sondern nach Wahlverwandtschaften, nach Freundschaft und Zuneigung und Liebe halt, zusammensetzen. Also wünsche ich mir auf den Stuhl rechts von mir – meine Freundin Babette."

Lynn stand lachend auf und räumte ihren Platz für Babette, die sich sichtlich erfreut niedersetzte. Schon die Vorbereitung des Fests, zu der sie wie selbstverständlich hinzugezogen wurde, hatte ihr Freude gemacht, und sie spürte, dass langsam alles gut wurde. Natürlich huschte ihr immer wieder einmal das traurige Gesicht von Fritz vor Augen, aber sie wusste, dass sie richtig gehandelt hatte, als sie ihn durch ihre eindringlichen Vorhaltungen zu seinem Geständnis gebracht hatte. Richtig nicht nur für das Glück der Familie Schöntal, sondern letztlich, davon war sie überzeugt, auch für Fritz. Und sie nahm sich vor, ihn im Gefängnis zu besuchen und sich auch später ein wenig um ihn zu kümmern.

„Jetzt du, Lynn", lachte ihr Vater und winkte sie auf den Stuhl an seiner anderen Seite, „bestimme deinen Tischherrn." Lynn zögerte, aber nicht so Doktor Ostertag. Er nahm, ohne auf irgendein Zeichen von Aufforderung gewartet zu haben, an Lynns linker Seite Platz. Lynns Vater schaute überrascht drein, als habe er eine andere Gruppierung erwartet, sagte aber nichts, als er in das Gesicht seiner Tochter blickte und dort nichts sah als vollkommene Zufriedenheit. Er seufzte und dachte, dass man eben doch nicht alles von seinen Kindern wisse, selbst wenn man mit ihnen das Haus teilte und meinte, sie wirklich gut zu kennen.

Aber er sagte nichts, sondern bedeutete Maria, dass sie sich jetzt anschließen solle, um ihrerseits eine Wahl zu treffen oder gewählt zu werden. Johannes, zuversichtlich, wenigstens jetzt, sozusagen bei seiner Wahltochter, Bescheid zu wissen, blickte Michael an, der trotz der fröhlichen Stimmung und etlicher geleerter Weingläser immer noch sehr blass war und wie jemand aussah, der noch lange nicht wieder ganz zu sich zurückfinden würde, doch auch dieses Mal irrte er sich.

Es war nämlich Hugo, der Freund von Doktor Ostertag, der sich da offensichtlich durch Blicke mit Maria verständigt hatte und an ihrer linken Seite Platz nahm. Dieses Mal seufzte Johannes Schöntal doch ein wenig auf, vor allem, weil neben Friedrich auch sein Sohn Michael in der Flügeltür stand.

Er fürchtete, dass Michael, der jahrelang zur leisen Erheiterung der ganzen Familie heftigst von Maria begehrt und verehrt worden war, traurig über die sich jetzt abzeichnende Sitzordnung oder *Liebesordnung* war. Doch dieser ließ sich sehr zufrieden links von Hugo nieder und sagte dann, vorher um Ruhe bittend, ganz laut und ganz bestimmt: „Ich wünsche mir Friedrich an meine Seite. Für heute Abend und für alle anderen Abende, die noch kommen werden. Zumindest wünsche ich mir, dass ich das im Kreise meiner Familie und engsten Freunde und Freundinnen so deutlich sagen darf."

Johannes Schöntal wusste nicht so recht, was er darauf erwidern wollte, schlagartig wurde ihm so manches klar, was er bislang übersehen oder einfach nicht beachtet hatte, doch Babette wirkte nicht sonderlich überrascht und Lynn auch nicht; sie schaute sichtlich erfreut drein.

Friedrich ging mit seinen Krücken langsam auf Michael zu. „Lynn hat uns ja in den letzten Tagen viel von ihrem

Eingesperrtsein erzählt, dort im Wald und dann in der Schorndorfer Straße. Und von den Gedichten. Ich habe die letzten Tage auch angefangen, wieder darin zu blättern." Er zog einen kleinen Zettel aus seiner Hosentasche, fast wäre er dabei gefallen, als er eine Krücke an den Tisch lehnte. „Und ich habe etwas gefunden, das ich euch jetzt vorlesen will."

Alle warteten gespannt. Und Friedrich begann, nur an Michael gewandt, scherzhaft zuerst, dann doch auch ernsthaft:

Knabe du mit dem Mädchenblick,
Nach dir such ich, doch hörst du nicht,
Weißt du nicht, wie du am Band allwärts
Meine Seele dir nachziehst.

Als er die paar Verse vorgelesen hatte, reichte er Michael das Zettelchen und setzte sich neben ihn und traute sich kaum aufzublicken.

Niemand wusste auf Anhieb so recht, was man sagen sollte, um die Situation wieder aufzulockern, denn der heiter-erotische Spruch, zuerst mit Lachen begleitet, ließ dann doch alle nachdenklich zurück. Es wurde ruhig im Raum.

„Meine Seele dir nachziehst", wiederholte Lynn grüblerisch und blickte von ihrem Bruder zu Philipp. Sie bemühte sich, ihre anfängliche Freude gegen Anspannungen und Sorgen zu behaupten, doch sie ahnte, nein, tief in sich wusste sie, dass man aus dem fröhlichen symbolischen Stühlerücken im engsten Kreis keineswegs auf einen leichten Weg außerhalb dieser Gemeinschaft schließen durfte. Genauso sicher ahnte, nein, wusste sie auch, dass all das andere, das Fremde, Feindliche, Unfreie, Gewalttätige, das der Krieg in das Leben hineingetragen hatte, nicht von heute auf morgen weichen würde. Aber denken, nein, denken musste sie heute nicht daran. So konterte sie Friedrichs Zitat mit einem weitaus bekannteren, das sie ihrem Bruder lächelnd entgegenflüsterte: *„Dein Glück ist heute gut gelaunet."*

Doch so leicht kehrte das anfängliche Freuen und Lachen nicht wieder zurück, auch bei Peter nicht, dem, weil er sich vor seiner Reifeprüfung recht gründlich mit Schiller beschäftigt hatte, der Folgevers *Doch fürchte seinen Unbestand* sehr geläufig war. Aber bevor ein anderer darauf kommen konnte, löste er die Spannung auf, indem er Bertha um die Taille fasste und sie dann mit vielen heftigen walzerartigen Umdrehungen mit sich an den Tisch zog: „Dann bilden wir beide also das letzte Paar, denn uns wollte ja sonst keiner. Also stoßen wir an. Vater, du musst noch einmal in den Keller hinunter. Meinst du, du findest noch eine Flasche von deinem Württembergischen Herzog?"

Johannes Schöntal stand auf und sagte: „Eine allerletzte findet sich immer!"

Verzeichnis der Gedichte und Zitate

Ernst Lissauer
* 16.12.1882 in Berlin; † 10.12.1937 in Wien
Hassgesang gegen England – Seite 86

Eduard Mörike
* 8.9.1804 in Ludwigsburg; † 4.6.1875 in Stuttgart
Hier lieg' ich auf dem Frühlingshügel – Seite 72
Septembermorgen – Seite 241
Früh im Wagen – Seite 242
Knabe du mit dem Mädchenblick, Anakreon,
übersetzt von Eduard Mörike – Seite 300

Wilfred Owen
* 18.3.1893 in Oswestry, England; † 4.11.1918 bei Ors, Frankreich
Dulce et decorum est – Seite 187 und 303

Anmerkung der Autorin:
Der Spruch von Horaz *Dulce et decorum est pro patria mori* (Es ist süß und ehrenvoll fürs Vaterland zu sterben) wurde 1914 von Gymnasial- und Universitätslehrern benutzt, um ihre Schüler zu bewegen, freiwillig an die Front zu ziehen.
Wilfred Owen, der sich 1915 freiwillig gemeldet hatte, war mit seinen Schriften einer der bedeutendsten englischen Kriegszeugen. Er fiel in der Schlacht an der Sambre eine Woche vor Waffenstillstand am 4. November 1918. Sein wohl bekanntestes Gedicht *Dulce et decorum est* wurde posthum veröffentlich.

Friedrich Schiller
* 10.11.1759 in Marbach am Neckar; † 9.5.1805 in Weimar
„Der Mensch ist frei geschaffen ...“,
aus: Die Worte des Glaubens – Seite 198
„Die schönsten Träume von Freiheit ...“,
aus: Briefe über Don Carlos, 2. Brief – Seite 210
„Dein Glück ist heute gut gelaunet ...“,
aus: Der Ring des Polykrates – Seite 300

Dulce et decorum est

Tief gebückt, gleich Bettlern unter Lumpen, Knie an Knie,
wie alte Weiber hustend, fluchten wir uns durch Matsch,
bis uns der Spuk der Leuchtgranaten zur Umkehr zwang
und wir zum fernen Ruheort uns schleppten.
Männer marschierten schlafend, ohne Stiefel viele,
humpelten blutbeschuht, lahm alle, alle blind,
erschöpfungstrunken, taub selbst für das Pfeifen
verschossener Granaten, die hinter ihnen platzten.

Gas! Gas! Schnell Jungs! – Ekstatisches Gefummel,
um klobige Helme schnell noch auf den Kopf zu drücken;
doch einer schrie noch draußen, stolpernd,
sich windend wie ein Mann im Feuer oder Löschkalk. –
Düster durch beschlagene Scheiben und dickes grünes Licht
wie unter einem grünen Meer sah ich ihn ertrinken.

Hilflos erblicke ich in allen meinen Träumen, wie er
sich mir entgegenstürzt, verrinnend, erstickend, ertrinkend.

Wenn auch du in einem solchen Traum hinter dem Wagen,
auf dem er lag, her schreiten könntest und sähest
das Weiß der Augen aus seinem Antlitz quellen,
sein hängendes Gesicht wie eine Teufelsfratze,
der Sünde müde;
wenn du bei jedem Stoß Blut gurgeln hörtest,
das aus den schaumzerfressenen Lungen kommt,
obszön wie Krebs, bitter wie Galle,
von unheilbaren, bösen Geschwüren auf unschuldigen
Zungen, –
mein Freund, du würdest nicht mit solchem Eifer
Kindern, die nach Ruhmestaten gieren,
die alte Lüge kundtun:
Dulce et decorum est pro patria mori.

(Wilfred Owen, übersetzt von Heinz Decker)